喝过最烈的酒,驰骋过最广袤的山河,杀过最凶横悍戾的敌人,也享受过世间最极致的繁华,品尝过大地最深重的苦难。

爱过最值得爱的人,也被人以最炽烈而澎湃的爱燃烧过。

闲雨

刘年月

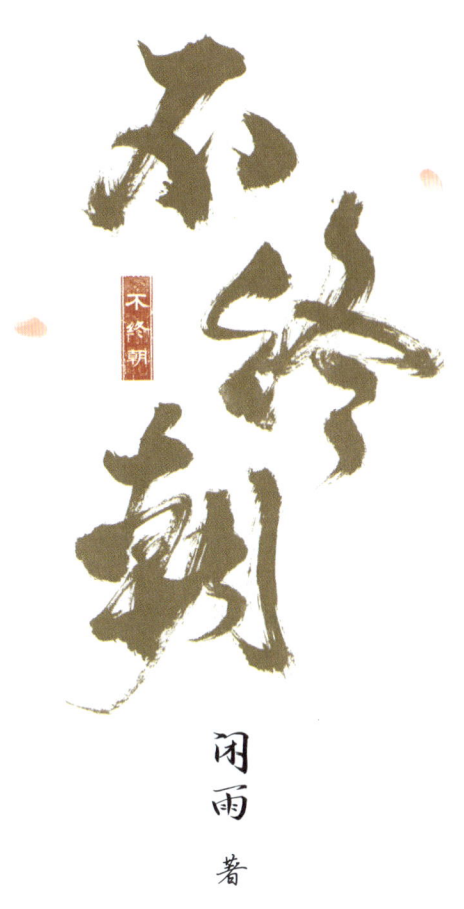

闭雨 著

北京燕山出版社

第八章	展图现	零七八
第九章	红蓼寂	零八八
第十章	良辰景	零九九
第十一章	帘风动	一一零
第十二章	檀香尽	一二零
第十三章	月下语	一三一
上卷番外	秋节缘	一四二

目录

上卷

第一章　西风起 ……… 零零三

第二章　永夜迷 ……… 零一三

第三章　红鸾嫁 ……… 零二四

第四章　心上秋 ……… 零三五

第五章　宵鼓乱 ……… 零四六

第六章　重阴开 ……… 零五七

第七章　薄雨初 ……… 零六七

章节	页码
第二十二章　凭陵杀	二三六
第二十三章　长夜明	二四八
第二十四章　乱荷碧	二五八
第二十五章　青山故	二六九
第二十六章　关山酒	二八〇
第二十七章　芳年醉	二九一
番外一　红曲渡（上）	三〇二
番外二　红曲渡（下）	三一四

目录

下卷

第十四章　雁归云 …… 一四九

第十五章　金簪断 …… 一六零

第十六章　阳关空 …… 一七零

第十七章　兽鬼面 …… 一八一

第十八章　刀出鞘 …… 一九二

第十九章　故梦回 …… 二零三

第二十章　风云涌 …… 二一四

第二十一章　山泽覆 …… 二二五

「借问梅花何处落，风吹一夜满关山。」

——《塞上听吹笛》

「谢瑾，一定要活下来，你要亲自带着这根红绳，回到大江南岸，把它还给我。」

——《不终朝·寄霜思》

「墙头马上遥相顾，一见知君即断肠。」
「抱一下吧，反正这里也没有人认识我俩。」
——《不终朝·夜语迟》

上卷

雪净胡天牧马还,
月明羌笛戍楼间。

第一章

西风起

金乌西沉，霞铺天边。

沈荨在官驿中换了一匹马，这才堪堪赶在戌时之前到了上京城外。

再过二刻城门便将关闭，她呼出一口气，翻身下马。

连日阴雨，尽管午间云散雨住，但露了一下午的太阳并没有把泥泞的道路蒸干，因此一路快马加鞭赶来的沈荨形容颇为狼狈，一身铠甲上污泥点点，就连腮上都溅了两滴泥水。

守门的官兵恭恭敬敬地朝她行了一礼："沈将军，请。"

沈荨微笑点头，一手提了偃月长刀，一手牵了马缰，进了高大巍峨的城门。

过了城门，熙攘街市在望。此时正值傍晚，街道上车水马龙，主街两边的酒楼食肆正是上客时分，而旁边的一些杂货铺子却忙着关门打烊，一片繁华尘世的烟火之气。

沈荨顾不得多看，正准备重新上马，前头街道的拐角处忽然驶出一辆六轮华盖马车，一人骑着马与马车齐头并行，正疾疾往城门方向而来。

马是银鞍灰马，马上之人身姿挺拔秀颀，穿了一身藏蓝色素缎长衫，玉冠束发，寻常不过的文人装扮，周身却挟带着一股凛冽肃杀之气，极为夺人眼目。

沈荨远远看见，便改变了主意，只牵了马避在街边暗处，拿颈上的布巾蒙了一半脸，头压得很低。

马车很快从她身前驶过，灰马却仰颈发出一声长嘶，前蹄扬空虚踏两步，停了下来。

马上的青年勒紧缰绳，微微俯身，朝避在阴影里的她抱拳行礼："沈将军。"

这都认出来了？沈荨只得拉下布巾，跨前两步，抬头回礼："谢将军。"

从她的角度看过去，青年面庞朗若清月，长眉微挑，神情冷漠，鸦睫下一双秋水湛湛的眸子。闹市之中，夕阳之下，一身蓝衣的青年似蟾宫秋镜一般，纤尘不染。

"前日听闻圣上急召沈将军回京，不想今日便碰见了，沈将军来得好快。"青年直起身子，骨节分明的修长手指玩绕着马鞭，墨冰寒镜似的双眸掠过她面颊上的两点污泥，停留一瞬，转了开去。

沈荨注意到他的目光，举袖在脸上轻轻一抹。她赶着进宫，此时不想与他多说，只笑道："谢将军这是要出城？再晚城门可就要关了。"

谢瑾微微点头，正欲打马离开，前头的马车却停住了，车厢中传来一道中气十足的语声："可是沈大将军？"

沈荨只好丢了马缰，前行几步，隔着马车窗帘行礼笑道："沈荨见过谢侯爷。"

帘子被掀起，须发尽白、精神矍铄的威远侯谢戟探出头来，哈哈大笑道："果然是你，老夫还赶着出城，就不与你多说了，明儿西京校场北境军将领选拔，你若得空，一定来指点指点那帮小子。"

沈荨躬身，干脆应道："一定。"

"好好好！"谢戟笑声朗朗，瞥了一眼马背上面无表情的儿子谢瑾，呵斥道，"越来越没规矩了，见到沈将军，怎么不下马？"

谢瑾长年驻守北境，三年前便顶替父亲统领了八万北境军，但直到一年前才得封三品怀化大将军，比统领十万西境军的从二品抚国大将军沈荨低了半个品级。

谢瑾眉峰一凝，正欲下马，沈荨已阻道："侯爷说笑了，咱们哪用得着讲究这些虚礼？天色不早了，您老再不出城可就晚了。"

"也对，"谢戟抚着颏下须髯，目中精芒一闪，"沈将军也赶着进宫面圣吧，我们也不耽搁你了。云隐，还不快走？"

谢瑾闻言，朝沈荨略一拱手，甩一下马鞭策马离去。

沈荨目送谢家父子走远，这才跃上马背，往皇城方向一路疾行而去，赶在宫门关闭前进了西华门。

沈荨从沈太后的坤宁宫出来时已是次日清晨，内侍引着她，仍是从西华门出了宫。

回到沈府时，她的两名亲卫姜铭和朱沉也从驿馆赶了过来。沈荨略略交代了两句，先去正院给祖父祖母请了安，这才带着朱沉进了自家的景华院。

　　朱沉十三岁便跟了她，行事稳妥慎重，两人情同姐妹，几乎形影不离。每次回上京，她便歇在沈荨的院子里。

　　卸了铠甲，梳洗后躺上床，沈荨却又没了睡意。

　　连着几日昼夜不停地赶路，昨夜又在姑母沈太后的寝殿内说了一宿的事，身体已疲惫至极，精神却很亢奋。只是这种亢奋并不是欢欣鼓舞的亢奋，而是对即将发生之事的愤怒、不甘，以及忐忑和担忧，其中还有着隐隐的慌乱。

　　似乎是要给接连的秋雨来个下马威，今日的阳光格外炽烈，大清早便明晃晃的，即使隔着厚厚的窗帘和床帷，也晃得人头昏眼花。

　　沈荨揉了揉抽疼的太阳穴，翻身坐起来。

　　长期的戍边戎马生涯，让她早就习惯了自己打理一切，不需要贴身丫鬟的服侍，因此景华院里的下人很少，只有两个婆子和几名洒扫的小丫头。此刻院子里静悄悄的，朱沉那边也毫无动静，只能听到屋外梧桐树上断断续续的鸟鸣声。

　　沈荨随意将长发绾了个髻，披了外衫去书房写信。

　　满满一篇蝇头小楷，她一笔一画皆用了十足力道，浓黑墨汁自软毫笔尖透过纸背，把下层的熟宣也浸得星星点点。写完信出神片刻，这才唤了朱沉进来，嘱咐她即刻派人将信送往西境，自己回了卧室，从箱笼中把一套明光铠捧出来。

　　这套被她视若珍宝的银白色明光铠，是当年由父亲亲自为她打造的，由于使用了上好的皮革与白铜，防护性极高却又极轻便。

　　心烦意乱之下，她双手有些不听使唤，往常只消半刻钟便能穿戴好的铠甲，这次却多用了将近一倍的时间。

　　好在明光铠穿戴完毕，她的心也静了下来。

　　出了沈府，沈荨领着亲卫姜铭上了马，往西京校场飞驰而去。

　　谢家统领的北境军，在上一次与北境樊国的战争中折损了一万多人。半年前趁着局势平稳，谢瑾回了上京，领着新招募的一万多士兵在西京校场周围扎了营，一日不停地勤勉操练，预计在两月后将这一万余名新兵带去北境。

　　今日，这批新编军队的中层将领要选拔考核，沈荨既然答应了谢戟，自然要应约，何况，她对谢瑾这半年来训练出的成果也颇为好奇，这次的邀请可以说正中下怀。

作为大宣王朝最年轻、地位和成就最高，也最耀眼的两名武将——沈荨与谢瑾，相互都在暗地里较着劲儿。

大抵是一山不能容二虎，两人从小就看对方不顺眼，当然，沈家与谢家历来也有这种传统，表面上和和气气，背地里却少不了各种明枪暗箭、你争我夺的往来。

尤其是二十年前沈氏入主中宫，沈家地位水涨船高，沈荨之父沈焕拿到十万西境军的兵权后，两家明里暗里的争斗更是愈演愈烈。

沈荨到西京校场时，已过午时。她进校场下了马，一眼便看见了端坐在校场东台上的谢瑾。

毒辣的秋阳下，谢瑾一身戎装，本是银色的柳叶甲泛着烁烁金光。他未戴头盔，乌发一丝不乱地束在头顶，赏心悦目的面容一览无余，只是尸山血海修罗场中杀出来的人，只一个抿唇、一个蹙眉，凌厉的杀气便笼上俊丽的眉眼，令人无端地想要退避三舍。

谢瑾也看见了沈荨，微不可见地抿了抿唇，起身照着这边行了一礼："沈将军。"

东台下，校场中心正在较量的两名士兵不约而同停止了动作，围在边上的人也朝这边看来。

沈荨抱拳回礼，在校场诸人好奇的目光中上了东台，气定神闲地与站起身来的兵部薛侍郎打了招呼，坐到谢瑾身边。

"怎不见谢侯爷？"沈荨接过谢瑾身后亲卫递过来的茶盏，拨了拨盏中浮沫，啜了一口。

谢瑾望着场中，手臂微扬，做了个"继续"的手势，待那两人重新厮杀起来，才道："昨儿出了城，家父留在了城外宝鼎寺中，大约戌时才会回城。"

沈荨"哦"了一声，专心看校场中心已陷入胶着的两名士兵。

人被谢瑾调教得不错，使的都是长柄窄背刀，没有什么多余花哨的招式，刀法凝实，招招落在对方要害之处，只是还没经过战场的洗礼，落招之时不免有些虚浮，出手不够利落，少了几分果断坚决的杀气。

谢瑾也早看出问题所在，双眸微虚，手指搭在眉间，轻轻按了一下。

旁边的薛侍郎给沈荨讲解："昨儿已完成文试，今儿武试，上午已考过了骑射，现下是选的副尉之职。谢将军的意思是，这选拔出来的军职也是暂时的，任期只半年，半年后有了军功，再重新选拔。"

沈荨颔首，笑道："还是要战场上见真章。"

她凝目注视着场中你来我往的厮斗，东台下围在场边的一干新兵也在观战之余悄悄地打量她。

沈荨之名，大宣几乎无人不知。

八年前西境边关告急，连天烽火烧了十余日，定远侯沈焕与夫人梁玉双双披挂上阵，相继战死在了寄云关的关墙下。

就在所有人都以为西境要失守，西境军残部即将退往梧州时，两人十七岁的独生爱女沈荨举起父亲遗下的长刀，在西境军残余部将的协助下，硬是守住了岌岌可危的关墙，杀退了一波又一波攻上城墙的西凉军先锋，一直坚持到十日后北境援军赶来。

整整十天十夜，西凉军无所不用其极，火攻、水攻、掷石、挖地道，各种改良后的云梯冲车一刻不停地轮番上阵，但都被沈荨一一化解。据说，北境援军到达之时，西境军已是弹尽粮绝，城墙上的将士，每个都如鲜血泡过的一般，浑身上下没有一块好的皮肉。

沈荨在援军到达后歇了两日，第三日率领东拼西凑调集的一万骑兵，冲出城门追击撤退的西凉军，一直追到了寄云关外的蒙甲山腹地，截断了西凉军退回西凉国边境的线路，将之围堵在蒙甲山的天堑断肠崖下，一刀斩下了西凉军首领的头颅。

战事平定后，先帝力排众议，拒绝了派遣他人前去接管西境军的建议，让沈荨正式统领西境军。

朝廷上下心照不宣，这定是当时的沈皇后，如今的沈太后对先帝施加了影响的结果，可沈荨很快就堵住了一干等着看笑话之人的嘴，短短一年时间，她重整了十万西境军，并在之后的六七年里，未再让西凉入侵边境半步。

数月之前，西境战事又燃，西凉王调集十五万大军压到寄云关外，沈荨指挥若定，军纪严明的西境军步兵和骑术精湛、凶勇强悍的西境军骑兵相互配合，于重重压力下反败为胜，最后逼得西凉王不得不俯首求和。

西凉与大宣签订协议，西境重新开放边市，西凉王将自己的一个侄女蓝筝郡主送入大宣和亲。

此一战，虽然双方都是元气大伤，但若无意外，西境线至少可平稳五到十年。至此，大部分人已对沈荨心服口服。

沈荨班师回朝之际，上京的百姓们都曾或近或远地瞻仰过这位年轻女将军的威仪。

当日沈荨一身重甲，头戴凤翅金盔，背悬长刀，坐于高大彪悍的黑马之上，面容肃穆，背脊挺得笔直，如画眉眼蕴含的不是温婉和娇媚，而是异于普通女子的刚毅和沉着。

她身边的一匹枣红骏马上坐了前来和亲的蓝筝郡主。郡主美若芙蕖、娇憨活泼，一脸好奇地在马背上东张西望，不时与身边的人兴高采烈地耳语两句，与沉稳坚定的沈荨形成鲜明对比，令上京的百姓们津津乐道了好几日。

而今日端坐在校场东台上的女将军又似有些不同。

她素净的脸上含着温煦笑意，与身边的薛侍郎谈笑风生，身上银白色轻甲令匀称矫健的身段若隐若现。她也未戴头盔，只简简单单地在头顶束了个发髻，越发显得颈项修长优美，额前的碎发与发髻上的赤红发带一同随风轻飞，平添了几许柔色，令人如沐春风。

场中的厮杀接近白热化，沈荨看得津津有味，谢瑾眉头却越皱越深。

如若沈荨不来，他还能悠闲从容地把这场比试看完，再下场指点一二，可如今使刀的行家坐在自己身边，他便觉得手下这几个家伙的刀法轻飘虚浮，简直不能看，连带着自家的气势也矮了一截。

场中吆喝声声，比试已接近尾声。一名士兵撤身后退，长刀架住另一人攻势。那人长刀横劈而下，刀刃旋压下来，正欲发力，不料对手左足一钩，他下盘不稳，一个趔趄，对方已反手一刀，绞开自己手中武器，再向上一挑，长刀脱手而去，已然落败。

"好！"围观的士兵大声喝彩。

谢瑾眉头未松，摇了摇头，冷冰冰喝道："好什么好！矮子中拔高个而已。"

众人被他眼光一扫，顿时噤若寒蝉，呐呐无言，赢了的那人尴尬地拽紧长刀，自觉面上无光，胜利的喜悦一扫而空。

谢瑾转头，彬彬有礼地征询沈荨的意见："让沈将军见笑了，不知将军可愿下场指点指点？"

沈荨笑道："好啊。"

她身后的亲卫姜铭递过偃月长刀，沈荨却摇了摇头，负手走下东台，闲闲站到场中。

"这……将军不使刀吗?"刚胜了一场的士兵疑惑道。

沈荨整了整轻甲下的衣摆,道:"你刚刚获胜,可说是用了一些巧力,但巧力不是这么用的,万一对方下盘功夫扎实,你就没辙了。"她略顿了顿,右臂往前推开,掌心朝上微微招了招,"我来教你巧力怎么用。"

那士兵颇有些踌躇地看了看台上端坐的自家主将,谢将军冰块一般的脸上无甚表情,下颌朝下微微一收,算作点头。

"那便得罪了,沈将军小心!"话音方落,长刀虎虎生风,一个纵劈随着身势迅猛而来。

沈荨手臂一收,将头一偏,锋利的刀锋险险贴着她的面颊扫过。士兵劈了个空,倒也变招迅速,回身又是力大无穷的一砍。

沈荨侧身避过刀风,闪到他身侧,左臂曲起,手肘正撞在他肩胛骨下穴位处。那人左边身子略微一麻,刀势慢了一慢。沈荨右手已捉住刀柄,左手化掌为刀,在那人小臂上一斩,长刀没有悬念地脱手,被她夺去。

围观的众人惊呼声还未发出,沈荨长刀在手,也不见她身形如何展动,崩山裂岳的一刀快如闪电,挟裹着汹涌磅礴的杀气席卷而来,欺身向前直指那人咽喉,在他颈前一寸之处又倏然止住。

那士兵后背出了一层冷汗,腿都软了,惊呼声和叫好声轰然爆发,冲破天际,这次,看台上的谢瑾并未阻止。

沈荨收了长刀,微微一笑:"要使巧力,做到出其不意的同时,还有一个关键——快。"

士兵胸脯一挺,大声应道:"知道了!多谢沈将军指点!"

沈荨将长刀还给他,轻轻拍了拍他的肩头,鼓励了一句:"不错,前途可期。"

士兵满心欢喜地下了场,校场内不多会儿又开始了下一轮的比试。

沈荨坐回看台之上,拿起桌上的茶盏喝了一口。

"许久不见,沈将军的刀法又精进了。"谢瑾在她身边不咸不淡地赞了一句。

沈荨笑了笑,谦道:"谢将军过奖了。"

"圣上这么急召你回来,何事?"谢瑾语气淡淡的,眉目不动,专心看着场中的比斗,只手指在桌上一下没一下地轻叩着。

沈荨犹豫了一瞬,答道:"我的婚事。"

谢瑾只是随口一问,倒没想到她真就回答了,叩着桌面的手指蓦然停住,半晌忍不住笑了一声："怎么？沈大将军急着嫁人了？"

沈荨无奈道："我虽不想嫁人，奈何太后和圣上颇为着急，毕竟我今年二十有五了。"

"如此，那便恭喜沈将军了。"谢瑾颇感兴趣地问，"不知哪家儿郎有这个福气？"

沈荨没说话。

没听到她的回答，谢瑾一点也不意外。

沈荨的婚事向来是个难题，从她二十岁起，沈太后和宣昭帝便在为她物色人选，奈何看中的人听到风声，不是赶着聘了其他女子，就是找了各种借口推辞。总之，大宣这位叱咤风云的女将军，仰慕和爱戴她的人不少，但至今还没有一个人有这个胆量敢把她娶回家。

想来这次多半也不顺遂，秉着不戳人痛处的想法，谢瑾很厚道地保持了沉默，没再继续追问。

沈荨转头瞥了他一眼。

谢瑾五官锋利，侧脸尤其漂亮，鼻梁秀直高挺，睫毛长而密，鬓角线分明，可惜长年驻扎边关，回了上京也是军务缠身，鲜少在外露面，故而美名并未在上京广泛流传开来。

这人从小便与她势同水火，见了面各种唇枪舌剑、冷嘲热讽是免不了的，大多数时候，还一定要争个高低胜负。谢瑾使枪，她使刀，她身上至今还留着谢瑾幼时在她身上捅的几个枪疤，而谢瑾胸膛上一道长及肚脐的刀痕，以及肩背上数道交错纵横的伤疤，亦是拜她长刀所赐。

近年来，两人之间的关系缓和了不少，私下里合作过数次，倒有了些惺惺相惜之感。

七年前，沈荨接管西境军不久，西凉王趁着西境军青黄不接之时，悍然发动进攻。沈荨一咬牙，一面往上京送加急战报，请求朝廷调军支援，一面派人送了一封密信给时任北境军麟风营都尉的谢瑾。

去往上京的战报，尽管加急，但送到兵部和皇帝手中，最快也要两三天，等皇帝经过与各方磋商，向其他军队下达支援的指令，再等援军接到指令，又要花费两三天的时间，最后援军赶到西境，最快也会是七八天后了。

而将在外君命有所不受，如果是最近的北境军直接过来支援的话，最快三四天便能到达。

谢瑾收到密信后，二话不说，当即便率领八千麟风营骑兵，以迅雷不及掩耳之势赶到西境，先是找到了西凉军粮草储备之处，一把火将敌军的粮草烧了个精光，之后又配合西境军在西凉军后背打了个偷袭，协助沈荨稳稳守住了西境线。

朝廷派来的正式援军到达后，谢瑾便领军悄无声息地回了北境。这事沈荨没有上报朝廷，谢瑾也没吭声。

当然，沈荨之后也不时投桃报李，一回她派到关外的探子无意中探知樊国厉兵秣马，正在密谋大举偷犯北境万壑关一线。沈荨心知事态紧急，便直接派遣了一队人马在樊国军队的必经之路上打了个伏击，樊国的先锋军措手不及，还没到达北境线就被灭了大半。

有一年北境冰封万里，冰雹断断续续砸了三天三夜，朝廷的粮饷因道路阻断送不过去，沈荨便调拨了部分西境军的粮草、军衣、冬被和药品，令人沿着西北边境一路拓开道路，将物资沉甸甸地送到了谢瑾手中。

数月之前西境军与西凉国之间的那场大战，谢瑾尽管人在上京，但也没置身事外，一封封翔实的战术战略建议、阵法图纸、用兵方略，雪片似的从他手中不断飞往西境沈荨的中军大帐。

西境军这次的大胜，其实也有谢瑾的功劳，不过除了有限的几个人，没有其他人知道，谢瑾自身也不在乎。

所以沈荨也好，谢瑾也罢，个人恩怨和两家在朝堂上不同的立场，在捍卫国家的疆土完整与百姓的安危面前，都不值一提。

日影渐渐西移，众人坐在看台上的影子逐渐拉长，底下的比试也过了好几轮。

"说起来，谢将军今年也是二十四了，"沈荨清了清嗓子，将空了的茶盏放回桌面，低声道，"怎么到现在也还没有着落？"

谢瑾愣了一愣。这时几名亲卫提了食盒上来，沈荨清早回府时只草草灌了一碗清粥，如今闻到食物香气，才觉饥肠辘辘，已饿得前胸贴后背。

谢瑾起身接过食盒，亲自为薛侍郎和沈将军摆盘安箸："时间紧迫，晚上还有宫宴，这选拔须得在戌时前完成，所以今儿就委屈两位了。"

他先替薛侍郎盛了一碗白米饭，又斟了一盏茶，笑道："粗茶淡饭，薛侍郎多包涵。"

轮到沈荨时，他只低低说了一句："我的事不劳你操心。"

薛侍郎不是个挑剔的，自觉这般一面看比试，一面吃饭，也颇有滋味。吃到一小半时他抬头一看，旁边两位大将军已经风卷残云地吃完了，正端了桌上的茶漱口，无论速度、动作，还是面前空空如也的盘盏，都有一种奇异的协调一致之感。

想来行军之人都是这般。薛侍郎暗叹一声，默默加快了吃饭的速度。

场下围观的人少了很多，都分批去了伙帐，沈荨转身对姜铭道："还站在这里干什么？你肚子不饿啊？"

姜铭笑了笑，瞅了瞅自家主将，又若有所思地盯了一眼谢将军的后脑勺，转身随谢瑾的亲卫去了。

沈荨这才搁了茶盏，心满意足地摸了摸肚子，继续与谢瑾聊方才的话题："谢将军有无心仪之人？"

谢瑾手一抖，险些把茶水溢出来，疑心自己听错，瞟了一眼沈荨，小声道："今儿莫非吃错药了？老打听这个做什么？"

沈荨坐如松柏，目不斜视，喃喃道："咦？这使银枪的不错。"

谢瑾定睛一看，场中比试的一人正是自己重点关注的一名百夫长顾长思，昨日他的文试成绩也不错，当下便点了点头："沈将军眼光倒毒。"

"问你呢。"沈荨没头没脑地道。

"什么？"

"就是刚才问你的，"沈荨提醒他，"有没有心仪之人？"

谢瑾不答反问："我有没有，跟你有什么关系？"

沈荨正色道："如果你有，趁早把这心思掐了。"

"……凭什么？"谢将军差点跳起来，"沈荨，你自己婚事不遂，干吗要管到我头上？"

"这么说就是有了？"沈荨面容平静，"是谁？"

谢瑾跟捅破的皮球一样一下子焉了，下意识地又拿手按了按眉心："不知道。"

"怎会不知道？"

"我……"谢瑾正欲搭话，忽又觉得不对，冷下脸道，"对了，你我的关系好像还没这么好吧？你和我聊这种话题，不觉得无聊和尴尬吗？"

"好吧，"沈荨承认，"我过界了，不过随口一问，你也犯不着发脾气。"她看了看天色，起身告辞，"我先走了，晚上宫宴不要迟到。"

谢瑾"哼"了一声，端坐如山，只薛侍郎站起来行礼："沈将军慢走。"

第二章 永夜迷

沈荨去伙帐里唤了姜铭，两人一同回了沈府。

沈焕夫妇一直无子，所以沈焕战死后，沈焕的弟弟沈炽袭了定远侯的爵位，搬进了定远侯府，先帝则另赐了上京城东的一所宅子给沈荨作将军府。

按理说，沈荨的祖父祖母应该和如今的定远侯沈炽同住在侯府，奈何沈老爷子人越老脾气越古怪，沈炽又管得紧，老爷子自觉衣食住行都不合心意，加之特别喜欢沈荨这个长孙女，便带着沈老夫人搬来了沈荨的将军府。

沈荨自是欢迎，只是她常年不在上京，偶尔才回来一次，便只得拜托二叔常来关照关照。

她进正院去瞧祖父祖母时，正听见沈老爷子对着沈炽发脾气，想来又是沈炽在苦口婆心地劝自家老爹少吃荤腥少喝酒，惹得老爷子不耐烦。

沈荨抬脚便想溜，以免被祖父的火暴脾气波及，沈炽早已听到动静，顾不及安抚沈老爷子，掀帘出来叫住了沈荨，两人站在廊下说了几句。

"阿荨，太后娘娘的意思，你已经知道了？"沈炽问她。

沈荨眼睛望着院子外头的榆树树梢，只"嗯"了一声。

"这事是太后娘娘提议的，"沈炽观察着她脸上的神色，迟疑道，"如果你不愿，我们可以再商量——"

沈荨转回头打断他："我已经应了太后娘娘。二叔，我很累，一会儿还得进宫。"

沈炽沉默了一会儿，道："去吧。"

沈荨辞了二叔，回了自家院子。

朱沉在屋里等着她，问："今儿穿什么去呢？"

沈荨母亲去得早，祖母年高，军营里又没有丫鬟替她打理服饰，她自己又是个不讲究的，平常穿得最多的还是铠甲，因此作为她亲卫的朱沉，有时也兼职管管她的常服衣饰。

"有什么穿什么吧，"沈荨道，"上回回来不是做了一箱子的衣裳吗？"

朱沉也是个在这上头迷糊的，忙去找钥匙："对哦，我都忘了，好像放在西厢的耳房里。"

沈荨怕她麻烦，阻止道："算了，别过去翻了，我记得有条绿色裙子挑了银线的，几年前穿去宫里太后娘娘还赞过，后来染了点酒液换下拿回来洗了，也算新的。"

朱沉"哦"了一声，依言把那条绿色挑线长裙找出来，又去翻沈荨的首饰匣子。过了一会儿，她抬起头，手里拎着一只翡翠耳坠，问道："怎么又只有这一只了？"

沈荨看见朱沉手里那只水滴状的耳坠，怔了一怔，半晌道："既只有一只，以后也没法戴，就扔了吧。"

朱沉撇了撇嘴，说："上头是夹子的耳坠本来就不多，您每回都是戴一次丢一次，现在只剩下都是耳针的坠子了，您又没有耳洞。"

沈荨幼时也是穿了耳洞的，只是她常年戎装在身，十多岁后就没怎么戴过耳坠，天长日久的，耳洞就堵了，她又不耐烦重新扎耳朵眼儿，所以就让首饰铺子给她打了几对上头是夹子的耳坠来充数，需要盛装出席的时候就在耳朵上夹两个坠子完事。

"要穿裙子恐怕还是得配个耳坠的好。"沈荨想了想，"这次就算了，横竖今晚宫里算家宴，没什么外人，也不必充场面，我还是穿袍子，你回头再让人打几对夹子的来。"

朱沉应了，沈荨去里间换了件天青色的窄袖长袍出来，腰间束了革带，脚上套了双鹿皮靴，一面走一面往手肘上套护臂。

朱沉给她重新梳了发髻，拿个白玉冠来束上。

沈荨是武将，即使正式场合这么穿，也没人会有异议，反倒是她有时穿了裙子，会教大家觉得不习惯。她自己也喜欢这么穿，若不是沈太后喜欢她盛装打扮，她恐怕连一条裙子都不会做。

第二章　永夜迷

晚间的宫宴设在恒清殿前的四雨湖畔。

说是小型宫宴，但宫人们准备起来也丝毫不敢马虎。戌时后，湖畔成片的桂花树上挂满了玲珑宫灯，长廊水榭中灯火璀璨，湖中穿梭着数只锦绣舫船。船上彩光流溢，纱幔飘飞，管弦丝竹之声隐隐从湖上传来。再远处乔松野鹤，莺飞花浓，一片盛景。

宫人们穿梭在宝阁珍台中，往金杯玉盏里盛上琼浆玉液。

沈荨扶着沈老爷子在宫人的指引下上了四雨台，一眼便看见威远侯谢戟和他的长子已端坐在西席之上。

见到来人，谢家父子忙站起身来。

谢瑾穿了一身湖水色轻衫，腰间简简单单地系了一枚青玉环佩，头顶上也束了青玉冠。他身形瘦削修长，这副清新淡雅的衣装更是衬得人如同轻云出岫一般，一片皎玉华光掩去了冷冽的气质，很有欺骗性。

"见过沈老。"谢戟对着沈荨的祖父恭敬地行了一礼，笑道，"您老气色很好啊，怎不见沈老夫人？"

"什么？"沈老爷子向来看不惯谢戟，仗着耳背不予回答。

"我说，"谢戟提高了声音，"沈老近来身体可好？"

沈老爷子干脆摆了摆手，自言自语道："唉，老了，听不清。"他说完，自顾自地在东席坐下，老僧入定一般半闭了眼，看也不看谢戟一眼。

谢戟无奈一笑，坐回西席。

谢瑾皱了皱眉，小声对沈荨道："怎么？今儿宫宴，只有我们两家？"

"不是啊，"沈荨笑道，"还有内阁的傅阁老。"

谢瑾没说什么，脸色阴了阴，心头升起一股不好的预感。

谢家是大宣开国功臣，一直驻守西北边境，统领着十八万西北边境军，直到前朝先帝下了旨，这才将西北边境军划为西境军和北境军，西境军由定远侯沈焕统领，北境军仍由威远侯谢戟统领。

谢家兵权被瓜分了一半，尽管很是不满，但也知道这是先帝当时在各方势力斗争之下作出的制衡之策，因此咽下了这口气，只是越发看沈家不顺眼。

谢瑾坐在席上，联想到日间沈荨所说的话，越想越不对劲。谢戟见儿子脸色难看，不动声色地攥住他的手腕，悄声道："沉住气。"

谢瑾讶然看向父亲，谢戟朝他使了个眼色。谢瑾心下更是一沉，不觉朝对面的沈荨看过去。只见沈荨低头垂眸，正把玩着案上的一只琉璃杯，看不出什么端倪。

此时内侍唱了一声喏："太后娘娘、皇上驾到！"

众人齐齐起身，绕到案前行大礼。沈太后与宣昭帝在宫人的拥簇下并肩走来，身后跟着宣阳王和傅阁老。

沈太后率先落座，满面春风地笑道："都起来吧，今儿都是自己人，不必如此拘束。"

宣昭帝虚扶了沈老爷子一把，笑道："沈老近来可好？"

沈老爷子颤颤巍巍道："多谢太后娘娘、皇上关心，就是近来越发没了精神……不过今儿太后娘娘和皇上设了宴，老臣怎么也得来……我这孙女儿的终身大事，我不来怎么成？"说罢，很有精神地瞪了谢瑾一眼。

谢瑾心下一个咯噔，再一看宣昭帝身后笑容满面的宣阳王，心下猜测得到证实，暗中冷笑数声，袍袖下的双手不知不觉握成了拳头。

看来是要当着宣阳王的面逼婚了。

谢家和宣阳王走得近，宣阳王是先帝的长子，生母谢贵妃便是谢戟的妹妹，谢瑾的姑母。

三十年前沈氏入宫，结束了先帝独宠谢贵妃的局面，十多年前如日中天的谢家也被沈家分走了十万西境军。谢贵妃不久便病逝，但韬光养晦的宣阳王，连带着统领八万北境军的谢家，一直都是沈太后心里的一根刺。

只是谢家历经三朝，一直戎马戍边、功勋卓著，在军中威重根深，八万北境军将士誓死追随不说，朝中也有许多拥趸和支持的势力，牵一发而动全身，要拔除谢家的兵权，也不是这么简单的。

当年沈焕接管十万西境军，就是因为一直难以收复个别谢家旧部，从而造成西境军军心不稳、战力薄弱的局面，这也是当年惨祸发生的一个原因。

宣阳王和谢戟，一直为保留谢家的兵权做了很多安排和努力，沈太后之前不是没有下过手，但不仅没有成功，反而引来了一些反噬。因此经过多个回合深深浅浅的试探后，沈太后改变了策略。

如今看来，这个策略就是让沈谢两家联姻。

沈荨是太后和皇帝手中一把最得力最锋锐的尖刀。也许他们认为现下西境平稳，这把尖刀的锋芒暂时没有用武之处，搁置了不免浪费，不如用来牵制谢家。

沈荨嫁入谢家，以她抚国大将军和威远侯世子夫人的身份，可以正大光明地介入到北境军的军务之中，而她的能力出类拔萃，在北境军中获得一定的拥护并培植出自己的势力，只是时间早晚的问题。

也就是说，沈太后和皇帝虽然作了让步，但借着这个举动明明白白地昭示了他们的意图，并且毫不掩饰：不夺你谢家兵权可以，但会派人来牵制着你们，你们最好老实些。

偏偏他们不能拒绝，若是拒绝这个安排，等于告诉太后和皇帝，谢家有异心，不想接受任何牵制，而本就如履薄冰的宣阳王，处境则会更加艰难。

谢瑾实在没想到，以沈荨今时今日的成就和地位，居然还会被沈太后用来作为一枚棋子。他甚至忍不住怀疑，太后和皇帝之前为沈荨的婚事张罗了这么多次，无一成功，会不会原本就只是做做样子，实际早就在规划着这一天——

一等西境平稳，能力逊了沈荨一筹的定远侯世子、沈炽的长子沈渊就可以接管西境军，从而让沈荨可以抽身嫁入谢家。

沈太后倒真舍得啊！看来皇家之人，果真没有什么真心，一切都得为皇权和利益让道。

他嘴角浮出一丝嘲讽的笑意，再次看向对面的沈荨。

沈荨仍是垂着眼，面容平静，但捏着杯盏的手指指节发白，显然心中也有不甘。

谢瑾甚少看她穿裙子，她不披铠甲的时候，就是穿的这种袍子，裁剪合体，质地上佳，样式介于文士服和武服之间，腰上扎皮革腰带，肘腕处束皮甲护臂，开了衩的衣裳下摆只到小腿处，脚上穿双轻便且防护性良好的鹿皮靴……一副随时准备与人动手的模样。头发也如男子一般全数束在头顶，清爽利落，有种介于男人和女人之间的独特韵致和气度。

这样一个骄傲且意气风发的人，怎么就甘心沦为他人棋子，还是说，她本身也对八万北境军有染指之意？

谢瑾思忖着，脑海中浮现出许多与沈荨有关的往事。

他小她一岁，七岁那年两人在宫中第一次见面，大人们半真半假地让两个孩子比画比画。

比武台上，沈荨拎着长刀，趾高气扬地打量了谢瑾两眼，转过头对着她爹大声道："他是威远侯世子？明明就是个姑娘嘛！"

大人们哈哈大笑，谢瑾涨红了脸，气得浑身发抖。

他相貌随母，小时候眉清目秀，颜若桃花，最忌讳别人说他长得像女孩儿。

这还不算，没几招后，她便把长刀架在他脖子上，逼着他叫她姐姐，他自是不服，手中的银枪挑过去，直接捅进了她的肋下。

幸而人小力薄，没造成什么致命伤。

从那以后，两人每次见面，总会斗个天翻地覆、你死我活方才罢休。成年后，真刀真枪的武斗是少了，但争斗也从比武场上转移到了狩猎场、沙盘边，以及其他一切可以分出高下的各个场合和领域。

谢瑾年少老成、心思缜密、行事冷静，唯独面对沈荨的挑衅常常破功，像支炮仗一样被她一点就着。

七年前，沈荨居然会向他这个死对头求助，他吃惊之余也颇佩服她的心胸和胆量，换了他，恐怕绝不会先向这个宿敌低头。

隐隐的，他心中还有一丝微妙的感觉，果然敌人才是这个世上最了解自己的人，否则她怎么就能笃定自己一定会出兵，可以成功地帮她守住西境？

那之后，两人之间的合作逐渐多了起来，并且建立起了一种诡异的信任和默契。

他与她，既是对手又是伙伴，既看不惯对方，又不得不承认对方之于自己，乃是一种不容忽视、不可或缺的存在。

他们对彼此了如指掌，深知对方的优势和弱点，大到对方的野心和抱负、做事的原则和底线，小到某些生活上的小细节和小偏好。

这种羁绊，大概已经深入到了骨髓里，他有时做梦都会梦到她，甚至有一回，梦境里的情形很是不可言说。

醒来后面红耳赤的谢将军满头雾水地思考了半日，终于恍然大悟。

这之前两人曾各自带了小队人马在关外碰头，一起偷偷潜进西凉国的军营，将西域那边过来的新良种马偷了几匹回来。归来的途中不慎露了行藏，沈荨被追兵的箭矢射伤，谢瑾在替她疗伤的时候，一不小心瞄了一眼她凌乱的襟口。

沈荨虽不像个姑娘，但确确实实是个如假包换的姑娘，而他气血方刚，看见姑娘家的胸口，做场旖旎的梦也很正常，这应该跟对象是谁没有关系，只是身体中的某种东西在作祟罢了。

不过从那以后，他暗自注意时时与她保持距离，客气疏远了很多。谢天谢地，那种情形再没出现在梦中，他也就松了口气。

否则，真不如一头撞死算了。

第二章　永夜迷

酒过三巡，君臣经过最初的寒暄，也渐渐把话题绕到了这上头。

宣昭帝先是从今儿席上西域进贡过来许多汁多瓤甜的哈密瓜说起，赞了一番沈将军的丰功伟绩，尔后又长叹一声。

"沈将军劳苦功高，为我大宣立下汗马功劳，多年来殚精竭虑、鞠躬尽瘁，可惜直到如今，却还是孑然一身，身边连个知疼知热的人都没有。朕与太后因为此事日夜悬心，只是放眼望去，实在没有可堪匹配之人……"

众人目光齐刷刷地朝谢瑾望去，只见沈荨仍低着头，还有一个不明就里的傅阁老煞有介事地不断点着头，抚着颔下长须，很感兴趣地望着宣昭帝，等着皇帝的下文。

宣昭帝清了清嗓子，殷切地瞧着谢瑾，笑道："幸而前日兵部赵尚书一言，倒让朕醍醐灌顶，原来沈将军早有良配，可叹大家以前一叶障目，竟从来没有往这上头想过……"

众人配合地发出一阵了然的低笑声，谢瑾额角一抽，同沈荨一样，捏紧了手中的茶盏。

傅阁老疑惑地问道："皇上说的是哪位？"

宣昭帝笑容可掬，道："远在天边，近在眼前，傅阁老请看——"

傅阁老自觉老眼昏花，看了半晌都没看出什么名堂，最后见大家的目光都定在脸若寒冰、一动不动的谢瑾身上，斟酌再三，才犹疑道："皇上说的，难道是威远侯世子，小谢将军？"

宣昭帝哈哈大笑："不错，正是小谢将军！"

"这……"傅阁老面容怪异，"他二人……"

皇帝朝傅阁老微微俯身，故作神秘地笑道："阁老有所不知，外间传言不甚属实，这二人看似宿敌冤家，实则惺惺相惜、肝胆相照。这次西境大捷，其中少不了谢将军的出谋划策，北境这两年的平稳，也跟沈将军的鼎力相助有莫大的关系。"

傅阁老吃了一惊："当真？如此说来，倒是我等肤浅了。"

"可不是，"宣昭帝接口道，"傅阁老再瞧瞧这人物、这相貌、这气派、这身份，沈将军和谢将军，可不就是天造地设的一对？"

傅阁老忙不迭点头："皇上这么一说，确实如此！"

沈荨耳中听得皇帝将傅阁老绕了进去，两人一唱一和说到了紧要处，心中翻了个白眼，抬起头来，正撞上谢瑾略含讥诮的目光。

在座诸位早已对此事心照不宣，唯有一个傅阁老事先毫不知情，皇帝将这位好做媒人的阁老拉过来，用意不言而喻。

果然，下一刻傅阁老拍着胸脯毛遂自荐："既如此，老夫就来牵这根红线，经老夫撮合的姻缘，就没有不成的！"

沈太后微笑颔首，目光转向一边的宣阳王："如此再好不过，宣阳王怎么看？"

宣阳王叹了一声，昧着良心说："早几年便听闻侯爷和夫人在替云隐张罗亲事，可云隐都拒了，本王今日才知，原来他竟心仪沈将军许久，今日可算守得云开见月明，本王实在替他欢喜。"

这空口说白话的本事一个比一个高，谢瑾眼角微微抽搐，正要反驳，谢戟将他袖子暗暗一扯，丢来一个眼色。

谢瑾无奈，端起茶盏挡了挡不太好看的脸色，从茶盏上方照着对面的沈荨丢了个刀子似的眼神过去。

沈荨却冲着他笑了一笑，那笑容带着点痞气和骄傲，他再熟悉不过，耳中似乎听见她在说"有本事你就反驳啊！不反驳就是默认了，如何？该认就认了吧"！

谢瑾喉头一哽，一口茶差点没咽下去。

宣昭帝极有兴致地笑说："傅阁老愿意做这个媒人，太后和朕自是求之不得，就是不知沈老和谢侯爷意下如何？"

沈老爷子打量了两眼谢瑾，眼中的精光一闪而过，半阖了眼哼道："勉强配得上。"

谢戟一脸笑容，语气很诚恳："沈大将军能下嫁，是谢家和我儿的福气。"

沈太后笑容和蔼，暗藏锋芒的眼神落在谢瑾身上："还是要问过他们自己的意思才成。"

谢瑾抚了抚眉心，深吸一口气，起身朝太后和皇帝行了个礼："多谢太后娘娘和皇上的好意，多谢傅阁老——"他停了停，一字一顿道，"臣——求之不得。"

事已至此，再不情愿，他也只能认命了。也许今生今世他都无法摆脱沈荨，两家联姻，只不过是换了一种方式继续对立，继续合作。

可是一想到今后要与沈荨朝夕相处，谢瑾便觉得有说不出的怪异和别扭，遗憾、愤怒和不甘冒出头来，他落座灌了一大口酒，无可奈何地将这些心情压制下去。

听了谢瑾的回答，众人欣慰且意味深长地笑了。宫人们恰在此时添上佳肴，湖心船舫上琴声铮铮，婉转如流水，悦耳动听之极，正是一曲《凤求凰》。

桂花飘香，夜风凉爽，如镜的深空中一轮满月清光皎皎，月色溶进湖心，水波染尽，灼灼银光与斑斓华灯交织，极尽繁华绚丽。

四雨台上笑语声声，君臣欢融，沈荨却觉气闷，收了脸上一丝假笑，借口去更衣，抽身离了席间。

她一路沿着花荫柳径徐徐而行，拐了个弯进了水榭，靠着一根廊柱坐下，瞧着长廊那一线摇曳的宫灯，微微叹了一口气。

长廊深幽，宫灯飘忽，雕栏远处现出模糊的点点微光，看不真切。

有内侍穿廊而来，在她面前欠身行礼："沈将军可是要在此赏灯观景？奴才令人给将军送茶果来。"

沈荨忙起身，抖抖衣襟，笑道："不必，这就走了。"

她出了长廊，沿着湖边太湖石后的小径往四雨台走去，冷不防被人一把抓住手腕，拖到假山旁的一架金银花下。

荫深藤蔓牵绕如盖，只在缝隙处投下几线银光。

面前人眉眼冷冽，手掌从她手腕上松开，身子也后退了两步，只将她卡在角落里，堵住她的去路。

斑驳花影中，金银花馥郁的香气和着谢瑾身上淡淡的酒气扑面而来，沈荨挺直了背脊，盈盈笑道："谢将军有话要说？"

谢瑾脸色阴沉："你早就知道了，为何不告诉我？"

"我也是昨晚才知道太后有此意思。"沈荨望着他，"再说，早告诉你有什么用？你能拒绝吗？"

"我是不能拒绝，"谢瑾上前一步，身影笼罩下来，寒声道，"但你可以。你若说不想嫁，太后娘娘也不会逼你，这桩婚事本可以——"

沈荨打断他，唇边笑意不减："我是可以拒绝，但我没有，也不想拒绝。"

谢瑾眼眸微虚，于明灭交织的光影中审视着她。

两人靠得极近，谢瑾的脸庞就在她上方，呼吸温热而悠长，令她仰起的脸颊感到一丝微微的痒意。

远处传来高台之上隐约的说笑声，湖心中的画舫上罗衣香袖，轻歌曼舞，伴奏已换成了琵琶，玉珠走盘，一时如莺啼鹊歌，一时又似雨落空山。

谢瑾沉默良久，带了几丝嘲弄低声道："你可别说，你是因为喜欢我才没有拒绝。"

"我若说是呢？"沈荨伸手，指尖沿着他湖水色衣领上的银色刺绣云纹轻轻打着圈,浅浅笑道,"谢将军濯如春月柳,朗若冬日松,我……心仪已久。"

"骗谁呢?"谢瑾嗤笑一声,捉住她的手甩了去,"别以为我不知道你在打什么主意,我只问你——"他眸色晦暗,盯牢她的眼睛,探究地问道,"拱手将西境军让与他人,你难道甘心吗?"

沈荨不答,再次将手搭了上来,将他刚因拉扯而翻起褶皱的衣领抚平,低声道:"我们两人的生辰八字,已经请人合过了,据说很相配。"

谢瑾眉头紧锁,烦躁地攫住她手腕:"好好说话,别动手动脚。"

沈荨扑哧一笑:"谢将军还怕被我非礼不成?"

"沈荨!"谢瑾身躯一僵,绷着脸道,"你非要这么说话吗?"

沈荨正色道:"我说的可是正事,交换庚帖也就这两天的事了,想必太后娘娘和皇上也想早日看到我俩完婚,你可不要拖延。"

谢瑾只觉挫败,再不想跟她多说一句,"哼"了一声,后退两步扭头便走。

沈荨冲着他的背影笑道:"我的嫁妆祖母早就替我备好了,很丰厚,你家的聘礼单子什么时候送?可不能落后哦——"

谢瑾脚步顿了顿,并未回头,只冷冰冰回了一句:"放心,绝不会比你的嫁妆少。"

沈荨目送他走远了,脸上笑容慢慢敛去,摘了藤架上的一朵金银花嗅了嗅,垂眸低叹一声。

宫宴散得早,沈荨偕祖父回到沈府,祖母都还未歇。

她与老人家说了一会儿话,才回了自家院子,坐在廊下瞧着一地月影银霜,揉着额头。

朱沉拿了一张单子过来,就着廊下灯光,给她看银楼描的耳坠样式。

沈荨只看了一眼,便意兴阑珊地说道:"都好,你瞧着办就行。"

朱沉收了单子,也没进屋,坐在她身后替她将发冠卸下,又将发髻散开,有一下没一下地梳着她的长发。

"将军既是不久便要嫁入谢府,想来得有一阵子穿女装了,不如重新扎个耳朵眼儿?今儿我试了试,这夹子戴久了,还真夹得耳朵疼。"

"什么?"沈荨茫然地回头。

朱沉一下撞进沈荨一双带着凄惶和悲切的眸子里,心下恻然,声音又低了几分:"将军,扎个耳朵眼儿吧,麻烦也就只麻烦一时。"

沈荨慢慢道:"也好。"

"将军就放宽心吧，"朱沉劝道，"谢将军为人您还不了解？再说谢家也不是那种心胸狭隘的。"

"我哪是为这个？"沈荨一笑，转身安抚地拍拍她的手，叹道，"我只恨我自己没用，金凤现在——"她停住没说，脸上笑容敛去。

抬头望向天际中一轮冰蟾，喃喃道："要是多给我一点时间就好了……"

第三章 红鸾嫁

夜风萧萧，明月昭昭。

此时在谢府的淡雪阁内，谢瑾双手负在身后，听坐在案前的幼弟谢思背诵《太公六韬》中的《文韬·守国篇》。

谢思摇头晃脑，滔滔不绝："天生四时，地生万物，天下有民，仁圣牧之。故春道生，万物荣；夏道长，万物成……"

冷不防一记戒尺抽到案前，谢瑾厉声道："坐直了！"

谢思吓得背脊一挺，脑袋定住，眼珠子也不敢乱瞟。

谢瑾这才道："坐如钟站如松，起坐行止都要有个样子！行了，你继续。"

谢思老老实实背诵道："……故天下治，仁圣藏；天下乱，仁圣昌；至道其然也……"

谢瑾一张脸上看不出什么表情："何解？"

谢思挺挺胸脯，道："圣人参照万物运行规律，效仿自然法则，作为天下治理的原则，所以天下大治时，仁人圣君就隐而不露，天下动乱之时，仁人圣君就奋起拨乱反正，建功立业……"

谢瑾只点点头："还算记得牢——你再讲讲《龙韬·军势篇》。"

谢思一下跳了起来："夫子还没讲到这里！"

谢瑾恨铁不成钢地说："夫子没讲，你自己就不能现看现学？我谢家以武立身，这《太公六韬》乃是根本，六韬之上还有三略，你二姐在你这个年纪，不说六韬，《黄石公三略》也已经烂熟于心……"

谢思翻了个白眼："又拿二姐来埋汰我，大哥怎么不拿你自己比？"

谢瑾冷笑一声，大言不惭道："我不说我自己，是因为差得太远，怕说了打击到你的自信心。"

谢思"切"了一声，眼珠子转了转，笑嘻嘻道："大哥得意什么，我可是听二姐讲过，别人不说，有一人是你铁定压不过去的，那沈将军——"

谢瑾眉心又是一皱，"啪"的一声，将那戒尺在桌上狠狠一抽："都三更了，少说废话，快把军势篇讲讲。"

谢思这回却不怵他，小脸儿一皱，叫道："大哥也知道三更都过了，却还不放我走，我知道你要娶沈将军了心里烦，所以就来可劲儿折腾我！"

"说什么呢？"谢瑾脸色一沉，目中两点幽寒似箭一般射过来。

谢思伸了伸舌头，跳下凳子就往外头跑。他一面跑还一面不怕死地从袖中拿出一样东西，在他哥眼前晃了一晃。

"今儿在大哥书房里翻到的，大哥是不是还惦记着这耳坠的主人？"

谢瑾定睛一看，更是火冒三丈，丢了戒尺去取墙上悬挂的一柄宝剑，撩了袖子喝道："还来！"

谢思做了个鬼脸，将那坠子往案上一扔："你都要娶沈将军了，这种东西趁早扔了的好，人家沈将军嫁过来，可不是要看你睹物思人的。"

谢瑾愣了一愣，怒容却慢慢收了，半晌抚着长剑，低声道："你懂什么！"

谢思听大哥的语气中含着几丝苦涩之意，又看了看他脸上的神色，有点后悔造次，忙把桌上的兵书举起挡在自己面前，脑袋都几乎埋进了翻开的书页里。

谢瑾走回案前，将那枚耳坠拿在手上，看了谢思一眼，沉默一阵，道："大哥没多少时日就要回北境了，这些日子考校你，也是想你快快成长。如今北境虽暂时平稳，但说不准什么时候又会再起波澜……父亲年事已高，北境的平稳，总还是要靠咱们兄妹三人。"

"不是现在有了沈将军吗？"谢思不解问道。

谢瑾一时哑口，闭目按了按眉心，这才睁眼，沉声道："没这么简单，日后你就知道了。"

谢思从书本后探出头来，眼睛眨也不眨地盯着大哥。

谢瑾正立在窗前，望着窗外一轮明月。万籁俱寂，夜风溜过窗棂，微微拂动他素白轻薄的宽衫，越发显得人长身玉立，芝兰玉树一般挺拔清隽。

谢思啧啧有声，自言自语道："我什么时候才能长得如大哥一般高？"

谢瑾闻言，转身瞧他一笑："总有那么一天，你会长得比我还高——好了，不说这些了，我再给你讲两条，之后就回你自己院子歇了吧。"

谢思这会儿乖巧了，脆生生应了一声："好的，大哥。"

谢瑾略微顿了一顿，温和道："我说，你翻页，《武韬》卷第八页发启篇。"

谢思依言将书翻至那一页，只听谢瑾朗朗而诵："鸷鸟将击，卑飞敛翼；猛兽将搏，弭耳俯伏；圣人将动，必有愚色。"

"……这段话的意思，便是说蛰伏的鸟要出击的时候，总会选择低空飞行，将翅膀收敛起来，"谢瑾缓缓踱步，将那长剑挂回墙上，"凶猛的野兽要搏击前，会先把耳朵耷拉下来，然后选择俯身伏地；圣人将要行动时，必先在人前表露出愚蠢迟钝的样子……"他走回窗前，在月光下摊开手心，注视着掌中那枚莹绿通透的水滴状耳坠，继续讲道，"所以从对手一些异于平时的举动，可以推断出其下一步的某些行动。讲个例子，有一年樊国雪灾，你二姐在关外探知樊国王侯通过西凉国囤积了大量的粗盐，问题是，如果只是民用，根本用不了这么多——"

谢思嚷道："我知道！粗盐可以化去道路上结的薄冰，便于行军……"

谢瑾微笑点头："不错，所以当年……"

兄弟俩正说着，门口传来重重的叩门声，未等谢瑾开口，门已被推开，一脸喜色的谢夫人带着一堆丫头婆子走了进来。

谢瑾忙将手中的那枚耳坠收入袖中，垂手道："母亲。"

谢思也蹦过去，笑道："娘。"

谢夫人只"嗯"了一声，扫了眼屋子，转头对身后一名婆子道："看见了吧，我就说他这间书房简陋了些，这张紫檀木的书案，年头太久，颜色也太暗，回头让高管事弄张黄花梨的来，库房里的老坑端砚和汝窑的鹤口笔洗弄两个来摆上，还有这书架也得换成和桌子齐套的……"

谢瑾只觉太阳穴突突地跳："母亲，这是做什么？"

谢夫人这才赏了儿子一眼，喜滋滋地说："沈荨就要嫁到咱们家了，不收拾收拾怎么行？松渊小筑那边我都瞧过了，明儿就让人来翻新，再扩一两间，才好作新房……对了，这书房也扩一间，不然荨儿来了，去哪里处理公务？人家也是大将军……"

"母亲，"谢瑾苦笑，"用不着这么大动干戈吧？依太后和皇上的意思，成亲后她定然要随我去北境。"

谢夫人道："那又怎样？就算只在家待几日，那也要弄得像个样子才成！人家嫁过来，可不能受了委屈！"

"母亲到底明不明白她嫁过来意味着什么？"谢瑾欲言又止，最后小声道。

谢夫人瞪他一眼："我不管！你们这些弯弯绕绕我懒得听！总之我现在高兴得很，你别来扫我的兴，你妹子在北境知道了也一定很欢喜，我可告诉你——"她上下打量着大儿子，"人过门了，不管怎样，都得好好待人家，别总做出这副要死不活的样子，脸跟个冰块似的，谁爱看？"

谢思"嗷"了一声，跳到哥哥身上，拿手扒住他的嘴角往两边扯。

"胡闹！"谢瑾皱眉呵斥，把小猴子一样趴在他身上的弟弟拉下来。

谢夫人撑不住笑了，满意地领着谢思，一阵风似的走了。

书房里骤然安静下来，谢瑾长叹一声，揉了揉眉心，走到窗前坐下来，自袖中掏出那枚耳坠，放在掌心端详。

那翡翠水滴玲珑小巧，一根纤细银丝连着的不是耳针，却是一只小小的镂空耳夹。

他看了片刻，抬头望向窗外。

外头斜月沉沉，秋夜幽凉。

谢思的话和母亲的话交替在他耳边响起，他低了头，垂眸凝视掌心许久，起身出门，走到花园里万春湖上的四角亭边，将那枚耳坠丢进了水里。

大宣昭兴三年，十月初八，宜嫁娶。

是日天高云淡，秋阳明丽，上京城内的几条主街水泄不通，热火朝天，百姓摩肩接踵、推推搡搡地挤在街上，一面议论着昨日沈将军四十八抬沉甸甸的嫁妆，一面翘首盼着威远侯府谢将军的迎亲队伍。

谢瑾大清早便领着迎亲队和花轿出了门，但接近午时，离抚国大将军府却还有整整两条街的距离。

谢瑾事先请人征询过沈箦，她的意思是要从自己的将军府出嫁，而非定远侯沈炽的府邸。

从两人议定婚事到今日大婚之礼，也不过月余的时间，傅阁老亲自盯着自家指定的官媒，这才赶着在极短的时间内完成了纳吉、纳征、请期等烦琐的流程，两家也忙乱得跟行军打仗似的，总算到了今日，万事俱备，只欠东风。

这一个多月以来，沈荨告了假没去上朝，一直深居简出，除了十几日前入宫参加过一次宫宴，再没露过面。

这期间，婚礼的各项琐事都是老当益壮的沈老爷子出面在操办，沈炽多次想来帮忙，都被老爷子给挡了回去。

这日沈炽带着夫人老早便到了将军府坐镇，沈二夫人本想进后院去瞧瞧，沈老爷子不阴不阳地说了一句："你这做婶婶的，平日里问都不问一句，这时候何苦去碍她的眼？"

沈二夫人腹诽两句，也就罢了，乐得清闲地坐在前厅喝茶。

沈老爷子借口更衣，拄了拐杖绕到垂花门口，问院里的丫鬟："回来了没？"

丫鬟忧心忡忡地摇头，沈老爷子咬牙，吩咐身后跟着的管事："再堵。"

于是一刻钟后，正行至前街的迎亲队前头，蓦地冲出一群小孩，毫无惧色地拦在新郎的高头大马跟前，要钱的要钱，讨饼的讨饼，围着新郎蹦蹦跳跳地唱："绵风吹动荷花现，线针月老把婚联，般般如意人间喜，喜气临门在今天——"

……又来！

谢瑾冷眼瞧着这群小孩，身姿笔挺地捏着马缰，待小孩们唱完了，方才道："赏。"

他身边跟来迎亲的一名族兄从兜里抓了一把铜钱，一面撒一面凑到谢瑾耳边道："今儿都是第五波了，谁这么没眼色阻咱们的道？"

谢瑾瞧了瞧不远处的抚国大将军府，无奈道："左右已经误了时辰，索性慢慢去，说不准到了沈府，还有得磨。"

果然迎亲队伍到了将军府紧闭的大门前，被拦了接近一个时辰——对子对了二三十个，漫无天际的古怪题目也答了数个，最后还是谢瑾在沈老爷子的要求下，把老爷子早年写的一本《兵策论》一字不差地背了三篇，这才被放进了大门。

等谢瑾好不容易进了前厅，毕恭毕敬地向沈老夫妇、沈炽夫妇敬了茶后，喜娘又笑盈盈地出来，说新郎做的几首催妆诗新娘不甚满意，请另做几首。

谢瑾面上并无任何不耐之色，很配合地做了一首又一首。

"画帘半卷秋色醉，菱花镜里芙蓉笑。锦帐红衾相思寄，荷露风柳鸳梦悄。"

他一面随口胡诌，一面观察着沈家长辈。

沈老爷子一脸淡定，沈炽一脸疑惑，间或还朝他投来同情的目光。

谢瑾饮了一口茶，继续道："戎装谢却霓裳拢，玉楼深处红妆慢……"

眼见这催妆诗越做越不像话，终于一阵环佩叮当之声传来，盖了盖头的新娘被人扶了出来，谢瑾朝新娘子裙下一扫，微不可见地抿了抿唇。

一对新人朝长辈行了大礼，新郎牵着新娘的手，领她上花轿。

"今儿这么大的日子，出去办事也该紧着点时间，再不回来我都撑不住了。"谢瑾常年不变的冰山脸上终于化开了春风般的笑意，不过与身边人的耳语却是冷冰冰的，带着几丝不满和烦躁。

盖头下的新娘轻笑一声。

"谢将军说哪里话？"许是没来得及喝水，她嗓音略有点沙哑，"统共这辈子也只嫁这一次，不过想多得将军几首催妆诗罢了……怎么？不可以吗？"

"……很可以。"谢瑾掀开轿帘，扶新娘坐进去，颇为好心地提醒她，"你忘记换鞋了。"

新娘子僵了一僵，脚立刻收进红裙下摆中，谢瑾这才自觉报了一箭之仇，低笑一声放了帘子，跃上前头的白马，唤来身后的亲卫祈明月，在马背上低声耳语了两句。

轿夫稳稳抬起花轿，锣鼓鞭炮一阵轰响，新郎领着浩浩荡荡的队伍，在欢声笑语中稳稳地开道前行，不一会儿便去远了。

尽管回程很顺利，但迎亲队伍到达张灯结彩的谢府大门时，金轮已坠，天边稠艳的晚霞染了半城绯色。谢府跟前望风的人松了一口气，心急火燎地往门内跑："来了！来了！"

谢瑾翻身下马，走到花轿跟前，修长的身形挡住众人的视线，轻轻一勾轿帘，将一双大红的绣鞋从帘缝里递了进去。

"刚让明月买的，约莫不太合适，将就穿一下。"

花轿里头传来隐约的窸窣之声，谢瑾等了片刻，这才掀起轿帘，伸手进去将新娘子拽出来，随即矮下身，待人伏到自己背上，背起新娘大步流星地进了谢府广亮的大门。

这一夜威远侯府高朋满座，欢声鼎沸，喜意无边，朝中高官来了大半，主宾席上的宣阳王也是从头坐到尾，直闹到三更后，满堂宾客方才渐渐散去。

谢瑾跪在堂前，接了太后和皇帝派遣宫人送来的贺礼，直接绕过前厅，进了后院的新房。

松渊小筑内静悄悄的，闹洞房的人被泼辣的谢夫人赶了个一干二净，此时院子里红灯高悬，彩绣朱幔，入眼俱是一片喧嚣热闹的颜色，而秋夜寂凉的风穿梭着。

谢瑾在院子里伫立几息，推门进屋。

绕过绣着金玉满堂图案的十二扇屏风，本该坐在喜床边等候的人已裹着喜被沉沉地睡到了床帐里，半幅软红纱幔垂下来，掀起的红盖头散在床脚，椅子上搭着大红的喜服，床前的脚蹬上，搁着的正是他日间令人仓促买来的红缎绣鞋。

……不愧是沈荨。

谢瑾也说不上来是失望还是如释重负，犹豫了一瞬，脱去身上的喜服，去了净室。

净室的角落里有沈荨换下来的衣物，一条玄色帛裤正是她今儿穿在大红嫁衣裙子下未来得及换的，谢瑾在背她进府的时候，没少将裙裾暗暗往下扯替她遮掩。

他无可奈何地叹了一声，沐浴更衣。

"哔剥"一声，高台上的红烛爆开一朵灯花，沈荨迷迷糊糊地翻了个身，感觉身畔有人欺近，眼睛都未睁开，五指倏然探出，直接抓住对方的衣领狠狠一攥，将人按倒在身侧，一个翻身骑上来，另一只手已牢牢扼住身下人的咽喉。

"什么人？！"这一声喝出后，她方才睁开还有些黏糊的眼睛。这一看，她顿时有些讪讪的，忙把扣在人喉间的手挪开。

"……怎么是你？"

被她制住的人便是一身红色寝衣的谢瑾，他脸上满是错愕之色，被她方才悍然的举动弄得有点蒙。

红纱帐里，乱褥之间，两人默默对视着。谢瑾乌发铺枕，寝衣的领口被她拉开了，露出锁骨处一片春肤秀色，颈间几个淡红的指印还未褪去，衬着因饮了酒而微泛桃色的眼尾颊面，显出几分别样的暧昧和旖旎。

沈荨丽眸定住，一时被这美色所迷，竟忘了动弹。

谢瑾的嘴角慢慢浮开一丝笑意，长睫下墨眸如星，含着两分讥诮："今儿我俩大婚，自然是我，沈将军忘性倒是极大。"

"睡迷了，对不住。"沈荨嘀咕一声，吹了吹额前碎发，这才准备翻身从他身上下来。谢瑾却一把抓住她左边的大腿，将她扣在自己腰间，左手沿着她的右脚脚踝慢慢抚摸上来。

"你……"

沈荨不安地扭动了一下身子。

烛光红纱掩映下，同样穿了一身大红寝衣的姑娘青丝凌乱，晕生双靥，再不是惯常的素净与清淡。

有力的手掌从她小腿上一寸寸按过，似在探寻着什么，直到身上的人"唔"了一声，谢瑾这才停下，轻轻撩起她的裤腿。

膝盖下三寸处，潦草地绑了几圈绷带，血迹早已浸了出来，只因穿了红色的绸裤，不甚明显。

谢瑾瞧着那处地方，淡淡地问道："怎么回事？"

沈荨打了个哈哈，从他身上翻下来，坐到床边，满不在乎道："小伤，赶时间，一不小心就从马上摔下来了。"

"一不小心？"谢瑾嘲讽一句，"沈将军会从马上摔下来，怕是太阳打西边出来了吧？"

"这不急着赶回来和你成亲嘛，"沈荨瞅着他笑，"我心急如焚，生怕赶不上吉时，还好，虽然迟是迟了一些，但多亏了谢将军十多首催妆诗，也算因祸得福，我甚欢喜。"

"……是吗？"谢瑾不置可否，把敞开的领口合上，坐起身来悻悻道，"大婚的日子早就定好了，什么事非要赶着今儿去办？"

沈荨垂头不答。

谢瑾看了她一眼，起身去了净室，少顷端了一盆清水出来，放到脚踏上，将她的右腿抬起。

沈荨忙道："我自己来。"

谢瑾也没坚持，坐到一旁的椅子上，看她卷起裤腿，揭开绷带，拧了盆里的毛巾擦拭伤处。

那伤处裹得极敷衍，也没怎么清洗过，这会儿伤口周围还有点污渍，沈荨脸色如常，动作粗鲁，刮到外翻的皮肉时，眉头都没皱一下。

谢瑾冷眼旁观，终是忍不住弯腰蹲下，抢了她手里的毛巾，重新拧过一遍水，轻轻擦拭伤处，动作比伤口的主人轻柔了许多。

沈荨略有些尴尬："你怎么知道我腿上有伤？"她自问行走之时并无异常，没想到还是被他察觉了，这人倒真是心细如发。

谢瑾不答，隔了一会儿反问："是去西境寄云关了吧？"

"瞒不过你。"沈荨笑了两声，"不错，我本算好了时间，一定能在昨夜赶回，没想到路上出了点意外，有人给驿馆的马下了绊子，不止我，姜铭和朱沉也着了道。"

"谁做的？你堂弟沈渊？"谢瑾握住她的脚踝，将她那条腿搭在自己的膝上，低头仔细瞧她的伤口。

沈荨很坦率："是，他应该只是想绊我一下，让我赶不及大婚。"

"你自找的，"谢瑾毫不客气地说，"你既答应了太后来我谢家，便是自愿放弃了十万西境军的统辖权，这时候又赶着去西境联络你那些旧部，我若是沈渊，心里也会不舒服。"

沈荨咬着嘴唇："你倒替沈渊说话？"

"替他说话又怎么了？"谢瑾冷笑一声，"沈荨，做人不能太贪心，你没听过鱼和熊掌不可兼得吗？"

他挪了椅子过来，将她的腿架在椅背上，起身把水盆端走，又取来药匣。

"他这是给你个下马威，警告你别再插手西境军。"谢瑾一面细心地把药粉撒在伤口上，一面说，"西境军和北境军你都想要，世上可没这样的好事。"

这人嘴里说着戳心窝子的话，手上动作却极细致轻柔，沈荨本想发脾气，又寻思着自家腿在人家手上捏着，识时务者为俊杰，遂忍了忍没吭声。

"大婚之时你若没出现，太后那边定然无法交代，"谢瑾朝她伤口上轻轻吹着气，让那药粉更均匀地落到深处，"你与太后生了嫌隙，沈渊就更能牢牢握住西境军。你一向行事还算稳妥，怎么这时倒犯了糊涂？沈渊刚刚接管西境军，正是风声鹤唳的时候，你何苦这时去招他？"

谢瑾一面说着，一面抬头瞧她，一瞧之下，不觉愣了一愣。

沈荨并未如他料想那样一脸怒容，也没准备说点什么话来反驳他，只是笑眯眯地瞧着自己。

他这才发觉自己的脸挨她的腿极近，嘴唇都快碰上那处肌肤了，而她舒舒服服地靠在床边，将被褥团成一团垫在身下，那条腿屈尊降贵地让他举着，脸上的表情仿若在说：想亲就亲一口吧。

……

谢瑾心下有点羞恼，绷着脸将她的脚放下，取了绷带来一圈圈地缠，嘴上还不饶人："这时候赶着去西境，你怕不是后悔了吧？只可惜木已成舟，你后悔也没用了，早知今日，何必当初——"

沈荨托着腮，一脸认真地打断他："谢瑾，今儿洞房花烛，你说这么多废话，莫非是想拖延时间？你若不想，直说便是，我不勉强你。"

谢瑾一口气堵在喉间，差点跳起来："拖延？我能拖延什么？沈荨，你老说这些话不觉得无聊吗？"

"咦？"沈荨笑了笑，"这是无聊的话吗？难道不是正事？"

谢瑾一时语塞，不觉朝她看了一眼。沈荨这会儿慵懒地靠在床头，如瀑青丝斜斜地堆在一边的肩头，寝衣的领口里露着一线红兜儿的金线滚边。也不知是红烛映的，还是脸上本就抹了胭脂，一向素净的脸此刻霞飞双靥，眼波如水，要命的是一条纤长的腿还被自己放在膝上，轻薄的裤角只挂在那条腿的腿弯处，如果忽略那厚厚的绷带，倒真是活色生香。

谢瑾忽而觉得唇有点干，脸有点热。

两人的目光碰到一处，都没再挪开。

绷带的结早打好了，但谢瑾的手仍放在沈荨的腿上，肌肤接触的地方，晕开一阵热意，令两人呼吸渐渐发沉，心跳也有些快。

顺理成章地，他将她那条伤腿和着另一条腿一并捞在臂弯里，另一只手臂横过她的腰，直接把人抱进了喜床深处。

全幅红纱帐幔垂了下来，一小方天地里，尽是深深浅浅的红，烛火在帐外明明灭灭地跳动着，时光的碎片浮出来，化作悠然长河，里头浸着的全是他和她的点滴往事，水到渠成地推着他拥紧身上的人。

那些针锋相对的你来我往，此时也成了浮光掠影，轻飘飘地挠在心头，无关痛痒，更无关紧要。

这一切，原来并不困难。

将沈荨揽在怀里时，谢瑾心想。

一个多月以来，他很多次设想洞房花烛夜的情形，每每到关键的时候就没法再往下想了。可是婚约已定，不管她带着什么样的目的，又是怀着什么样的心情嫁给他，他们总归成了夫妻，再不甘，再不愿，他也必须扭转自己的心态，把她当成自己的妻子看待。

谢瑾以前，没把沈荨看成是个姑娘。她和他所认识的大部分姑娘截然不同，她武力超群、性格直率、大而化之，大多数时候没个正形，有时还带着些痞气，但打仗时绝对身先士卒、奋勇无畏，在军中很有威望。

撇开那些恩怨和争吵，谢瑾私下里其实很欣赏她，不过这种欣赏他自认为绝不是男人对女人的那种倾慕和喜欢。

他也知道自己一直很关注沈荨，因为这样或那样的原因，他时常会想着她，在她不来挑衅他的时候，甚至会暗暗地去撩拨她，但从来没想过要去喜欢她，爱她，与她做一些极亲密的事——除了那次偶然的梦。

　　所以刚得知自己必须和她成婚时，谢瑾是不情愿的、抵触的。

　　他曾以为洞房这一关，自己很可能过不去，因此每天早上起床之时，都会默念三遍："沈荨是个姑娘，我将成为她的丈夫，而她将成为我的妻子。"

　　事到临头，一切居然这般容易，甚至自己没有半分勉强，他先是吃惊，后又释然。

　　也许是多日的自我暗示和情绪调整起了效果，他已经接受了她于他的这种新身份。

第四章 心上秋

红烛飞霞，锦帐流香。

意乱情迷中，沈荨两条手臂环上来，红唇颇无章法地亲过他的脸颊，又滑到他的唇边。

鬼使神差地，谢瑾略偏了偏头，几乎是下意识地避开了。

她的吻落了空。

这一下出乎意料，两个人都僵住了。

火热的旖旎如潮水般退去，几乎是瞬间便清醒过来的谢瑾意识到，自己犯了一个无可挽回的错误。

沈荨是一个骄傲的人，尽管她有时吊儿郎当、口无遮拦、喜欢口不对心地说一些让人跳脚的话，但他知道，她是极敏感和自傲的，更何况是这种时候。

果然，沈荨的手臂还挂在他肩上，但脸上的红潮很快消散，神情冷静下来，眸中的涟漪荡开又迅速归于平静，最后只剩下冷冷的一点波光。

谢瑾一动不动地凝视着她，手仍然放在她的腰上，她的衣带缠在他指间，绞得他思绪一片混乱。

红帐间只闻两人逐渐平息下来的呼吸声，沈荨一时觉得有点冷，自嘲地笑了笑，去拉他的手。

谢瑾指间缠绕的衣带却在这时被扯开了，沈荨"哎哟"一声，忙将衣带扯回来，拢上衣领。

"还真是尴尬啊,"她笑道,"好在你也好不到哪儿去,咱们这一局算扯平。"

没来由地,谢瑾心口一悸,却说不出话来。

沈荨系好衣带,转过身来,看了看神色复杂的谢瑾,扑哧一笑,将他凌乱的衣襟理了理,拍了拍他的脸颊以示安抚。

"那什么,"她状若无意地说,"忘了你有心上人,对你来说,是难了点。"

谢瑾无法解释,也不能反驳。

沈荨撩开帐幔,正欲下床,手腕忽地被人钳住,谢瑾一把将她拉回怀里,唇不管不顾地往她脸上寻来。

沈荨偏头躲开,直接一个耳光扇过去,"啪"的一声,谢瑾的脸上顿时出现五个通红的指印。

她怒道:"我早说过你不用勉强!你犯得着这样吗?"

谢瑾胸口起伏,慢慢伸手抚上自己的脸。若是以往受了沈荨这一耳光,他一定会想法子讨回来,但这一次,他觉得自己该挨这一巴掌。

沈荨冷冷地看了他一眼,起身走到新房中央的八仙桌前坐下。

桌上摆了几盘冷食和果点,一个托盘内放着一壶花雕和两只小酒杯,是给新婚夫妇喝交杯酒用的。

沈荨平息了一阵,拿起那酒壶,将倒扣的一只酒杯翻过来,慢慢往里斟着酒。

正要送到唇边时,一只手伸了过来,将那酒杯夺了去。

谢瑾将那杯酒一饮而尽,说道:"你腿上有伤,最好不要喝酒。"

"也对,"沈荨似乎已经忘了刚才的不快,笑嘻嘻道,"那么,交杯酒也不用喝了,反正你也没挑我盖头。"

谢瑾默不作声,脸色阴沉地在她身边坐下。

沈荨凑过去,捏着他的下巴瞧了瞧:"哎呀,打得狠了些,对不住了,要不擦点药吧,不然明儿怎么见人?"

她这心情倒恢复得快,谢瑾半真半假道:"别人问起,就照实说是被你打的。"

"别呀,传出去别人还当我多凶。"沈荨起身去拿谢瑾刚才留在椅子上的药匣,抱过来放在桌上,"哪瓶是消肿的药?"

谢瑾瞟了一眼:"青色缠花枝的那个。"

沈荨取了匣子里的小棉花棒,蘸了药粉细心地抹在谢瑾脸上有点红肿的指印上。

红烛悄无声息地燃着,远处传来隐约的打更声,没有闭紧的窗扉灌进丝丝夜风,吹得窗前梅瓶内插的数枝朱瑾影影绰绰地晃。

夜阑人静，烛影摇红。

沈荨的手很稳，一面抹着，一面说："时间也不早了，抹完药就睡吧，先说好了，我习惯睡外头，你睡里头。"

谢瑾没出声，沈荨收了药瓶，瞥了他一眼，似笑非笑道："咱们也不是非要圆房不可，你不必有什么负担，总归我嫁给你也不是为了这个。"

谢瑾长眉一挑，语声平稳地问："那你为了什么？"

沈荨打了哈欠："你心里不是有答案吗？何苦问我？"

谢瑾将她的手一按，一双黑眸清澈澄亮，目光似网，牢牢罩住她："监视和牵制我谢家也就罢了，横竖我们身正不怕影子斜，但你若要打八万北境军的主意，我劝你趁早死了这条心。"

沈荨啧啧叹了一声，拿手去按谢瑾微微拧着的眉心："你瞧你，眉头又皱这么紧做什么？放心，我不为难你。"顿了顿，又促狭地笑着补充，"无论什么事。"

谢瑾气得牙痒痒，偏这情形这时辰也不好发作，只哼笑一声，起身走到床边，果然依言睡到了床里。

沈荨也上来了，连日奔波，她应该是累极了，没一会儿就沉沉睡去。

谢瑾听她呼吸既轻且长，翻过身来面向她。

红烛燃到半途，这会儿火光格外明亮，透过纱帐清晰地勾勒出对面人的轮廓。她侧身而睡，一弯腰窝凹着柔美的弧度，一手压在枕下，另一条胳膊横在大红丝绣缎面的被子外，袖子卷上去，露出一截小臂。

谢瑾叹了一声，将她压在枕下的手抽出来，两条胳膊都塞回被子里。

次日松渊小筑内当值的婆子领着两个沈荨带来的小丫鬟去敲门，听里头静悄悄的，本以为这门得敲一阵，哪知刚敲了一声，门就开了。

开门的是谢家昨儿新进门的大少夫人，她身上穿得周正，发髻却很散乱，见了来人，脸色微微一沉："怎么这时辰才来？"

得了谢夫人吩咐故意晚来的婆子和两个小丫鬟都不敢吱声。

沈荨也没什么废话，只说了一句："明儿起，若我不上朝，一律卯时正过来伺候。"说罢，叫了小丫鬟进去，"帮我梳头。"

谢瑾从谢家练武堂回房时，沈荨正坐在窗前的梳妆台前。她穿了绛红上襦搭烟水色半臂，配了条茶白六幅湘裙，丫鬟给她绾了个随云髻，发髻上插着一支赤金烧蓝的衔珠凤钗。

正往净室走的谢瑾看了她片刻，不知想起了什么，走到她跟前，朝她耳垂处瞄了一瞄。

玲珑小巧的耳垂穿着一根细如发丝的银钩，下面挂着一只玛瑙小耳铛，只一眼，便看得出上头并不是耳夹。

谢瑾垂眸，自嘲一笑，去净室洗漱更衣。

夫妻俩收拾妥当，到正院给谢戟夫妇敬茶。

谢夫人高高兴兴地接了儿媳妇敬的茶，心下特别满意。

她这大儿子，从小老成持重，成天顶着一张冰块脸，沉稳是沉稳了，外人也都赞誉有加，可她就觉得这孩子怎么看也不像个少年人，死气沉沉的，让她这做娘的看了都没什么好心情。

所以不怪她喜欢沈荨，自家儿子也只有在这姑娘面前，才有了几分少年儿郎该有的模样。俗话说不是冤家不聚头，她很早就发现，儿子在沈荨面前，脸上的表情和情绪都来得特别强烈，很有精神，就算是生气，整个人也生动了许多。

不过因为沈家和谢家向来对立，儿子不太可能把这姑娘娶回来，谢夫人深以为憾，暗自抱憾好多年。听到太后和皇帝有意撮合两人时，她先前还不敢相信，再三确认无疑后，不由喜出望外。

这可不是自古姻缘由天定，月老自有好安排吗？

当然，坐在她旁边的谢侯爷可能不是这么想的，但谁管他呢？反正她对这桩婚事特别满意，连带着瞧儿子也顺眼许多。

她亲切地赏了儿媳妇一匣子丰厚的见面礼，吩咐儿子："今儿天气好，你陪荨儿去城外的枫露山走走吧，听说山上的枫叶都红了，你们不久就要离京，趁这时节好好散散心。"

谢瑾却恭敬道："母亲，孩儿恐怕还是得去西京校场，这批新兵得操练得像个样子才好带去北境……如今天气转凉，北边不久就会降雪，一旦大雪封山，路就不好走了。"

谢戟的目光一直在谢瑾略有些发红的一边脸颊上打转，闻言瞪了谢夫人一眼："瞎安排什么？正事要紧。"说罢，很和气地问沈荨，"荨儿没什么意见吧？"

沈荨忙道："自是军务重要。"

谢夫人无奈，只得携了沈荨的手，笑道："我在淡雪阁那专门给你扩了一间书房，就在云隐书房隔壁,一会儿我领你去瞧瞧。"

早膳后,谢瑾领着祈明月骑马去了西京校场。谢夫人因要处理家事,把沈荨领到淡雪阁后坐了一会儿就走了。沈荨在自己的书房内写了两封信,想了想,推门进了隔壁谢瑾的书房。

谢瑾的书房应该也是不久前翻新过,窗明几净,一尘不染,书案书架与她书房里是一样的,这会儿还散发着花梨木淡淡的清香。

东边的屋角放置着半人高的沙盘,沈荨走过去看了看,里头是北境一线山形地势的微缩模型,正中的关隘处正是望龙关,周围山势起伏,蜿蜒盘旋,上至关外樊国疆土,下至望龙关下的靖州城,都做得异常精巧。

沙盘上方的墙壁上挂着一张崭新的北境地图,沈荨瞄了一眼,便知是最近重新绘制过的,几次与樊国交战中新开辟的战场都被重点标示了出来。

西边的墙壁上挂着两幅字画,都是谢瑾自己的笔墨。

右边一幅画是《春山牧雨图》,图中山林染翠,烟云漠漠,细雨霏霏中曲涧雾浓,隐见牧人骑牛而归,其用笔时而墨洒,时而细点,浓淡相宜,极有意境。

右下角处的题跋是一首五言:

烟霞润广树,碧叶绣清安。新绿又一年,携雨看山归。

谢瑾这人,画技诗作也都还不错,有时还颇有点文人雅士的隐逸情怀。

沈荨的目光转到另一幅字画上。

左边的《题望龙关》画的是北境望龙山山脉中的望龙关,泼墨写意,只寥寥数笔,雄关漫道,万壑千嶂,锋凛气势便扑面而来。

左上角题跋是一首七言:

关山冷月孤雁高,烽火长缨金鼓急。晓动寒林飞将出,驰马横戈千嶂里。

沈荨心潮起伏,凝目瞧着那幅《题望龙关》,长睫掩下,半响方才微微一笑,去瞧书架上满满当当的书册。

长指沿着书籍一册册滑过,在一本简单装订的书上停了下来。

谢瑾有随手记叙的习惯,这本线装书里装订的,便是他的一些散记。少时他曾给她翻阅过,这会儿又这般堂而皇之地放在书架上,想来觉得并没有什么需要避讳的地方,她犹豫片刻,便抽出书册来翻开。

她饶有趣味地读着,唇角不觉微微翘起,眉眼俱柔。

也许记叙的人自己并没有察觉,但在这书页里,随处都可发现一个人的痕迹,她隐在字里行间,栖身在时光的各个角落里。

……洪武二十七年冬,大雪封山,粮道断绝三月有余,存粮已近告罄,三军饥寒交迫。吾令人张弓猎禽,然极寒之地,难觅其踪。吾忧思辗转,彻夜不得眠。未等山穷水绝之日,荨竟令人劈山碾冰,粮被冬衣,载车以达,此雪中送炭之恩,实重逾泰山也。后春临冰消,吾去信表恩,荨只回:"不足挂齿。"吾甚感怀。

……金秋九月,獒龙沟大捷,荨率荣策营将士与吾军会师,是夜篝火熊熊,荨与左将拼酒,酩酊大醉,竟仗气使酒,霸占吾之营帐,吾不得已,遂与左将同帐,其酒气熏天,鼾声如雷,吾睁眼至天明……

……昭兴元年春,上欲配荨于洪恩伯世子,吾回京述职,荨邀春猎,时洪恩伯世子亦随行,未几,竟掉头而去。吾策马追问,世子曰:"荨心在尔身上,尔不知乎?"吾哑然失笑,此误会大矣!须知荨乃视吾为对手,欲胜吾而后快,故而与吾射猎以赌,非着意亲近。罢!吾早闻洪恩伯世子另有心仪之人,此借口未免可笑……

"这傻瓜!"沈荨看到此处,笑骂一句。

她往下翻一页,看了一眼,捏住书页的手微微一顿。

……上京秋暮,吾于月夜邂逅一女子。伊柔婉似水,情深缱绻,吾后思之,恍若南柯一梦……

沈荨迫不及待往下翻,后一页的笔记却被撕去。

这么说来,他邂逅的这名女子便是他的心上人了?算算时间,距今也有三年了,为何他没去求娶那名女子?难道是谢家政敌之女?

第四章　心上秋

柔婉似水？情深缱绻？

初见便让谢将军这般牵肠挂肚，也不知是哪家闺秀。

沈荨胡思乱想一阵，把此事丢开，合上书册放于原位。

她继续在谢瑾书房中搜寻着，最后转到博古架上层的两个抽格。抽格没上锁，她打开一看，正是想要的东西，大致翻了翻，小心地把一个卷宗取出，抽出内中的文书，坐到书案前仔细地看起来。

这时却有人在外敲门，沈荨忙将东西放回原位，关上抽格，这才道："进来。"

进来的人是朱沉，沈荨嫁入谢家，姜铭和朱沉自然也随她搬来了谢府。

沈荨往朱沉臂膀上扫了一眼，笑道："伤还好吧？怎不多休息一阵？"

"早不碍事了。"朱沉摇头，接着俯身过来，在沈荨耳边低声说了两句。

沈荨沉目静思一阵，点头道："知道了，明儿我亲自去一趟。"

朱沉欲言又止，最后道："将军新婚，怕是不方便，要不还是我去吧。"

沈荨摇头："你和姜铭伤得比我重，万一露了行迹就不好了，而如今在上京，我只信得过你和姜铭，让其他人去更不放心，我会小心行事的。"

晚间谢瑾回了府，先去了书房。

他打开博古架上的抽格，翻开内中的几沓卷宗，细细检查了一阵，将抽格锁上。

是夜月悄风静，秋霜新降，他回到松渊小筑时，沈荨已梳洗完毕，穿了梅染色的寝衣，斜靠在新房外间窗前的贵妃榻上翻着书。

谢瑾解了甲，自去了净室沐浴，不一会儿换了寝衣出来，淡淡问："你看了我书房里的卷宗？"

沈荨将书合上，看了他一眼，心情不甚好地说道："谢将军好没意思……书房门不锁，也不派人守着，这么重要的东西放在没上锁的抽格里，不就是想等我去看吗？"

谢瑾也没否认，随意披了一件外袍，过来在她身边坐下，去撩她的裤管："今儿腿伤怎样了？"

沈荨将腿一缩，道："好多了……男女授受不亲，别动手动脚。"

谢瑾忍不住一笑："真是稀奇，沈将军不是一向不拘小节吗？"一面说，一面将她的腿捞过来，将绷带解开。

伤口已经重新上了药，他查看一番，将沈荨的腿架在垫子上："晾一会儿。"

他抬头见沈荨瞪着他，又真真假假地说："你嫁入谢家，我自然得诚心伺候，若是你少了一根头发丝，恐怕太后都得追问。"

沈荨的脸垮下来，一言不发地转过脸去。

谢瑾瞄了她两眼，问道："你瞧骑龙坳一线的布防驻军图做什么？"

沈荨转回头，拿起一边的书翻开，一副不想跟他多谈的样子，口中却道："早就说了，你这样有意思吗？想知道什么直接来问我好了，何苦绕这么个大圈子，你不嫌累吗？"

谢瑾将她手中的书抽开扔到一边："我问你你会说吗？"

两人对视一会儿，沈荨忽地笑了，坐直身子："好吧，你也不用猜来猜去，你把骑龙坳给我，我去守那里。"

谢瑾盯着她，思忖着道："骑龙坳正处于西境和北境的交界处，往上就是西凉国和樊国的接壤之地。那处地方是天堑，甚少有人攻打那条线路，守是好守了，但你手底下的人也因此不好出军功，你要那里做什么？"

沈荨瞅着他那一张俊脸，只见美目丹唇近在咫尺，颇为晃眼，很想在他腮上拧一把，手指动了动又忍住了。

"我去那里不是正合了你的意？我去骑龙坳守着，既有了差事，太后那里好交代，也不会抢你谢家的风头，再说那里离望龙关远，也免得时常在你跟前晃，碍你的眼。"

谢瑾摇头叹了一声："还是不说老实话。"

"那行啊，你把夔龙沟给我，把你妹妹调去骑龙坳。"沈荨说道，看谢瑾眉头皱了起来，终是没忍住，伸手去抚他的眉心，"你看吧，这就原形毕露了。放心，夔龙沟是谢宜妹子在守，我不会抢她的地盘。"

谢瑾一把握住她的手腕："刚才谁说的，男女授受不亲，别动手动脚？"

沈荨哂笑一声："我说的话都做得数？"

谢瑾咬牙恨道："的确，我瞧你就没一句真话。"

两人说了一阵，谢瑾进了里间洗漱更衣，沈荨仍是歪在贵妃榻上，手里拿着书，却只瞧着谢瑾挂在架子上的铠甲出神。

两刻钟后，谢瑾寝衣外头罩了件月白杭绸直裰出来了，手里拿着一卷新的绷带，坐过来把她的小腿放在自己的膝上。

他的头发还是湿的，只将鬓角两边的头发束到脑后，长发散着，一身水汽和着皂角清香扑面而来。

沈荨恍然一阵，没头没脑道："要不还是分房睡吧。"

正给她缠绷带的谢瑾动作一顿，想起清早两人起床的情形。

昨晚他一直辗转反侧，直到快天明才朦朦胧胧地睡过去，醒来时发觉胸口上压着一只胳膊，而胳膊的主人以一种极不自然的姿势被自己紧紧搂在怀里。

她已经醒了，正意味深长地瞧着他。

"抱歉，我不是故意的。"他有点羞恼，赶紧放开环在她腰上的手。

"没关系。"沈荨收回手臂，嘴角勾着一丝可恶的笑容。

这笑容令他越发尴尬，热意蹿上脸颊，连耳根都红了。

……

想到此处，谢瑾嘴角抿开一个笑，尽量轻松地说："怎么？你觉得很别扭？"

沈荨正色道："不是，我怕你觉得别扭——我看你今早也挺别扭的。"

谢瑾沉默，好半天才道："咱们现在都是夫妻了……"他停住没说，言下之意不言而喻。

沈荨却很认真地想了想："不好吧，你既有心上人，这样好像不太合适。"

"我有明确告诉你我有心上人吗？"谢瑾缠好绷带，将她的腿一搁，撩眼看她。

沈荨忍了忍，终是没忍住，高深莫测地瞅着他，慢慢地念了八个字："柔婉似水，情深缱绻……"

谢瑾仿若被蜜蜂蜇了似的，一下跳起来："你看了我的笔记？"

"是啊。"沈荨揭开灯罩，拿了案上的小银剪去剪烛芯，火上浇油道，"吾后思之，恍若南柯一梦……唉，好一场如梦如幻的邂逅，没看到后续真可惜，你为何把那一页撕了？"

谢瑾脸上的表情有一种隐秘心事被人戳破后的羞窘和愠怒，不答反问："你还看了些什么？"

"没什么，就只看了你一本笔记和骑龙坳的布防驻军图而已。"沈荨一眼看过来，"生这么大气做什么？没经你允许看了你的东西是我不对，但你若不想别人看到，就该放在隐蔽的地方锁好，就这么放在书架上，我怎么知道是不能看的？你以前自己也给我看过。"

"这么说还是我的错了？"谢瑾太阳穴突突直跳，冷笑一声，拂袖进了里间。

他疑心，这样下去，自己总有一天会被她气得肝肠爆裂而亡。以往见面不算很多也就罢了，这天地都已经拜过了，早不见晚见，夜里还同睡一张床，长此以往，这日子还真不知道怎么过。

沈荨拂了拂额前鬓角的碎发,捞起一边的书,翻开看了起来。

书架上的沙漏漏满一格又一格。几案上一盏莲花连枝灯座上的蜡烛已燃尽,她起身换了一根。

重新坐下来时,她听见谢瑾在屏风后说了一声:"三更都过了,你准备看一晚上书吗?"

沈荨瞧着手里的书,道:"你不是正生气吗?我又不是傻的,这时候在你眼前晃,不是更让你心烦吗?"

她说完,竖起耳朵听了一会儿,只听里面传来一声悠悠的叹息声,接着谢瑾绕过屏风,撩起衣裳下摆坐到桌前,倒了一盏茶没喝,偏头过来瞧她。

沈荨手里的书挡在她脸上,书卷上方却露出一双黑白分明的眼睛,眨一眨,再眨一眨。谢瑾没绷住,率先就笑了。

这一笑容光四射,烛台上的烛火配合地跳了跳。沈荨丢开手里的书,笑道:"好了,不生气了,这样才对嘛,笑起来这么好看,干吗成天摆一张冰块脸?"

"还不是被你气的。"谢瑾瞟了瞟被她扔到一边的书,"我劝你也别看了,老半天了,你就看了两页?"

沈荨嘟哝一句:"你管我?"

谢瑾喝了一口茶,手指顺着杯沿上的花纹轻轻摩挲着,犹豫一瞬,低声道:"我把那一页撕了,是因为觉得那都是从前的事了,我今后,不会再想着那件事。"

沈荨默然一阵,从贵妃榻上起来,理了理衣襟,坐到他对面,给自己也斟了杯茶。

"你后来怎么没去找那位姑娘?"她端着茶杯,意味不明地叹了一声,"你若是早娶了她,现在也就没咱俩这档子事儿了。"

谢瑾看了她一眼:"那日校场边我不是说过吗?我不知道她是谁。"

"不知道她是谁?依你的能耐,竟探访不出来?你怎么不告诉我,我也好帮你参详参详。"

"我们俩交情没到这一步吧?再说,"谢瑾毫不客气地说,"你会好心帮我?不来取笑我都算好的了。"他语气里不知不觉地带上了几分埋怨,"你哪一回不是踩我痛脚,总要看我在你面前出丑才高兴?"

"……我有吗?"沈荨讪笑两声,摸了摸自己的脸颊,"是你自己小肚鸡肠。"

谢瑾点着头笑:"是,我小气,沈将军大气,不拘小节,行了吧?过去的事都过去了，咱们能不能不说这事了？"

"不说就不说。"沈荨将茶杯中的茶一口气喝干，起身坐回贵妃榻，"骑龙坳你让不让我去？"

"你要去那儿就去。"谢瑾想了想，试探地问她，"你直管的荣策营，太后娘娘应该会准许跟你过来吧？"

沈荨瞧着案上的连枝灯，目中现出一丝恨意，语气却很漠然："荣策营……没有了。"

谢瑾吃了一惊，忙起身坐过来，问道："怎会没有了？不是编制还在吗？只听说孙将军犯了事，冯将军不还在吗？"

沈荨偏头看向窗外："壳子还在，但芯子已全部换掉了。"

"太后会允许沈渊做这种事？"谢瑾瞧着她问道，"荣策营的将士是你一手一脚亲自带出来的，对你忠心不二，两位明威将军是你的左右手，跟你到了北境，正好可以协助你牵制我谢家，断了你的臂膀，你还怎么行事？"

沈荨冷笑一声："沈渊不得太后指令，怎敢做这种事？那日我前脚被急召回京，后脚沈渊就在大营里以权压人，以莫须有的罪名押了孙金凤。冯真虽还留着，但他手下的两名校尉都给调开了，下头的副尉和士兵也给换得七七八八……所以现在荣策营还在，但已经不是以前那个荣策营了，给我我也不要。"

谢瑾没说话了，只探究地盯着她。

第五章 宵鼓乱

沈荨眸光沉沉，咬着下唇，绷紧的下颌显出几丝倔强。

"原来是被扒光了羽毛发配到我这儿了，"谢瑾笑了笑，压低声音问道，"你……做了什么事惹怒了太后？"

沈荨不答，脸转到一边。

谢瑾凝视她半晌，叹了一声："好吧，不想说就不说，我调两千人给你。"

沈荨来了精神："我就要西京校场的人，我自己去挑——这批人是新的，我更好带。"

"行啊，"谢瑾笑道，"你挑就你挑，两千人，多一个都不行。"

"我只要一千八百人就够了，你把顾长思给我。"

谢瑾愣了愣，随即眼眸一虚，提起她一条腿一扯。沈荨惊叫一声，整个人从靠背上被拉下来，滋溜一下滑到谢瑾身侧，后背的寝衣下摆向上裹去，连带着面前的衣摆都卷了起来，露出一截纤细柔韧的腰肢。

谢瑾俯身，气势迫人地欺上来，双臂撑在她身侧，牢牢盯着她的墨色瞳孔里，映出她两点小小的影子。

"沈将军真会挑人啊。"他压低声音道，鼻息拂在她的脸上，温温凉凉的，却好似烫着她的脸颊，"统共就出了几个尖子，你倒好，一下就指了最出挑的那个。"

沈荨抬手将他颊畔垂落到她颈间的发丝拨开，皮笑肉不笑地说："那你给不给我？"

第五章　宵鼓乱

谢瑾没说话，只居高临下地俯视着她。

沈荨迎着他的目光，手指撩起他一绺黑发缠在指尖，一下下绕着玩。

他的目光从她脸上移开，停在她手中自己的发丝上，唇角缓缓荡开一丝笑："给你也行，不过不会白给你，得有交换。"

沈荨咽了咽口水，一只手绕着他的发丝，另一只手往下伸，悄悄把腰上的衣摆往下拉，眉梢眼角不自觉就牵出几分旖旎："谢将军要我拿什么换？"

谢瑾将身体重量都压在了左臂上，腾出右手来，捉住她那只手放到一边，掌心贴上她的腰间肌肤，试探地朝上一寸寸地移，一贯清冷的眸中漾起潋滟波光，像是阳光下骤乱的一池春水，亮而灼人。

"……要了我的人，不出点力怎么成？"谢瑾低头，平日里清越的嗓音压低下来，和着热息吐出的一字一句，都像是文火，烧得她身体温度一点点升高，"沈将军训练骑兵很有一手，不如帮我到校场操练操练这批新兵，如何？"

沈荨瞧着他逼近的脸庞，突然就想起了昨夜被他避开的那一吻，再一想起日间看到的笔记，心一下凉了半截，面上不显，反而伸手搂住他的腰，笑嘻嘻道："操练没问题，反正我闲着也是闲着——不过说事就说事，你突然这样是什么意思？怕我不答应吗？"

谢瑾身躯僵了一僵，停止了动作。

他其实是想借着说事，在她注意力分散的情况下，水到渠成地把房圆了，以弥补和挽回昨晚的裂痕。

既然都已成婚，他还是希望彼此间能好好相处，相互都把爪牙收一收，尽可能地坦诚一些，不至因为朝堂争斗和政治立场相悖的原因，赔上彼此的终生，成为一对怨偶，那样太不值得。

一时被沈荨揭破，谢瑾有点下不来台，待要厚着脸皮继续，又瞥见她眼里一点意兴阑珊的冷，探入她衣下的手也就再没法往上了。

她明显还对昨晚的事心有芥蒂，尽管嬉皮笑脸，但他掌心下的身体却明显是绷紧的，环在他腰上的手臂也很僵硬。

觉察到她的抗拒，谢瑾也只能作罢，抽出手来将她的衣裳下摆拉下，盖了个严严实实。

他起身离开，沈荨就势坐了起来，拢了拢乱发，笑着睨他一眼："你让我去校场帮你练兵，就不怕我借机插手北境军的军务？"

"你会吗？"谢瑾反问。

"好吧，谢将军打得一手好算盘啊，物尽其用不说，还能刺探一下我有没有异心。"沈荨咬咬唇，"在你眼皮子底下我能翻出什么风浪？只有老老实实给你做牛做马了。"

谢瑾笑了一声，抓住她的话头追问："你昨晚不是说不为难我的吗？你想翻出什么风浪？"

沈荨一双眼睛转盼流光，嫣然一笑："你猜？"

谢瑾眉心又开始跳，拿指尖揉了揉，灌了一盏茶，才道："那咱们说好了，你腿伤好了就来校场，那一千八百人我拨给你，除了顾长思，再配两个副尉。但有了军职的人，不会没有野心和自己的考量，愿不愿追随你，我就不好说了，尤其是顾长思，你若能说得他心动，我没有意见。"

"知道。"沈荨收了脸上的戏谑之意，正经道，"他若不愿，我绝不勉强。"

谢瑾点着头，看了看天色："很晚了，沈将军，安寝吧？"

沈荨扑哧一笑，看了看他伸过来的手，将手递了上去。谢瑾一把握住，吹了外间灯烛，牵着她进了里间。

今晚没有红烛，屋里的灯全灭了，只有一线月光透过窗纸，投在烫了蜡的黄杉木地板上，静悄悄地氲出一团朦胧光晕。

纱帐里只看得到外头一壁乌木柜子的轮廓，窗前小几上的一只博山炉，倒因沐浴在月光下颜色亮了几分，只是此刻炉内的香已燃尽，缺了姿韵，剩下的是寂寥的沉。

沈荨睁着眼睛望着帐外，只觉心也是沉沉的，被这灰暗的静默压得有些窒息，很想要做些什么来对抗这种压抑。

身后谢瑾的呼吸平稳清浅，他昨夜几乎没睡，白日又在校场忙碌了一天，上了床很快就进入了梦乡。

床很宽，锦被下的两具身体之间还有一些距离，但他身上的热意源源不断地侵扰过来，将沈荨笼罩着，无处可逃。

谢瑾每一个轻微的动作都能被她感知，时不时地让她心惊肉跳，疑心下一刻他的手臂、他的腿，或者他的身体就会碰触到自己。

有几次，她都觉得腰上传来一阵热意，仔细辨别，却又一切如常。

沈荨也不知道自己在较个什么劲儿，她明白身体里的躁动因何而来。这种时候，只要转身把他弄醒，也许这种细微却又绵长的身心折磨就会自然而然地消散，但她咬着唇，约束着脑海中不时冒出的念头，徒劳地闭上眼睛。

她觉得自己还是应该守住尊严和底线，不是全心全意对待自己的人，她不要。

谢瑾翻了个身，呼吸仍是几不可闻，但鼻间喷出的气息拂过她的后背和颈间，让她汗毛都竖了起来。心尖像被羽毛轻飘飘地撩过，既痒又麻，还令她回忆起不久之前他手掌抚在她腰上的感觉。

中午不该睡那场午觉的，否则也不至于到现在还睡不着。

沈荨心里正想着，便觉腿上一疼，这次却真是谢瑾的腿动了动，不经意踢到了她腿上的伤处。

她伸脚往他腿上回踢了一记。

谢瑾立刻就醒了。

沈荨翻过身来，转头便见谢瑾于黑暗中看着她。

"怎么了？"他不明所以，声音带着几分刚从睡梦中醒来的沙哑。

"你踢到我腿上的伤处了。"沈荨拽了拽被子，愤愤道。

谢瑾没出声，揉了揉额角坐起身来，越过她的身体去撩纱帐。

"抱歉，我看看。"

"看什么？"沈荨没好气地道，"你睡觉安分些就是了。"

谢瑾没理她，下床点了灯烛，又坐回来，把她的腿从被子里捞出来。

烛火跳动着，铺得满室明亮，沈荨半坐起来，只捏着被角不说话。

谢瑾小心地揭开绷带，仔细看了看。

"还好，不严重。"他说完，仍是低着头，将绷带一圈圈重新缠好。

沈荨靠在枕上看他。

谢瑾肩平骨正，身形瘦削，穿了衣裳和不穿衣裳完全是两种不同的感觉。脱了衣裳时，一块块精壮结实的肌肉紧贴着骨架，沟壑分明，身上还有数道狰狞的伤疤，很有阳刚之气；穿上衣裳掩去了那身刚硬时，便显得清隽修长、风姿秀逸，当然，若是披了铠甲，则又是另一种英朗。

此刻他修眉微凝，长睫低垂掩着眸光，寝衣的领口微敞着，露出锁骨下的一片肌肤，因侧着身，披散下来的黑发正好有一绺落入衣领下，晃得人眼花缭乱。

沈荨移开目光："要是你一会儿又踢我怎么办？"

谢瑾缠好绷带，打好结，看了她一眼："你安心睡吧，我去外间榻上凑合一晚。"

沈荨打了个哈欠，眨着眼睛笑道："要不明儿让人给你把东厢房收拾出来？"

谢瑾犹豫了一下:"母亲那里怎么说?还是算了吧,统共没多少时日就去北境了,要不明儿起我直接宿在营里,母亲问起就说营里军务多。"

"随你。"沈荨拽了拽被子,躺下身来。

谢瑾把纱帐放下,又吹了灯,随手拿了架子上的两件外袍当被盖,去了外间。

次日沈荨带着朱沉骑马出了谢府,到城外宝鼎寺上香。

转悠了一个上午,她慢悠悠地回了城,却没往谢府走,和朱沉七拐八绕,转进一条偏僻的小巷,进了一间小院。

一炷香功夫,两人换了装扮推门而出,策马行至城西的飞月楼,要了三楼临湖的一个雅间。

朱沉推开窗户,外头湖光山色,景色宜人,夕阳映在湖面,染出一片金灿灿的水波。窗外不远处有一株高大的桂花树,如今桂花虽谢,枝叶仍是葱绿茂盛,虚虚挡住湖上和对面湖边过客的视线,以确保雅间的安静隐谧。

"确定就是下头这间吗?"沈荨问。

朱沉点点头:"前晚从使臣馆截下的信鸽,脚上挂着的密函确实是写的楼下那一间。"

沈荨将雅间的门反锁上,取了褡裢中的丝绳,一圈圈缠上袖口,缠完了,又去缠小腿的裤管。

"将军的腿伤不要紧吗?"朱沉看着她的动作,关切地问道。

沈荨摇了摇头,起身活动了一下身体,拿布巾蒙住脸,拽了拽腰上绳索的结,确认牢固后,轻轻翻出窗外,扒着外墙的缝隙一点点往下挪。

朱沉在窗口顺着她的身势把绳子一点点放下,等她下到二楼那间雅室窗外时,便止住了没继续放。

沈荨试了试落脚点,抬起头来,朝朱沉做了个手势,朱沉的头立即从窗口处缩了进去。

沈荨整个人悄无声息地贴在外墙上,如一只轻飘飘趴在壁上的蝴蝶。她穿了一身墨绿色的衣衫,被桂花树一挡,湖上泛舟的人就算将船驶到附近,也隐隐约约看不清楚。

沈荨屏息凝神,等了好一会儿,才听雅间的门被推开了,有重重的脚步声踏进房内,小二殷勤地跟在后头问:"客官要上点什么?"

那人答:"先来一壶碧螺春。"

第五章　宵鼓乱

这声音沈荨认得，正是数月之前随和亲的蓝筝郡主同来上京的西凉国送亲使臣鄂云。

小二上了茶后，鄂云便走到窗前将窗户一推，外头的沈荨深吸一口气，缩紧腰背，推开的一扇窗户险险刮过她的脚踝。

雅间里外的人都在等着，鄂云在室内走来走去，似乎很是焦急，不时用西凉语喃喃自语："怎么还不来？不会出了什么岔子吧？"

沈荨的心也提了起来。

不一会儿，雅间的门开了，有人走了进来。

鄂云却惊愕地叫起来："你们——"话未说完，他似是一下被人捂住了嘴，只剩下呜呜的几声挣扎之音。

一人沉声道："别出声，给我好好坐着。"

说话人的声音沈荨也识得，是上京光明卫副使肖崎。

看来得到消息，要在这里守株待兔的，不止她一人。

肖崎耳聪目明，武功高强，沈荨在窗外一时不敢动弹，呼吸也尽量放轻。

时间一刻一刻地过去，天色逐渐暗下来，里头的肖崎明显是沉不住气了，厉声喝问道："不是说戌时见面吗？现在都过了大半个时辰了，和你接头的人怎么还没来？"

趁他说话的功夫，沈荨忙解了腰间的绳子，拽住绳头晃了晃，朱沉在上头收到讯息，立刻把绳索轻轻收了回去。

鄂云只哼了一声，并不作答。

肖崎冷笑道："看来是只老狐狸啊！"

沈荨也觉得看样子是等不来那接头人了，心下叹了一声，轻手轻脚地往下攀。

此时肖崎已失去了耐心，一拍桌子，大声下令："给我封了飞月楼，这楼里的人一个都不要放过，都细细地查！"

沈荨心道不好，即刻加快速度，迅速攀至下一层。

数名光明卫齐应声而去。肖崎走到窗前，伸出头来左右一看，没看到什么，朝下一瞧，却见一个黑影正沉入湖中。他目中精光一闪，喝道："原来躲在窗子外头，拿弓来！"

沈荨听他这一喝，知自身行藏已露，立刻死命往前游。游不多时，只听后面风声呼啸，一支箭矢破空而来，劈开水波，正中她的肩头，幸而被水的浮力挡了一挡，入势不深。

肖崎一箭射出，立即一挥手臂："追！"

几名光明卫直接从窗口跳下，扑入湖中，迅速朝沈荨追去。埋伏在飞月楼周围的光明卫也倾巢出动，策马沿着湖边的杨柳道包抄过来。

沈荨忍着痛游至岸边，湿淋淋地爬上岸，猛然扑向率先而来的一名光明卫，将他从马上拖下来，自己翻上马背，一鞭子狠命甩下，往前猛冲。

身后大批光明卫穷追不舍，因得了命令要抓活口，一时倒不敢放箭，沈荨纵马飞奔一阵，便将光明卫甩开一大截。

过了一段荒僻的街道，左前方隐隐现出点点火光，正是城西扶鸾山下的西京校场。

沈荨略一寻思，掉转马头往校场飞驰而去。

大半个时辰后，肖崎赶到西京校场前。

他注视着前方扶鸾山脚依着山势搭建起来的大片营帐，问一边的光明卫："确认人是进了北境军的临时营地？"

一名光明卫都护点头："确实是看到他从这个方向去的，只是我们赶到时，人便没了踪迹。"他犹豫片刻，又道，"倒是不曾亲眼见到人是否进了营地。"

肖崎沉着脸，道："罢了，少不得进去搜一搜，此事重大，谢瑾应该还是会给我这个面子的。"

他领了人往校场门口处走，向守卫说明情况，亮了光明卫副使的御赐金牌。守卫只得放了人进去，道："谢将军今晚正好在营里，我令人去通报一声。"

肖崎领首："谢将军也在？那最好不过，我这就去找他。"

谢瑾的中军大帐就搭在扶鸾山脚一片高低错落、大小不等的营帐之间，穿过宽阔的校场，依着山势上行一段，便到了北境军的临时营地。

此时晚间的操练已结束，营地里静悄悄的，大多数士兵都待在自己的帐篷内，外头只有数名士兵持刀来回巡逻，井然有序。

肖崎到了中军大帐前，早有卫兵得到消息，见他来了，便将帐帘高高撩起。

他迈入帐中，坐在案前执笔画图的谢瑾忙站起身来。

肖崎抱拳行了一礼："下官见过谢将军。"说罢，抬眼见谢瑾只穿了一身白色单袍，头发虽束着，但发丝凌乱，脸颊上还有几许似是而非的红晕，忙又道，"打扰了将军休息，十分抱歉。"

第五章 宵鼓乱

"无妨,"谢瑾还礼,微微笑道,"肖大人不必客气,我已听卫兵说了,若不嫌弃,肖大人便在我帐中歇息歇息,让手下去搜便是。"说完,吩咐一边的祈明月,"传令下去,让所有人都出帐,配合光明卫进行搜查,每个营帐都不要放过,一切行事听从光明卫指挥,不得有误!"

祈明月得令而去,肖崎忙谢道:"多谢将军配合。"

谢瑾请肖崎坐了,又命人上了茶,笑道:"出了什么事,竟劳动肖大人?"

肖崎叹了一声,看左右无人,便俯身过来压低声音在谢瑾耳边道:"几日前兵部发现少了几份重要的文书,不瞒谢将军,正是西境线寄云关一带的布防驻军图。"

谢瑾吃了一惊:"什么人这么大胆?"

肖崎忙"嘘"了一声:"谢将军小声些!这事可绝不能外传。"他说罢,又道,"目前我们还没有头绪,只加强了使臣馆周围的监视。前晚我们在使馆外头截下一只信鸽,是西凉送亲使臣鄂云放出的,信上与人约了在飞月楼碰头。我们猜想,对方也许就是这名盗了布防驻军图的人。"

谢瑾点着头:"多半错不了,寄云关一带的布防驻军图,正是西凉国想要的。"

"可不是?"肖崎接口道,"只可惜,人是来了飞月楼,我们却没逮住,这人滑溜得很。"

谢瑾替他添了茶,安慰道:"肖大人辛苦,且安心等消息,我这里依着山势,又不能把整座山都封了,还真说不好有没有人偷偷摸进来。"

肖崎苦笑:"谢将军别说,我还真派了一队人去后山搜寻。"

谢瑾赞道:"肖大人做事周全,可需要我派人协助?"

"那就烦劳谢将军了。"肖崎忙道。

谢瑾又唤了人进来,叮嘱一番后,过来陪肖崎说话。

两人在帐内东拉西扯,茶水足足喝了两壶,方有光明卫进来禀告,说是未曾发现可疑之人。

谢瑾问道:"所有人的身上都看过了?每个营帐都搜过了?"

那光明卫道:"都看过了,并无人肩上有新添的箭伤,营帐也都搜过,只除了——"一面说,一面朝谢瑾这大帐的内帐帐帘瞄了一眼,言下之意,只剩下这中军大帐的内帐没搜。

谢瑾脸色微变,起身笑道:"既是都搜过了,那肖大人看,光明卫是不是可以撤了?"

那名光明卫询问地看了肖崎一眼，肖崎早将方才谢瑾的神色变化瞧在眼里，朝手下使了个眼色，也笑着站起身来。

那光明卫一个箭步冲到内帐前，正要伸手去掀帐帘，忽觉眼前一花，一个人影倏地掠过来挡在跟前，将他伸出的那只手臂扣住。

一时间，帐内的气氛变得剑拔弩张。

谢瑾脸色一沉，目色一寒，冷冷道："怎么，光明卫什么时候这么没礼貌了？内帐是本将歇息的地方，莫非你们怀疑本将？"说罢，一手把自己的衣衫撩开，露出肩膀亮了一下，又合上衣领。

肖崎假咳一声，面上堆出笑容，道："谢将军误会了，今儿多谢您配合，不过还请配合到底，您这内帐，我们瞧一眼，回去也好交差不是？"

谢瑾脸色铁青，放了那名光明卫的手臂，寒声道："肖大人真要看？"

肖崎盯着他，缓缓点头。

谢瑾冷笑一声，自己将帘子撩开一线，道："里头是我夫人，肖大人是否要进去验明正身？"

肖崎走到内帐前头，从撩开的一线帘子往里一看，只见里头的床榻上，一名女子散着一头青丝，正拥被而卧。她似乎睡得很沉，一截光溜溜的手臂露在被子外头，连带着半边圆润的肩头，也在青丝覆盖下若隐若现。

肖崎心里打了个突，正要退开，身后那名光明卫也将头伸过来，肖崎将他的头往边上一按，喝道："不知好歹的家伙，这也是你能看的？"

他呵斥完了，又对谢瑾拱手行礼，赔笑道："得罪，得罪！下官莽撞，不知沈将军在此，还请谢将军多担待！"

谢瑾放了帐帘，只淡淡笑了笑，走回案前，拿起砚台边搁着的湖笔，送客的意思很明显。

肖崎赶着说了两句好话，辞了谢瑾出来。

那名光明卫跟在肖崎后头，一面走一面问道："肖大人，里头真是沈将军？"

肖崎道："不是她是谁？刚成婚，谢瑾还没这个胆量把其他女人弄到军营里来。"

光明卫笑道："不是说谢将军和沈将军向来不合吗？这么看，这两人倒是新婚宴尔，一刻都舍不得分开啊。"

"你懂什么？"肖崎大步朝前走，"说到底，合不合只有他们自己才知道，你没见谢将军穿的什么？戌时还没过，寝衣都穿上了。"

那光明卫脸上露出恍然大悟的表情，不怀好意地笑了一声："哎呀，若是我们真打断了谢将军的好事，大人您说，这谢将军会不会怀恨在心？"

肖崎笑骂一声："滚。"

谢瑾在帐内听得人去远了，出来将帐前的卫兵都打发了，掩好帐帘，进了内帐。

他走到床榻跟前，将床上人散在肩头上的黑发撩开，露出发丝遮掩下的箭伤，摇头叹道："你这是撞了邪吗？又不是打仗，接二连三地挂彩。"

沈荨在被子里闷笑一声，翻身坐起，拿被子裹在身上，道："拿件衣服来穿。"

谢瑾拿来一件自己的中衣，从后面给她披上。

沈荨穿好了衣服，回身问道："他瞧见我肩头没有？"

谢瑾嘴角一抿："瞧见了，应该不会怀疑到你身上，你可以洗脱嫌疑了。"

"多谢。"沈荨抿嘴一笑，"有吃的没有？"

"这会儿没有，"谢瑾毫不客气地说，"说了老实话才给吃的。"

沈荨白了他一眼："不给吃就不给吃，又不是没饿过。"

谢瑾心下有点烦躁，起身瞅着她道："打定主意不说是吧？肖崎大概还没走远……"

沈荨狠狠地瞪着他："你敢？"

谢瑾笑了一声："试试？"

"你才没那么傻，喊回肖崎不就把你窝藏案犯的罪名坐实了吗？"沈荨俏脸一板，眼睛却眨了眨。

"你也知道你是案犯啊？"谢瑾摇头叹息，"我也不要求你对我感恩戴德，说句实话有那么难吗？"

这时祈明月在帐外大声唤道："将军。"

谢瑾出了内帐，走到案前坐下："进来。"

祈明月提着一个食盒进来了。

谢瑾问他："马处理干净了没有？"

祈明月点了点头。

谢瑾道："你去吧，回府跟老爷夫人禀告一声，再叫丫鬟给你拿两套少夫人的衣服——遇到查宵禁的人，知道怎么说吗？"

祈明月笑道："知道。"

谢瑾提了食盒，掀了帘子走进内帐，放到角落的小几上，慢悠悠地揭开食盒，等食物的香气在帐中蔓延开来，方才笑问："想不想吃？"

沈荨一时找不到放在枕畔的发簪，下了床直接走了过来。谢瑾正将盘盏摆好，以为她要来抢食，手臂一挡，哪知沈荨看都不看食物一眼，拿起桌上的一根筷子走了。

"挺有骨气啊！"谢瑾赞了一声，偏头去瞧她，正好看见她缩进被子里的两条长腿。

谢瑾喉结滚了滚，移开目光。

沈荨把头发挽了几转，拿那根筷子插着固定住，问他："我的衣服呢？这会儿应该干了吧，没干就拿去烤一烤。"

"我直接烧掉了。"谢瑾一面说，一面舀了一碗粥。

这粥是伙帐里的伙兵赶着开小灶熬出来的，又香又稠，还很烫，谢瑾搁在几上晾着，起身拿了药箱坐到床边，笑道："这会儿可以包扎了。"

第六章 重阴开

沈荨坐直身子,谢瑾将衣衫从她肩头拉下,专心侍弄她的伤口。没一会儿,纱布贴了上来,她的胳膊被身后的人从衣衫里抬出来,绷带绕过腋下,在后头被谢瑾轻轻绑好。

手没有移开,一点点地摸着她背上的其他旧痕,那些伤早已没了痛感,此刻被那只游移的手掌抚着,慢慢就抚出了细微的颤抖和酥软。

"疼吗?"谢瑾的声音带着几丝压抑。

"疼啊,怎么不疼?"沈荨照着额前的碎发吹了口气,满不在乎地说。

"知道疼就少惹麻烦。"谢瑾恨恨道,将她的胳膊塞回衣衫,拉好衣领。

沈荨系上衣带,信口胡言:"忍忍就过了,小时候有个和尚给我算命,说我活不过四十,既是如此,不趁活着的时候多折腾折腾,那多亏。"

她说完,听背后没了声息,转过身一看,谢瑾一脸疑惑,似在辨别她话中的真假。

"真的?"他问。

"当然是假的!"沈荨哈哈一笑,抬手去摸他的脸,"那和尚后来说,如果我娘多给五十两银子,他便做法给我改命,保证我活到七老八十,结果被我娘给赶跑啦!"

谢瑾咬牙拿开她的手:"少说两句我不会当你是哑巴。粥差不多凉了,我端过来?"

沈荨把头一撇:"我不吃。"

谢瑾盯了她半响，起身端了粥过来，往她面前一递："不说就不说，自己能吃吧？"

沈荨抬起左臂接过那只粥碗，因牵动伤口，忍不住"嘶"了一声，紧接着却冲他嫣然一笑："谢将军喂我？"

谢瑾走开："想得美。"

沈荨嘀咕一声："好事做到底嘛。"

她用右手拿着勺子，舀了一勺送入口中，粥温温的，正是她习惯的温度，吃了几口，偏头去看谢瑾。

谢瑾正在收拾药箱，头略微低着，也不知在想什么。

"谢瑾，你有没有发现，"突如其来地，沈荨很认真地道，"你其实对我挺好的。"

谢瑾抬头看了她一眼，只哼了一声。

"真的，早我就发现了，"沈荨感慨道，"大概是如果少了我这个人跟你争、跟你抢、惹你生气，你的生活会很无趣，也会很寂寞，所以你不管多不待见我，却总还是护着我、纵着我。"

谢瑾心头一震，合上药箱，眼神复杂地看向她。

沈荨下半身窝在被子里，腿上垫了张布巾，一手掌着粥碗，一手拿着勺子轻轻地在碗里搅动着，脸上的神色很柔和，瞅着他的眼睛里跳着两簇小小的烛火，明亮又摄人，只可惜头顶发髻间插着的一根筷子有些扎眼。

谢瑾目光在那根筷子上停留一瞬，啼笑皆非地移开了。

"你自己没发现吧？"沈荨埋下头继续喝粥，咽完一口，才又道，"你记不记得，洪武二十八年的秋天，咱们在蒙甲山碰了头，你不同意我带骑兵营去突袭，说太过冒进。最后吵崩了，你一气之下带了人就走，而我后来突袭成功，你嘴上只说是侥幸，但其实……"

她停住没说，望着谢瑾微微一笑。

谢瑾有点不自在，嘴硬道："不是侥幸是什么？"

"你亲自带人远远在后头跟着，我知道，所以心怀胜念，一往无前，没有任何后顾之忧。"沈荨轻声道，望住他的眼睛，"还有今天的事……"

谢瑾只轻咳一声，没说什么。

沈荨垂下眼："这些我都很清楚，心里是很感激你的，不是我不愿说，而是现在还不是时候，等时机适合，我会把该告诉你的事，全都原原本本地告诉你。"

谢瑾默默地看她把一碗粥吃完，这才端了一盏茶过来，等她喝了几口茶，把空碗和茶盏拿开，淡淡道："吃饱了就睡吧，明儿咱们还得回你家归宁呢。"

他说罢，伸手将她头上那根碍眼的筷子取走，揉了揉她散下来的乱发。

沈荨满意地叹了一声，缩进被子里，双手捏着被头，眼神亮晶晶的，笑着说："真是天有不测风云，今晚还是得和你睡一张床。"

谢瑾面无表情道："是你自己赶着过来的，我避都避不开。"

"是是是，"沈荨这会儿脾气很好，顺着他说，"是我赶着来的，你睡觉不许踢我！"

军帐里的床榻比府里的简陋很多，最关键的，是窄了很多，对于深秋的夜晚来说，被子也过于单薄。

所以当谢瑾在外帐处理完事务后，上了床就发现，这于他实在是一种折磨。

尤其他因琢磨了一会儿沈荨睡前说的那番话，搞得自己了无睡意。

两人的身体时不时就会挨在一起，睡着了的沈荨很不老实，也不知是惯常这样，还是因被子单薄而感觉冷，不停地往他身上贴。左臂卡在他怀里，头也顶着他的肩膀，最后干脆把他的左肩当枕头，脑袋整个儿移了上来，蹭着他的颈窝，对着他的颈侧呼吸。

谢瑾想要把她推开一些，又怕把她推下床，只能自己尽可能地往边上移，最后半边身子都悬在了床外。要命的是她的腿又缠了上来，他忍无可忍地捉住她的腿想要将之挪开，却发觉触手之处一片细润滑腻。这一下火上浇油，他急忙把手抽开，狠狠地起了身，逃去外帐。

他烦躁地按着太阳穴，想起洪武二十八年秋季的那桩往事。

那时西凉王趁西境线各个要塞间正调整兵力之时，派了七万大军前来攻打寄云关。双方僵持了三四日，沈荨把孙金凤留在关墙内指挥防守，自己领着一万骑兵趁夜绕出边墙，准备突袭西凉军暂留在蒙甲山腹地的三万后援军，在蒙甲山边缘的月风谷与听到消息主动率兵前来支援的谢瑾不期而遇。

两人一见面就大吵了一架。谢瑾认为她作为大军主帅，丢下风雨飘摇的关墙，冒险去偷袭三倍于己方兵力的西凉军过于轻率；沈荨则认为对方绝不会想到这时的寄云关守军居然还敢分出兵力来偷袭西凉后援军，突袭可以收到出奇制胜的效果，而一旦消灭了对方的后援军，攻打边墙的西凉军便会军心涣散，自乱阵脚。

谢瑾试图说服她，自己带了一万兵马，不进入寄云关，只驻扎在关外不远处，人数虽不多，但可以与关内的守军共成掎角之势。这样一来，西凉军便不得不顾忌到自己这支队伍，从而不敢随心所欲地攻打边墙，如此可以慢慢消耗掉西凉军的士气和补给。

沈荨嗤之以鼻，说他太过保守，消耗是双方的，而自己不想再等。

两人谁也不能说服谁，最后谢瑾一怒，扭头就走。他一路生着气，走了不久，却又悄无声息地掉了头，偷偷地跟在沈荨军队的后面。

谢瑾这时回想起来，虽然自己是为大局着想才不得不妥协，但当时满脑子想的，却都是她发生意外的各种情形，越想越心慌，手中的长枪都快被捏出水来，非得要跟在她后面才心安。

类似的情形也还有几回，每回他都恨得牙痒，但不管闹成怎样，只要下一次她来信征询或者求援，他又会迅速地作出回应，遇到无人可解的难题，他也会第一时间想到她。

气她恼她，但见不得她出事，每次不欢而散，也总有各种各样的理由，让他没法坚持不理她。

那次和沈荨一起带人潜进西凉偷马种，是她成年后唯一一次在他面前受伤。他亲眼看见那支箭矢插进她的前胸，再往下两寸便是心脏，当时便觉得那一箭好像插进了自己的胸口，疼得透不过气来。

他对自己的这些心绪不是一无所知，但一概归结为对手和伙伴之间的惺惺相惜，现在看来，其实远不是这么回事。

若非他一直念着一缕虚无缥缈的情缘，或会早些明白过来。那晚宫宴上皇帝说众人"一叶障目"，其实他自己又何尝不是？

谢瑾苦笑一声，不声不响地回了床上。

秋被单薄，她一个人睡着怕是会着凉，他犹豫半晌，将手臂从她颈下穿了过去，避开肩伤，将她揽进自己的怀里。

沈荨的手臂自然而然地挂了上来，舒服地往他颈窝拱了拱。

这一夜谢瑾几乎没合过眼，犹如抱了个火炉的沈将军倒是睡了个安稳觉，醒来觉得肩上的伤口都不太疼了。

昨夜祈明月取来了沈荨的衣物和谢夫人准备的一大箱子归宁礼，一大早便送至帐前。谢瑾刚刚在外帐处理完了晨间的军务，沈荨便穿戴停当出来了。

两人直接去了沈荨的抚国大将军府。

沈炽今日也很早便来了，沈老爷子对这个孙婿还算满意，只是他向来和谢家人没有什么话可说，只半阖着眼，坐在椅上听沈炽和谢瑾有一搭没一搭地说话。

沈炽早年间也在西境军中领兵打过仗，后来在八年前寄云关的惨烈战役中伤了腿，便回上京做了个闲散侯爷。他为人和气，做事堪称八面玲珑，与上京的诸多官员都有很不错的交情，遇上了老对头谢家，也总是礼让三分，就连谢戟也挑不出他什么错。

他的长子沈渊比沈荨小两岁，熟读兵法、骁勇善战，很小的时候就在西境军中立下了赫赫军功，只是上头总有一个沈荨压着，虽说都是沈家人，但沈炽心中毕竟有些遗憾。

如今沈荨嫁去了谢家，沈渊接管了西境军，他心中反对这个侄女生出了几分不忍之意，因此今日也就关切地问了谢瑾诸多琐事。

谢瑾在一边彬彬有礼地回答着，沈荨坐了一会儿便不想再听，去了后院找祖母说话。

祖母已经有些糊涂了，见了沈荨也不大认得，还时不时把她认成自己早已去世的大儿媳梁玉。沈荨虽知自己常年在外，祖母不熟悉她也正常，心里到底有些酸楚，陪祖母说了些驴唇不对马嘴的话后，便出了院子，蹲在池塘前一棵老榆树下发呆。

树是先帝赐了府邸后，沈荨从侯府里移植过来的。

八年前爹娘战死西境，等到她重新整顿了西境军，回上京述职的时候，昔日的侯府早已被二叔二婶改造得面目全非。父母和她自己的院子虽还保留着，但并没有用心打理。墙角青苔成簇、假山后荒草丛生、鱼池干涸、庭院荒芜，一片败落之景，唯有父母院子里的这棵老榆树，一如既往的枝繁叶茂，并未因此受到影响。

沈荨没对二叔二婶表露什么不满，一等御赐下来的将军府重新修整装潢完毕，就收拾东西搬了过来，走的时候，请花匠将这棵榆树一并移植了来。

刚移植来的时候，曾有一度，沈荨以为这棵老树被自己折腾死了。结果到了第二年春她再次回京时，这棵榆树居然又焕发出了新的生机。

只是，树可以复生，人却回不来了，不只她的爹娘，还有千千万万在那场战争中，本不该牺牲的无辜将士。

千峰染血，白骨为径。那一年，本该将西凉军阻断在蒙甲山翠屏山谷的四万西境军骑兵，反被事先埋伏在山坳中的西凉军封住了退路，以迅雷不及掩耳之势杀了个精光。西凉军接着踏过尚有余温的尸体，蹚过四溢的血河，直接杀到了寄云关的城墙下。

刚接到战报，还未从哀痛中调整过来的沈焕夫妇率领步兵仓促应战，以身殉国。

后来朝廷追查原因，才知当时沈焕与统领四万骑兵的云麾将军吴文春发生争执，吴文春不听沈焕指挥，私自与手下的数名将领带着骑兵深入蒙甲山腹地，以致中了西凉军的诱敌之计。吴文春亲手断送了四万装备精良、训练有素的精锐骑兵不说，还导致了后续寄云关险些失守，大量守军牺牲的惨烈局面。

吴文春和那几名将领都是谢家旧部，人虽已战死，但仍被判了个重罪，他们的家人也受了牵连，不是被充入掖庭，就是被流放到了荒僻之地。

此事早已尘埃落定，直到半年前西凉战败，沈荨护送大宣钦差前往西凉谈和，因缘巧合之下，才知当年的惨事另有玄机。

沈荨在树下蹲了一会儿，瞅着接近午时，便拍拍袍子回了前院。

花厅中已摆好了席桌，有她最爱吃的文思豆腐和西湖醋鱼。沈荨闷头吃饭，沈炽向来看不惯她这完全称不上斯文的吃相，席间不悦地看了她好几眼，却又碍着沈老爷子，不好说什么。

沈老爷子亲自往孙女碗中舀着豆腐，这会儿眼神也好了，夹着一块鱼挑尽了细刺才送到她碗里，笑眯了一眼迭声道："喜欢吃就多吃些。"

眼不见心不烦，沈炽只好转开了目光，问谢瑾："听说昨晚光明卫办案，办到西京校场去了？有没有给你添什么麻烦？"

谢瑾道："说是案犯逃窜到了扶鸾山一带，我也就配合光明卫在营里做了搜查，亥时就查完走了。"

"哦，"沈炽若有所思地点了点头，"云隐知道是什么案子吗？"

谢瑾摇头："光明卫办案，哪会随便透露。"

沈炽忧心忡忡地叹了一声："听传出来的消息，说好像还扣押了西凉使臣，唉，西境线刚刚平稳，可千万不要再出什么岔子啊！"

谢瑾附和了两句，眼角余光瞟向沈荨。沈荨这时已经放了碗，正给老爷子盛汤，拿细银调羹挑了汤里的碎虾米，吹了吹，放到沈老爷子面前。

次日卯时不到，沈荨便着了紫色狮补官服，领着朱沉骑马到了午门外，和等待上朝的官员一起，往宫墙下的避风处挤。

暮秋时节，天亮得越发晚了，此时灰蒙蒙的天际还挂着一弯残月，秋风萧瑟，霜浓露重。文官都披上了御寒的大毛披风，武将们虽还是一身单薄的官服，但大多也搓手顿足，不时还笑骂两句"天气也寒得太早了些"云云。

与相熟的官员打过招呼后，沈荨目光在人群中一扫，在兵部薛侍郎面上停留了一瞬，薛侍郎笑着朝她行了一礼。

"恭贺沈将军新婚之喜，还以为您要多休息几日，没想到今日便来了。"

沈荨回礼："之前就告了长假，再不来的话说不过去了。"

薛侍郎上前走了两步，正欲说话，沈荨忽道："闻听军器局近日改良了一批火器，我本想去瞧瞧，但上次与军器局的吴大人闹得不甚痛快……"

薛侍郎会意，呵呵笑道："此事就包在下官身上，吴大人性子是有些左，脾气也有些拗，还请将军不要见怪。您什么时候有空，先来兵部找我，我带您去军器局。"

"择日不如撞日，要不就今儿午时左右吧。"沈荨想了想道。

"好，一言为定。"

薛侍郎走开后，远处传来一阵急促的马蹄声。不一会儿，谢家父子纵马而至，到一棵柳树下翻身下马，正了正衣冠，沉容敛目地往这边走来。

昨日归宁后，谢瑾把沈荨送回谢府，傍晚就同谢戟一道去了北境军军营。西京校场离皇宫午门距离甚远，二人应该是寅时左右便出发了。

谢戟看见沈荨，微微点了点头，笑道："来了？"

沈荨忙行了一礼："见过威远侯。"

谢瑾也是一身紫色官服，配了金鱼袋，只是胸前的补子上绣的是三品武官的豹子图案，他走过来照着沈荨身上打量了两眼，低声道："怎不多歇两日？"

沈荨笑道："你不也来了吗？"

两人并肩站在一块儿，同样的身姿挺拔，毓秀容光，周围不少官员的目光都暗暗往这对新婚夫妇身上投来。

沈荨抿唇一笑："早知你今日来，我就不来了，免得给人看来看去。"

朝中官员大婚，五日之内不上早朝，也不会有人说什么。

谢瑾无奈道："早晚躲不过，看就看吧。"

正说着，城楼上方传来庄严浑厚的钟声，卯时已到。官员们忙整理仪容，手持笏板，依官职大小在宫门前排成两纵，等待宫门开启。

少顷，宫门大开，文武两列官员自左右掖门鱼贯而入。谢瑾跟在沈荨身后，迈步进入汉白玉铺就的大殿前广场，在金水桥以南停住，听候宣召入殿。

今日宣昭帝却未上朝，说是染了风寒，为免耽误国事，因此请了沈太后垂帘听政。自宣昭帝即位以来，如此情形多不胜数，文武百官也早已习惯。

今儿早朝也大都是老生常谈，各部都叫了些苦。户部与兵部以及众武官又就削减军费问题吵了大半个时辰后，礼部出来上奏，说今年冬祭的诸项事宜已基本筹备妥当，只是根据占卜，今年皇帝出行的仪仗需比往年更盛大，是否能请兵部调集部分人马暂时扩充仪仗队，以彰显大宣威仪。

沈太后沉吟道："不必劳烦兵部，西京校场不是有威远侯父子新招募的一万两千名北境军新兵吗？我瞧着正合适，不知威远侯意下如何？"

谢戟忙道："能参与祭天，是我等的荣幸。"

沈太后笑问："我记得几日前谢将军曾奏，半月后便将启程前往北境，既如此，就往后拖几天，冬祭后再走。"

谢瑾只得持笏出列，躬身应道："臣——遵旨。"

下了早朝，沈荨被内侍请进了侧殿，等了两刻钟，沈太后才在宫人的搀扶下进来。

沈荨忙跪下行礼，沈太后笑道："起来吧，赐座。"

内侍奉上茶来，沈太后接了茶，屏退宫人，定定瞧了沈荨一会儿，方道："我也不跟你兜圈子了，昨儿光明卫抓人抓到了西京校场，把北境军营地和扶鸾山翻了个遍也没抓到人，你老实说，这事跟你有没有关系？"

沈荨诧异道："姑母何有此问？光明卫来了北境军营地搜人我是知道的。"她脸色微微一红，语声放低了几分，"我昨儿从宝鼎寺回城，在城里逛了逛就去了北境军营地。肖副使来找谢瑾的时候，我正好在他内帐里，不过肖副使与谢瑾说了些什么我没听到，谢瑾也没告诉我。"

沈太后自是听肖崎禀告过昨夜的情况，闻言笑了一声："真是如此也便罢了，别正主没逮着，倒把你给揪了出来。"

沈荨疑惑道："什么正主？"

沈太后紧紧盯着她，见她眼神中带着茫然，还有几丝委屈，一时吃不准真假，将手中茶盏递过去，脸色也和缓了几分："跟你没关系，那便最好。"

沈荨忙双手接过茶盏，低声道："谢姑母赐茶。"

此时有内侍在门口伸了个头进来，沈太后不耐烦地摆了摆手，那内侍忙将头缩了回去。

"就算光明卫昨儿追的人不是你，我也得再警告你一句。"沈太后目光锐利，语声淡淡的却极有威严，"还是那句话，如今政局尚且平稳，过去的事就让它过去好了，翻出来对谁也没有好处。"

沈荨垂首不语，沈太后见她仍是一副不卑不亢的样子，怫然不悦道："怎么，你还没死心？"

沈荨抬起头来，唇角挂着一丝笑意，慢慢道："姑母多虑了，如今我帅印虎符都已交出，人也去了谢家，哪还能不死心？"

"你知道就好。"沈太后听她话中带有一丝嘲讽之意，脸色复又冷了几分，"你须记住，你也姓沈，若是朝局动荡，对皇帝，对我们沈家，都没有任何好处。"

沈荨睫毛轻颤，眸光犹疑。

沈太后叹了一声，推心置腹地说："八年前的事，我又何尝不痛心？只是木已成舟，最重要的还是眼下。我知你不甘心，对我也有几分埋怨，可你想一想，若是你坐在我这个位置，会怎么做？"她见沈荨仍是不答，强压下心中不耐，保持着面上的和蔼，继续道，"两月前急召你回京时我已经说得很明白，先破后立，要先破了才能立。你爹是将才，但不是帅才，当年接管西境军后，一直不忍心对吴文春等谢家旧部做出该有的安排，以致长期都有部下阳奉阴违，西境军在他手里反成了烫手的山芋。若不是这场战事，你又怎么能脱颖而出，重新建立起宛若新生、对你誓死追随的西境新军？"

沈荨一口气冲上来，一时没忍住，张口说道："难道就为了掌握一支服服帖帖的军队，便要送那么多无辜的将士去死吗？他们都是我大宣的百姓啊！"

沈太后脸色骤变，额角青筋都气得隐隐跳动，倏然起身，手一挥直接将沈荨手中的茶盏拂到地上，厉声道："住嘴！我看你还是没能想明白！"

沈荨唇角微微颤抖，一言不发地伏身跪下。

沈太后胸口急剧起伏，闭上双目缓了一缓，才寒声道："荨儿，我说过了，若是时局动荡，到时候一乱起来，死的就不只是区区七八万人了，你怎么总想不明白这其中的利害关系？"

沈荨垂下头，低声道："姑母说得是，我其实也明白，只是一时……"

"眼光要放长远，这种话以后不要再说。"沈太后面色稍霁，缓缓坐下，瞧她一眼，"起来吧。"

沈荨起身重新坐下，仍是低着头不发一言。

"……这几年风调雨顺，我酌情加了两成赋税，可迟迟收不上来，江南三省巡抚上了奏折说是还需休养生息，我也只得睁一只眼闭一只眼，实际上这几省私底下可没少收赋税，多出的钱你知道都送去了哪里吗？"

沈荨抬头，以询问的目光望向太后。

沈太后冷笑道："都秘密送去了宣阳王府。这宣阳王，表面上战战兢兢，韬光养晦，什么事都是一问三不知，私底下能耐着呢。南边的漕运、海运乃至盐帮，后头都有他的人在，何况还有八万北境军，所以我让你去盯着谢家，你可别正事不干，光揪住陈年旧事不放。"

沈荨面现惭愧之色，低声道："荨儿知道了，姑母放心，我不会再糊涂了。"

沈太后这才轻叹一声，和颜悦色道："你与墨潜，都比你们的爹更能干出色，有你二人在，只要齐心合力，我们沈家这江山何愁坐不稳！"

墨潜是沈渊的字。沈荨闻言，只淡淡一笑，点头称是。

沈太后瞥了她一眼，又道："墨潜既接管了西境军，你就安心放手吧，今后私下去西境这种事，不要再做。"

沈荨分辩道："姑母明鉴，我去西境，只是为了亲自去叮嘱旧部，不得为难墨潜……我也怕当年西境军之事重演。这些旧部，都是跟着我从尸山血海中拼杀出来的，若因和墨潜起了冲突被他处置掉，我是舍不得的。"

沈太后听她这么一说，反倒笑了："你倒是坦白，如此便也罢了。行了，说这么多，我也乏了，你退下吧。"

沈荨忙起身行礼："荨儿告退，姑母保重身体。"

沈太后闭目点了点头，等她退到门口，忽又睁眼，似笑非笑地敲打了一句："我听说你与谢瑾新婚宴尔，如胶似漆。他这样的人才，也难怪你喜欢，不过还是得记着，身体是一回事，心可别放得太多，到时候收不回来。"

沈荨低头应道："是。"

第七章 薄雨初

沈太后目光晦涩，盯着她的背影，等她去远了，方才唤了心腹内侍上前，道："传令下去，盯着沈荨。"

内侍躬身应了，唤了宫人进来收拾地上摔碎的茶盏，自己站到太后身后，伸出双手在她额角轻轻按揉着，等宫人出去了，方才笑道："肖副使在外头等着呢。"

"让他等一等，这事怎么善后，哀家得先想一想。"沈太后说道，顿了顿，又恨声道，"收拾完了这个，还有那个，都不让哀家省心。外人还没怎么样呢，自己这头就这么七拱八翘的，像什么话！"

内侍安慰道："我瞧沈将军今儿的样子，应该是收心了。"

太后不答，半晌道："早知道她这么不听话，当初就该直接扶持沈渊。"

内侍笑了一声："当年沈小将军年方十五，怕是不好扶，何况不管怎么说，沈小将军比沈将军，还是差了一头的。"

沈太后叹道："哀家何尝不知？可你看看沈荨这个样子，哀家怎么放心把十万西境军再放在她手里？沈渊虽比她差了一些，胜在听话，狠得下心，人也没她这么倔。"

内侍劝解道："毕竟事情牵涉到沈将军的父母，也算情有可原，奴才斗胆，太后也多体谅体谅，不要与沈将军生了嫌隙才好。"

沈太后"嗯"了一声，没发话了。

沈荨出了宫门，朱沉忙牵马迎上前来。

已近午时，天色还是灰蒙蒙的，乌云一片挨着一片，见不到一丝阳光，宫墙下的一溜杨柳枝被寒风吹折，已经有点见黄的细叶子都凝上了一层薄薄的水汽。

朱沉展开一件大氅替她披上，沈荨翻身上马，行了一段路转身回头，自城楼的须弥座往边上望出去，远处宫楼的庑殿顶一重压着一重，气势恢宏，直逼天际。

"七八万人……"她喃喃道，唇边挂上一丝嘲讽的笑，"对于他们来说，只是一个数字，但对我们来说，这数字背后，都是活生生的，一个又一个的人啊！"

没有在战场经历过生死，不会明白那种一个壕沟里滚过、共同浴血奋战、鞍甲相击、横戈相护的同袍同泽之义。就算这里头有些人有自己的心思，但在外敌面前，他们同样毫无保留地抛洒出了自己的一腔赤诚热血。

何况还有被判了重罪的吴文春等人的家属，他们何其无辜，颠沛流离的同时还要承受来自四面八方的责难和唾弃。

她沈荨，做不到无动于衷，也做不到在知道真相后置身事外，对这样的牺牲和冤屈保持沉默。

"将军——"朱沉在她身后轻唤。

沈荨回头，问道："侯爷和谢将军呢？"

"侯爷回了侯府，谢将军去了校场，我们是回府呢还是……？"朱沉问道。

"去兵部。"沈荨一扬马鞭，"驾"了一声，纵马往兵部衙门而去。

到了兵部衙门时，天空已淅淅沥沥下起雨来。

薛侍郎听到通报，亲自打了伞迎出来。

沈荨下马，抖了抖身上的雨珠，笑道："这点雨不碍事，薛侍郎客气了，赵尚书在吗？"

"这会儿被人请了去吃酒。"薛侍郎笑道。

"早知我就早点来了，也好跟着去混一顿。"沈荨哈哈一笑。

薛侍郎摸了摸鼻子："将军若是不嫌弃的话，就在衙门里将就吃一顿便饭？"

"说笑的，哪里就缺了这餐饭？"沈荨摆摆手，随薛侍郎进了衙门，直接去了军器局的院落。

进了屋，屋角一张宽大的木架子跟前，主管军器局的兵部侍郎吴深躬着腰，拿笔蘸了墨汁，正在一张经过改良的弓弩上画着墨线。

薛侍郎轻咳一声。

吴深这才转身，不情不愿地放下笔，行了个礼："下官见过沈将军。"

沈荨颔首应了一声，也不回礼，走到屋角另一边的木架子跟前，拿起一杆飞火枪在手心里掂了掂。

薛侍郎朝吴深使了个眼色，吴深回瞪他一眼，走到沈荨身边，接过那杆飞火枪，道："这飞火枪下喷射药筒多加了一个，内有铁蒺藜和碎铁屑，杀伤力多了一倍不止……"

沈荨板着脸："看上去还不错，只是不知好不好用，别火药管动不动就堵。"

吴深脸色顿时难看了几分，耐着性子解释："这次绝不会，将军请看……"他凑近前去，以极低的声音道，"兵部文书被盗，我知道消息就递出来了，将军这边……"

沈荨唇角动了动，吴深听到她说的是："你不要管了，今后有什么消息也暂不递出，且按兵不动。"

吴深也没追问，声音提高两分："……就是这样了，将军若是不信，大可一试。"

沈荨将那杆飞火枪收了，点头道："我带回去让谢将军试一试，他是使枪的行家。"

薛侍郎在一边听到，忙笑道："正是，飞火枪又名梨花枪，据传前朝有位李将军，惯会使梨花枪，说什么'二十年梨花枪，天下无敌手'来着？这改良后的梨花枪若是到了谢将军手里，应该威力更甚。"

沈荨笑道："薛大人这话该去对谢将军说，他虽不苟言笑，想来也是爱听的。"说罢，又去看其他火器。

傍晚谢瑾回了府，踏进松渊小筑时，沈荨正站在廊下，瞧着一院斜风细雨，空蒙雾色，嘴里还念念有词。

谢瑾走到她跟前，正好听到她在念："秋风万里芙蓉国，暮雨千家薜荔村。"

他朝庭院中挂着水珠儿的苍松翠柏看了一眼，笑道："哪儿来的芙蓉花和薜荔枝？别是眼花了吧？话说回来，沈将军今儿怎的多愁善感起来，你也称得上怀才不遇，壮志未酬？"

沈荨瞅了他一眼，谢瑾一身玄甲，左手将头盔抱在肋下，浑身上下都溅了污泥，头发全都打湿了，鬓角沾着发丝，一双眼睛却是奕奕有神，颇有些耐人寻味地盯着她。

她"哼"了一声，道："你怎知我没有未酬之志？"

"那说来听听。"谢瑾很感兴趣，"你若不说，那就真是'渔人相见不相问，长笛一声归岛门'了。"

沈荨却不吭声了。

夜雨喧窗，廊灯摇曳，忽明忽暗的烛火透过纱罩，在地上投出她一抹淡影，也映着她眼里一点未曾褪去的愁色。

谢瑾身后便是茫茫雨帘，栏风长檐。

"说了你可不要跳脚。"沈荨忽而一笑，煞有介事地说道，"其中一件就是把谢将军一刀挑落马下，让他心服口服地说一声'谢云隐甘拜下风'……"

谢瑾道："休想——除了这，还有什么？"

"还多了去了，你真想听？"

谢瑾推门进屋："若都是诸如此类的雄心壮志，那我还是不听了。"他站在门口，往屋内扫了一眼，问道，"东西呢？"

"什么东西？"沈荨一时没反应过来。

"你不是让人带信给我，说从军器局那拿了一杆飞火枪吗？"

沈荨朝廊下扬了扬下巴："搁那儿了，你也不必赶着今儿就回来，明儿我去校场带给你也行。"

谢瑾忙走过去，将那杆飞火枪拿在手里，仔细瞧了瞧，徐徐道："本来今晚也是要回的，三弟的功课好几天没去盯着了。这兵部的吴侍郎也真是个人才，就是有些恃才傲物，平常也不大搭理人，做出来的好东西也总藏着掖着，还不爱听人提意见。上回我说了两句，他就变了脸，后来只给图纸不给实物了。"他说罢，意味深长地瞄了一眼沈荨，笑道，"倒是挺给你面子。"

沈荨没好气道："你没听说我上回和他闹得不痛快吗？"

谢瑾点头顺着她说："当然听说过，敢在沈将军面前甩脸子的人不多啊。"

"你也算一个。"沈荨横了他一眼，拿过他手里的头盔，"试试吧。"

谢瑾拎着那杆飞火枪走到院中，枪尖一挑，流星乍坠，水珠纷洒中，枪头如银龙出海，掠起点点寒芒，撩乱一院雨幕秋夜。

飞云掣电中，一套枪法使完，谢瑾这才按下枪杆上的按钮，枪头轰然爆开，一股烟幕疾射而出，四散弹开朵朵极细微的铁蒺藜，一时间银芒粉雾在雨帘中漫开，颇有乱花渐欲迷人眼之感。

谢瑾屏住呼吸，持枪收势，站了一会儿，往廊下走来。

他就着灯光看了看枪头，点头道："不错，一会儿我拿到书房再改改。"

沈荨跟着他进了房,谢瑾卸了铠甲,去了净室。

净室里几个保温的铜缶中都储有热水,他自己往木桶里兑好了洗澡水,脱了身上中衣,正要跨进浴桶时,沈荨抱着他的寝衣进来,往架子上一扔。

"衣服都忘了拿,"沈荨笑道,"谢将军真是贵人多忘事。"

谢瑾赶紧捞起地上的衣物挡在腰间,脸不着痕迹地红了一红。

沈荨笑嘻嘻的:"咦,谢姑娘害羞了?放心,没看到。"说罢,瞄了他一眼,笑着出去了。

这"谢姑娘"三字乃是沈荨幼时故意挑衅他的戏谑之语,后来谢瑾长大成人,她便没拿这个称呼来取笑过他。这会儿这么一说,直把谢瑾气得额角青筋直跳,忍了又忍,才把冲上脑门的那股子羞恼给压了下去。

他很快沐浴完出来,冷着脸取了一件鸦青色的外袍穿上,将湿漉漉的头发在头顶束了个马尾,拿上搭在屋角的那杆飞火枪出了门。

沈荨赶紧取了架子上的桐油纸伞追出去:"刚洗了澡,别又淋湿了。"

谢瑾一手接过伞撑开,犹豫片刻,道:"晚上或许会弄得很晚,我就在书房歇了。"

沈荨"嗯"了一声,看他走进雨帘中。

晚烟笼雾,秋雨沙沙,谢瑾走到庭院中,忍不住回身一望。

沈荨还立在廊下,秋香色寝衣外披了一件玄色直缀,黑沉沉的,像是拿深暗的罩子把自己罩着,披了一肩抑郁和落寞。

谢瑾愣住了。

这样的沈荨,是他从未见过的。

她一向意气风发,爽朗飞扬,有时候带着点让他恼恨的趾高气扬和颐指气使,有时候又狡黠蛮横地让人想跟她打上一架,却从未有一刻像现在这样,沉默无语地站在低窗长栏前,似个没有生气的雕像,扯着谢瑾的一颗心也直往下沉。

两人隔着霏霏暮雨两厢凝望,雨珠顺着桐油纸伞的竹骨边缘滴落,一滴又一滴,渐渐成串滑下。

谢瑾大步走回长廊,收了伞,又将手里的长枪往廊柱上一靠,越过一道道廊下灯影,走到她跟前,伸臂将她抱进怀里。

"到底出了什么事?"谢瑾低声问,小心避过她肩上的伤,虚虚掌着她的肩头。

沈荨没说话,这次也没有像以往那样插科打诨岔开。

谢瑾将她微微推开一些,指腹轻轻抚过她扑扇的羽睫,将颊畔散落的发丝拂开,捧起她的脸。

沈荨心头乱成一团麻,只呆呆地看着近在咫尺的脸庞。

沈太后今日的强硬态度,证实了她之前一些隐隐的猜测。这件事,很大可能与沈家脱不了关系,那么会是谁?沈炽?沈渊?沈太后自己?或者是当初还是储君的宣昭帝?但若当年是他们,那么几日前又是谁去兵部盗的寄云关布防图?

既然已经如愿把想要的兵权和皇权牢牢握在了手心,他们应该不会再做这种威胁到自身利益的事。或者说,当年向西凉国透露了军机的另有其人,只是沈家人默许了这种行为,而现在这人不满沈家当权,因而故技重演,想借打击西境军来打击沈家?

眼前迷雾重重,脚下亦是荆棘遍布。

沈荨垂眸,避开谢瑾探究的目光。

他身后不仅站着宣阳王,而且那场战争中枉死的大部分将士都是谢家旧部,而吴文春和那几名将领蒙受的不白之冤,更可能令谢家在义愤填膺之下做出一些过激的举动。

她真的能毫无芥蒂地把这些都告诉他吗?

她深信谢瑾为人,但她要查的真相若被有心之人得知并加以利用,稍有不慎,很可能便会引来沈氏大厦的倾覆,而沈太后说的至少有一点是对的——

一旦朝局动荡颠覆,牺牲的就不只是区区七八万人了。

她未曾动摇过自己的决心,但这一瞬间,她只觉得迷惘、彷徨,浑身止不住地发冷,连掩饰都掩饰不过去了。

她垂眸的那刻,谢瑾看清了她眼中的犹疑和痛苦,忍不住低叹道:"你可以信我的。"

"真的吗?"沈荨抬眼,勉强扯出一抹笑来。昏黄的廊灯下,她脸色发白,目光凄迷。

谢瑾低头,沿着她的鬓角一点点亲过来。吻上她的唇时,沈荨略一偏头,避开了。

谢瑾没坚持,但也没离开,不断轻啄着她的唇角、下巴、侧脸,带着温意的唇掠过她的眼睑,又滑到耳际,轻声埋怨道:"你非要睁着眼睛吗?"

沈荨睫毛颤了颤,慢慢闭上双目。

谢瑾的唇再次回到她的唇畔,这次,她没有避开。

温润的、柔滑的唇轻轻擦着她的,痒痒的半天没有其他动作,隔靴搔痒一般,她一时没忍住，启齿在他唇角轻咬了一下。

谢瑾浑身一震，直起身子盯着她，眼里满是错愕和震惊的神情。

"怎么了？"沈荨睁眼，看他一脸古怪，许久都不说话，眨了眨眼睛问他，"咬疼你了？"

谢瑾眼中像有薄星明灭，眸光几番变化后，几丝恍然和了悟在其间荡开，很快又归于秋水般的澄澈明净。

他轻叹一声，目光从她脸上移到她的耳垂处，手指轻轻抚弄着，答非所问道："怎么今儿没戴耳坠？"

沈荨拍开他的手："问这个做什么？我一向不喜欢戴那劳什子，麻烦。"

"麻烦？"谢瑾缓缓道，"好像有一种耳夹，戴着更方便？"

"我戴过啊，"沈荨摸了摸自己的耳垂，"以前耳洞堵着时戴过，夹得耳朵疼又容易掉。你吃错药了？干吗这么看着我？"

谢瑾这会儿眼角眉梢都润着笑意，唇角也微微扬着，低声道："你……真没有什么话想对我说吗？"

"说什么？"沈荨白了他一眼，将他一推，想转身进屋，"莫名其妙。"

谢瑾笑了一笑，一把捞住她揽回怀里："好吧，不想说就不说，你总会说的。"

他另一手扶着她的后脑勺，再次低头吻下来。

风斜雨急，凉露湿衣，长窗半掩，帘卷幽思。

廊灯下两人淡淡的影子交相投叠在一起，斜斜爬上回廊的雕花栏杆。

一吻方罢，谢瑾一臂仍然揽在她腰间，另一只手握着她有些回暖的手放在自己的胸前，平息着凌乱急促的心跳。

许久，他低头轻吻她的发丝，放开她道："三弟还在书房等着我，我去了……外头凉，你进屋吧。"

沈荨进了屋子，将有些湿意的外袍丢到一边，坐到贵妃榻上抱住双膝，静静等着。

她觉得，谢瑾今晚不会宿在书房，而她现在什么也不想做，什么也不愿去想，就等着他回来好了。

也不知过了多久，烛炬淌下的烛泪凝成了奇怪的形状，香炉内的香早已燃尽。她起身换了一块，正拿银剪去剪烛芯的时候，听到雨声中传来一阵急促的脚步声。

她的心怦怦跳了起来，片刻后，门"砰"的一声被推开了，谢瑾一身风雨站在门边，胸口微微起伏着，目光灼亮。

沈荨慢慢起了身，两人对望片刻，谢瑾什么话也没说，转身掩了门，大步走过来吹熄烛火，直接将她拦腰一抱，进了里间。

沈荨抱紧他的脖颈，将他的头压下来，凑上去亲他。谢瑾回应着她，脚步不太稳地将她抱到床边，往床里一放。正要直起身子，沈荨双臂又缠了上来，他不得不一面俯身吻着她，一面去解身上的衣扣。

走得太快，裤腿袍角都湿透了，肩头也飘湿了一大片，谢瑾很快背着灯光脱去了湿衣，再次紧紧抱住了沈荨。

那些黑暗中滋长的，彼此身体里无法言说的躁动此刻犹如破土而出的春草，蓬勃而疯狂地蔓延开来，烧得理智片甲不留。

谢瑾的手无意间触摸到她肩上的绷带时，停住了。

"今晚不行，我忘了你的伤……"

他试图抽身离开，但沈荨紧紧地搂着他的背："不碍事。"

他吻过她的眉角，脸颊紧紧贴着她。

她的思绪飘忽起来，像是看到那年上京春暖花开，少年乌发青衫，花荫间扬鞭纵马，闲闲踩碎一地斑驳光影；又似见到万里层云下，原野硝雾之中，一骑玄甲红披踏马乘风，银枪一杆杀开血路，越过苍莽烽烟潇潇而来。

万水千山，春树暮云，纵然已过了那般最青葱最耀眼的锦绣年华，终还是有了这一刻。

沈荨眼角微湿，仰头去寻他的唇，他立刻热烈地回应她。

屋内的灯光闪了一闪，烛火燃到尽头幽然熄灭，一墙之隔的廊下，半收的桐油纸伞被扔在地上，伞上的水滴滴答答地流了开去，蜿蜒成一条纤细的小河。

雨下了一整晚。屋檐下雨珠如帘，雨韵悠长。

寅时方过，谢瑾起身穿衣。沈荨缩在被窝里，拥着被子看他："可以不上朝吗？"

谢瑾道："你歇着吧，左右今儿是第五日，你不去也没人说什么，就算去了也只是陪站，又没什么要紧事。"

"那你要去吗？"

谢瑾已经穿戴停当，过来俯身把她的胳膊塞回被子里："我跟爹说好会去的。"

沈荨翻了个身："真想尽快去北境。"

谢瑾沉默片刻，笑问："你的事，不想查了？"

"不是不想查，只是现在不能查。"沈荨很坦白地说。

"那么这段时间，你可以少受一些伤了。"谢瑾打趣道。

屋里亮着灯，正往腰上系着玉带的谢瑾又恢复了清月华光的冷峻模样，周正的身架子把紫色官服衬得妥妥帖帖，眉目间还残存着一些温意，阴凛的气息散了不少，此刻看去，只如潇然玉树一般风姿清朗。

沈荨散着一头青丝，看他拿着官帽出去了，望着帐顶的流苏出神半晌，翻过身又睡了。

谢瑾走到廊下，看了看昨夜被自己扔在地上的那把桐油纸伞，笑着摇了摇头，拿起来撑开，走进零落飘飞的雨中。

这日的早朝依旧是沈太后垂帘，也没什么要紧事，一个多时辰后便散了。

沈太后下了朝，径直杀去了宣昭帝的寝殿。

殿外侍候的宫人远远看见她，正想要发声，见她一个凌厉的目光射过来，只得噤声跪拜。

沈太后自己推开殿门，威风凛凛地走了进去。

宣昭帝萧直今年二十有八，卸了冠带还是一副斯文秀气的少年人模样，此刻穿了一身明黄寝衣，正把瑜昭仪抱在膝头上，手里端了一盏茶往她檀口樱唇中灌。瑜昭仪吞咽不及，茶水顺着她修长的脖颈流下，成串儿滑进抹胸内。

萧直调笑道："高峰深壑涧水流，直下波谷桃源处。"

瑜昭仪便是半年前西凉送来和亲的郡主蓝筝。萧直喜她明媚娇艳，知情识趣，入宫当日便召了侍寝，次日封了贵人，两月前又升了昭仪，赐封号"瑜"。

瑜昭仪嗔怪地睨了他一眼："皇上是欺负臣妾从边塞来的吗？您说的什么臣妾听不懂。"

"真个儿听不懂？"萧直笑道，在她耳边吹了口气，"朕解释给你听……"

沈太后绕过屏风，一眼瞧见这情形，顿时气得浑身发抖，直接上前扯开瑜昭仪，一个耳光扇到萧直的脸上，恨声道："白日宣淫，早朝也不去上，你这皇帝倒是做得称职啊，你就不怕做了亡国之君？"

萧直摸了摸自己的脸，笑道："有母后在怎么会呢？朕不去上朝，不是正遂了母后的心意吗？也免得您过后还让人一字不漏地复述给您听，多累啊！"

沈太后怒极反笑："怎么，皇帝自己不勤于政务，反倒怪哀家管得太多？"

萧直嬉皮笑脸道："不敢，不敢，母后一直为朕掌舵护航，朕感激还来不及，又怎么会怪您？"

沈太后气得钗摇鬓晃，一口恶气出在跪在一边的瑜昭仪身上，走过去将手中锦帕往她脸上一摔："大清早的就来魅惑皇帝，你不知道自己的身份吗？皇帝的寝殿怎能留到现在？还不快滚！"

瑜昭仪赶紧磕了个头，低着头退出殿外。

萧直阴桀地瞧着她的背影，嘴上漠然说道："那鄂云，没什么证据就把人放了吧，大不了遣回西凉，派人盯着便是了。"

沈太后冷笑道："哀家用得着你来教？别以为你什么心思哀家不知道。你听好了，打明儿起好好地去给哀家上朝，不然便将你这些三宫六院都打发走，一个不留！"

萧直笑了一声，慢慢道："自是要去的，缺了太久，文武百官该说闲话了不是？"

辰时雨终于住了，夹道茵乱，残柳宿润，一片骨瘦花凋的萧瑟之景。

谢瑾于巳时左右回到了校场，骑马进北境军营地时，发现前两日令人给沈荨搭的营帐前站了姜铭，忙翻身下马问道："怎么，你们将军今儿就来了？"

姜铭拱手道："见过谢将军，刚过来一会儿，沈将军这会儿去了陈吏目那儿看名册。"

谢瑾点了点头，看了姜铭两眼："身上的伤大好没有？"

大婚之前沈荨带着朱沉和姜铭从西境边关赶回上京，为避人耳目没走官道，不想刚在附近市集中换的马被偷偷下了药，在过一处险峻难行的山路时药效发作，癫狂之下拖着人就往山崖下冲。当时姜铭不顾伤势死死拉住了沈荨那匹发疯的马，也因此三人中他受的伤最重。

沈荨特地交代过谢府外院的下人好生照顾他，没想到他也只养了几天伤，就跟着沈荨来了军营。

"已经大好了，多谢谢将军送来的跌打酒。"姜铭垂着头道。

"不客气。"谢瑾不再多说，回了中军大帐。

他进内帐刚换了铠甲出来，便听人通报说顾长思求见。

"让他进来。"

片刻后顾长思一身戎甲走进来，见了谢瑾，只扑通一声朝他单膝跪下，低着头一言不发。

谢瑾打量他片刻，不动声色道："我让人请沈将军过来，你自己跟她说吧。"

顾长思抬起头来，恳求道："谢将军——"

谢瑾打断他，冷冷道："男儿当有担当，心里有什么想法就正大光明地说出来，若说得有理，沈将军断不会勉强你。"

顾长思低头："是。"

顾长思未及弱冠，此刻靴上还有早间操练溅上的泥点，但铠甲上的污泥已被拭去，头发一丝不乱地束着，眉目端正，即使跪着也能看出身形伟岸高大，颇为英武不凡。

谢瑾命他坐了，让人给他送了茶水，自己坐在案前翻看文书。

第八章

展图现

　　一刻钟后卫兵撩起帐帘，沈荨负手而入，看见顾长思，笑了笑。

　　顾长思忙起身行礼："末将参见沈将军。"

　　"哎，坐吧，坐吧。"沈荨摆摆手，坐到他上首，瞄了一眼谢瑾，又转回头瞧着顾长思，"顾校尉有话要说？"

　　她身上伤没好，今儿不打算带兵操练，所以没着戎装，穿了一身玄色袍子，腰上束了条暗红色革带，行走间开叉的袍角内现出暗红马靴，漆黑发髻上也点缀了一根红色发带，玉面星眸，神采奕奕。

　　谢瑾的目光在她身上停留了一会儿，合上文书，也看向顾长思。

　　顾长思犹豫片刻，拱手道："末将多谢沈将军垂青，只是末将之前多受谢将军点拨，还是希望能跟在谢将军身边，一是能再多得些谢将军的指点，二是……"

　　沈荨点着头："嗯，跟着谢将军的确长进很快，二呢？"

　　顾长思咬牙道："末将家贫，家中还有老母幼弟，希望能尽快挣到军功，改善家境。"

　　"我明白了。"沈荨双手放在膝上，坐得端正笔直，语气很温和，"你觉得跟我去骑龙坳，出不了军功？"

　　顾长思不语，默认了。

　　"顾校尉是将门之后，在军中也有三四年了，最近才被调来了北境军，当知道军令不可违抗。"沈荨说道，接着话锋一转，"不过话虽如此，你们自身的意愿也不能忽视,什么事都得讲究个你情我愿不是?我知道你的理由了,你也听听我的理由?"她笑了一笑,接着道,"当年西境军和北境军本是一家,十二年前划开,骑龙坳这个地方形同鸡肋,本是划给拥有十万兵力的西境军的,但当年谢侯爷一力争取,把这个地方争回了北境,顾校尉知道为什么吗?"

顾长思有点疑惑地摇了摇头。

沈荨笑道:"那我再问,既然骑龙坳乃天堑之地,易守不易攻,数十年来也没人吃力不讨好地去碰这个硬疙瘩,为何谢将军还在北境军兵力不足的情况下往骑龙坳安置八千守军?而且那里山势险峻,峰回路转,本不适于骑兵作战,为何八千守军中还有一个五千人的骑兵营?"

顾长思想了想,道:"是为了便于增援附近的要隘?"

沈荨没摇头,也没点头,语声平稳地说:"有这个因素,但山路难行,附近要隘一旦有险情,从骑龙坳去支援,是有些费时费力的。"

顾长思不由地朝一边的谢瑾看了一眼,道:"这……"

谢瑾眸光如常,看不出什么波动,但唇角挂着一丝隐约的笑意。

"谢将军的谋思布局,"顾长思呐呐道,"岂是我等能猜的?"

"此言差矣!"沈荨摇头,颇有些严厉地道,"既想要在军中出人头地,眼光可不能局限在自身的位置上,把自己的身位拔高,试着从上头的角度来看一看,想一想,如此方能举一反三。当你坐上更高的位置时,才能有所准备,不至于手忙脚乱,力不能支……顾校尉莫非想做一辈子的校尉?"

顾长思被她说得冷汗直冒,谢瑾在一边瞅着他暗叹一声。顾长思勤勉好学、勇猛无畏,但心思的确不够敏捷,大局观也欠缺一些,还有待磨炼。

沈荨看了一眼谢瑾:"麻烦谢将军把骑龙坳的地图给我。"

谢瑾早就准备好了,听她一说,便将案上的一个卷轴拉开,起身挂到桌案后的楠木屏壁上。

顾长思跟在沈荨身后走到地图跟前,看了一会儿,眼睛一亮。

注视着他的沈荨微微一笑:"想到了?"

顾长思道:"末将试着说一说,骑龙坳往上便是西凉国和樊国的接壤之处,谢将军在这里放的兵力,其实不是守,而是攻。"

"对了!"沈荨一拍手掌,哈哈笑道,"孺子可教也。"她照着谢瑾横了一眼,笑道,"谢将军前几年在这个地方放这么多兵力,西凉人和樊国人早已习惯,就算之前有过警觉性,几年过去也磨平了,只当是他为附近的要隘协调兵力所用。所以一旦决定要从骑龙坳攻上去,根本不需再从其他地方调先锋军过来,因此也就不会引起西凉国或者樊国人的注意,可以做到出其不意攻其不备。"

顾长思若有所思地瞧着那幅地图。

沈荨随手拿了靠在楠木屏边的一杆长枪,枪头在地图上指了指:"骑龙坳的悬崖下,是澉水,对我们,对西凉和樊国都是一个阻挡,越过澉水往上一线,是地势高的戈壁荒滩,其他三面往下都是丘陵。这块区域不属于西凉,也不属于樊国,正好是一个空白地带。"

谢瑾侧着身,慢条斯理地补充道:"而且这个地形,对于习惯了游牧生活的西凉国和樊国来说,难以长期驻军,谁都不会为了来看着我们这八千人而为难自己。何况西凉人和樊国人长期习惯于主动进攻,几乎没有防守国界的意识,他们一贯的方式就是通过进攻来扩张领土,自身的边界线也时常在波动。"

顾长思肃然道:"末将明白了。"

沈荨笑道:"只要我们渡过澉水,这块地形对于我们来说既便于藏身,也便于冲锋,而驻守骑龙坳的这八千人,因驻守地形的特殊,会比其他队伍更具有山地行军和游击作战的优势。这是隐匿在此处等待号令的一支奇兵,在需要的时候便能成为杀入敌人后方的尖刀。"她顿了一顿,强调,"所以不出军功则已,一出必是大功。"

她说罢,朝着谢瑾无声动了动唇,那口型分明是三个字:小狐狸。

谢瑾唇角习惯性一抿,微微掀动嘴唇,回了四个字:彼此彼此。

沈荨冲他一笑,目光转回地图,缓缓道:"想必顾校尉也看明白了,这里既可东攻,也可西攻。如今西境线虽平稳,但西境军刚刚经历了一次大的战役,正在休整和补充兵力中,很难料定西凉人不会趁这个时机发动进攻。"

顾长思有点诧异:"西凉国不是也元气大伤了吗?"

沈荨沉声道:"顾校尉也知道,西凉国和樊国是由塞外游牧民族部落间的吞并而来,早就习惯了部落之间你争我夺的战争方式。他们崇尚武力,孩子从断奶开始就放在马背上养着,男人女人都一样,彪悍凶勇。每个正当壮年的人,只要上马,给他们一把刀、一杆枪便可杀敌,所以他们对战争的承受力比我们高得多,兵力恢复起来也比我们快。"

顾长思默然点头。

沈荨放了手中长枪,走到谢瑾案前,端起他的茶盏喝了一口茶,润了润嗓子,才继续说:"可是你看,一旦我们大规模流失兵力,就得像谢将军这样进行长时间的集中操练。在大宣,在上京,也许你们这批北境新军的战斗力已经是数一数二了,但一旦去到西境和北境,你们便会知道,比起西凉人和樊国人凶悍的战斗力,你们还差得很远。"

顾长思略有些不安,谢瑾往茶盏里添了茶,递给沈荨。

沈荨摆了摆手没去接,只瞧着顾长思道:"所以跟我去骑龙坳,机会有很多,当然,我说不准这种机会什么时候会来。"

顾长思皱着眉头,问道:"可是西凉国不是刚遣了和亲郡主来我朝吗?他们难道会不顾她的死活悍然发兵?"

沈荨摇摇头,道:"这位和亲的蓝筝郡主,我在西凉国与她打过交道,回京的时候也与她一路同行,她本身就是一个很有城府的人。"她停了停,斩钉截铁道,"当然,也许他们并不会掀起什么风浪,但我们并不能就此掉以轻心,唯有做好万全准备,才能不惧风雨,以不变应万变。"

顾长思微有动容,看了沈荨一眼,随即垂眼沉思。

沈荨走回座位坐下,清了清嗓子,叹道:"其实顾校尉不愿跟我去骑龙坳,我知道还有一个原因。"

顾长思只低头不语。

沈荨瞧着他,轻声道:"顾校尉的父亲曾是谢家旧部,当年西北划开后,统领西境军一个骑兵营,但在八年前被西凉军围在蒙甲山翠屏山谷被剿杀,连尸骨也没能寻回来……"她眼中现出悲切之色,喃喃道,"我知道你们虽怨吴文春,但更多觉得我爹当年太过无能,未能管束好部下也是惨事发生的一个原因……顾校尉心里对吴家、对沈家有怨言我也明白,我希望终有一日——"她顿了顿,坚定地说道,"我能化去顾校尉心中的怨气。"

顾长思抬头看向她,胸口微微起伏,欲言又止。

沈荨沉默了一会儿,道:"言尽于此,我明日等候顾校尉的回音。"

"好。"顾长思肃然应道,对谢瑾和沈荨各行一礼,转身出去了。

沈荨长叹一声,走到谢瑾案前,拿起桌上的茶盏喝了一口,埋怨道:"谢将军真不会待客,都不让人送盏茶给我,说了这么多口水都说干了。"

谢瑾笑道:"不想喝我的,你不会自己让人送茶来?再说,你是客吗?"

"你说,顾长思会不会随我去?"沈荨眨着眼问他。

谢瑾颔首："我若是顾长思，早就被你说动了。"

沈荨走到他身后，伸出两条胳膊往他肩上一圈，笑道："真的吗？你不怪我抢了你的人？"

"人都已经是你的了，我还能怎样？"谢瑾皱眉，"沈将军自重，青天白日的，这里是军帐……"说罢，也忍不住笑了，正要伸手去握她的手，她却将手抽了回去。

"还有两个副尉，要不也一起叫进来说道说道？"沈荨瞅着他，笑盈盈问道，"谢将军能否代劳？我可是负伤上阵……"

"咦？你是肩和腿受的伤，又不是嘴受伤。"谢瑾嘴上一点都不客气，"你自己要的人，自己去说。"

沈荨瞪了他一眼："一点也不知投桃报李，我明儿还要给你操练骑兵呢。"

谢瑾板起脸："不行，三天后再操练。"

沈荨往他腿上一坐："我闲不住。"

谢瑾赶紧将她拉起来："闲不住也得先养着——你别这样，我……有正事。"

"我又不想怎样你，"沈荨掸了掸衣摆，不高兴道，"你慌什么？那我回自己的营帐了，待会儿那两名副尉来了，你让人来叫我。"说罢掀帘出去了。

谢瑾瞧着她的背影，坐了一会儿，也起身出了营帐，上马往校场内行去。

沈荨进了自己的营帐，对候在里头的朱沉笑道："哎呀，好说歹说，终于把顾长思说动了一些，我瞧着，多半会跟我们走。"

朱沉抬头看了她一眼，情绪没什么波动地说："他要跟我们去那也是因着将军，跟我没什么关系，那年我决定要跟着将军，我俩就吵翻了。"

沈荨啧啧有声："吵翻了还不许和好？多大点子事！"

这日下午沈荨带着朱沉，骑马上了扶鸾山的半山腰，看了一会儿谢瑾在校场内的练兵情形，又把准备带领骑兵上山操练的路线过了一遍，仔细查看了山势，回到营地时，已经是晚饭时分了。

姜铭禀告说谢将军请她去中军大帐。

沈荨净了手，咕嘟咕嘟灌了一整盏茶，一面走一面叹道："又要费口舌了。"

她进了大帐，果然除了谢瑾，还有一男一女两名副尉等在帐内。谢瑾的案前放着食盒，一碗粥舀出来放在一边晾着。

沈荨看了看那两人，女孩子叫李蓁，很年轻，浓眉大眼，看去不过十七八岁。沈荨心头一酸，想起了跟随自己多年，至今还被沈渊扣押着的孙金凤。

两名副尉见过沈荨，都主动表示对主帅的安排没有任何意见。

沈荨松了一口气，女孩告辞出去了，那名男副尉却嗫嗫嚅嚅地表示有话要说。

沈荨咳了一声，谢瑾瞄了她一眼，默默地往案前的茶盏内续上水。

小伙子叫方平，不时拿眼偷觑沈荨，羞羞答答地不说话。

沈荨大马金刀地坐着，等了半天见他仍是不吭声，尽量温和地道："你有什么话尽管说，不要有什么顾虑。"

方平道："我……不，末将……末将……"

谢瑾看他一眼，脸色冷了几分："有什么话就说，别吞吞吐吐。"

方平突然扑通一声跪倒在沈荨面前，语气激动地说："末将……末将能追随沈将军，实在是三生有幸，末将……末将日后自当肝脑涂地，绝不负沈将军恩义！"

他一张稚气的脸涨得通红，望着沈荨的眼睛里散发着几丝狂热的光芒。

沈荨先是吓了一跳，随即起身去扶他，笑道："好，好，我知道了，你起来再说。"

小伙子被她一扶，手都在微微发抖，话倒是说利索了："末将要说的就是这话，沈将军今后但有吩咐，即便是刀山火海，末将也在所不辞！"他说完，又朝一边脸若玄冰的谢将军行了一礼，红着耳根子出去了。

帐内一阵静默。

半晌，谢瑾不咸不淡地说了一声："很好啊，恭喜沈将军得此忠将。"

沈荨心情舒畅，一时忘了肩上的伤，伸了个懒腰，"哎哟"一声，才看向面色不善的谢瑾，笑道："怎么，你有意见？"

谢瑾"哼"了一声："我能有什么意见？只是不知你几时对他施了什么恩义——你们以前认识？"

"没有的事，我上哪儿去认识他？"沈荨将椅子拖到他案前，坐到他旁边笑睨着他，"粥凉了没？我肚子饿了。"

谢瑾揭开食盒，取出几碟小菜，将那碗已凉好的粥推到她面前，给自己盛了一碗热些的，道："快吃吧，吃完了好走，瞧这天气，说不定晚些还下雨。"

晚秋暮色上得早，天边尚还有几缕晚霞，帐内已完全昏暗下来。

谢瑾拿了案上的火折，将灯罩内的蜡烛点燃，黄灿灿的火光跃动着，一帐秋寒都驱散了不少。

沈荨一手掌着粥碗，一手握着羹匙，一双眼睛在案前瞟了瞟。谢瑾左手边叠着几封文书，上面一封的左上角处，以颜体写了"加急"两个字样。沈荨认得这字迹，知道信是北境军驻扎在望龙关下大营内的军师崔宴寄来的。

　　崔宴算是北境军中的元老了，早年西北未分家时也是一员猛将，还曾领兵驻守过西境寄云关。后来西境北境划开，他随着谢戟去了北境，此后未再上过战场，只在谢戟帐下安心做一名军师，在北境军中威望很高。

　　谢瑾顺着她的目光一瞧，将崔宴那封军报取过来往她面前晃了晃："想看吗？"

　　沈荨将眼光撇开："不想看。"

　　"真的吗？你不好奇？"

　　"好奇又怎样，你会给我看吗？"沈荨哈哈一笑，"我品级虽未降，但毕竟现在在谢将军麾下，俗话说人在屋檐下不得不低头，这种僭越的事，我是不会做的。"

　　"嗯，还挺明白事理，"谢瑾点着头道，将那军报放入案下抽格内锁上，"其实若是你说想看，我不会不给你看的，你既然不想看，那就算了。"

　　沈荨脸上笑容顿收，狠狠瞪了他一眼，埋头吃饭。

　　谢瑾瞅着她笑，夹了一块红烧肉到她碗里。

　　"骑龙坳都给你了，沈将军还有什么不满的？"

　　"满意得很。"沈荨气呼呼地扒拉着碗里的食物，含糊不清地说，"你有必要在我面前上锁吗？谁稀罕看！"

　　"俗话说家贼难防，我还是小心些为好。"谢瑾调侃，见她脸上变了颜色，笑道，"怎么，生气了？"

　　沈荨将碗一推，忽地一下站起身来："不吃了，省得被人像贼一样地看。"

　　谢瑾一把拽住她的手腕，将人按到自己的腿上，揽着她的腰低声在她耳边道："不是防你的。"

　　沈荨略有些诧异地瞥他一眼，谢瑾无奈地放开她道："可以吃饭了吧？"

　　她起身坐到一边，默默地将一碗粥喝完，问他："你今晚也回家吗？"

　　谢瑾没说话，只搁了筷子将一盏茶递到她面前，才瞧着她慢慢问道："你希望我回去吗？"

　　沈荨接了茶盏搁在桌上，手指慢慢地在杯沿上抚着，只似笑非笑地瞅着他。

　　相互对望的眸子里，都似有星芒在悄然闪动。

　　谢瑾伸手，眼见就要覆上她的手，沈荨忽然盯着他的眼睛，一字一顿道："不——希——望。"

　　谢瑾脸色微僵，收回手若无其事地说："正巧，我刚想说今晚军务繁多，就不回去了，还请夫人多担待。"

沈荨一下笑出声来："脸皮子真薄。"她语声低了下去，手伸过来，指尖轻点着他的手背，"这种时候，就该说……"

谢瑾反手扣住她的手腕，五指张开，缓缓地从她指缝间穿了过去，与她十指交握，低声问道："说……什么？"

沈荨笑而不答，交握在一起的手指相互摩挲着。谢瑾的指尖轻轻地挠着她手背上掌骨与指骨的交接处，一点点的热意和痒意自手上传来。对视着的眼眸中都氲上了几许水色，像是春风拂开水岸边的垂柳，带着缠绵和旖旎的丽日春光。

烛火在帐上映出两人的影子，帐内悄无声息，交错的呼吸浅浅地撩在彼此的心上。

谢瑾迎着她的眸光俯身过来，另一只手拂开她鬓边的发丝，将她垂在肩头上那一抹亮红的发带撩到肩后。

"将军！"祈明月在帐外呼道。

谢瑾只得坐直身子："进来。"

祈明月撩帐进入，朝沈荨行了一礼："沈将军。"

沈荨点点头，笑着起身走开。

"什么事？"谢瑾问。

祈明月倒也没避讳沈荨，只低声禀道："宣阳王请将军过去一趟。"

谢瑾朝沈荨看了一眼，无奈道："好，我换了衣服就去。"

谢瑾进内帐换了一身藏蓝色素缎窄袖长袍出来，将沈荨的手一握随即又放开："回家等我。"

沈荨心下微叹一声，看他出去了。

谢瑾带着祈明月赶到宣阳王府时，宣阳王萧拂正在曲水亭内品酒赏乐。

尽管今夜不见月光，但亭前一池水波染尽轻舫流光，丝竹妙音萦水绕亭，晚风拂过纱帐轻幔，滤去了秋寒霜露，只余亭内香盏璃光，锦绣芳浓。

萧拂懒懒地侧卧于榻上，手中拈着一只青玉蝉蓠小盏，半阖着眼听坐在小几对面的琵琶乐女弹奏，另一只手还搁在曲起的膝上，缓缓地打着拍子。

素手纤指挑抹捻揉，琵琶声如语如诉，带着几分娇婉甜腻，生生奏出了一片媚然春景。

谢瑾疾步走来，远远瞧见亭内风流，眉头隐隐一跳。

"云隐来了？"宣阳王萧拂瞧见亭外一抹修长身影，笑着起身道，"快进来坐。"

谢瑾进了曲水亭，躬身行了一礼："王爷这么晚召云隐前来，不知有何要事？"

萧拂朗声笑道："没有要事就不能请你来吗？今儿得了一支好曲子，你来听听。"

谢瑾压下心中不耐，撩了衣袍坐下，对面的乐女美目流盼，巧笑倩兮，略停顿一会儿，从头开始演奏。

一边的侍女在他面前也摆了个青玉小酒盏，执着酒壶往里斟着酒，罗衣粉裙，香佩芳绦垂过来，若有似无地在他身前晃悠。

谢瑾不动声色，往后让了一让。

"云隐觉得如何？"萧拂侧头问道，朝那侍女使了个眼色。那名美貌侍女抿嘴一笑，退开两步。

谢瑾就事论事回答："弦上莺啼，指下春融，曲幽声脆，凝滑悠婉，只是下指缺了些力度和干脆，过于柔媚软腻了。"

萧拂拊掌大笑："谢愣子还是这般不解风情，我说的是人，你且瞧瞧，不仅琵琶弹得好，人也长得美，肌如凝脂，娇丽丰盈……你若是喜欢，我就将她赏给你了。"

谢瑾的脸色冷了两分，转头问道："王爷这是何意？谢氏祖训，谢家子弟不得纳妾狎妓，王爷难道不知？"

萧拂叹了一声："云隐啊云隐，逢场作戏罢了，你不说我不说，还有谁会知道？若是你娶了个天仙美人，我也不必多事，可如今你娶了沈将军，她虽光风霁月，但哪有你眼前这美人儿风姿绰约、知情识趣？"

谢瑾蓦然起身，行了一礼道："若王爷今夜召我前来只是为了这事，那云隐就先告退了。"

萧拂捏着酒盏，似笑非笑道："怎么，你还上火了？沈将军在军中打滚多年，都没什么女人味儿了，你自己觉得她好也就罢了，你可不要忘记她姓沈，太后和皇上把她塞给你又是为了什么。"

谢瑾身躯绷紧了，回了一句："不论如何，她既嫁给了我，便是我明媒正娶的夫人，我谢瑾，不会做有碍夫妻情谊的事。"

萧拂盯着他看了半响，手臂一扬，转头对那琵琶女道："退下吧。"

那琵琶女美眸含嗔，抱着琵琶起身出了曲水亭。谢瑾这才重新落座，肢体却很僵硬，沉着脸一言不发。

萧拂将那名侍女也遣退，亲自给他斟了酒，叹道："你倒是重情重义了，可别一腔子孤直都抛进水里。我听说，她缠你都缠到北境军军营里头去了，我也是想你初识情味，辨不清这女人好坏，这才让你来开开眼界，见识见识，也免得不知西东，被她勾了魂儿去。"

谢瑾嘴唇一掀，冷然道："不必了。"

萧拂无奈道："你不愿就算了，我还能强迫你不成？说起来，你俩不是向来跟仇人似的吗？怎么这一成婚，反倒情投意合起来？"

谢瑾只捏着酒杯不说话。

萧拂拍拍他的肩头，亲昵地说："好了好了，咱们俩什么交情？为这事还真跟我置气了？"

"不敢，"谢瑾唇边带上一丝笑意，嘲讽道，"只是我有些想不明白，之前你们一力撮合我与沈荨，什么好话都说尽了，如今我们成了婚，却又生怕我们夫妻和睦，这是个什么意思？"

萧拂哈哈笑了两声："你看你，又钻牛角尖了不是？不是怕你们夫妻和睦，只是怕你一时脑子发热，该守的守不住。"

谢瑾抿了一口酒，道："我有分寸。"

"你有分寸就好，"萧拂把玩着手中的酒杯，不时地看他一眼，"我听说，你准备让她去守骑龙坳？"

谢瑾点头。

"去骑龙坳那种荒僻苦寒之地，她竟然没有什么意见？"萧拂笑道，"还真是奇了。"

谢瑾眉目不动："边境线哪个地方不荒僻？常年驻守边关的人，什么苦都吃过了，这点子苦寒算什么？"

萧拂点着头："是是是，知道你们辛苦，她没意见自是好的，就怕她闹着要去望龙关，那里可是八万北境军的机要枢纽。还有，崔宴掌着的事若被她知晓，也不妥当。"谢瑾没吭声，萧拂语气重了几分，一面往杯内斟着酒，一面道，"舅舅年事已高，又患有风湿之症，如今谢氏一门的荣辱兴衰，全都系在你身上啊！我知你从小就很有主意，也从来没让大家失望过，但如今咱们举步维艰，每走一步，都不得不谨慎又谨慎，思之再思之。"

谢瑾默然，将手中之酒一饮而尽，肃然道："我明白。"

第九章 红蓼寂

"你明白就好，"萧拂推心置腹地说，"咱们都是一条船上的人，一荣俱荣，一损俱损，我攒这么些钱为了谁？还不是为了谢家，这些年来，你加固边墙，自开了炉冶铁铸器，养着暗兵，哪样不需要钱？折子上了无数道，户部抠门不说，皇上也只装聋作哑，就算拨下来了，靠那点子微薄的军费，能让你把北境守得滴水不漏？"

"王爷说得是，"谢瑾正了颜色，起身朝他行了正礼，诚恳道，"云隐在此替八万北境军和两万暗军，替边关民众谢过王爷恩义。"

萧拂摆了摆手："说句实话，我是为了他们，但更多的，还是为了谢家，为了保住这所剩不多的兵权。若这点兵权也被蚕食鲸吞，我这颗脑袋，怕也只能自个儿拿下来提在手上揣在怀里，所以你说我是为了我自己也未尝不可。"

话说到这份上，谢瑾也就不好再说什么，只沉默地瞧着亭外湖光夜色，拿过酒壶替萧拂斟了酒，又往自己杯中斟。

酒是萧拂自己学着西域的方法用上好葡萄酿的，酒液清亮剔透，泛着淡淡的红，入口却有些酸涩，不算可口。

萧拂擎着酒杯过来，往他酒杯上一碰，自己先干了，自嘲道："我也是听到些风言风语，心里就有些急了。我长你五岁，咱们从小也算一块儿长大，你若婚姻美满，我自然乐见其成，可沈荨对你是个什么心思，却难说得很。"

谢瑾抿紧了唇，只垂眸盯着杯中的绯色酒液。

湖上轻舫中的丝竹声停了，只有船桨滑过湖面的淅沥水声。他抬起头来，只见轻光流荧中,纱幔后罗衣分绶,碧影相错,影影绰绰看不清晰。他不知想起了什么,脸上神色柔和下来,唇角还露出一丝隐约的笑意。

"且不提她是因着太后和皇上的意思才嫁过来的,就说你们之前的关系,也绝非亲厚。"萧拂一面说,一面有些纳闷地瞧着谢瑾的神色,待要住口,又觉得有些话不能不提醒他,只得硬着头皮道,"就算她现在喜欢你,你觉得她的喜欢有几分是真,有几分是利用,还有几分是迫不得已?何况打小儿起,她凡事就总爱压你一头,她的这几分喜欢难说不是一时的新奇和征服。到时候她该做的做了,抽身一走,别只留你一人在这儿暗自神伤。"

谢瑾听他说完了,只微微一笑,未置一词。

他仰头将那杯中残酒一饮而尽,涩酒入喉,微微扎着五脏六腑。最初的酸涩过后,却又有一抹回味无穷的甘甜在胸腹间荡开,四肢百骸都升起一股暖意。

萧拂长叹一声道:"防人之心不可无,凡事都要给自己留些退路,我是怕你一头栽进去。你觉得我话说得难听也罢,觉得我在挑拨离间也好,横竖我就这句话——云隐,你身上的担子很重,自己心里得有个成算才行。"

谢瑾慢慢放了酒杯,点头道:"我明白,多谢王爷提点。"

萧拂说罢,自觉了却了一桩事,这会儿有点意兴阑珊起来:"罢了,说多也没意思,天色也不早了,你回去吧,你早走我也好早听曲儿。"他忍不住一笑,打量谢瑾一眼,"年岁长了不少,这木头似的沉闷性子也不见缓,我怎么就有你这么个兄弟?"

谢瑾便也笑了,躬身告退:"那我还是赶紧走了,不耽误王爷听曲儿。"

萧拂嘴里有一句没一句哼着小调,挥挥手让他自去了。

谢瑾回到松渊小筑时,沈荨果然依言在屋里等着他。

她迎上来时,谢瑾略后退两步,避开她递来的手,歉然道:"我先去洗洗。"

沈荨也闻到了他身上明显的脂粉香味,心知肚明地笑了笑,打趣道:"谢将军这么急做什么?洗了罪证就一身清白了吗?"

谢瑾瞅着她道:"我没做什么,你知道宣阳王的,不说他府中的侍女,就是他自己,身上的脂粉香也是常年不散。"

沈荨笑睨他一眼:"你敢编派宣阳王的不是,明儿我就去告你的状。老实交代,今儿王府的歌女美不美,舞姬媚不媚?"

谢瑾见她浑不在意的模样,一面解身上外袍的衣扣,一面故意道:"自是美的。"

沈荨脸上笑意一收，狠狠瞪着他，作势过来掐他："好啊，你还真敢去看啊？我问你，你有没有让美人儿占了便宜？"

"当然没有，"谢瑾暗笑，捉住她的手道，"你不高兴？"

沈荨拈酸吃醋地说："我高兴，怎么就不高兴了？我告诉你，再有下次，我就——"

谢瑾问："就怎么？"

"就军——不，家法处置！军中我做不得主，莫非家里还做不了主了？"沈荨半真半假地板了脸道，将他一推，"快去洗吧，熏死我了。"

谢瑾唇角一丝笑再也藏不住，大步去了净室。

他沐浴完换了衣裳出来时，沈荨正坐在外间一张桌子前，提笔在一张纸上写写画画。

谢瑾上前一看，见她写了一串的人名，几个人名下还有不少墨点，不由问道："这是写的什么？"

沈荨瞄了他一眼，拿笔把那几个人名抹了："不做什么，就猜猜谜。"

谢瑾一笑："猜是谁盗了兵部文书？"

"你觉得可能是谁？"沈荨搁了笔，朝他倾过身子来，"别说你心里没想过。"

"我是想过，但实在是毫无头绪。把寄云关的布防图偷了给西凉，不外乎想趁机把西境军的兵权拿过来。"谢瑾揭开灯罩，将那张纸放在烛火上烧掉，啧啧叹道，"只是这人是谁委实难猜，我只知道不是我。"

沈荨的手肘支在下颌上，若有所思地说："武国公、宣平侯、长庆侯都有这个可能……至于宣阳王……"

她瞄了谢瑾一眼。

谢瑾摇头道："武国公暂且不提，这位倒真是一直觊觎着西境军的统辖权；宣平侯本身掌着京畿附近的十六万重兵，我觉得可能性不大；宣阳王我不好说，就算我替他担保了你也不见得信我；但是长庆侯可以排除在外，海禁开了，海盗倭寇猖獗，他们父女在南边守得焦头烂额的，怕没有心力来做这事。"

"难说他想丢下南边的摊子换个位置，"沈荨笑道，"我单子上写了太后和沈渊，你为什么不排除他们？"

谢瑾到一边倒了茶，端着茶盏坐过来，也笑道："正要说呢——沈渊掌着西境军，布防图就在他手里，就算他要通敌也犯不着去兵部偷，太后娘娘也没有理由去做这种事，除非——"

"除非什么？"

谢瑾凝视着她，慢慢道："除非这两个人中有一个，想借这个事，钓出某个人，或者某几个人出来。"

沈荨不说话了，轻叹一声，神色颇有些懊恼。她其实也不是没想过，很可能自己心急之下中了圈套，但万一不是呢？

她陷入沉思中，许久忽闻烛台上烛火"哔剥"一声爆开，她蹙眉抬起头来，才发现对面的谢瑾一直在观察着自己。

谢瑾见她目色迷惘，伸手过来将她的手握住。

"阿荨，"他低声问道，"你到底在查什么？你和太后，和沈渊之间，究竟在博弈什么？或者其中还有皇上？"

沈荨垂下眼，避开他的目光。

"我们现在是夫妻了，为什么要瞒着我？"谢瑾目光闪动，轻喃道，"告诉我，我可以帮你的。"

沈荨仍是没说话。

"你别这么固执，"谢瑾继续劝道，"你有没有想过，旁观者清，而你因为身在局中，又或者因关心则乱，所以难免会有看不透也想不明的时候？"

沈荨将手从他掌心中挣脱，抬眸迎住他的目光："我说过，我会告诉你，但不是现在。"

"你不说我怎么帮你？"谢瑾深深地注视着她的眼睛。

沈荨道："我不需要你帮，这些事你别掺和进来。"

谢瑾眸中掠过一丝失望之色，笑了一笑，道："我明白了。"

他站起身来，语气中有几丝落寞："这事可能牵涉到你们沈家秘闻，你不信任我也难怪。这的确是个难解的局，我本不该问，以后也不问了。"

沈荨张了张口，却什么话也没说，只听着他的脚步声绕过屏风，去了床边。

她笔直地坐在窗下，夜风刮得窗户砰砰作响。待了一会儿，她方起身去关窗，却见西厢房长廊下的花圃中迎风晃着一溜儿的红蓼。晚秋时节，倒垂的穗上红花已谢，结了密密实实的果实。那果实本也是红的，此际在廊灯的映照下是幽暗的绛紫，细长的茎叶在夜风中不断摇曳，仿若下一刻就要被折断。

她想起三年前的初秋，她离开上京前往西境，祖父一路送她到郊外的澧水渡。渡头就生有一大片的红蓼，一簇簇的红在风里翻着轻浪，沈老爷子拄着拐杖，喃喃道：

"五年前我在这里送走你爹娘,他们再未回来,可这红蓼一年年的,还是一般的茂盛,唉,秋波红蓼水,夕照青芜岸,若有一日……"

沈荨问道:"若有一日什么?"

"罢了,"沈老爷子摇头,"你看这红蓼,有水无水,随处都可生长,截取一根枝条随便埋在土里,都能长出来,只因它生命力强悍,不论外物和环境如何变化,始终坚持本心。"

"我明白了。"她笑道,牵了马拜别祖父,上了渡船。

沈荨轻叹一声,关了窗户,吹熄灯烛,轻轻走到里间。

谢瑾侧躺在床帐深处,面对着墙壁,也不知睡没睡着。她揭开被子,挨着床沿躺下,睁着眼睛听那窗外呼啸而过的风声。

谢瑾翻了个身,手臂围上来,把她往自己怀里按了按。

沈荨笑道:"怎么?不生气了?"

谢瑾叹道:"我能生什么气?你有你的立场和苦衷,又怪不得你,你实在不想说就不说吧,只一条,别把我当猴耍,也别做什么有害北境军的事。"

沈荨也翻过身去面向他,环住他的腰身往他怀里钻,笑嘻嘻道:"要把谢将军当猴耍,我也没这个本事不是?"

谢瑾揽紧她,低声道:"行了,别贫了,快睡吧。"

次日清早谢瑾仍是寅时便起了身,随着谢戟上朝去了。沈荨没去上朝,也没去校场,陪着谢夫人在正院里聊天。

沈荨妙语如珠,从西境风物讲到军中趣事,直把谢夫人说得喜笑颜开。一直等谢戟下朝回来,她才辞了婆婆去了淡雪阁。

谢夫人瞧谢戟一脸阴沉的模样,忍不住骂道:"谁又碍着你了?"

谢戟一面换衣裳,一面道:"今儿皇上上了朝,就说要缩减军费,西境线如今暂且平稳,要撤回四万兵马到寄云关下的梧州垦荒屯田。"

谢夫人愣了一愣,忙问:"那北境军呢?"

谢戟摇头:"北境军倒是暂不动。"

谢夫人皱着眉头道:"西境北境本是一家,就算西境军现在不在谢家手里,但一旦西境出事,咱们也不能独善其身。"

"正是啊!"谢戟拍着桌子,"皇上也不知怎的,多半是听了那瑜昭仪的枕头风,若是太后这回让了步,那情形可就不太妙了。"

"皇上怎么总做这种自断臂膀的事,西境军不是沈家的吗?"谢夫人疑惑道。

谢戟冷笑,意有所指道:"西境军是姓沈,可不姓萧。"

"唉,神仙打架,只求别殃及凡人。"谢夫人瞅着谢戟,"刚荨儿在这里,你怎么没和她说?"

谢戟道:"云隐自会去跟她说,我多什么嘴。"

"咦?"谢夫人瞧着丈夫面上的表情,奇道,"你不是……"

谢戟叹了一声,把昨晚宣阳王府的事说了,又道:"云隐既向着她,我还能说什么?横竖现在也都是云隐当家,他心里有数就行,只望荨儿往后别负了云隐,负了咱们谢家便是。"

这日沈荨下午无事,便去了谢家练武堂看谢思练武。

谢思和他大哥一样使一杆银枪,小小年纪已使得出神入化。一套伏云枪法行云流水,缠勾锁刺挥洒自如,招式尽处,一个腾身飞跃,一记回马枪惊空遏云,挑散一院落叶,枪杆一收,方才收势落地。

沈荨拍手赞道:"惊飞远映碧山去,一树梨花落晚风,小鬼头枪法练得很好啊!"

谢思挠了挠头,眉开眼笑道:"我就说嘛,也只有大嫂会称赞我,若是大哥,准皱了眉头,说哪哪儿不对,哪哪儿还需琢磨。"

沈荨笑道:"你大哥也是为你好,枪法练得精,以后上了阵才不怵。"

谢思拎着枪过来和沈荨一同坐在石阶上,问道:"大嫂,你们什么时候去北境?"

"大概还有二十余日吧,要等冬祭过了才走。"沈荨说罢,见谢思一脸向往的表情,笑问,"怎么,你想跟着去?"

谢思点头如捣蒜:"大哥说我年纪还小了些,不许我去,大嫂你带我去吧,我跟着你。"

沈荨面露难色:"这可不行。"

谢思大失所望:"你也要听大哥的?你不是比他品阶还高吗?"

沈荨失笑:"在军中不论品阶,只论军职,你大哥是北境军主帅,我现下自然听他的。"

谢思嘟着嘴,垂头丧气道:"那没希望了,他说除非我赢过他,他才准我跟着去。"

"你真想去?"沈荨瞅着他。

谢思拔着石头缝里的草,"嗯"了一声。

"我在你这年纪早就已经去了军营,你要去也成。"沈荨想了想,狡黠一笑,"想赢你大哥也不是没办法,我教你个诀窍,准能赢他。"

谢思大喜,忙凑过身来,沈荨如此这般地贴耳传授一番,谢思跃跃欲试道:"好,下回我就这么干!"

沈荨忙道:"你可不要说是我教的。"

"不会不会!"谢思拍着胸脯,忽又泄了气道,"大哥这人最小气,若是输给我,准要把我关在书房,把我考得屁滚尿流才罢。"

沈荨笑骂道:"小小年纪,说话别这么粗俗。"

谢思道:"军中不都是这么说话的吗?"

沈荨点了一下他的额头:"听谁说的?好的不学坏的学,下次再听见你说这种粗话,先背一百遍《诗经》!"

谢思扮了个鬼脸,起身跑开:"嘿嘿,我知道了,怎么跟大哥说的一样,这叫什么?心有灵犀一点通?"

"这小鬼!"沈荨佯怒着站起身来,谢思伸了伸舌头,一下跑得没了影儿。

傍晚谢瑾遣人送了口信来,说是今晚不回府,就在营里歇了,还说顾长思今日一早就给了回复,愿意随沈荨去骑龙坳。

沈荨想了想,让下人去把姜铭叫进书房。

"明日我会带骑兵去跑山。"沈荨对他道,"你先去布置布置,怎么做你知道的。"

姜铭应了,抬头看了看她,嘴唇翕动两下,却没出声。

"你想跟我说什么?"沈荨已经取了骑龙坳的地形图展开细看。

"谢将军呢?他没回来?"姜铭迟疑片刻,低声问道。

沈荨奇道:"他有他的事,我有我的事,你问这个做什么?"

"……没什么,就是谢将军让人送的跌打酒我今日才用,觉得甚好,想当面跟他道一声谢。"

"明儿见着他你再向他道谢便是,"沈荨笑道,"这有什么!"

姜铭的目光在她略有点青影的眼下停留片刻,没再说什么,转头出去了。

姜铭走后,沈荨另取了一张纸把骑龙坳的地形图临摹下来,卷着回了松渊小筑。

积蓄了一天的秋雨又落了下来,风长雨深,沈荨渐渐神思困倦,不觉趴在桌上打了个盹儿。

迷迷糊糊中,身畔风声凛冽,血腥扑鼻,她抬眼一看,发觉自己正挂着长刀站在蒙甲山的翠屏山谷之内。谷中尸横遍野，血流成河，腥风刮起地上的残旌，帅旗上一个"沈"字千疮百孔，箭插如林。

山野呜呜，飞鸟尽绝，只余峰上一弯狰狞血月。

刀锋坏，铠甲裂，她听见鲜血从身体中，从刀锋上滴入泥土的声音，力已竭，神已枯，只能眼睁睁地看着万千敌军横戈纵马呼啸而来。

铁蹄铮铮，溅起血泥，踏碎残肢，那敌军主帅飞马驰过，一柄长刀挥血映月，蛟龙卷浪朝她斩来，使的却是沈家的吞山刀法。

沈荨惊出了一身冷汗，喘息着惊醒过来，桌上灯火如旧，香炉中余烟袅袅，寒风自窗棂中漏进来，沁了细汗的背心一下凉透。

她起身去拿外袍，这才发觉背上披了一件袍子，心下一喜，只当谢瑾回了屋，绕过屏风一看，内室空寂悄然，哪有人在。

想来是方才朱沉进来给她披的衣物，沈荨自嘲一笑，熄了灯烛上床。

翌日沈荨下了早朝，直接与谢瑾一同去了西京校场。

秋雨绵绵，两人行了不多会儿，冠带衣衫尽数打湿。

谢瑾道："两个骑兵营昨晚都已按你的要求重新整编完毕，队列阵型也都训练过了……这两日天气不好，要不你还是再歇一歇，正好你的伤势——"

沈荨打断他，笑道："就是要这般天气才好。"

谢瑾看了她一眼，便也没再说什么。

到了营地，两人进了各自的帐篷。沈荨换了铠甲出来，见顾长思正站在自己帐前，点了点头道："今儿跑山，你来挥旗。"

顾长思应了，却没跟着她走。沈荨一下醒悟过来，笑道："半刻钟。"

不一会儿朱沉端着一盆水出来，顿了一顿，目中无人地往外走。

顾长思拦在她面前。

朱沉道："让开，我要倒水。"

"阿沉，你听我说，我——"顾长思呐呐道，"我——"

"你让不让开？"朱沉柳眉一竖，凶巴巴道。

顾长思咬牙："不让。"

朱沉二话不说，一盆水直接照着他泼过去，收了空盆转身进帐。

顾长思被浇成个落汤鸡，站了片刻，只得走开。

沈荨骑马进了校场，两个新编的骑兵营于秋雨中被甲执兵，列阵而立。她虚虚执着缰绳，慢慢自阵前检阅过去，见所有人均是凛然肃穆，精神饱满，身下骏马昂首驻蹄，薄薄雨帘中似铜墙铁壁一般，不由微微点头。

沈峥纵马回到阵列前方的中央位置，清了清嗓子，道："两军交战，最重要的是识旗号、辨金鼓、明号令、分阵列、知进退，这一点不需我再多说。这段时间的训练，想必各位也对我军的各种旗号军鼓烂熟于心，我今日想说的是——"

清亮而沉稳的语声徐徐传开，落至每一个人耳边。

"你们是骑兵，也是我北境军将来负责冲锋包抄和追击的精锐力量。相比步兵，骑兵优势在于原野，在于旷地，但北境山峦起伏，地形所限，所以你们要学会适应山地的行军战斗，化劣势为优势。"

她扫视一眼雨中肃然静立的骑兵们，略停了停，强调道："骑兵作战，阵列队形是重中之重，控制好你胯下的战马，控制好你的速度，听号令而动，依令旗而行，才不至阵列散乱，被敌军包围冲散。"

她往边上让了一让，身后的顾长思策马前行两步，举起手中一面五色旗。

沈峥扬声道："轻骑营先上，重骑营随后，每个分队保持住雁形阵上山，若有一人掉队，整队都要退回原地，重新出发！"

"是！"骑兵们锵然回应，声音嘹亮。

沈峥颔首："你们须时时刻刻记住，你们是一个整体，任何行动，听从的不是自己的意志，而是大军统一的号令！"

"是！"骑兵们再次回应，语声更为响亮。

顾长思手中一面绿色旗帜一挥，姜铭以中速频率敲动手中金鼓，身背弓箭的轻骑营率先策马而动，重骑营骑兵一手持盾，一手持戈，紧随而上。

马蹄声中泥水四溅，雨珠纷扬，黑压压的兵马有条不紊地往扶鸾山后山蜿蜒漫去。

沈峥静待最后一列骑兵从她面前飞驰而过，方甩落马鞭，疾行而上，红色披风在风雨中翻飞不止，很快越过两队骑兵阵列，消失在空蒙山色中。

谢瑾驻马立在校场边，远远注视着山腰上那队黑蚁般曲行的人马，在那一点红影上停留片刻，待那影子转过山坳，方才转头对身后祈明月道："传令步兵营，今日练习投掷。"

祈明月正要转身，他又微微笑道："还有，叫伙帐的伙兵多煮些姜汤备着。"

山路崎岖湿滑，好在所有骑兵之前已跑过山路，阵型勉强维持不乱，但途中不时有个别士兵掉队，整军行进的速度也就越来越慢。

沈荨已行到了队伍前头，凝目注视着山道中的队伍，并不下令催促。

山中雨势更大，扶鸾后山植被较稀，经受了连日秋雨的冲刷，碎石泥土都有些松动，不少山壑中已经汇集了小股的水流顺沟而下。浑浊的水中夹着不少石块，先还零零星星，不久便越来越密集。

顾长思面现犹疑之色，一面挥动令旗，一面朝沈荨张望。沈荨岿然静立，似对恶劣天气和山势变化一无所动。

不多时整个重骑营也都上了山腰，在令旗和军鼓的指挥下朝山顶缓行。顾长思忽闻山谷中隐隐传来轰鸣之声，不由道："沈将军，这——"

沈荨神色沉稳，只说了两个字："继续。"

顾长思急道："怕会有泥石流，将军，要不先撤——"

沈荨喝道："继续！"

顾长思只得再挥绿旗，姜铭仍是不疾不徐地擂动着军鼓。山中轰鸣声不断，四处流泻而下的泥水越来越多，不少骑兵面上也都现出一丝惶然之色，但因军令不改，只得硬着头皮依令而上。

沈荨道："变阵。"

顾长思忙将黄旗一挥，姜铭鼓频一变，骑兵们纵马穿行，很快于山道中变阵排成三列横队，此时一阵巨响震动山谷，山摇地晃，山顶上无数巨石猛然滚落，挟着呼呼的风声，照着山腰直坠而下。

众人齐齐变色，不少人惶惶四顾，马蹄纷乱，队列波动不已，姜铭一声断喝："保持阵型！"

一喝之下，大部分士兵紧缰勒马，但石流飞泻，天昏地暗中有人瞧着那越来越近的巨石，再也按捺不住，放了马缰自去寻找躲避之处。

一时间山腰乱成一团，如炸开了锅的沸水翻腾不休，战马嘶鸣，滚石咆哮，本来还能勉强维持住的阵型被信马由缰的人一冲乱，人影交错，怒骂声不止，再无之前的井然有序。

顾长思也急了，大声喝止道："不能乱！越乱越不好撤退！"

沈荨冷眼瞧着，沉声道："撤！"

顾长思忙挥动黑旗，但这时队伍已乱成一锅粥，前头的马蹄踏在后头的马脚上，不少人被癫狂的马甩下马背，别说撤退的路线被封死，就是立都立不稳了。

骑兵们无处撤退也无处躲闪，惊惶间只能眼睁睁地看着那波巨石以雷霆之势急冲而来。眼见当先几块巨石就要压上，血肉之躯便要化为齑粉，草弄泥泞间突然接二连三翻起数道藤网，将那巨石一层层接裹住，暴泻的泥流也被滤去了石块，只有浑黄的泥水流下来，漫过纷乱的马蹄，又向下流去。

　　沈荨朝姜铭一点头，姜铭擂动一阵疾鼓，如梦初醒的士兵们急忙制住焦躁的马，骚乱渐渐平息。众人松了一口气，不由面面相觑，数名不顾号令擅自策马躲避的骑兵面上都露出了愧色。

　　顾长思呼出一口长气，询问地看了一眼沈荨。沈荨点头，他再次挥动撤退的黄旗，这时已调整好的队伍方依照号令，一队一队往山下撤退，因无人乱阵，撤退很顺利，很快便全数退出了危险地带。

第十章 良辰景

回到校场时已近傍晚，所有人马都糊了一身泥浆，被雨水一冲，形容皆是狼狈不堪。大伙儿脸上的表情也不太好看，个别士兵还垂着头，心下惴惴不安。

沈荨率先行到校场中央，等士兵到齐列好方阵后，扫视着两个骑兵营，缓缓说道："敌军压境，若是正面冲锋对阵，来自千军万马那一瞬间的冲击和碰撞，压力比今日山上遇到的情况只有过之而无不及。"

校场上鸦雀无声。

"泰山崩于前而色不变，麋鹿兴于左而目不瞬。无论遇到什么情况，只要号令不动，人就不动。整支队伍的行动整齐划一，才能进退有度，不会自乱阵脚，日后上了战场，便能沉着应对，不至临阵退缩。"沈荨略顿了一顿，继续道，"大家今日想必也都有了体会，我也不多说了，没依号令擅自行动的人出列！"

十数名士兵垂头丧气地出列。

沈荨瞧了一眼，微微笑道："今儿头一回，就不罚你们了，不过你们须谨记教训，若有下次，军杖二十，再下次，军法处置！"

"是！"众人立刻抬头挺胸，响亮地应了一声。

沈荨抹了抹脸上的泥水，笑道："好了，今日就操练到此，散了吧，去问问伙帐有没有姜汤喝。"

士兵们一阵哄笑，三五成群地往营地里去了。沈荨看了一眼顾长思，笑道："还杵在这里干什么？"

顾长思道："将军，今儿我也没沉住气……"

沈荨道："谁没个头一回？都是磨炼出来的，去吧。

雨仍是淅淅沥沥地下着，校场另一边步兵们的操练也早结束，谢瑾处理完积压的军务，在自己帐中沐浴换衣后，拿了桌上的姜汤撑伞去沈荨的军帐。

外帐静悄悄的，他直接掀帘进了内帐。沈荨刚洗了澡，湿发随意地挽了个髻，只穿了中衣中裤，衣衫垮了一半，坐在榻上扭着身子，背过手去包扎肩上的伤。

"朱沉呢？"谢瑾反手将帐帘的帘钩扣上，过来将姜汤搁在桌上，坐到她身后接过她手中的绷带，问了一声。

沈荨道："我让她回去收拾衣物了，这几日天气不好，跑来跑去也麻烦，不如就住在营里。"

谢瑾看了看她肩头，伤口已结痂，肿也消了，但还有些红。他将绷带放到一边，拿了药箱中的棉棒，沾了药膏细细抹上。

天已擦黑，营地里正在开饭，外头传来不少士兵的脚步声和嬉笑声。没一会儿，闹声渐去，四下安静下来，只听闻沙沙细雨落在帐顶的缠绵秋音。

沈荨早就点了灯，这会儿帐内烛光暖暖，帐帘厚重地垂下来，两人的身上都还散发着沐浴后的皂角清香。榻上雪白的被褥间，丢着一件大红色绣着海棠花的肚兜，沈荨纤细的脚踝裸露着，左脚踝上挂着一圈细细的红绳，轻薄的中衣下隐约透出紧致的身段。

一方私密的天地中不觉就染上了几分旖旎缠绵的情致。

谢瑾替她抹完了药，目光掠过她的裸足，在那件肚兜上停留了一瞬，埋怨道："我怎么就专伺候沈将军的伤了？"

沈荨忍不住笑了一声，转过身来。

烛火下佳人眉开眼笑，略带着一份得意之色，宽大的衣衫像是挂在身上，衣领往一边滑着，是她极少流露出的明媚娇妍之态。

谢瑾的目光再也移不开了。

沈荨瞥了他一眼，又转回头，笑道："伺候得好，本将军有赏。"

谢瑾心弦一颤，低头凑到她肩头慢条斯理地问："怎么个赏法？"

这声线里带着几分说不清道不明的暧昧，话说完了，人也没动，唇就悬在她肩膀上方一点，呼吸就在耳畔。沈荨半边身子都麻了，咬了咬唇反问："谢将军要什么赏？"

他没有回答，安静的帐内只闻两人有些凌乱的呼吸声。谢瑾的唇贴在她耳根下，不太镇定地问她："还疼吗？"

疼是不疼了，但酥却是真酥，沈荨忍不住转过身去。谢瑾扶着她的腰，相互对视的眼眸中都漾着旖旎的春光。

"先喝姜汤。"谢瑾直接将她抱起来让她坐在自己腿上，小心地避着她的伤处，一条长臂揽着她，另一只手稳稳拿着碗，送到她唇边。

姜汤灌下去，沈荨渴得更厉害了，全身上下都热意腾腾。谢瑾适时递上一盏茶水，盯着她咕嘟嘟地灌完，一手掌着她，一手拿过桌上的茶壶，往茶盏里倒了半杯，自己也喝了。

他搁了茶盏，扣住沈荨的后脑勺热切地吻了过来，炽烈而又悠长，直至紊乱的呼吸难以为继，方才恋恋不舍地放开她。

沈荨觉得自己像块蜜一样被他吻化了，伏在他的肩头微微喘着气，伸手去撩他的衣衫。

谢瑾按着她的手，犹豫道："你的伤还是再养养比较好。"

沈荨在他颈上轻轻咬了一口："我没这么弱不禁风。"

谢瑾一笑，微微推开她，伸手拔下她头上的发簪，一头青丝即刻流泻下来，

平心而论，沈荨的五官算不得艳丽妩媚，眉眼清朗而带着几分英气，圆眸秀鼻，下巴略为圆润，不笑的时候唇角也略微上挑。她平常总是素颜净脸，端容凝面，眼神中蕴含着杀伐果决，打扮也多是磊落英飒，洒脱利落的，几乎摒弃了女子惯常的娇柔温婉。

然而此刻在他眼里，这早已刻在心上的容颜竟又有另一番风致，腮晕潮红，红唇水润，发波如浪，还有几缕发丝散在鬓边腮上，平添了几许柔媚。

堪画堪描，每一处每一分都令他心口悸动。

他起身将她抱到榻上，吹熄了烛火。

秋雨淅沥，雨珠成串顺着帐顶往下落，雨帘中有人撑伞来到帐外。

他站了一会儿，身躯渐渐僵硬，手中那把伞倾斜下来，掉落在泥地上，溅起一地水花。

雨水落到他的脸上和身上，他也浑然不觉，呆若木鸡地立在雨中，低垂的眼中逐渐现出一丝恨意。

雨下了一阵，渐渐小了势头，零落的雨滴落在帐顶上几乎没有声音。帐内烛火温融，风将帐上开窗处的薄帘吹开一线，隐隐约约见到外头雨幕下，山峰顶上浮着一丝暗沉沉的红。

沈荨心中一片宁静，蹭了蹭他的肩膀。谢瑾微侧着脸来吻她的唇，带着些意犹未尽的缠绵和亲昵。她觉得有些累，拥着被子很快就睡去。谢瑾合了一会儿眼，披衣去了外帐。

子时刚过，外头传来祈明月低低的声音："将军？"

谢瑾走到帐帘跟前，掀开帘子接过祈明月递上的几封信件，道："行了，你去休息吧。"

祈明月却道："之前我还看见姜铭守在帐前，这会儿人却不见了。将军今晚既歇在这儿，要不我过来守帐吧。"

"不用，回去休息。"谢瑾说了一声，转头回到案前挑了挑烛芯，在灯下细细看起来。

前两封信都来自军师崔宴，头一封报告了两万暗军的近况。

这两万暗军，是谢瑾接手北境军后，在望龙关下的靖州、屏州等地暗中招募的。暗兵一部分来自当地的农民和走卒贩夫，一部分是失了户籍的流民，其中也有个别捞出来的轻犯和战俘，甚至还有部分关外来的胡人。

胡人是关外游牧民族的通称，暗军中的这些胡人一般都是关外的牧民，在部落间的烧杀抢掠中落了单而南下，经过长时间的定居，生活习性基本已与关内百姓无异了。

建立这样一支鱼龙混杂的暗军，谢瑾当初是经过深思熟虑的。顶着帝王猜忌冒这样大的风险做事，虽有他自己的考量，更多的是无奈之举。

当初谢家统领十八万西北边境军，西北一线的各个军事重地间，兵力可以自由调配。后来硬生生把西北划开，北境只剩下了八万兵力，而一直压在北境线上的樊国却在不停地往北扩张着领土，国力越来越强盛，与大宣之间大大小小的冲突不断。谢戟很早之前就在向朝廷申请扩张北境军编制，却一直未能得到允许。

宣昭帝即位以来，谢家连折子都不好再往上递。谢瑾当年递过两次，被有心之人顺着帝心扣了个居心叵测的名头，他也就不再做徒劳无功的努力了。

朝廷不作为，他却不能不未雨绸缪。

谢家常年驻守边境，边境一线的几个重镇，可以说是谢家子弟的第二个故乡。谢瑾的府邸设在望龙关下的靖州城里，是一座两进的简陋院落。虽然常年不在那儿居住，但靖州城内的百姓对这位神龙见首不见尾的年轻将军都是极为爱戴和敬佩的。

靖州和附近的屏州等地处于荒僻边疆，百姓构成鱼龙混杂、良莠不齐。除了原先的住民，各种钦犯、流民、胡人，还有不少樊国和西凉国的探子都混杂其间，治安很是令当地的知府县令头疼。本来这些地方官去了边疆便如被朝廷流放一般，心中又有怨气，治理不下来干脆两眼一闭，听之任之。当地百姓投诉无门，遇事都找驻扎在城内的北境军。

一边担负着守卫边境线的重任，一边又要承担当地城镇的治安管理，谢家主帅虽无怨言，但也确实有点不堪重负。

几年前北境大雪封山，军队断了粮饷，靖州和屏州的百姓纷纷节下自身口粮送往军营。虽杯水车薪，但谢瑾大为震动，更是立下了誓死保卫边疆的决心。

过后他左思右想，决定建立一支暗军，一方面把一些扰乱治安的流民都网罗进来，以子之矛攻子之盾可出奇效；一方面也是有备无患，一旦樊国大举进犯，北境军兵力不足以拦住敌军的时候，他们便能暗暗地补充到军队中，确保边境无虞。

果然，暗军开始建立以后，各地的治安好了很多，百姓安居乐业，靖州和屏州等地也越发繁华。

当然，这样一支队伍很不好管理，但崔宴是个狠人，他手下的四个副将也是狠人，自有一套驯服这些暗兵的手段。两万暗军分为魑魅魍魉四路，每位副将各领一路，除了最高将领，相互都不知道其他暗军的存在。

他们没有正式编制，见不得光，平常散布在各个角落，很多人在当地百姓的眼里都是阴狠戾虎或强民盗犯一般的存在。他们加入暗军，一方面是生存所需，一方面也有冲着立功便可以得到赦免或其他奖赏的因素。

这支暗军，既是悬在谢家头上一把危险的尖刀，不到万不得已时不能动用，同时也是谢瑾手中一杆锋利无匹的红缨枪，枪法用得好，便能协助他守好边疆，保下万众边关百姓的生命和家园。

谢瑾细细看了崔宴汇报的情况，觉得不需做什么回应，便将信纸放在烛火上烧了。

他看了看另一封写了"加急"字样的军报，抽出来瞧了瞧，不外是北境军与樊军近期的几次小摩擦，便将信放到抽格里。

这是他与崔宴之间的默契，不轻不重的事便写个"加急"字样，留着给有心之人看了好交差，真正重要的东西，阅后即焚。

第三封信是谢瑾驻守在夔龙沟的妹妹谢宜送来的。

夔龙沟向来是两国之间争夺的军事重地，除了地形地势的因素，还因附近的一条山道是南北商队往来的必经之地。而夔龙沟关墙外的平野上，至今已不知埋下了多少双方将士的白骨。

谢宜驻守夔龙沟已近四年，除了掌着军事防务外，也暗中掌管着谢家的商队。要维持两万暗军队伍的庞大支出，光靠宣阳王的供给是不行的，何况谢瑾本身也不想太过依赖宣阳王，怕往后会受到太多牵制。

朝廷拨给北境军的军费也很有限，不打仗时，军饷也只刚刚够用而已，一旦战事多了，军饷军费便是成倍地往上翻。巧妇难为无米之炊，谢家手里没点自己的钱，倒真很拮据。

谢家重义，每名阵亡的将士都会在朝廷的抚恤金上加一倍，有士兵立了军功，朝廷奖赏不足时也会拿钱出来补足。另外军营里的养马费用、兵甲兵械的耗损、火器武器的更新换代、药品的消耗等等，都是很庞大的支出，光靠朝廷的下拨没法支撑。

很多军队的管理者都靠吃空饷发了大财，放在谢家这里，不仅吃不了空饷，还得自掏腰包，若没宣阳王在后头支撑着，还真的很难。

相邻的西境军情况就好很多，朝廷对其很大方，但谢瑾就是再不平，也无可奈何。

商队的具体事务由谢家早年流落在外的一个族兄管着，如今已有很大的规模，每年的利润都在上升。谢瑾在看过谢宜附来的新一季账目后，心下微微松了口气。

他把谢宜的信也放在火上烧了，起身走到内帐跟前，将帐帘掀开往里瞧了一眼。

沈荨的胳膊又从被子里伸了出来，压着被子于黑暗中睡得正香。

他摇头叹了一声，进去帮她盖严实了，又出来坐到案前，倒了杯茶慢慢等着。

两刻钟后帐帘被掀起，他的另一名亲卫穆清风躬身进来。谢瑾站起身道："出去说。"

穆清风跟谢瑾出了大帐，谢瑾走到几丈开外，看了看周围，才转身问道："终于有消息过来了，这次为何拖这么久？"

穆清风小声道："两月之前沈将军刚被急召回京，沈小将军便拿了太后手中的那只虎符控制了整个寄云关大营，除了荣策营，沈将军其他的嫡系将领也全都被派了人监视。两个月来都是草木皆兵，我们的人虽然没被软禁，但一举一动都有人盯着，消息根本递不出来。"

谢瑾面沉如水："这些情况我大致都知道了，沈将军被急召回京之前，寄云关大营里有没有什么异常？"

"半年前沈将军护送西凉和亲郡主到京后，很快就回了寄云关，好像往西凉派了很多探子。她被急召回京之前十余日，曾与沈小将军在大帐内发生过激烈的争吵，后来沈小将军便回了上京。"穆清风低声道。

"知道他们因何事争吵吗？"谢瑾问。

穆清风摇头："中军大帐周围都守得死死的，我们的人无法接近大帐，最后想尽了办法，才听到沈将军后来的一句，大概说是要找太后定夺什么的。"他停了一停，猜测道，"现在看来，应该是沈小将军得到了太后娘娘的支持，毕竟太后娘娘把自己手中的那块虎符交给了他。"

谢瑾听完，又问道："那沈将军被急召回京之前，就没在营里做什么安排吗？"

穆清风道："沈将军那段日子表面上倒没有什么异常，但沈小将军一走，她立即开始调编手下的几个营。荣驰营和荣骋营经过减编后都分别被调往了崎门关和长源寨，留在寄云关的几个营也在暗中整顿，还处置了几个将领，所以那段时期，我们的人也不敢递消息出来。"

"嗯，"谢瑾应了一声，"她处置的都是什么人？"

"处置的几个人都是她的亲信，当时还在营里引起了一些风浪。"

谢瑾微微一笑："她这是在保存实力——还有什么？"

"正要整顿荣策营的时候，京里的急召令下来了，沈将军只得放了手中事务赶往上京。"

谢瑾没说话，半晌自言自语道："到底是什么事，闹得这么严重？"他仰头瞧着夜空，思索一阵，又转头问道，"那孙将军的情况还好吗？"

"一直被扣押着，但好像沈小将军一时也不敢为难她，毕竟她是沈将军最看重的人，处置了孙将军，就算真的撕破脸了。"

"其他还有什么？"

穆清风摇着头，道："……其他的，就没什么了。"

谢瑾点了点头："知道了，如今既然重新接上了线，往后就多留意着。"

穆清风行了一礼，转身走了。

谢瑾进了大帐，瞧了瞧案前的沙漏，吹了烛火，掀开内帐的帘子。

他上了床，沈荨翻了个身，迷迷糊糊道："什么时辰了？"

"你安心睡吧,"谢瑾伸手去揽她,"今儿休沐,不上朝。"

沈荨往边上避了一避。床榻狭窄,她半边身子落了个空,差点掉下床去,谢瑾一钩手臂将她捞回来。

怀里的身子冰凉凉的,他一下就笑了。

"既要出来偷听,为什么不多穿件衣裳?"

他专门令人给沈荨准备的冬被,厚实的被子也能睡成这样,当然是干"好事"去了,怪不得躲他呢。

沈荨也笑嘻嘻地抱住他的腰:"还不是怪你,说事非要去帐外说。你们不出去,我哪儿需要去吹冷风?"

"是,我们就该在内帐说事,好让沈将军一字不漏地听清楚。"谢瑾揶揄道,"暖和不说,还免得偷偷摸摸的。"

沈荨在他怀里埋了一会儿,问他:"谢瑾,你在西境军各处大营里埋的人,这会儿可以告诉我都是谁了吧?"

谢瑾轻轻笑道:"那你在北境军军营里头安插了哪些暗桩,是不是也可以告诉我了?"

沈荨有一下没一下地挠着他的手背:"你先说,我就告诉你。"

"你先说。"

"你先说,"沈荨拨弄着他的衣领,"怎么,你还信不过我?"

"当然信不过,"谢瑾一点也不给她面子,"你花招最多。"

沈荨气得在他手臂上狠狠一拧:"不说拉倒,反正现在西境军也不是我的了,你把西境军捅成筛子我也没意见。睡觉!"

谢瑾"咝"了一声,揽在她腰上的手一下收紧,另一条手臂也环上来,低头吻着她的额角,慢慢道:"说不准哪天西境军就回你手中了呢。"

"我倒是想,可是难啊——"沈荨回了一声,打了个呵欠。

谢瑾试探地问她:"要不就一起说,我去拿纸来,你写给我,我也写给你。"

"写就写。"沈荨道,"你打定主意不让我睡觉了是吧?"

"今儿放你半天假,天亮了我去替你领骑兵跑山便是。"谢瑾笑道,"你可不要耍什么花样,若是你写的名字查无此人,我就——"

"就怎样?"沈荨坐起身来披上外袍。

谢瑾想了想,好像还真不能拿她怎么样。他微微一哂,下了床点了灯,去外帐拿了纸笔进来。

小小的一张书案被两人各占了一边，以灯烛为界。谢瑾不一会儿就写好了，沈荨却咬着笔杆，一双眼睛骨碌碌地在他身上打转。

谢瑾唇角含着笑，伸手过来往她眼睛上一捂："又打什么主意？"

"我发现最近谢将军很爱笑啊。"沈荨拍开他的手，将头歪过来，尽力睁大眼睛去瞧他手中的名单，口中调笑道，"侬是嶔崎可笑人，不妨开口笑时频。有人一笑坐生春……"

谢瑾的脸黑了黑，将那张纸抽开："别想蒙混过关。"

"没趣。"沈荨悻悻低头，片刻之后写好递过来，瞪了他一眼，将他另一只手中的纸一把抢过去。

谢瑾低头一看，气得额角直跳，拎着她递来的那张纸恨道："你这写的是什么？"

沈荨哈哈一笑："我写的可是真名单，又没诓你。"

谢瑾咬牙道："你是没诓我，但你这叫我怎么去找？全军营里头，姓李姓王的不下七八十个，莫非我还要去一个个翻他们排行第几？"

沈荨那张纸上，写的都是"李三、王五、赵六"等人名，一看就是存心捉弄他。

"你跳什么脚？"沈荨看他发火，很好脾气地笑道，"我在你营里安插了谁，你别说你自己心里没个数，你要我写出来，不过想看看我的态度罢了。如何，谢将军，我可是一个都没漏，够有诚意了吧？"

谢瑾点着头道："你是很有诚意，就这样都不忘戏弄一下我，我可是明明白白都写给你的。"

沈荨乜着眼看他，一只脚伸过来，架在他膝上，笑盈盈道："我就是喜欢戏弄你，看你跳脚我最高兴。"

谢瑾握着她的脚踝，在她足心轻轻挠了挠："好啊，终于说实话了，把我耍得团团转，你真就这么开心？"

"哎哟，别挠……"沈荨咯咯笑起来，"你还记不记得四年前葵龙沟大捷那回？"

"怎么不记得？"谢瑾见她笑得有点上气不接下气，停了动作道，"记忆犹新，你跑来霸占了我的营帐，我只好去跟李将军睡一个帐篷。"

沈荨睨他一眼："我喝醉了酒，一时走错才进了你的营帐……"

"是走错了还是故意的？"谢瑾一笑。

"当然是醉酒一时糊涂走错了！"沈荨愤愤道，"我还迷迷糊糊记得，你就当我是洪水猛兽似的，冷着脸呵斥我，叫我快出去，那时我就想——"

谢瑾道："想什么？"

"……想在你脸上画只大乌龟！"沈荨一个眼波横过来，拿起案上的笔蘸了墨汁，作势往他脸上戳过来。

谢瑾赶紧捉住她那只手，夺了她手中湖笔，把人抱过来环住，笑道："我都还没找你算账，你倒记恨在心了。话说回来，喝醉了还记得这么清楚，你到底是真醉还是假醉？"

沈荨只笑而不答。

他一条手臂横在她的腰间，把人搂在膝上，另取了一张熟宣，就着手中湖笔，唰唰勾了几下，画了一个身披战袍的姑娘。她东倒西歪地靠在帐内的榻上，脚下还跌着一个酒杯，憨态可掬，醉意纵横，那神态竟是活灵活现，惟妙惟肖。

沈荨去拧他的手臂："我有这么丑吗？"

谢瑾笑而不语，在画的右上角写道：

豪气冲云开，对酒三千军，更尽鼓收行犹癫，醉卧孤灯帐。

沈荨抢过那支笔来，蘸了墨汁，在右边帐帘处画了一只乌龟，形态栩栩如生，正缩着脑袋往帐外爬。她笑着端详了两眼，挥毫在左下角写了后半阕词：

铁甲裹肚腹，壳厚半寸金，横眉冷面声势虚，独走寒坤道。

她搁了笔，这才笑嘻嘻地瞧了瞧脸色很难看的谢瑾，小心地把纸上的墨汁吹干，笑道："这个我可得好好收起来。"

谢瑾气得一把将人抱起来，走两步横着扔到床上，恐吓道："声势虚？你说谁声势虚？"

沈荨笑盈盈地圈着他的脖颈："我是说乌龟，又没说你，有人要自认是乌龟，我也没办——唔——"

未说完的话叫人堵了回去，西窗烛明，一帐春生。

这日谢瑾果然带了两个骑兵营去扶鸾后山跑山，沈荨把陈吏目叫到自己帐里，把谢瑾拨给她的一千八百名士兵名册一起过了一遍。

陈吏目出去后，正好朱沉进来，沈荨收拾着案上的文书，低声对她道："咱们在西凉没被沈渊拔掉的探子，如今可以去联络了。"

朱沉道："不如再等等，将军这回差点露了行迹，太后疑心都还未除——"

沈荨摇头："这事我不想拖久了，如今我在上京不好查，只能在西凉那边多下功夫。沈渊这几日想必正为了皇上要撤四万兵马下梧州屯田的事伤脑筋想对策，咱们瞅着这个空子先把人联络了。再说西凉那位送亲使鄂云大概也快回去了，得盯着他，看他平日里来往密切的人都是谁。"

朱沉想了想："行，那我这就去办。"

沈荨嘱咐道："若是摸到情况了，叫他们先不要轻举妄动，等我去了骑龙坳，联络更方便些，到时再来商量着办。"

第十一章

帘风动

午时沈荨去谢瑾大帐，人还没回来，祈明月掀帘进来，行礼道："沈将军。"

"咦？"沈荨笑道，"你没跟谢将军去跑山？"

"今儿清风去的。"祈明月道，"刚接到华英公主送来的帖子，是给谢将军和沈将军的。"

沈荨接过来将帖子打开瞧了瞧，埋怨道："知道咱们军务忙，还来添乱，不就今年最后一次秋猎吗，有别人去替她撑场面不就行了？"

祈明月见她不回应，踌躇着说："送帖子的人还在外头等着，要得了回话才走，他说不必谢将军和沈将军两人都去，去一个就成。"

沈荨叹了一声，道："行吧，那就说谢将军脱不开身，我到时候准去。"

祈明月笑道："是。"

祈明月走了没多久，谢瑾掀帘进来，手里捏着一封军报，脸上神情颇有几分严峻。

"怎么了？"沈荨站起身来。

谢瑾将那军报往她手中一递，道："你瞧瞧吧。"

军报是北境军在樊国的探子加急送来的。樊国国内刚发生了一场政变，巴音王朗措杀掉自己的哥哥夺取了国内政权，接着又吞并了北边几个零星的游牧民族部落，樊国的局势版图再次生变。

"这位巴音王可是个好战的，以往仗着手下的十万精兵铁骑，没少和西凉发生冲突。"沈荨蹙眉道。

"你再往下看。"谢瑾道。

沈荨把后面一张信纸拿到前头看了看,心往下一沉:"西凉遣了使臣去朝贺巴音王?"

谢瑾提醒她:"现在不是巴音王了,是樊国皇帝。"

沈荨抬起头来,两人对视片刻。

谢瑾叹了一声:"我以前跟朗措交过手,这位可是个硬茬儿,他手下的十万铁骑彪勇凶悍,战力非凡,只是以往他一直被前樊王压着,让他去攻打北边,现在可不一样了,而且若是这次他和西凉联起手来……"

他停住没说,眉心慢慢拧了起来。

沈荨想了想,道:"要不去跟太后和皇上说一说,冬祭咱们就不参与了,早日把这批新兵带去北境。"

谢瑾慢慢摇头:"太后定下来的事,哪能轻易就推翻?我若去说了,定要安个草木皆兵,藐视祭天盛典的名头,何况我瞧你现下在太后那大概也说不上什么话,就别去惹人烦了。我问过礼部,祭天需要我们出八千士兵充入仪仗,剩下的四千士兵可以先带去北境。我留下来,你先带人走,不管怎么说,早些准备着没有坏处。"

沈荨颔首:"行。"

谢瑾注视她片刻,自腰上摸出一把钥匙递给她:"以往的军情军报,都在案下的抽格里。"

沈荨接了钥匙,笑道:"这可是谢将军自己给我的,我没想要插手哦。"

"大敌当前,"谢瑾无奈一笑,"还说这些话干吗?"他端了案上的茶盏喝了一口,道,"营里的操练你先看着,我这就去兵部跟赵尚书说一说,晚上再与府上几位师爷聊聊,正好就在松渊小筑歇了。算算时日,三弟的功课也该考校考校了。"

沈荨帮他解下铠甲,道:"你去吧。"

谢瑾进内帐换了衣服出来,又问她:"你今儿回府吗?"

沈荨很干脆地说:"事多,不回去。"

"为何?"谢瑾奇道,"事情再多也办不完,一晚上的功夫你又能多做几件事?"

沈荨笑着摇头,瞥了他一眼:"你管我?"

想来谢思今晚会瞅着功夫挑战他大哥了,她煽风点火者还是先避一避比较好。

谢瑾欲言又止,最后道:"那好吧,我走了。"

谢瑾走后,沈荨把抽格内的文书大致过了一遍,出了一会儿神。

其实她也知道，谢瑾留下来的东西都是经过筛选的，真正重要的东西都被烧毁了，但即便如此，心下还是颇感欣慰。

整个北境线的军防大网在她面前徐徐展开，北境西起骑龙坳，东至暮河湾，除了中间的望龙关，万壑关和篯龙沟也是极重要的军事要地，也是敌我双方发生冲突的主要位置。

八万北境军的主力都安置在了这三处，望龙关放了三万兵力，万壑关和篯龙沟各是一万八千。剩下的一万四千人，除了骑龙坳占去了八千，都零零散散分布到了其他小规模的边境要塞上。

如今谢瑾人在上京，望龙关大营由崔宴坐镇，篯龙沟是谢宜驻守，这两人沈荨都很熟悉，防务向来做得无懈可击，即使新兵一时没补充到位，想来短期内问题应该不大。

万壑关和骑龙坳的守将她却不太熟悉，应该都是新近提拔起来的，她先行前往，应该便是先补充这两个地方的兵力。

形势虽严峻，但看到整个北境线具体防务的安排布置，她倒是把心放回了肚里。谢家到底是多年镇守边疆的国之干城，行兵布防都很老练，方方面面都安排得滴水不漏。当然，若是北境军兵力编制能再扩充一些，就更有备无患了。

而如果西凉国与樊国结成同盟，骑龙坳在其间的军事作用会更为突出，沈荨思索了一阵，让人把顾长思和李蓁、方平都叫了进来，让他们先带着那一千八百名骑兵加紧操练。

这一千八百人因要拨给沈荨，没有划进轻骑营和重骑营，但都给配了营里头等的良种战马，可见谢瑾对骑龙坳的重视程度。

沈荨安排完，伸了个懒腰，出了中军大帐。

已是傍晚，秋阳趴着云层边缘露出几线金边，校场上的低洼处还积着一摊一摊的水，但士兵们此刻兴致高涨，校场东台下围了一大圈的人，欢呼声和喝彩声不断。

下午的操练已完毕，这会儿是晚饭前一点自由活动的时间，一般大伙儿都会在校场内聚集，私下里比斗着玩儿。

沈荨很感兴趣地走过去，围在外层的士兵见她来了，立刻噤声，安安静静地让出一条通道。场内缠斗在一块儿的两名士兵一眼瞧见，赶紧停了下来。

沈荨背着双手，笑道："怎么不打了？"

"这……"

第十一章　帘风动

两名士兵对望一眼，一人道："怎好在沈将军面前班门弄斧？"

"三人行必有我师，你们能被选到北境军里，想来都有自家绝招，往后这种话就不要再说了。"沈荨摸了摸下巴，"你们好好打，打得好，胜得多的，我这里给添点彩头。"

平日里谢瑾总是不苟言笑，严肃冷厉，士兵们见了他一般都是手足无措，胆子小的还会远远避开，此际见这位沈将军如此平易近人，一下便都松快了。刚说话的那名士兵壮着胆子问："将军给添什么彩头？"

沈荨笑骂道："营里不许赌钱，你想要什么彩头？罢了，今儿我拿钱出来，叫伙帐添两个荤菜，胜得多的再加两个鸡腿——钱没有，鸡腿还不能有了？"

大伙儿齐声欢呼，场中两人立刻摩拳擦掌，虎视眈眈地盯着对方。一时间，校场内气氛高涨，欢声喧天。

沈荨看完了热闹，慢慢回了营地。姜铭站在她营帐前，远远见她来了，便把帐帘掀起。

沈荨负手而入，说了两字："进来。"

姜铭进去了，沈荨打量他两眼："今日怎么脸色这么差？没休息好？昨晚下那么大的雨，不是叫你去睡觉，不用过来守帐吗？"

姜铭摸了摸脸，道："我脸色哪里就差了？"

沈荨盯着他："没什么事吧？"

姜铭低下头："没事。"

"姜铭，"沈荨拿起案上温热的茶盏喝了一口，说，"你在我身边的时间比朱沉还多两年，虽说你们是我的亲卫，但咱们三个也都跟亲人差不多了，你有什么事，难道还不好在我面前开口？"

姜铭抬起头来，正对上沈荨清澈明净的目光，他笑了笑："将军多虑了，我能有什么事？"

沈荨点点头："那好吧，你去把顾长思叫来。"

姜铭应了一声，掀开帐帘出去了。

到了晚间，密云初散，新月悬钩。

谢府前院的啸风斋内，几位师爷听了谢瑾的安排，神色不安地对望了几眼，一时都未开口。

谢戟咳了一声，端起桌上的茶盏喝了一口，道："由沈将军先去坐镇，我觉着这个安排也算妥当。"

有位邓姓师爷是侯府里资历较老的幕僚了，说话比较直率，也有几分脾气，当下便不甚赞同地哼了一声，硬邦邦地说："在下倒是觉得不妥，可惜世子都做了安排，既如此，何必再来问我们的意见？"

谢瑾端坐父亲下首，很好脾气地说："邓师爷息怒，沈将军驻守西境八年，一直枕戈待命，殚精竭虑，未曾让西凉人讨过一点好。沈荨之名，在樊国也是威名遐迩，北境有她坐镇，一方面咱们如虎添翼，另一方面，也能对樊国起到一些威慑作用，短时间内不敢轻举妄动。"

"我哪是说的这个，我的意思世子难道不明白？"邓师爷面色稍霁，摇头道，"我知道沈将军天纵英才，其行军布阵、调兵遣将之能，放眼当朝，除世子之外难有他人能与她分庭抗礼，但她到底是太后和皇上的人……"邓师爷原本想点到为止，但见谢瑾容色平静，似乎并不为所动，只得往下说，"她嫁到侯府来为的是什么，大家都心照不宣。沈将军这样一个发号施令惯了的人，会甘心丢下十万西境军？若说她无所图，在下是不信的。这么些年来，北境军能挺过一次又一次的危机，坚持到今日委实不易，世子为何就如此笃定，沈将军没有染指北境军之意？"

其他几位师爷面上也露出深以为然的表情。

谢瑾沉默片刻，道："沈荨最想的，是拿回西境军。交出西境军的统辖权非她所愿，具体何事我尚不清楚，但她现在与太后，与沈渊都有很深的龃龉和冲突。我也信她去了望龙关大营后，行事会有分寸，再说还有崔军师在，诸位尽可放心。"

他停了一停，又补充道："我也就迟个十余日便能赶往北境，就怕我不在的这段时间边境线会有什么意外状况，沈荨在那儿的话，营里也能有个主心骨。她绝不会拿国之疆土和同胞性命开玩笑，这点我可以担保。"

几位师爷闻言，也不好再说什么反对的话。最后邓师爷道："侯爷和世子都决定了，我们还有什么话好说？希望世子日后，不要后悔今日所做之决定。"

少顷，下人进来通报花厅中席桌已备好。谢瑾陪着父亲与几位师爷吃了饭，喝了几杯薄酒，刚进淡雪阁的月洞门，便瞧谢思拎着一杆长枪，穿着一身短打练武服，意气昂扬地候在庭院中央。

"今儿没说要考教你的枪法呀？"谢瑾笑道，"怎么，欠教训了？"

谢思甩了个白眼过来："大哥不要瞧不起人，今儿谁输谁赢还说不准呢！"

第十一章　帘风动

"几天不见出息了啊，"谢瑾点着头道，"等我去换衣服。"

次日沈荨去上早朝，在宫墙下等待宫门打开，站了不久便见谢瑾一脸阴沉地朝她走来。她装着没看见，笑嘻嘻地钻进人堆里，找熟识的官员说话。

不多会儿钟声鼓荡，文武官员列队进入掖门，谢瑾排在她身后，一面走一面低声道："是不是你怂恿谢思的？"

沈荨没回头，只笑道："你说什么？"

谢瑾也笑了一声："还装糊涂？"

"我能装什么糊涂？"沈荨一手持笏，另一只手抬起来正了正官帽，"别血口喷人。"

谢瑾往前跨了大半步，几乎贴到了沈荨身子后头。官帽上的展角长翅支棱着不太方便，他只好微侧着头，朝前俯着身，咬牙道："那招'松风伴月'，本是配合着骑马前冲的姿势，平地上使出来，右脚没套在马镫上，腰下便会有一处破绽，这个破绽除了你没别人抓得到，还说不是你怂恿谢思的？"

沈荨呵呵笑了一声："是我又怎样？你是不是输给谢思了？他没把你腰带给挑下来吧？"

谢瑾正要说话，前头的谢戡重重咳了一声，隔着几人微微侧过头来，照着后头的儿子狠狠瞪了一眼，不料官帽上的长翅戳到了前头的武国公和身后的宣平侯，他赶紧一迭声地道歉。

谢瑾瞧见父亲凶狠的眼神，这才发觉自己与前头的沈将军贴得极近。现下文武百官都已进入大殿前的广场，在金水桥以南停下。而对面一列文官已朝着这边怒目而视，其中几位督查御史神情莫测，想来今日下朝后，便要纷纷参上一本，譬如"威远侯一家殿前喧哗，藐视天威"云云。

谢瑾赶紧后退半步，正襟危站。

宣昭帝这几天上朝都颇为勤快，多日不见沈太后垂帘，众官员心下暗暗称奇。

六部例行汇报过要事后，朝上又议起了缩减军费的问题。

大宣除了西北边境的十八万重兵，各地州府都囤有三万到五万不等的州兵府兵，南边一线还有十万海防军，上京城内及城外也驻扎了不下十六万的军队，这还没算皇城内的禁卫军和直属皇帝管辖的光明卫，所以每月的军费确实是一笔十分庞大的开支。

如今各地的州兵府兵都划给了地方上自给自足，显眼的便是西北的边境军和南边的海防军。京畿附近的重兵因负担着保卫京城的重任，军费多一些却也无人置疑。

兵部尚书赵容景奏道："启奏陛下，刚得知的消息，樊国原巴音王朗措登上王位，西凉还派遣了使臣朝贺。如若这两国沆瀣一气，结盟共同来犯，我朝难免被动。日前所议西境军撤回四万兵马下梧州屯田一事，还请皇上三思。"

"这事朕已知晓，"宣昭帝甚为和气地笑道，"樊国新王即位，友邻前去祝贺一下也不是什么大不了的事，正常邦交嘛，樊国的近邻哪个没去？赵尚书大可不必如此草木皆兵。军费庞冗，今春北境军又才裁减过一回，实已不能再削，如今西境平稳，西境军若是撤回四万兵马屯田，来年军费可节省三成左右，朕意已决，赵爱卿不必多言。"

定远侯沈炽心下颇为不安，又没有什么充足的理由出来劝阻皇帝，不由暗暗朝不远处的沈荨使了好几个眼色，暗示她作为西境军的前任统帅，出来说几句话，或许比其他人更管用。

沈荨沉容敛目，从头到尾未置一词，下了朝更是匆匆离去，跑得比谁都快。

自然有人很快跟了上来。

"走那么快做什么？"谢瑾打着马，一路拂柳逐风，"我又不会吃了你。"

沈荨"吁"了一声，缓下马蹄，笑道："说什么话？军务繁忙，我赶着去校场。答应了华英公主明儿去青霞山猎场秋猎，这一去就得耽搁两天。"

谢瑾愣了一愣："你要去青霞山猎场？"

"推不掉，"沈荨道，"知道你一向不喜欢抛头露面，替你回了。"

"那我多谢你了啊，先不说这个，"谢瑾抿紧了唇，"谢思的事，怎么个说法？"

沈荨偏头瞅了他一眼："你要什么说法？你不高兴，是为着你当大哥的威严被挑衅，还是因为答应了谢思只要他赢了你，就准他去北境？"

谢瑾悻悻道："当然是后者，谢思还小，这时候去不合适。"

"还小吗？"沈荨捏着马鞭，拨开路边垂下的一枝残柳，"那我问你，你是什么时候去的军营？谢宜又是什么时候去的？谢思今年都十二了，你和谢宜在他这个年纪，早在军营里跟人打过不知道几场架了吧？"

谢瑾不说话了，隔了半晌道："谢思和我们不同，他性子太跳脱，学东西也马虎不上心，去了军营更不好管教。"

沈荨道："是你觉得他太跳脱，还是你自己不放心把他放出去？谢瑾，不是我说你，你把谢思看得太紧了。一样米养百样人，谢思机灵好动，你把他困在府里，他学得不得劲儿,你也吃力,放出去说不定就不一样了。有的人,就是要躬行实践,力学笃行才行。"

谢瑾琢磨了一会儿,展颜一笑:"行吧,就你会说。"

沈荨又瞥了他一眼:"不是我会说,是你自己关心则乱,公公婆婆都没像你这样管教他。你瞧谢思多有悟性啊,我是告诉了他你那点子破绽,但寻常人就算知道,也是抓不住的。"

谢瑾没吭声,沈荨笑道:"爱护幼弟是没错,但爱护过头了就不见得好,你得把他放出去,让他自己去接受磨砺。那日婆婆也是这么跟我说的,不过现在府里都你说了算,她也不好太过干涉你。"

谢瑾哑口无言,沈荨瞅着他啧啧有声:"何苦一天操心这么多?你瞧你,眉心都快长皱纹了。"

谢瑾一惊,立刻伸手摸自己眉心,问道:"真的吗?"

沈荨大笑:"骗你的!"说罢,一扬马鞭,跑到他前头去了。

谢瑾跟在她后头进了校场,两人分头去了自家营帐换衣服。谢瑾把守帐的祈明月唤进大帐,问道:"昨儿营里有没有什么事?"

祈明月摇头,道:"没什么,就是将军昨日走得急,没来得及告诉您华英公主遣人送帖子来的事。"

"我已经知道了。"谢瑾一面换衣服,一面问道,"送帖子的人怎么说的?"

"说是不用两位将军都去,只去一人就成。"

谢瑾闻言,解衣扣的手停了停:"真这么说的?"

"是。"

谢瑾"哼"了一声,脱了官服道:"果真这么说,那我还真不能不去了。"

祈明月一脸狐疑地将他的铠甲拿过来。谢瑾一面穿胸甲,一面冷笑道:"我倒要看看,这回又想整出个什么名堂来。"

祈明月替他将披风展开,欲言又止道:"将军——"

"有什么话就说。"

"姜侍卫这人有点怪,"祈明月道,"以前接触不多没看出什么,这阵子天天在营里,我总觉得他对我们有种敌意。昨儿我有事找他,他也爱理不理的,何况他总暗暗盯着沈将军的背影瞧……"

谢瑾正在系披风带子的手指一顿,继而面色一沉,严厉道:"别胡说。"

祈明月只得应道："是。"

谢瑾叹了一声，语气和缓了几分："我何尝感觉不出来？只是姜侍卫跟着沈荨已有整整十年，也不止一次在战场上救过沈荨，沈荨很信任他，我虽是她丈夫，但也不好干涉她太多。我信她，能处理好这事。"

他说完，心情复杂地出了大帐。

青霞山猎场位于上京城外东边的青霞山山谷中，离上京城大约五十里，是皇家钦定的狩猎场。每年春、夏、秋三季，皇家都会在此举办多场狩猎活动，近几年的狩猎都由华英公主一力承办。每次盛会达官显贵、玉叶金柯们济济一堂，就连皇帝兴致来了，也会带着个别妃嫔御驾亲临，和诸位青年才俊共同纵情享乐一番。

华英公主是宣昭帝的胞妹，本身就是个极爱玩、极会玩的，回回都把狩猎活动搞得有声有色。极尽奢华热闹不说，还常常抛出些新奇有趣的玩法，令各位喜好玩乐的公子小姐们趋之若鹜，真正的狩猎倒退居次位了，所以每次盛会结束后，传出的风流韵事也不在少数。

虽然如此，到底挂了个狩猎的名头，华英公主因此会广发请帖，邀请朝中武官和武将世家的子弟前去撑场面，狩猎中拔得头筹的获胜者，还会得到丰厚的奖品。这奖品也是千奇百怪，事先又保密，弄得众人抓心挠肝，狩猎之前很久就惦念上了。

这也只算盛会中的一项乐事，真正令众人疯狂的，乃是晚间在猎场边上举行的行宫晚宴。行宫依山傍水，修建成一座一座的小雅院，每座小院内设有温泉，竹修兰幽，静谧雅逸。在别致院内听泉漱玉，抚琴吹笛都是风雅入骨，很适合私下小聚。

当然，若是没有可相私会的人，大可到行宫外的广场中去寻。

每次狩猎之前，华英公主都会请钦天监的人帮忙看好日期，因此一般狩猎的两日都是晴天，晚间行宫外会燃起熊熊篝火，置美酒琼案，设歌舞笙箫，还有各种投壶、锤丸、棋牌类游戏，可供大家尽情玩耍。

席地幕天中山风穿梭，既有野趣又不失热闹，众人兴酒狂歌，夜色遮挡下往往放开手脚，放浪形骸也没人注意，真真是酩酊疏狂，玉钗乱横。

这次的狩猎又是今年猎场冬季封山前的最后一次，想来华英公主更会使尽浑身解数，令与会众人乐不思蜀，流连忘返。诸位收到请帖的人早就翘首以盼，弓箭马鞍、箭服华衣，也不知备下了多少套。

沈太后历来都很支持自家女儿办的活动，将之作为笼络朝中官员的一项手段，当然最重要的，还能借机抓到不少人的把柄。

因此若是朝中四品以上，需早朝的官员要参与狩猎活动的，只要递书一封，都会很大方地准了他们的假。

像沈荨和谢瑾这种常年驻守边境的青年武将，去的次数都是屈指可数。谢瑾四年前回上京述职时去过一次，自觉与这种浮夸奢靡之风格格不入，打完猎连晚上的宴会都没参加就走了，后来即使人在上京，怎么也不肯再去。

沈荨碍着华英公主的面子倒是去过两三次，不过也就背着弓箭装模作样地在猎场内跑几圈马，风头都留给各位公子哥儿或者巾帼不让须眉的小姐们。

众人因着她抚国大将军的名头都有点怵她，沈荨又一脸严肃，生人勿近的模样，因此晚间一般无人敢来招惹她，她也不过和几位熟识的小姐斗上几局牌、看几曲歌舞、吃几块烤肉便溜回雅苑内睡觉去了。

这日下午沈荨穿了一身银丝镶貂毛边的玄袍，足登高筒云头靴，背上背了一张长弓，马鞍下挂着箭筒，骑马跟在华英公主的鸾驾边上，领着车队一路往青霞山猎场缓行。

天高云淡，因已到了快入冬的时节，山道上绿意阑珊，枯叶黄草，一片凋零之景，天空中早已不见南飞大雁，云雀也哑着声。车队行在山中，枯燥的辚辘声单调地响着，倒越发显得山中寂静无边。

华英公主掀开车帘，唤了外头的沈荨一声："阿荨，骑马不累吗？上来和我坐一会儿吧。"

华英公主与沈荨同岁，两人幼时常在一处玩耍，长大了关系也还算不错。

"这算什么，就骑两三个时辰罢了，我们在外头行军，几天几夜不停也是常事。"沈荨没什么兴致地说，"我说你，都这个时节了，还办这秋猎做什么？长了秋膘的野物都不出来，开始准备打洞冬眠了，哪打得到什么猎物？"

华英公主笑道："我们是为了打猎物来的吗？快上来，我有话跟你说。"

沈荨只得下了马，将马缰交给一边的朱沉，自己上了华英公主的马车。

第十二章

檀香尽

铺着长绒毛毯的车厢宽大奢华，坐好几人都绰绰有余，中央还摆着一张小几，角落里置着炭盆，两名侍女正在给华英公主的双脚指甲涂蔻丹。

华英公主命人给沈荨也脱了靴子，亲自递了一小匣子的瓶瓶罐罐到她面前："你挑个颜色。"

沈荨随手拿了一个小罐子，拧开看了看："就这个吧。"

一名侍女接过去，拿小刷子先仔细往她手指头上的指甲涂色。

"这个颜色不错。"华英公主一面打量着，一面笑道，"怎么，今儿下午把你从军营里接了出来，耽搁你的事儿了？"

"没有，"沈荨道，"不过我家主帅只准了我两天假，我今儿来了，明儿的晚宴就不参加了，上午打完猎就走。"

"这可不行，明儿的晚宴才是正戏。"华英公主道，"回头我去和谢将军说。"

她这么一说，沈荨也就不好再反驳，半阖了眼倚在榻上。侍女已将石榴红的凤仙花汁染完了她十个手指甲，随后又将她的脚放在膝头上细细地涂脚指甲。

华英公主打量沈荨两眼："怎样，新婚感觉如何？"

"不如何，"沈荨道，"也就那样。"

华英公主扑哧一笑："什么叫就那样？到底就哪样？"

沈荨偏头过来睨她一眼："打听这么多做什么？"

"我不过是想着你孤身多年，好不容易成了婚，关心一下你罢了。"华英公主慵懒地支着胳膊,杏面桃腮,微施粉泽,一双桃花眼如烟似雾地睇过来,"我告诉你,明儿的狩猎,你一定得赢,我准备了一份别致的奖品……"

"是什么?"沈荨打起精神问她。

华英公主神神秘秘地说:"想知道就去赢啊,这回的奖品从头到尾不会公布,晚宴后送到你手里,总之一定适合你。"

沈荨不怎么感兴趣地说:"军务忙,我真不想待到明儿晚,再说不就是喝酒吗?酒喝多了也没意思。"

"怎么没意思?"华英公主睨着她,"酒好啊,有时候只需几滴,胆也壮了,兴也助了,想做什么就做什么,百无禁忌,那滋味才是妙呢。"

沈荨没说话,只笑了笑。

华英公主很热心地凑过来,拿胳膊肘往她肋下撞了撞:"哎,人现在已经是你的了,你倒是说说看,谢将军怎么样嘛,对你体不体贴?"

沈荨白了她一眼:"不告诉你。"

"你不说我也知道,"华英公主直起身子,暧昧地笑了一声,"谢将军人是长得好,身段也漂亮,可总一副波澜不兴、沉闷古板的样子,哪里会真体贴人?不瞒你说,这次的奖品我可是专为你准备的,保准叫你永世难忘。"

沈荨吹了吹额前碎发,勉为其难地说:"行吧,你这番盛情,那我就恭敬不如从命了。"

华英公主大喜:"这才对了嘛,哎,你说,要不今晚叫侍卫们去多捉些猎物,明儿瞅着好走的路放出来,免得大伙儿猎不到扫兴。"

"这倒是个好主意。"沈荨笑道。

说话间舆马渐渐慢了下来,沈荨撩开车帘,只见马车徐徐转过一道急弯,前头群峰环绕间渐渐现出一块开阔的平地。此时如彤晚霞坠在山峰顶上,落日秋山,云暮空谷,倒真有一番别致的壮阔之景。

马车加快速度,一路往山谷尽头的行宫驶去。

早有不少宫人候在行宫外,华英公主携沈荨下了马车,亲自把她送入一间雅苑,笑道:"今晚陆陆续续就有人来,我就不陪你了,你早些歇息,养好精神,明儿放开了玩儿。"

沈荨送公主出了小苑,回身将大门一关,吩咐朱沉:"把这屋子都仔细搜一遍。"

朱沉不待她说,早已行动起来,两人一同在屋里细细翻查,连香盒里的香也一块块拿出来嗅。

朱沉取了包袱中的两个水囊出来，道："将军这两日将就些，就喝咱们自己带的水，干粮也凑合吃。解酒解毒的药丸我带了些，可就怕是没见过的东西。"

沈荨赞了一声："你倒是越来越仔细了啊。"

朱沉叹道："他们想怎么算计将军，咱们心里大致也有个数，可惜又不能不来。"

沈荨道："没事，我小心些便是。你晚上瞅个机会，去问问一个脸儿圆圆的，嘴角有颗美人痣的侍女。她是我安在公主身边的眼线，你看能不能从她那儿打听到公主备下的奖品是什么。"

朱沉"嗯"了一声，出了门到院子里去查看那池子温泉。

这间雅苑虽小，统共也就两间屋子，但内中陈设精巧别致，不过分奢华，处处透着雅思奇趣，尤其是外间窗下的书案椅子造型奇特，配着架上的盆景和窗下梅瓶内的插花，清澹秀韵，脱俗雅致，是个修身养性的好居所。

沈荨走到里间，里头却只有一张宽大的拔步床，四面都镶着镜子，极尽奢华。她按了按太阳穴，推门走到后院。

与屋子相比，这后院倒是甚为宽敞，佳木青竹，秀山香亭，一株高大的槐树下还有一架鸟巢似的秋千。假山边的温泉丝丝缕缕冒着热气，庭院四处都置了精巧的纱罩花形宫灯，就连池面上也飘着几盏，泉边垫了厚厚的绒毯，可坐可卧，极富情韵。

沈荨叹了一声，见朱沉正往外走，叫住她道："罢了，不用去打听了，华英公主准备的什么礼物，想也想得到。"

朱沉也是心知肚明，默然一会儿，问："那怎么办？"

沈荨面上现出一股恼意，发狠道："怎么办？卸了臂膀扔出去，敢叽歪就废了他。

是夜幽簟拂窗，月光如银，沈荨躺在那架宽大而绵软的拔步床上，怎么也睡不着。她向来习惯了军营里的硬板床，翻来覆去好一阵子，干脆卷了被子到庭院里的温泉边躺下来。

庭院四周围着高高的院墙，墙外大树繁茂，枝叶浓密，几乎合抱进来挡住了天空。环境的确静谧，只是这会儿隐隐听得外头有喧哗之声，算下时间，赶在城门关闭前出来的人这会儿正好到达。

沈荨微闭着眼，突觉颈后寒毛凛然而竖，正屏息凝神间，只听"啪嗒"一声，树上扔下来一样东西，正正好落在她身侧。院墙外树影摇曳，只一会儿又没了动静。

沈荨瞧着那东西半天没动，歪在屋里贵妃榻上的朱沉早已起身，手握长剑一脸警惕地隐在门后。

沈荨道:"行了,没事,你出来吧。"

她坐起来,将那包东西拿起,剥开外头的牛皮纸,拿出竹筒内的一封书信。

朱沉走过来,两人就着泉边燃着的宫灯往那信纸上看去。

纸上画的是一幅简易的地图,从图上看来,起点正是她们这间小苑,路线七拐八绕,中间还有一段密道,终点是行宫另一端边上的一处院落。

地图边只写了一行字:

飞月楼畔,行踪已露,君之所思与吾不谋而合,请前往此处,共商大计。

沈荨面色不定,沉吟片刻,掀开被子坐起身来。

朱沉一把按住她:"将军!"

沈荨道:"我去瞧瞧。"

朱沉急道:"不行!连太后都不肯定那晚是不是将军,这次可能又是圈套,您一去就坐实了!"

沈荨摇头:"飞月楼那事,可能本就是这人设的圈套,一开始就是冲着我来的。太后那边盯着鄂云所以不确定,但这人也许从头到尾盯的都是我,我去不去都是一回事。"

说话间沈荨已走入屋内,披了外袍,穿了长靴,往靴子里插着一把匕首,腰带里也插了一把,笑道:"不入虎穴焉得虎子,我倒要去看看这人有什么话说。"

她瞅了朱沉一眼,又道,"怕什么,他要治我的话早就治了。"

朱沉疑惑:"将军莫非知道这人是谁?"

沈荨点头:"我琢磨来琢磨去,多半就是他了,八九不离十。"

朱沉神色稍缓,这才道:"那我和将军一起去。"

两人掩了院门,趁夜照着地图所示,避开来往行人,下了一处密道。

沿着密道走了多时,又上了一段阶梯,尽头处有人应声开门,引两人进了一间隐蔽的小院。院门口站着一排禁卫军,一名禁卫军统领行礼道:"还请将军和这位侍卫卸下身上的武器。"

沈荨面上露出讶然的神情,二话不说,把靴子里和腰上的匕首都取出来交与那名禁卫军。

进了院子，朱沉小声问道："将军早知是皇上？那为何还要多此一举带两把匕首？"

沈荨回头，低声笑道："我是知道，但不能让他知道我'知道'，否则皇上多失望啊。"

两人转过一座玲珑的假山，果然前头温泉边上，悠闲倚山而坐的，正是穿了一身天青色长袍的宣昭帝萧直。

"怎么，没想到是朕吧？"萧直呵呵笑了一声，起身来扶跪下行礼的沈荨，"快起来，今儿朕不是皇上，阿荨也不是抚国大将军，咱们兄妹好好聊一聊。"

内侍送上茶来，又将朱沉引了开去，园中只留了皇帝和沈荨两人。

沈荨笑道："皇上这是唱的哪出？我都糊涂了。"

萧直手里捏着一把香匙，轻轻掏着身边几案上一个小香炉内的香烬，重新丢了一块檀香进去，方才微微一笑："兵部的文书，是我让人去偷的，鄂云那边，也是我透露了消息给瑜昭仪，让鄂云主动去联络的。"

他没用"朕"自称，亲近之意昭然而明。

萧直说罢，抬头看了沈荨一眼，并不讳言："我想瞧瞧阿荨在被褫夺了西境军统辖权后，是否仍然保持初心，坚持要查清当年真相，还吴将军等人一个清白。"

沈荨只笑了笑，没吭声。

"还好阿荨没让我失望，办事也利落没让人逮住首尾。"萧直叹了一声，"既如此，我俩倒不妨合作一下，我承诺，事成之后，定会给予阿荨想要的东西。"

丝丝缕缕的轻烟自香炉壁上的镂空云纹中钻出，檀香醇厚清怡的味道在空气中飘散开来。萧直住的这座雅苑与沈荨的不同，庭院宽敞许多，布置也更为奢华大气。

沈荨屏息一瞬，笑道："那皇上想要的是什么呢？"

萧直瞧着她，静静道："你知道的，我只想往后不再束手束脚，太后操劳多年，也该在坤宁宫内静心养老了。"

沈荨垂下眼："这事挺难办，不说朝中别的势力，就说军中，如今西境军的两只虎符，一只在墨潜手里，一只在太后手里，而且我瞧，太后娘娘春秋正盛，怕不会放手。"

"所以呀，要不为何找上阿荨呢？"萧直一笑，"若不是你这么一闹，太后从你手中收回西境军兵权给了墨潜，我还真不知道当年的惨事另有玄机。想想真是令人寒心，边疆将士赤胆忠心，却被自家人在背后捅了一刀，我得知后，既痛心，又细思极恐。"他笑容渐转阴冷,"不过我和阿荨不同,我一听说,便知道是谁做的,只是事情太久远,要溯流追源,拿到证据并不容易。"

他说罢,神色一肃,朝沈荨俯过身来:"若是能查清当年之事,太后不想放手也得放手。瞧着吧,我顶着压力下令撤回四万西境军下梧州屯田,墨潜一准儿急了,西境边关不闹出什么事儿来逼着我收回成命,那才怪了。墨潜那头一乱,我们能掌握的东西就更多,顺藤摸瓜,不愁当年之事不浮出水面。"

沈荨默然无语,萧直坐直身子,端起茶盏喝了一口,徐徐说道:"上京这头,我可以想办法,但西凉那边鞭长莫及,大概还得阿荨的人去追踪。鄂云我已放回西凉,但实话告诉你,盯着他没用。当年的事,不是鄂云那伙人做的,这次我只是用他为饵,试一试阿荨罢了。你既去追着鄂云,说明你还没找着正确的方向。"

沈荨看了萧直一眼,笑了笑:"皇上真是用心良苦。"

萧直不置可否,拿起案上另一盏茶递过来,沈荨摇摇头:"我不渴,多谢皇上。"

萧直便也没勉强,搁了茶盏,闲闲掸了掸宽袖袖摆。

"西凉那边该往哪个方向去追索,我会告诉你,免得你白费了功夫,当年的事,我掌握的东西比你多。"萧直观察着沈荨面上的神色,笑道,"阿荨还犹豫什么?孤军奋战既困难又不一定会有结果,你莫非还信不过我?这么些年来,我可从来没有为难过阿荨,你小时候在宫里和谢瑾打架,我哪一次没诚心诚意为你摇旗助威?"

沈荨笑着睨他一眼:"皇上这也拿来说?难道不是您瞧不惯谢贵妃和宣阳王,所以盼着谢瑾输吗?"

萧直便也款款笑道:"不管怎么说,我是诚心和阿荨合作的。你有决心,有人;我有线索,有方向,我俩合作,正是天衣无缝。"

沈荨沉默半晌,目光沉静地望着皇帝问道:"那我想问一句,事情水落石出后,皇上会怎么做?"

萧直叹了一声:"毕竟是我母亲,我能怎么做?只要她今后不再插手朝中事务,我会好好给她养老的,但她下头那只犬可就不能饶了。"

"吴文春等人的冤案呢?"沈荨问。

"当然会替他们平反,昭告天下,洗尽冤屈,"萧直道,"到时我也会亲自主持大典,祭奠所有枉死的将士英灵。"

"好。"沈荨起身,朝萧直躬身行了个礼,郑重道,"希望皇上记得今日说过的话。"

萧直目光闪动,神色复杂地受了她这一礼,待她重新落座,才道:"听说你会先启程去北境？"

沈荨笑道："皇上消息倒是灵通。"

萧直便也笑："走之前，咱们想法儿再见上一面。对了，这次秋猎瑜昭仪也来了，明儿狩猎你帮我护着她点。"

沈荨故意瞅着他打趣道："皇上还有什么不放心的？瑜昭仪在塞外长大，要单论骑射，恐怕连我也难胜过她。"

萧直叹道："她这处境敏感，难说不会有人打主意到她身上。她若出点什么意外，西凉那边还能善罢甘休？不正好借机挑事吗？"

沈荨笑道："知道，那我告退了，皇上好生歇息。"

萧直颔首，待她出去了，方唤道："来人——"一转身，却见若有似无的轻烟中，案上那只香炉内的檀香又已燃尽，他不由摇头，"怎生燃得这般快？"

次日狩猎果然乏善可陈，萧直担心的事也未发生，沈荨一直紧跟着瑜昭仪，狩猎结束后便与萧直碰了头，将人交至皇帝身边。

萧直似是略微松了口气，拥着瑜昭仪回了行宫。

有华英公主暗中吩咐，侍卫们总把猎物往沈荨前头放，她一只箭筒内的羽箭都没射完，侍卫报上来的数就已遥遥领先，连带着瑜昭仪也收获颇丰。

沈荨笑着与瑜昭仪说："这般狩猎，哪有在塞外草原上放开手脚来得痛快？"

瑜昭仪当时脸上闪过一丝怅然，随后又敛去愁容道："皇上体恤我，特地带我来此参加秋猎，我已经很感激了。"

沈荨默然，瑜昭仪偏头看了她一眼，笑道："今儿多谢沈将军护我周全，若来日我能回到西凉省亲，希望能有机会，与你共同在草原上打马追风，跑个痛快。但只怕没有这一天。"

"若有这一天，我一定去。"沈荨抱拳应下，以示郑重，"一言为定。"

傍晚行宫外便燃起了熊熊篝火，侍卫们把日间众人猎到的猎物当场宰杀洗净，整只架在火上烹烤。

夕阳落于山外，浓淡山色渐渐融于灰暗暮色中，苍劲崚嶒峥嵘悄隐，更显谷中一片欢腾喧嚣。

欢宴尚未开始，宫人们刚刚在地上铺好织锦，架好几案绣凳，便有一群群的贵客沐浴更衣后从行宫中缓步走出，一时间绮罗香风，玉貌云鬓，佳景无穷。

第十二章　檀香尽

华英公主穿了条刺绣妆花百蝶裙，上面是腰身收得极细的镶貂小袄，正指挥宫人们有条不紊地往一排排的桌案上摆着盘盏酒杯，忽见沈荨负手走近，朝她身上一打量，不由笑道："怎么也不穿条裙子？"

"有什么好穿的？"沈荨无精打采道，"不就喝几杯酒吗？我裙子少，若是染了酒还心疼呢。"

沈荨沐浴后换了件绯色长袍，头上的发冠摘下来了，拿一根红色发带束着。

华英公主横她一眼，恨铁不成钢地说："你瞧瞧你，明明长得挺好，总也不花心思打扮打扮，这儿的姑娘们哪个有你这般懒！一会儿人来了见你这样——"

"哪个人要来？"沈荨抓住她的话头，冷笑道，"我话说在前头，你若把什么美人儿硬塞过来，我便卸了他的胳膊，废了他。"说罢抬起右手，五指旋着一拧，做了个狠辣的手势。

华英公主瞠目结舌，半晌点头道："好，你记住你这句话。"

不多会儿风来云散，璧月初升，人也都陆陆续续到齐了，欢声笑语中，佳夜盛宴徐徐拉开帷幕。

华英公主坐在皇帝和宣阳王下首，笑道："这晚宴上的酒年年喝，今年再这般喝可就不太得劲儿了，皇妹不才，想了个新鲜法子助助兴，两位皇兄斟酌斟酌。"

萧直笑道："说来听听。"

萧拂也莞尔一笑："五妹妹向来最有主意，想来一定很新奇。"

华英公主的目光从宴席上几排打扮得花枝招展、方桃譬李的女宾们身上扫过，又瞧了瞧另一边神态潇洒，目光却很热烈的男宾们，笑着如此这般地说了几句。

萧拂抚掌大笑："妙啊，妙啊，又应景又有趣，皇妹这主意甚得我心，不知我能不能参加？"

华英公主笑道："当然。"

萧拂皱了皱眉头："就是这身衣服不方便，我去换一换。"

萧直身边的瑜昭仪嗔了一句："皇上不去换衣服吗？"

萧直将她腰肢一揽，笑道："朕有了爱妃，哪里还需如此多事？"

宫人们得了令，捧了托盘往女宾席上过来，请每位女宾将一件贴身饰物取下放入托盘内。

听了宫人的解释，众女宾纷纷嬉笑着，或拔下头上钗环，或解下腰畔香囊，大大方方地放入托盘内。

轮到沈荨时，她岿然不动，冷声道："没有。"

宫人赔笑说："公主吩咐过，每位贵客都得赐一件东西，什么都行。刚皇上也发话了，说今儿百无禁忌，不必有什么顾虑，若是不愿东西留在对方手里，对方会原样奉还，只需对饮三杯便行。"

沈荨无奈，心中翻了个白眼，将头上的红色发带取下，丢在托盘内。

宫人们把一盘盘琳琅满目的东西托着，拿到篝火外早已搭了高架的射圃内，将一件件饰物挂在架子上的玉牌下，又拿碳笔在玉牌上写了饰物主人的名字。

华英公主命人在射圃内架起火把，笑道："规矩大家都知道了，所有参与射璞的人箭上都刻上自己名字，射到哪块玉牌，便能得到玉牌下的那件饰物。待会儿咱们开席后，还能和饰物的主人共饮三杯。不过若是饰物的主人要拿回东西，不能拒绝。"

换了衣裳，挽着弓箭过来的男宾们一个个早已摩拳擦掌，跃跃欲试，闻言齐声哄笑不已。

华英公主道："每人有三支箭的机会，三箭都没射中的，今儿自己去一边喝独酒，若是一两箭便射中了的，不许多射。"

她说完，招呼那边的女宾们过来观看。众女宾嬉闹着三三两两围了过来，莺莺燕燕地共同挤在射圃边上。个别女子暗暗叫了下人去给心上人通气，那边也有男宾遣人过来找女宾们询问，生怕射错了东西。

射圃周围热火朝天，霎时忙乱成一团。

参与秋猎的男宾们多是世家子弟，骑射都不在话下，不一会儿，架上挂着的玉牌就给射走了小半。

华英公主瞧着沈荨那根发带周围零落的箭矢，看了看一旁抱臂看热闹看得很高兴的沈荨，问道："怎样？好玩吗？"

沈荨点头笑道："还行。"

眼见又一支羽箭照着发带上的玉牌射来，险险钉在旁边，华英公主一脸期待地说："哎，不知道待会儿哪位能有幸与沈将军共饮三杯？"

别家女子的饰物不提，沈荨这枚发带却是很多人都认得的，在场女宾也只有她一人才戴了这东西。能得到这位女将军的一件饰物，又能与她共饮三杯，个别暗地里仰慕她，又没什么胆量去跟她说话的青年还是很心动的。

夜风穿梭，高架上的玉牌被陆续射走。众人正看到热闹处，射圃外忽地传来一阵急促的马蹄声，接着火光一黯，一支黑羽箭穿云破石，以崩山裂岳之势追风逐电而来，"嗖"的一声从众人头顶上飞过，正正钉入沈莃那枚发带上的玉牌。玉牌顿时四分五裂，巨大的冲势下，木架子也咯吱咯吱摇晃着，开了几丝裂缝。

箭矢顶端的黑色羽簇尚在不停震颤，插在旁边入木不深的几支羽箭接二连三被震落下来。

利镞穿骨，惊沙入面，带着战场上烽火连旌，血刃封喉的孤绝杀气。

众人屏息，齐齐往射圃围栏处看去，只见光火之外，一人一马正踏着月光碾尘而来。

马上之人玉面修容，凛如霜雪。秋末冬初的夜晚，所有人都穿着薄袄，他仍是一身玄色单袍箭服，腰上束着宽甲革带，衬得身线极为锋凛漂亮。

他一箭射出，仍然单臂挽着一张重弓，确认那一箭正中目标，方才轻舒长臂，将弓重新背回背上。

射圃内犹如炸开了锅的沸水一般翻腾不休，华英公主的嘴张成了一个大大的圆形，惊叹道："不愧是谢将军！"

沈莃也吃了一惊，摸着下巴道："这人怎么也来了？"

人堆里的萧拂将手中弓箭一丢，埋怨道："这还叫别人怎么射？"

谢瑾驰过射圃围栏，到了人群近旁，方才勒紧缰绳，抿紧了唇，翻身下马。

早有侍卫取下那枚发带，上前交与他。

谢瑾接了，目光往边上扫过来，落定在沈莃身上。沈莃笑盈盈的，朝他竖了个大拇指。

谢瑾微微一笑，将东西收进怀里，先去拜见皇帝。

这时祈明月才骑着马从后头赶来，沈莃唤来朱沉，让她领着祈明月把谢瑾的东西拿进雅苑。

宣昭帝把谢瑾留着说了好一阵子话，他过来时这边的酒宴已开，射中了玉牌的人头三杯酒都已喝完，有的已经携了人去一边的游戏场玩耍，篝火边留着喝酒吃肉的人并不多。

谢瑾走到沈莃的案前坐下，沈莃早已斟满了酒等着。华英公主陪坐在一边，打趣道："你两个要对饮什么时候不行，非要搞这么大阵仗？谢将军也真是的，机会留给别人不好吗？别这么小气。"

沈莃心下颇有些得意地说："他喜欢，你管得着吗？"说罢拿起酒盏朝着谢瑾一举，自己仰头一口气喝干。

谢瑾也喝了，拿过酒壶将两只酒杯的酒满上。

沈荨睨着华英公主，故意道："怎样，刚不是要送人来吗？你倒是叫他来呀！"

华英公主道："这不都已经来了吗？"

沈荨一愣，华英公主笑道："知道你们两个都一心扑在军务上，我不那么说，谢将军怎会赶着过来？怎么，以小人之心度君子之腹了吧？"

沈荨与谢瑾对看一眼，谢瑾回过味儿来，忙道："多谢公主。"

华英公主瞟了瞟沈荨，对谢瑾道："她好狠，刚还跟我说人来了，就卸了他的臂膀，还要废了他……你小心点。"

谢瑾不由一笑，回答道："多谢公主提醒，我会小心。"

华英公主掸掸裙摆站了起来："行了，你们俩慢慢喝，喝多少多行。我去瞧瞧其他人，大皇兄好像没射到玉牌，也只有我去陪他喝酒啦。"

沈荨这才转向谢瑾："你怎么来了？营里这么多事，何苦呢？就算你不来，我也能应付的。"

"怎么应付？"谢瑾笑道，"卸了人的胳膊，把人废了吗？"

沈荨哈哈一笑，没说话。

"喝酒吧，沈将军，"谢瑾把酒盏推过来，"我可是马不停蹄地赶了两个时辰山路，好不容易才抢下这个机会。"

夜深了，苍穹之上星月交辉，山谷中呼啸往来的寒风越发猛烈，刮得篝火忽明忽暗。

这场深山环峰间的露天盛宴已近荼蘼，气氛高涨到极致，只是此刻的喧嚣沸语似乎都离他们很远，像是不时往这边扑来的火舌，只忽忽一瞬，焰尾便被风刀驱赶殆尽。

沈荨举着酒盏正要说话，一阵狂风掠过，她额前颊畔的乱发被吹得挡住了眼睛。谢瑾俯身，替她拨开那作乱的发丝，正对上她清澈而明亮的眸光。

谢瑾心旌摇曳，探入怀中摸出那枚红色发带，将沈荨的身子扳过去，慢条斯理地将发带重新系好。

沈荨抬手到脑后摸了摸，转过身来双手高高举起酒杯，笑道："谢将军，请——"

第十三章 月下语

欢宴仍在继续,一壶酒见了底,一边随侍的宫人上前,将酒壶换走。

"还喝吗?"沈荨一手钩着酒壶把手,一手翻转着酒盏,瞅着谢瑾道,"你酒量又不好。"

谢瑾的脸庞上已晕了薄红,眸底映着焰星,微微笑道:"我赶了这么久的路,本来就不是只为来喝酒的。"

沈荨没说话了,她被谢瑾的目光烫得浑身发热,不觉伸出手去,沿着他手肘护臂的皮甲一点点按上去,隔着玄色薄绸在他上臂肌肉上画着圈。

谢瑾低头看她的手指:"什么时候染了指甲?"

沈荨一手支在案上托着腮,一只手仍点着他的胳膊:"不只手指甲,脚指甲也染了色……想看吗?"

谢瑾眸光灼灼,一口将杯中残酒喝完,低声道:"你住的院子在哪里?带我去。"

沈荨"嗯"了一声,忽地一下站起来,大步往行宫走。

谢瑾追上来,一把将她的左手拽进掌心。

两人携手回至雅苑,院门刚一关上,谢瑾便俯身吻下来。

沈荨搂着他的肩背,隔着单薄的衣衫,她能清晰地感觉到谢瑾身上起伏的肌理。略有些醉意的谢将军此刻像团火一般,将她紧紧按在怀里,像是嫌她的回应不够热烈,在她唇角轻轻一咬。

沈荨"哎哟"一声,正要埋怨,谢瑾已托着她把人抱起来,直接抵在门上,唇也再度堵上来。

　　沈荨晕乎乎地去拉他的头发。谢瑾没束冠，顺滑如丝的马尾披在脑后直垂到背心，被她一扯略微有些吃痛。他便顺势离了她的唇，偏头亲着她的耳垂。

　　"你喝多了？怎么总咬我？"沈荨去推他。

　　谢瑾闷笑一声，沿着她耳下颈侧一路亲过来。沈荨掐着他的肩膀，把他推开。

　　谢瑾呼吸浓重，抬头疑惑地看她，声音暗沉得让人心悸："……阿荨？"

　　"我还有事要去交代一下，"沈荨拍拍他的脸颊，"你等我一会儿，我去去就来。"

　　沈荨出了雅苑去找朱沉。

　　行宫有专为侍卫们准备的居所，朱沉见谢瑾来了，便很放心地收拾东西搬了过去。沈荨找着她，两人商议了几句。

　　朱沉犹豫道："今晚谢将军既来了，想来不会再有什么事，不如我趁夜先回去，前儿已往西凉发出的信得赶紧收回来。"

　　"虽说宜早不宜迟，但也不必这么急，明儿一早出发也行，安全要紧。"沈荨说罢，又道，"明儿天一亮你就先走，我总觉得姜铭这两天有点不对劲，也许有什么事他不好跟我说，你趁我不在的时候去跟他聊聊。"

　　"好，"朱沉点头道，"我也有这么个感觉。"

　　说完了事，沈荨在回雅苑的路上，碰到了华英公主。

　　"刚去了你那间小院，"华英公主眨眨眼睛，笑道，"说好为你准备的奖品，已经送过去了哦。"

　　沈荨回转身，跟着华英公主走了一截。

　　"阿旋，对不住了，"沈荨坦然对华英公主道，"之前多有误会。"

　　阿旋是华英公主的小名。此际冷浸冰轮悬于夜空，寒露凄凄，婆娑树影下，华英公主瑟缩了一下，紧了紧身上的斗篷。

　　"阿荨，"她道，"不瞒你说，太后是有这么个意思，我也不好忤逆，想来想去，也就这么暗示一下你们。谢将军若真紧张你，肯定会连夜赶来，他既来了，太后也就不好说什么了。"

　　沈荨没出声，许久轻叹一声。

　　华英公主的目光落在月光下一座小小的石亭处，那里种着一片黄菊，边上还有几树海棠和玉簪花，算是入冬之前最后一波的芳菲花色。

　　"小时候咱俩那般好，后来你去了西境，我们见面也少了，虽说生分了些，但你心里想着什么,我大概还是知道的。"

华英公主促狭一笑,转回目光:"三年前的中秋夜,你干了什么好事别打量我不知道。本来叫你和我们一起放河灯,等了半天不来,说是半道上给太后喊回去了。河灯放完我去坤宁宫找你,半路上见你从四雨殿的后门出来,唇上胭脂都糊了,还慌慌张张地撞翻了我手里的酒杯,多可惜的一条漂亮裙子……后来我一打听,才知里头的人是谢将军。怎样,你敢不敢认?"

沈荨抱臂笑道:"有什么不敢认的?"

华英公主拍手笑道:"好,这会儿有底气了是吧?"她打趣了两句,忽感慨道,"那时我心里挺为你们遗憾的,西境和北境好不容易才划开,你俩一个掌着西境军,一个掌着北境军,怕是永远没有在一起的机会……倒真没想到山不转水转,太后居然起了心思撮合你俩,不说她的目的是什么,你俩总归是在一起了。"

华英公主一面说着,一面拉过沈荨的左手握了握。

"不管太后心里怎么想,我是替你欢喜的,"她笑道,"也希望你以后和谢瑾好好的,不要像我。"

华英公主与驸马因政治联姻,本没有什么感情基础,婚后又长期不合,两人各玩各的,在朝中并不是什么秘密。

沈荨一时不知说什么好,只将她的手回握住。两人默然许久,华英公主将她手指一捏,撒了手眨眨眼睛笑道:"你快回去吧。"

沈荨在原地呆立半晌,见华英公主去远了,方才回了雅苑。

谢瑾已沐浴过,穿了件月白色直裰,衣带随意系着,微敞的领口内肌肤还润着水色。他坐在案前的椅子上,门窗都大敞着,穿梭的晚风将他宽大轻薄的衣袍吹得贴在身上,隐隐约约勾勒出矫健优美的身体线条,与方才一身玄黑箭袍的凛锐英朗相比,另有一番阳春白雪却又慵懒迷人的风姿。

听到动静,他抬眼往这边看过来:"回来了?"

沈荨上前,瞧着桌上一只精致的酒壶和两只红釉小酒杯:"哪里来的红曲酒?"

"这是刚刚公主送来的,"谢瑾笑道,"说是给你的奖励。"

沈荨笑了起来:"果真是误会她了。"她拿起酒壶闻了闻,喜道,"这种红曲,飞月楼已经有十年不曾酿了,难为她又替我寻了来。"

谢瑾慢慢斟了一杯,含笑递到她手中:"既如此,我陪你再喝几杯,公主的一番心意可不能辜负了。"

对酌三杯,沈荨转头,往门外望出去。

月色正浓,雕花门框外,如画般的庭院罩了一层银辉,幽幽竹影间,错落山隙内,绢纱宫灯全数亮着,蒸腾着水汽的温泉池面上也飘着几盏莲花河灯,点点红韵随着水波漂浮荡漾在池面上。

昨晚她不以为然甚至有些反感的景象,今晚因了身边的人,看在眼里便是另一番韵致和恬美。

她这边正看得入迷,谢瑾已放下酒杯,起身将她搂进怀里吻了上来。

沈荨环住他的脖颈,鼻息交错在一块儿,两人都没有闭眼,瞳孔里映着对方动情的脸。唇齿之间浓香流转,稍一分开又被另一方缠上来。

谢瑾背着月光,镶着银色的轮廓因月色的晕染而显得柔和,藏在阴影里的线条却愈加锋利。沈荨抬手去抚他微拧的眉心,被他捉住手腕,五指展开她的手掌,按在自己脸颊上。

明月飞琼,如雪映窗,案上那瓶海棠就在旁边,几根花枝横在她眼前,盛开的花瓣上沾上了夜晚的露水,摇曳着吐出芬芳。

西风倦,纤帘低,暗香微,月光盈。

她眼前花影纷乱,红娇绿叶重重叠叠,斜枝花萼颤颤巍巍,凉露幽风灌进来,她却一点也不觉得冷。那手和脚上明艳的蔻丹镶在白色衣袍上,是月下暗影里点点浮动的媚致流光。

谢瑾抬头看了看窗外,拿起搭在椅背上的外袍,将沈荨一裹,抱着走到庭院中,一同沉入温泉里。

温热的池水涌荡在周身,涤得百骸温暖绵软,说不出的舒服。两人的衣袍放在岸边的绒毯上,谢瑾拿个软垫压着,一绯一白缠在一块儿。

院中四处的宫灯仍是亮着,点缀在花间山下,院墙围住的天空中泰半是枝条浓密的树荫。月光已经西移,躲在树荫外,透过枝叶间歇洒落道道光束。

谢瑾捞过飘来的一盏浮灯,看了看又推了开去。那莲花纱灯染着水面上一径流波,徐徐荡远。

"这里还真是个舒服的地方,"他笑道,"只不知要花去多少钱。"

沈荨见岸边一个托盘内有茶壶和茶杯,侧着身子拿过茶壶,揭开盖子闻了闻,取了茶杯斟了一半,自己先喝了,再斟半杯递到谢瑾唇边。

谢瑾就着她的手喝了,感慨道:"若是这些钱能省下十之二三,用到军费上,边关的将士也不至这么拮据。"

沈荨瞪了他一眼："没可能的事就别去想了，再说你不也来住了吗？"

"也是，"谢瑾莞尔一笑，"那你喜欢这里吗？"

"喜欢啊！"沈荨笑道，轻摸着他的脸，"我没想到你会来，我心里本是不大痛快的。哄着咱俩成亲的时候，一个个的话说得多好听，这才几天啊，就都坐不住了。既然如此，当初就不该把咱俩送作堆，桥归桥，路归路，也免得碍了他们的眼。"

谢瑾闻言一愣，半晌道："什么桥归桥，路归路？别胡说——太后和皇上要你嫁过来，是为盯着我谢家的，你若改弦易辙，他们不是赔了夫人又折兵？至于宣阳王，他的担心也不难理解，反正别人怎么样，咱们不理会便罢，再说也不是所有人都如此。"他搂着她肩头，笑道，"我来了，你开心吗？"

"你说呢？"沈荨将他沾在额角的湿发撩开，抚着他的唇角，凑过去轻咬了一下。

谢瑾眸中幽微难辨："又咬我？"

"就咬你怎么了？"她笑说，"你不也咬我吗？"

谢瑾忽正色道："阿荨，咱俩这桩婚事，一开始就掺杂了太多，也许往后也不会太过顺遂。"

沈荨抬眼看他："你想说什么？"

"我想说的是，"谢瑾恳切地望着她，把她的手牵过来在唇上吻了一下，"不管是怎样开的头，也不管外人怎么打算，只要你我心意相通，外人如何影响不了我们。"

"心意相通？"沈荨眼珠一转，圈着他的臂膀意味深长地说，"这还不够相通吗？"

谢瑾在她肩上捏了一下："好好说事儿呢。"

沈荨想了想道："好吧，那晚宫宴时你问我，是否甘心将十万西境军拱手让与他人，现在你也知道了，不是我甘不甘心的问题，而是当时我已经被夺去了西境军的统辖权。我没有拒绝太后的安排嫁给你，是因为——"

"你想借北境军和谢家势力，拿回西境军。"谢瑾幽幽道，"你说要去骑龙坳的那一刻，我就知道了。"

沈荨没说是，也没说不是，瞧着谢瑾脸上期待的神情，笑道："你还想知道什么？我可是够坦白的了，那晚我也说了，谢将军灈如春月柳，朗若冬日松，我心仪已久……只可惜有人不信，说我骗他。"

"那会儿我不敢信，"谢瑾唇角荡开一丝笑意，"……就这么些？"

沈荨挪了挪，仰躺在一边，瞧着顶上枝叶空隙里的满空繁星，道："不是说了吗？有些事还不到时候，该告诉你的时候自然会告诉你，你老追着问干吗？作画都还讲究留点余白，你不也有没告诉我的事？"

"余白？"谢瑾笑道，"好吧。"

他挪过来围着沈荨的肩膀，见她闭着眼，按着她的脑袋往自己肩上靠："这就困了？"

这温泉靠池边依着人身体的弧线砌了凹槽，斜躺上去恰恰如躺椅一般，十分舒适，沈荨接受着泉水温柔的抚慰，只觉浑身都放松下来，懒洋洋地躺着一点也不想动弹。

她睁开眼斜睨了谢瑾一眼："是啊，你不困吗？"

谢瑾轻笑一声，把她抱过来。

"阿荨，"他吻着她的耳垂道，"我在靖州城里有一所院子，已经让人带了信过去收拾着。咱们回去后你可以先收拾些东西送过去，那里往后就是咱们的家。"他停了停，又笑道，"虽说泰半时间都在军营里，但闲下来的时候，总还是要在那里住。你若喜欢这里，我便让人把那院子照着这样翻修一下。"

沈荨抚着他肩背上绷起来的肌肉："咦，方才不是还说太花钱吗？"

谢瑾道："一座小院子，这点钱我还是有的。"

沈荨摇头："何苦呢？既然住的时间少，弄得太漂亮了也是白白荒废着，你若有钱，不如直接把钱给我。"

"你缺钱？"谢瑾有些疑惑。

沈荨哈哈一笑："我又没吃过空饷，也没像有些人那样养商队，那点子俸禄哪够我用？打身好些的铠甲就没了，也就仗着军功累下来的封赏过日子罢了。"

谢瑾抚着她背上的点点"军功"："谁告诉你我养商队？"

沈荨狡黠一笑："猜的，怎样，不打自招了吧？"

谢瑾无奈道："什么招不招的？你迟早会知道，我也没打算瞒你。"

沈荨摸着他的脸："北境什么情况我知道，朝廷又抠门，北境军如今的装备防御，明眼人一瞧就知道花了外头的钱。这事我猜得出，皇上也猜得出，他倒乐得花你的钱。"

谢瑾只唏嘘一声，没说话。沈荨将头靠到他胸膛上，握紧他的手。

两人十指交扣，静静地依偎在一起。半响，沈荨叹道："怎么就这么难呢？不过就想好好地守住边疆，总有这些乱七八糟的事。"

谢瑾忍不住笑道："沈大将军有太后和皇上偏心都这般烦恼，那我岂不是日日都睡不着觉？"说完，抬着她的下颌，鼻尖轻轻碰了碰她的，"好了，不说这些了，良辰美景可不要虚度了，钱我给你，院子也要修。"

他说完，朝园中扫了一眼，目光在那秋千架上停了一会儿，意味深长道："今儿便都试试，喜欢什么照着建。"

沈荨啴摸了一会儿，抬手去捶他的肩头："谢瑾，我觉得你越来越不正经了。"

"不都说我沉闷无趣吗？还不许人变通一下？"谢瑾笑道，再度吻住她。

沈荨虚虚闭上眼环住他的肩，感觉身体渐渐被融化，未曾合上的一线眼帘中，只见不远处悠悠荡在树下的那架秋千，在浮动的暗影中轻微摆动。

次日下午沈荨搭着华英公主的马车去了皇宫，向沈太后禀明情况并告辞。

从宫里出来后，她直接回了谢府，略微收拾了东西，又瞅着空去了一趟将军府，与祖父祖母道别。

沈老爷子早已习惯离别，只叮嘱了两句便罢了。沈炽正好也在府中，听说她此去北境会先到望龙关，等谢瑾赶到望龙关大营坐镇后再转去骑龙坳，脸上的神情很有些诧异。

沈荨坐了一会儿就赶往西京校场的临时营地。进谢瑾的中军大帐时，几位将领都在他帐内说事。她一进来，谢瑾立刻抬头，目光一落过来，两人脸上都有点发烧。

昨晚纵情了一夜，沈荨在他怀里直睡到近午。醒来后又在那张绵软大床上亲热了一阵，他方才起身，先她一步骑马回了军营。

这会儿两人的脑子里都不由自主地浮现出一些不该出现的散碎片段，沈荨咳了一声，坐到顾长思让出的椅子上，低头喝茶。

谢瑾把目光挪开，对顾长思道："该交代的都交代给你了，到了靖州后，沈将军会取道望龙关，你先带人去骑龙坳，与何都尉交接。"

顾长思应了，正要告辞出账，沈荨叫住他："你先到我帐外等着，我还有事要交代。"

等谢瑾和另两名将领说完了事，帐中只剩下两人时，沈荨瞅着他道："我明儿便走了，谢将军有没有什么要交代我的？"

谢瑾道："自是有的……阿荨，出去走走吧。"

沈荨见他抿着唇,神色有些严肃,不由笑道:"什么事要出去说?就在这里说不行吗?"

她话没说完,谢瑾已经掀帘出去了,她便只得跟出去。

两人一前一后出了军营,顺着扶鸾山脚下的斜缓山坡向上走。走了许久,谢瑾走至一棵大树下,停住脚步转过身来。

此时新月初升,起起伏伏的大小营帐在脚下斜斜展开。因有四千士兵明日便要整队出发,此时营里正忙碌着,来往穿梭的人看上去似蚂蚁一般渺小。

沈荨刚至他跟前,便被他握住右手,往手掌心里塞进了一个东西。

她凝目看去,见是一只两寸见长的青铜梼杌,其状凶戾恶猛,兽身纹理刻得极细微逼真,但只得半个身子。她愕然,立刻便明白过来。

"谢瑾,你……"她心内一沉,语气重了几分,但说话的声音压得极低极低,唇角都有些微颤,"你居然——养暗军?"

谢瑾没说话,只凝视着她的眼睛。

沈荨急得跺脚:"你不要命了?"

谢瑾将她的手指合拢,牢牢握住那半只梼杌,低声道:"我不养暗军又能怎么办?樊国狼子野心,一直对我朝虎视眈眈。先不说朗措的十万铁骑,就是前樊王座下的十八万精兵,都不是好对付的,一旦起了心要攻过来,就算有关墙的抵挡,八万北境军能挡得住?"

沈荨的心怦怦乱跳一阵,冷静下来,问道:"这事有哪些人知道?"

"我、我爹、宣阳王、崔军师,现在还有你,"谢瑾道,"四路暗军的统帅虽知晓一些,但只知其一,不知其二。"

沈荨半晌无语,掌心汗湿,都快将那半只梼杌捏出水来。

"两万暗军现是崔军师掌着,梼杌的一半在他手里,另一半就是我这只,梼杌一合,便可调动暗军,暗军的四路统帅不认人,只认梼杌。"

幽凉月光洒下来,谢瑾的脸在明暗交错的光影下清冷淡漠。他徐徐说着,语气平淡无波:"阿荨,我是不得已,我不能拿边关百姓的家园和生命来赌。你也知道,丢失几个边塞,对朝廷来说可以重新举兵夺回,但对于那儿的人来说,家只有一个,命也只有一条……兵权对谢家来说是重要,但重要不过十数万人的命,早在决定建立暗军的那天,我爹和我就做好了准备,一旦——"

沈荨急忙去捂他的嘴:"呸呸呸——"

谢瑾握着她的手，顺势把人拉到怀里抱着："下午刚收到的军报，北境情形的确不太妙。这几年，樊国内部暗流涌动，前樊王与朗措之间勾心斗角，被制约着一直没敢大举兴兵。现在朗措夺了王位，前樊王的十八万精兵在内斗中死了八万，十万归入他座下。朗措是个什么样的人我们都清楚……"

沈荨默然无语，谢瑾接着道："他这几年几乎荡平了樊国北边的各个部落，又一举夺得了王位，可以说正是气焰高涨的时候。我把这半只桴机给你，就是怕他会趁着我还未回北境之时突然发动攻击……阿荨，这两万暗军是我与崔军师专为对付朗措的军队培养的，就是防着这一天。四路暗军各有所重，神鬼莫测，一旦有险情，可协助你牵制住朗措的羽翼，不至于太被动。"

沈荨推开他，将那半只桴机放入怀里，道："好，我知道了，等你一赶到北境，我便还给你——你放心，我绝不会让这半只桴机从我身上离开，也绝不会向任何人透露半个字。"

谢瑾深深注视着她，握住她的双肩微微一笑："阿荨，我可是把谢家的身家性命，都交到你手上了。"

沈荨只回望着他没说话，神情严肃，没有惯常在他面前的嬉皮笑脸和插科打诨。

谢瑾忍不住将她的肩头按回怀里，喃喃道："我以前没想过会有这一天。"

沈荨知他话里的意思，环着他的腰抬头笑道："你不怕我有其他打算？"

谢瑾低头，吻在她唇角："我信你。"

轻浅的一个吻，却在两人心中漾开温温的暖。谢瑾离了她的唇，笑道："其实也没这么严重，若真有被揭破的一天，我也不是没有应对的法子。"

两人说完，携手回至营地，顾长思果真一直候在沈荨帐前，旁边站着姜铭。她领着顾长思进去后，姜铭的目光在沈荨的背影上停留一瞬，随即转开。

朱沉正在帐内收拾东西，见顾长思跟在沈荨身后进来，眼皮子都没撩一下，直接进内帐去了。

沈荨让顾长思坐在案前，递了纸笔给他，道："你闭上眼，把骑龙坳和周边的地图画出来。"

片刻后，顾长思画好，沈荨拿过来一看，赞道："不错，下了功夫的。"

她拿笔尖虚虚点着地图，问道："如果樊军压至北境线，我们要从骑龙坳攻入樊军后方，可以走哪几条线路？"

顾长思略一思索，将地图拿过来，另用笔蘸了朱砂，以红线描出。

沈荨领首:"这几处的确便于行军,但还不是最好的路线。如今形势有变,我暂时去不了骑龙坳,也就暂时带不了你们,一旦事态紧急,你必须挑起这个担子,明儿出发后我们在路上再来细细讨论。"

顾长思肃然应道:"是。"

他出去时脸上无甚表情,目光却在卷起的内帐帐帘上流连了片刻。

不多会儿朱沉出来,沈荨瞧着她笑道:"躲什么躲?"

朱沉道:"看见他就烦,那会儿说得义正词严,说他今生绝不听命于沈家人,如今没几天就在将军麾下服服帖帖的,我都替他脸疼。"说罢,自己忍不住微微一笑。

"这说明你家将军有本事,"沈荨面孔一板,大言不惭道,"多学着点。"

朱沉笑出声来:"这也说明我有眼光——对了,今儿我和姜铭聊了聊,他说是老家的母亲最近生了病,所以这几天有点心神不宁。"

沈荨听说,眉心却微微凝起:"是吗?如果真是这事,有什么不好对我说的?"

朱沉道:"我也觉得,但他不肯再多说了,咱们多留意留意。"

沈荨"嗯"了一声,想了想道:"他娘上回托他带给我的那种陶土小玩偶倒还挺有意思,既是这么着,你准备点钱给她送过去吧。"

朱沉应了一声,沈荨不再多说,出帐去巡视各部出发前的准备情况。

次日天还未亮,沈荨穿着那套明光轻铠,领着四千将士出了城门,于熹微的晨光中一路西行。

兵马行至澐水渡时,等候在岸边的一排渡船来往数次,将士兵战马尽数送往对岸。披坚执锐的将士有条不紊地牵马下了渡船,黑压压地在岸边列队等候。

谢瑾立于岸边,扫了一眼对岸的兵马,将沈荨颈下的披风带子紧了紧,凝视着她道:"我只能送你到这里了。"

朱沉牵着沈荨的马,先上了最后一艘渡船。

她拿胳膊肘撞了撞脸色阴郁的姜铭:"看什么呢?"

姜铭把目光从岸边告别的两人身上收回,笑了笑道:"没什么。"

秋末初冬的清晨,风凛冽而寒冷,水岸边旺盛的红蓼还未褪去最后的颜色,轻浅颓黯的残红一直漾到灰蒙蒙的天边。谢瑾的马立在枯黄的草丛中,马颈不时亲昵地挨过来,蹭着他的后背。

沈荨双眸亮若晨星,上翘的唇角于寒风中弯成一抹暖人的弧度:"我在望龙关等你。"

谢瑾点头:"去吧。"

她未再说什么,提了长刀干脆利落地转身上了渡船。谢瑾翻身上马,瞧着那艘渡船船桨划开,推开水浪,渐渐于秋波寒色中靠岸。对面一声号角长长扬起,沈荨转头回望一瞬,随即领军去远了。

谢瑾的衣袍在风中翻飞不止,吹得他整个人都似要乘风而去一般。澴水渡头黄柳残红,枯草秋岸。或许是天色灰蒙,阴云掩日,他心头总有一丝挥之不去的阴霾,直到对岸的大军于视野中消失不见,这才掉转马头,慢慢往官道上策马归去。

上卷番外

秋节缘

大宣洪武二十九年冬，宣昭帝即位，次年改国号为"昭兴"，天下大赦，四海清平。这一年的中秋，也格外明净清朗。

谢瑾赶在中秋前一日回了上京，正式接受朝廷的擢升和任命，从皇帝手中接过父亲刚刚奉上的、犹有余温的北境军帅印和虎符。

宣昭帝亲自于宫中四雨湖畔为他设了酒宴，所有在朝的武官济济一堂，欢声庆贺。

当夜玉盘霜影，平湖秋碧，酒香混着馥郁的桂花香，醉了一阙琼楼殿宇。

一轮酒敬下来，谢瑾已是微醺。他目光不时瞟向对面一个空着的席位，心下不知不觉有些烦躁。

那位置是为西境军主帅沈荨留的。他知道沈荨早他两日便回了上京，可就算她事情再多，今晚的宫宴好歹是为他举办的，不指望她诚心诚意说几句好听的话，但至少露个面也是该的吧。

亏他不久前还主动率军去蒙甲山支援西境军，这人还真是忘恩负义。

算了，反正她欺压他惯了，跟她也没有什么道理可讲。

又是半个时辰过去了，那空空的席位一如既往，案上的酒盏杯碟纹丝不动，谢瑾看得心烦，借口更衣离了席。

蟾宫如镜，倒映于秋湖微波中，银色月光与四处高挂的绯色宫灯交相辉映，将这个秋夜渲染得清华明朗。

不远处传来一阵女子纷杂的语声和笑声。隔着一座假山，那边的湖面冉冉漂过来几盏河灯，谢瑾知是宫中女眷在那玩耍，赶紧转身往一边避。

没走几步，前头的花荫架子下转出一个女子，背对着他匆匆往湖那边走。她穿了一条绿色湘裙，头上挽了个单环高髻，一半黑发长长披泻下来，如波如浪地摇曳在纤细的腰肢下。大幅的裙摆上烁着点点银光，随她疾走的步伐翻飞不绝，在他眼前不停跃动。

谢瑾往前走了两步，一声"沈将军"差点脱口而出，险之又险地收了回来。

这妙曼的背影虽似曾相识，但太过风姿绰约，身量也显得比沈荨高一点，而且他知道，沈荨向来喜欢红色，最不喜的便是绿色。

何况她及笄后就几乎没穿过裙子，谢瑾看得最多的还是她身披铠甲或长袍的样子，若是她穿了这么一身漂亮的绿裙，会是什么模样，还真无法想象。

此时假山后有人叫道："我们在这边放河灯，快来。"

前头的女子闻声加快了脚步，裙裾翩若轻云，飘然一扬便消失在前头的假山后。

好在那声"沈将军"并未唤出口，不然就尴尬了。

谢瑾暗自摇了摇头，把那可恨恼人的沈将军抛至脑后，重新回了宴席间。

不见了酒宴主宾的众人正到处寻找这位朝中新贵，一逮到人便蜂拥而至，争先恐后地上来敬酒。

谢瑾盛情难却，只得一杯一杯灌下肚去。他平常颇为自律，饮酒从不过量，军营中需要与将士们同饮之时也是点到为止，绝不多喝，因此他的酒量不深，几个回合下来便感神思昏昏。

觥筹交错，月影西移，谢瑾渐渐不胜酒力。好在宣阳王萧拂在一边替他挡了不少酒，酒宴过半，又让人扶他到内殿歇息。

内侍们将谢瑾搀至四雨台后的偏殿，扶他在榻上躺下来，又贴心地灭了殿内所有的灯烛。

黑暗之中的谢瑾昏睡了片刻，迷迷糊糊中听到有轻微而犹疑的脚步声往这边走来。他心中一凛，正要支起身来，来人却已到了跟前。

微开的一线窗棂中正好透过来一缕月光，照在她的裙裾上，朦胧中分辨得出来是泛着银光的绿色，像是月夜下波光尽染的一湖碧水。

她的脸庞和上半身隐藏在阴影里，身上一阵栀子花的香气侵漫过来。谢瑾一动不动，暗暗提防着，闭上眼等待她的下一步行动。

她也半天没有动弹，似乎正在确认黑暗中的他是睡着的还是清醒的。

下一刻谢瑾便后悔没有第一时间赶这女子出去了，因为她俯下身来，温热的唇带着脂膏的清甜味儿，贴上了他的脸颊，随后移到他的唇上，似是爱恨交织一般，在他尚未回过神来之际，在他唇角轻咬了一下。

谢瑾只觉这女子身上的香气虽陌生，但不知为何却觉她有种诡异的熟悉之感。一个犹豫间，唇上又是一痛，已被她又咬了一口。虽然有点轻微的疼，但那感觉竟是说不出的缠绵悱恻，又似宣泄又似表意，像是女子埋怨不解风情的情郎一般，含嗔带怨，却又缱绻温柔。

谢瑾心神大乱，心怦怦跳了起来。酒意上涌，他更迷糊了，待荡悠的神思归位，想要推开她时，那女子已抽身而去。不过片刻间，已听得门"吱呀"一声，黑暗幽寂的殿内只留下他一人，在震惊和回味中头疼欲裂。

他抚着自己的唇角，分不清是现实还是梦境。

酒意再次涌来，谢瑾不知今夕是何夕，慢慢又昏睡了过去。也不知过了多久，他一个激灵翻身坐起，有冰凉的东西滚落到他手边，他摸索着拽入掌心。

晕沉沉地坐了片刻，他这才起身来到窗前，就着夜色往掌心看去。

是一枚小巧精致的水滴状翡翠耳坠，提醒他之前发生的一切，并非酒醉后的南柯一梦。

谢瑾几乎在第一时间就想到了沈荨，但不出片刻，他又把这念头抛了开去。

沈荨又怎会如此？她向来看他不顺眼，只会和他争，只会和他吵。方才这女子对他的心意昭然若揭，可若说沈荨喜欢他，他是绝对不信的，何况在湖畔的假山边，他觉得那女子并不是沈荨。

谢瑾思来想去，把所有认识的女子都寻思了个遍，不得要领，最后揉着太阳穴，慢慢出了偏殿。

宴席居然还没散，不过只剩了几个人，他一眼就看见沈荨坐在席间，正和那几人在拼酒。

她穿了一件藏青色的袍子，头上束着青玉冠，意态潇洒，已喝得醉眼惺忪。

好吧，总算是来了。

"恭喜谢将军，"她远远便抱拳行礼，"我来晚了，希望还能赶得及敬将军几杯薄酒。"

谢瑾"哼"了一声，讥讽道："沈将军真是日理万机啊，能拨冗前来，我真是不胜感激。"

沈荨讪讪笑了两声:"这不还没散吗?来来来,咱们喝一杯。"

"免了,今儿真不能再喝了。"谢瑾揉着眉心,一面上下打量她,一面道,"你什么时候进的宫?"

"早就来了,不过太后娘娘把我喊去坤宁宫说了许久的事,好不容易赶过来,结果你居然醉得人事不省,真没用。"沈荨道,"来吧,我敬谢将军一杯!"

她递了一杯酒过来,谢瑾接过,晚风拂了过来,她身上酒味浓烈,半丝栀子花的清香也无。

"你知不知道……"谢瑾喝完酒,犹豫着问,"今晚进宫在湖畔放河灯的,都有哪些……"

"哪些什么?"沈荨眨了眨眼,问道。

谢瑾犹豫片刻:"算了。"

依她的性子,不打破砂锅问到底不会罢休。这种事毕竟事关姑娘家的清誉,给别人知道了不太好,何况面前这人是沈荨,她不借机嘲讽他两句才怪。

果然,沈荨一副很感兴趣的样子:"是不是看中了湖边哪位姑娘?跟我说一说,我去帮你问。"

谢瑾立刻一脸漠然,浑不在意地道:"没有,随口一问罢了,不劳烦你了。"

沈荨也就没再追问,转身去跟别人喝酒了。

过后谢瑾去打听那晚湖畔放河灯的女子,宫中过来的消息说穿绿裙的有三位,可无一对得上号,谢瑾便也慢悠悠地等着。他觉得这女子既然向他流露出这样的情意,迟早会出现在自己面前。哪知这一等便是三年,她就像是那晚明月幻化出来的精灵一般,从此再无踪迹。

知道那女子便是沈荨的那一刻,谢瑾的确很震惊,但只那么一刹那,他却又觉得顺理成章,理所当然。

是啊,除了这世上独一无二的沈荨,还会是谁呢?

午夜梦回之际,他也曾奇怪,也曾疑惑,为何他对那绿裙女子总有那种挥之不去的熟悉和羁绊之感,以至慌乱间纵容了她的亲近。

现在终于有了答案,连着心底深处,自己都未曾意识到的一丝隐约猜测与期待,也都落到了实处。

她已经在他心中藏了很久,时不时跑出来捉弄一下他,这一次来了个狠的,不过他不生气，一点也不生气。

她不说，把自己的心思捂得紧紧的，但没有关系，他会瞅个机会，把那页他撕掉的笔记，一字一句地念给她听。

他很想知道，当她获知自己偷偷做下的事并非她一人知晓，而他惦念的姑娘原来一直都是她时，她会是什么样的反应，她脸上的表情又会是怎样的生动和有趣。

他……很期待。

中秋佳夜，四雨湖畔，碎月摇花中芳踪一现，伊云鬓峨峨，青丝拂腰，绿裙舞香，婀娜绰约隐入红榭深处。然寂殿幽夜，伊又踏月而至，幽兰拂风，满室栀香，思吾酒醉未醒，竟大胆轻薄又纱然离去。恼恼芳情，殷殷切意，爱恨嗔痴皆展于香唇贝齿间。吾怦然心慌，疑思不定，夜静梦归，唯见伊一枚翠滴耳坠遗落身畔，萦怀追忆多日，终不得再遇。

(上卷完)

下卷

借问梅花何处落,
风吹一夜满关山。

第十四章 雁归云

沈荨领着四千骑兵一路疾行，只半日便出了上京边界，取道汴州、陈州，三日后到达了望龙关下的靖州。

这一路风餐露宿，日夜兼程，到了靖州之时，沈荨下令将士们在城外扎营歇息一晚。与顾长思交代了几句，自己寻了个空，按着谢瑾给她的地址，找去了他在靖州城内的府邸。

院子中大兴土木，果然正在按谢瑾的意思进行翻修。沈荨的东西单独派了车马运送，这会儿还没送到。府邸的管事就是当地人，捏着昨日刚接到的信件，给沈荨看谢瑾画的图纸，很不解地问："谢将军这是何意？这屋子翻整也就罢了，后院里圈个地方修这么大一个池子？光引热水就要费不少工夫，谢将军画的管道我也看不懂。"

沈荨大刀阔斧道："那就砍了，这池子不修也罢，劳民伤财的，你家将军问起，就说我说的。"

管事大喜，又问："谢将军画的这种拔步床，不瞒您说，在靖州我还真没见过，四面八方都要镶镜子，这可怎生弄？"

沈荨正要说把镜子都去了，转念一想，都给他弄没了怕不好交代，难得这般沉闷古板的人想要变通一下，太打击人的积极性也不好，遂道："不用四周都镶，就西壁上镶一块吧。"

管事点头应了，又为难道："靖州这边磨镜的工匠手艺差了些，这样大块的镜子恐磨不好，要不让人到下头的松州府去买？"

"哪这么麻烦？"沈荨道，"磨成什么样就什么样吧。"

她胡乱指点一番，又和管事闲聊了几句，独自去了街上闲逛。

靖州城算是西北边陲上一座最大的城池，也最靠近宏伟壮阔、千峰百嶂的望龙山脉。此时刚进入初冬，起伏延绵的山峰顶上已积了厚厚的雪，人在城内眺北而望，也能隐约看见山顶上浮着皑皑的一带白绵。

接近靖州城的这处山势是望龙山山脉最平缓低矮的一部分，最开阔的山坳中坐落着望龙关，高达七八丈的坚固城墙随着山势延绵开去，如龙卧苍野，在风吹雨打、霜侵雪摧的岁月中，牢牢地保卫着关墙下的城池和城池中的人。

靖州的风土人物与上京迥然不同，处处都透着粗犷、苍砺和质朴。这处土地原本比较贫瘠，经过多代人的垦殖，现今已经有了很大的改善。但靖州仍不是一个以农业为主的地方，更多是作为南北来往客商的集散地。当地土生土长的居民并不多，很大一部分百姓都是近几十年边关安定后才从四面八方迁来的。

空气干冷，风刮在脸上如刀子一般。刚入冬，北地已下过两场雪。初雪方霁，碧蓝明净的天空下人来人往，街道纵横，路边几乎都种着胡杨树。屋子大多是用石头建造的，简单、低矮却坚固，以抵挡严寒的天气和凛冽的风沙。

沈荨因着暗军的关系，特地留意了一下城中的居民，大多数的人面容清和，眼神简单，偶尔有人瑟缩在街角或错身而过时朝她投来阴狠而戒备的一瞥。

她寻了个酒肆，要了一碗当地一种叫套马杆的烈酒。这种酒是关外游牧民族带进来的，酒性猛烈，入口辛辣。喝一口，酒液似火一般烧入喉间，滚下胸腹，浑身都暖了。

沈荨仰头瞧着远处望龙山山峰顶上孤飞的一朵白云，喝了两口，心下暗呼痛快。直到悠闲地把一碗酒喝尽，这才摸了一串钱出来放在桌上，起身出去。

酒肆的掌柜追出来喊道："这位姑娘，您给的钱多了！"

沈荨未回头，背着身摆摆手去远了。

次日天未亮，沈荨便整军出发，她派了朱沉与顾长思一道，领着一千八百名骑兵往骑龙坳进发，自己则带着剩下的将士取道望龙关。

离了靖州城不远，纵马驰过一大片戈壁荒滩，渐渐光景苍凉，风紧云厚，不多会儿便飘起雪来。一队人马到达望龙山广坳中的望龙关大营时，北风卷雪，四下里都是白茫茫的一片。

望龙关驻扎了近三万北境军，营地便在关墙下不远，一个营帐接着一个营帐依着平缓的山势延绵开去，望不到边际。高大巍峨的关墙便矗立在不远处，从近处看更是雄伟浑厚，城墙上旌旗猎猎，于风雪中飘展荡宕。

沈荨深吸一口气，翻身下马。

瞭望塔楼上的士兵早看见了风雪中急速赶来的这队人马，得到通报的军师崔宴赶着到了营地门口，正正好接下沈荨手中的那柄长刀。

"沈将军居然来得这般快。"崔宴抱拳行了一礼，笑道。

他年近不惑，脸上已有明显风霜侵蚀的痕迹，五官样貌平平无奇，是人堆里最不引人注目的那一类人。但多打量他几眼，便会觉得此人身上有一种奇特的风度和气质，尤其是一双眼睛，光芒内蕴，暗藏锋芒，有时偶然一瞥，带出来的眼风是切金断玉一般的锋锐狠厉。

崔宴早年曾独自领兵驻守过西境的寄云关，跟着谢戡到北境后，从前线退下来，不再带兵上战场。虽然还有军职在身，但大家都已习惯称呼他为"崔军师"，而非"崔都尉"。

沈荨与崔宴也算熟悉，当下便笑道："若不是这场雪，到得会更早些。"

崔宴点头道："沈将军一贯雷厉风行，请先至大帐再说话。"

他说罢，唤了身后侍卫领着二千余兵马进营地安置，自己带着沈荨往中军大帐缓步而行。

沈荨一面走，一面观察着营地内的情形。

此时雪渐渐小了，雪粒子飘在半空中，飞飞絮絮，沾在人身上，不一会儿便化了。中军大帐前的校场上还有几队士兵在操练，边上的积雪处有士兵正在铲雪，忙而不乱，甲擦戈鸣之声和着士兵的吆喝响彻校场，空气中都是她所熟悉和安心的味道。她唇角不由浮起一丝微笑，渐觉身体里血流汨汨，被冻得僵住的经脉都舒展自如了。

进了中军大帐，崔宴将候在帐内的几位北境军将领一一引见给沈荨。

几位将领事先得了崔宴的吩咐，对沈荨都很恭敬，但客气中带着明显的疏离和冷淡。只有一位统领重骑营和叱风营的李覆李将军，几年前沈荨领兵支援夔龙沟，大捷后西境北境两军将士欢庆时曾与他拼过酒，因此他言谈举止之间倒是真心诚意，对沈荨很热情。

几位将军出帐后，沈荨对崔宴笑道："不知崔军师忙不忙？我想去城墙上看一看。"

崔宴应道："此时城墙上正好换防，沈将军不如先安歇片刻，等吃了晚饭，我再带将军前去。"

晚间崔宴果然过来，请了沈荨一同去城墙上巡视。

沈荨此时已换了北境军军服，挂了银色锁子甲，外头罩了一件披风，领着姜铭一道上了城墙。

夜风凛冽如刀，刮得旌旗袍角呼啦作响。城墙上火把通明，士兵换防已毕，十步一岗，森然肃穆立在墙垛处，火光照耀下，铁甲枪刃反射出耀眼的光芒，冷冽的幽光一直闪烁至城墙远方。

沈荨自城楼上往前方望去，刺骨的寒风从后脖颈灌进背心，身体一阵冰凉，但她并没去整理衣领，只是笔直地伫立着，眺望远方起起伏伏、覆了一层白雪的沉寂幽暗的山峦。

此地一百里开外，越过望龙山山脉这一处山坳，便驻扎着樊国的军队，两军之间常常摩擦不断。不久前樊国新王登位，樊军的挑衅更是隔三岔五，显然是在刺探着这边的军防兵情。

"崔军师说说吧，"沈荨朝站在她身边的崔宴侧过头来，问了一句，"如今什么情形？"

崔宴斟酌了一下，谨慎地说道："我们该准备的也准备得差不多了，只是樊军气焰嚣张，仗着樊国王庭有樊王座下磨刀霍霍的十八万大军，不时过来搅扰一番，虽未曾动真格，但也令我们很头疼。"他顿了顿，又道，"现营里兵器库有箭矢一百万支、长矛三十万支、桐油二十万桶，石砲和抛石车够用，火药也准备充足。只是樊军若是一直挑衅不断，我们经不起这样的消耗。"

沈荨目色沉静，领首道："我明白，这种搅扰每次消耗虽少，但长此以往，一旦樊军大举进攻，我们军备武器的补给怕是跟不上，将士们也无法养精蓄锐。崔军师有没有想过怎生震慑一下樊军？"

崔宴苦笑："若是老侯爷或是谢将军在，这二人威名在外，樊军或许还能收敛一些，但如今……"

他没往下说，言下之意不言而喻。

"那癸龙沟和万壑关那边的情况呢？"沈荨再问。

"也都差不多，谢都尉那边的将士也是不堪其扰，给弄得疲惫不堪。"崔宴回答道，"谢都尉知道沈将军要来，本想亲自来望龙关为您接风，但完全脱不开身。对了，她托我问候将军，说您大婚之时没亲自回京祝贺，贺礼早已备好，等相见之时亲自送到您手上。"

他口中的"谢都尉"便是谢瑾的妹妹谢宜。说来也怪，沈荨幼时和谢瑾跟仇人一般，与其他的谢家人关系倒还不错，尤其是谢宜，两人见面虽不多，但脾性很合。谢宜性子有些执拗，对家里人说的话时常逆反，反倒是沈荨有时说她一两句，她还能听进心里去。

沈荨听崔宴一说，不由一笑："说起来我和谢宜也好久没见了，我既来了这里，想必日后见面的机会很多。"

她说罢，吩咐姜铭："我有些冷，你下去拿件大毛披风上来。"

姜铭下去后，沈荨抚着城楼上粗粝的石栏，沉默半晌，问道："崔军师有没有想过，樊国十五万大军压过来，八万北境军若不能挡，暗军一旦出动，如何全身而退？"

崔宴面色平静，目中精芒一闪，低声道："长矢射天狼，天狼既卒，长矢亦折，我会抹去所有暗军存在的痕迹。"

沈荨默然，抬头望向天际，夜幕下黑云重重，不见星月。她喃喃道："难道就没有两全其美的法子？"

崔宴静静道："既是暗军，便见不得光，威尊命贱，他们本也不算忠民良人，舍生取义，这是他们的宿命，也是对他们的救赎。"

沈荨转过头来，与崔宴对视片刻。崔宴目中有一闪而过的嘲讽，随即垂下眼，掩去了那丝异色。

城楼上火光熊熊，有巡逻的士兵往这边走过来，影子投到前头，虚虚一晃，又移开了。

沈荨待那影子消失不见，方才微叹一声，道："好，不到万不得已，不得动用暗军。樊国狼子之心已昭示无疑，现如今当务之急，是要震慑樊军，为我军赢取安心备战的时间。这事我来做，崔军师的任务，便是规划好撤退线路，包括粮草、军备，还有靖州和屏州等地百姓的撤离，一旦有险情——"

"沈将军是要我们撤离吗？"崔宴打断她，徐声道，"我北境军将士，不是贪生怕死之辈，'撤离'二字，从不知道怎么写，纵使单兵孤将，也绝不退让一步。"

沈荨语气严厉，斩钉截铁道："今时不同往日！崔军师难道不知留得青山在不愁没柴烧的道理吗？"她停了一停，放缓语气道，"朗措铁骑战无不胜，骁勇凶悍，何况据我所知，西凉与樊国已结成同盟，一旦集结来犯，冲过这道关墙，便是烧杀抢掠，下手绝不留情。崔军师莫非要这关墙下的人和北境军一同毁在樊军铁蹄凶刀之下？靖州城下便是源沧江，可挡敌军一挡，松州陈州还有八万州兵——崔军师，这场战事，也许得动用举国之力，这是最坏的打算，但我们不能不做好这个准备。"

崔宴不语，片刻后笑道："沈将军莫非不知，一旦北境军弃城撤离，谢家难以对朝廷有所交代？"

沈荨毫不退让，盯着他说："情势所逼，我不能让每一名将士为了所谓的忠义作无谓的牺牲。"

崔宴眸中再次掠过一丝讥讽，沉默许久，最后朝她行了一礼："沈将军言之有理，谢将军本已交代过，他不在时这里由您全权主理，我这便回营着手安排。"

沈荨背脊挺直，独自站在城楼之上。风雪又大了起来，一片片的雪花如鹅毛一般，在夜幕中轻盈飘飞，无边无际。她伸出手去接住几片，看它们在她掌心融化为水，接着五指合拢，转身下了城墙。

北境这场雪断断续续下了十余日，风雪中有一队人马神出鬼没，沿着北境线一路披荆斩棘，捣毁了樊军驻扎在边境线上的几个小规模的驻军之地。不出几日，边境线上的樊军将领人人自危，睡觉都不敢闭着眼睛。

消息传入樊国王庭，樊王朗措捏着军报，眼中闪动着兴奋的光芒，颇为玩味地笑道："沈荨？以前就听说过这位大宣女将军的威名，如今看来果然名不虚传，也罢，就让他们先歇口气。传令下去，暂时停止对北境军的刺探挑衅，边境军队都退回三十里扎营，安心等我号令。"

这日驻扎在望龙关外一百里处的樊军将领木托巡查军务已毕，回到自己帐中解了铠甲，他的亲卫在一边道："将军还是不解甲为好，这里的兵马撤离走了大半，谁知大宣那杀神会不会——"

木托不耐烦地摆摆手道："昨日还在凤翅岭割了那边的人头，就是飞也飞不了这么快，明日事多，先睡一觉再说。"

他睡至半夜，忽然浑身一个激灵弹坐起来，披了衣袍撩帐出去。外头雪雾茫茫，火光微弱，士兵都在自己帐内沉睡，四处鼾声起伏，营地里几名值守的士兵也围在火堆前打着瞌睡。

他狐疑地巡视了一圈，叫醒值守士兵，正要回自己营帐，却听一声石破天惊的嘶吼划破雪帘，由远及近。

"杀——"

这喊声鼓动着耳膜,令他全身的血液一下冲到了头顶。

"杀——"

伴随着四面嘹声而起的回应,一瞬间烟尘滚滚,阖野震颤。惊天动地中,无数人马从风雪中冲出,杀气磅礴地冲入营地。刀光枪影中马声嘶鸣,血液飞溅,火把被马蹄踏在脚下,木屑燃着火星四处乱射。霎那间营地里人影幢幢,悲鸣惨呼不断,很多士兵还在睡梦中,就稀里糊涂地丢了性命。

木托手中双锤使得虎虎生风,与几名骑兵缠斗得不分胜负。正在胶着之际,一人一马横刀而来,绞住他左锤上的铁链,以气吞山河之势往上一挑,将那流星锤甩飞,随即再是一刀凌空砍来,直接扫中木托的右肩。

木托右锤也脱手,赤红着眼睛狂笑道:"你不是在凤翅岭吗?搞这种偷袭算什么英雄好汉?"

马上之人点头笑道:"凤翅岭另有其人,不过穿了我的铠甲罢了。怎么,只许你们耍阴谋诡计,不许我们回击?我告诉你,大宣绝不会任人欺负宰割。今日便留你一条性命,滚回去告诉你们樊王,不想要脑袋就尽管放马过来!"

她将手中长刀一收,下一句话掷地有声:"我沈荨便守在这里等他,我大宣的一兵一卒,都在这里等着他!"

与此同时,上京前往汴州的官道边上,参加完冬祭大典的谢瑾率领八千将士,赶了大半夜的路,正下令士兵在道边林地内休整片刻。穆清风神色严峻,过来在他耳边悄声说了几句。

谢瑾一怔,浑身的血液都凉了下去,只觉寒风透骨,暗林凄凄,不觉伸手扶住身边一棵大树。

穆清风道:"将军……"

谢瑾定了定神,缓缓开口:"下令大军原地扎营,等我两日,你和明月这便跟我回上京。"

他上了马,晦暗目光往夜空之下的西北方向眺望一瞬,随即打马往上京方向疾奔而去。

接连下了十几天的雪终于停了,沈荨沿着望龙山山脉的边缘走了一遭,在骑龙坳与顾长思和朱沉碰了个头。回程的时候天清气朗,大雪涤过的天空尤为明净高远,冰雪轻融。山风过处，漫山遍野的白雪在阳光下簌簌而落，化为水雾弥漫于山林间。

沈荨半道上便接到谢瑾两日前已到北境的消息，她一路快马加鞭，率先纵马进了望龙关大营。

她跃下马背，将马鞭一甩，快步进了中军大帐。

"谢瑾，我听说你出了上京，半道上又折了回去，出了什么事儿？我还听说谢思那小鬼也来了——"她语声飞扬，一迭声地说着，将手中长刀靠在帐帘边的兵器架子上，一抬头却见中军大帐内坐着崔宴和几名将领，人人脸上都是一副怪异的神情。李覆神色不安地朝她望来，嘴唇翕动，半晌招呼了一声："沈将军。"

坐在案前的谢瑾这时才抬头，朝她看过来，只一眼，便让沈荨僵在原地。

谢瑾没穿戴铠甲，只着一件鸦青色单袍，外头罩了一件同色大氅，脸上神色淡漠，眸光冰冷，看她像在看一个陌生人。

她已经很久没有在谢瑾脸上看到过这种神情。

沈荨心下一沉，取了头上的凤翎银盔，上前两步，问道："出了什么事？"

谢瑾与崔宴对看一眼，没回答她，只对几名将领道："事情都交代完了，先出去吧，往后一切都按我刚才的吩咐做。"

崔宴走在几名将领后头，出去的时候，把帐帘放了下来，盖得严严实实。

沈荨心头犹如被一块大石压着，只觉帐内空气闷得令人窒息。她深吸一口气，盯着谢瑾问："到底出了什么事？"

谢瑾仍是没看她，慢慢自怀中摸出一封书信，起身过来递给她，目光这才在她脸上扫过，只一瞬便移开，他人也后退两步，语气平静地说："这封文书，需要沈将军签个字。"

沈荨拿过来一看，顿觉晴天霹雳，一瞬间浑身都软了，一时站不住，忙伸手去扶身边的椅子靠背。

谢瑾的目光再度投过来。大帐内悄静无声，他眼中深切的痛苦和挣扎一闪而过，袍袖下的手指动了动，悄悄紧握成拳。

沈荨的发丝凌乱，脸上还带着彻夜赶路的风霜，眼下有淡淡的青影。大帐的帐帘垂下，但她身后的窗帘卷着，日光和着外头的雪光一同映进来，将她的身影投在他脚下。

沈荨心中空茫茫一片，思绪不觉飞到了成婚那日。

那时她匆匆忙忙地赶回家，顾不得仔细处理腿上的伤口，慌里慌张地换上嫁衣，

第十四章 雁归云

虽然对未来也有几分未知和迷茫，但心情是雀跃的，忐忑中含着丝丝喜悦与期待。

那时她从未想过，与他的这段姻缘，会结束得这般快。

不久之前的恩爱缠绵，就如昙花一现，不仅是水中花镜中月，更是笑话一场。

"……你要与我和离？"沈荨唇角轻颤，嗓音沙哑，尖端发白的五指紧紧捏着那张谢瑾已签了名的和离书，"为什么？"

谢瑾垂眸，移开几步，双脚从她投在地上的影子中脱离，语气平缓无波："沈将军不久就会知道了，请签字吧，时间不多了。"

沈荨上前两步，将那张和离书甩到他脸上，怒喝道："给我一个理由！"

谢瑾眼角微微抽搐，沉默着捞住飘飞在半空中的那张纸，放到案上拿镇纸压住。

他朝她转过身来："我只有这两日的时间来这里做些交代了，朝廷的圣旨和押解令很快就会到。沈将军，你我缘分止于此。签字吧，你签了字，才能得到你想得到的东西。"

"什么圣旨和押解令？什么我想得到的东西？"沈荨心中有了更为不祥的预感，尽量稳住心绪，抬眼直视着他。

谢瑾此时未再躲避她的目光，两人静静对视，近在咫尺，却又远隔山水。

谢瑾的眸光就如北境冰封的雪山，投到她脸上，带来彻骨的寒和冷，沈荨心头渐渐绝望。

"你真要如此？"她问。

谢瑾没有移开目光："是。"

"没有任何转圜余地？"她再问。

他神色未动："是。"

沈荨不再说话，拿起案上一支蘸饱墨汁的笔，快速写下自己的名字。

"如你所愿！"她将笔一丢，再不看谢瑾，转身大步出了营帐。

谢瑾凝目注视着那张纸上墨汁横流的"沈荨"两个字，身躯轻抖，像是浑身的力气都被抽走。他手指微颤着，摸索到椅子扶手颓然坐下，发直的目光停在那处，久久不曾挪开。

沈荨出了中军大帐，日光绚丽，营地里还未化去的积雪反射着刺眼的光芒，四下里都是白茫茫明晃晃的一片，让她觉得恍然若梦，有种极为不真实的感觉。

心是钝痛的，像有人不紧不慢地拿钝刀在磨，渐渐将鲜血磨了出来，涌上喉头，再压制不住。

她摘下颈间领巾，低头，一口血喷在领巾上，将那团布捏成一团摔于地上，然后昂首挺胸，大步走往自己的营帐。

她直直地坐在自己的帐内，不知过了多久，似乎有人进来请示军务，她收敛心神应对了，又是茫然呆坐。直到日光西移，朦胧暮色中姜铭进来，说谢瑾请她去中军大帐。

沈荨理了理鬓发，道："你先出去，我换身铠甲就过去。"

姜铭没说什么，目光从案上纹丝未动的食盒上扫过，撩帐出去了。

沈荨换了一身柳叶甲，重新挽了发，出了营帐往中军大帐走。

大帐前黑压压地跪着一片人，谢瑾跪在最前头，一名宫廷内侍背着日光伫立着，手中一柄拂尘尾端被风刮散，飞展在夕阳的光影中，像是风中飘散的柳絮。

那内侍见了她，尖着嗓子笑道："哎哟，就等沈将军了。"

沈荨脚步沉重，一步步走过来。

内侍待她跪下，方才摸出袖中一个卷轴展开，环视了一下众人，轻咳一声，徐徐念道："奉天承运皇帝，诏曰，北境军统帅、怀化大将军谢瑾，枉顾朝廷及兵部规程招募暗兵，现撤去其北境军统帅职务，革去怀化大将军及威远侯世子之头衔，即刻起押解回京，关入刑部大牢听候审讯。北境军一应军务，全权交由抚国大将军沈荨处理。钦此！"

内侍宣读完毕，营地里一片安静，一时之间只闻呼啸风声和营帐帐帘在风中抖动的哗哗声。

沈荨的手紧紧拽住了自己铠甲下的袍角。

"草民谢瑾遵旨——"

跪在她身边的谢瑾语声平稳，双臂高举，接过那卷圣旨。

谢瑾身后的几名将领事先虽已得到消息，此时仍是不免激愤出声。听见身后骚动，谢瑾低声喝道："忘了我是怎么说的吗？"

众人安静下来，纷纷沉默地起了身。夕阳落于山外，天地间是一片蒙蒙的灰暗。

内侍手中拂尘一扫，笑道："谢瑾，既已接了旨，还不快将北境军帅印虎符交与沈将军？"

谢瑾应道："是。"

他起身回了营帐，很快又出来，迎着沈荨的目光将托盘内的帅印和兵符奉上，沉声道："沈将军——"

沈荨浑身冰凉，只看着谢瑾的眼睛。

他眼中是沉静的一片深潭，望不到底，亦没有波澜。

她移开目光，看见周围的人都对她怒目而视，而崔宴神色复杂，目光中除了愤怒，还有讥讽和深深的无奈。

内侍催促道："沈将军，时候不早了，咱家还赶着回京给皇上回话，今后北境军这副重担，可全压在您身上了。太后和皇上对您寄予厚望，您可不要让他们失望啊！"

沈荨低头，瞧着托盘内的帅印和虎符，垂在身侧的手捏紧，又松开。

"这般重罪，不可能不牵连谢家，其他人呢？"她低声问。

谢瑾亦低声答道："知道消息后我赶回上京，与皇上做了个交易，所有罪名我一人承担，其他人无恙。"

"什么交易？怎么做到的？"沈荨再问。

谢瑾不答，再上前小半步，高声道："沈将军快接吧，难道要我跪下吗？"

沈荨猛然抬头，迎着他的目光，慢慢伸出手去，从托盘内拿过那似有千钧重的帅印和兵符。

谢瑾即刻松手，托盘无声落于泥地上，砸出一个浅浅的坑印。他后退两步，转身便走。

第十五章

金簪断

天色全然黑了下来，一轮孤月升上天空，营地里亮起了火把，炊烟也散了开来，四周人声嘈杂，每个大帐的后勤兵正端了食桶食盆往伙帐那边去。

依然是井井有条，没有因为大军主帅的一朝变更发生混乱。

沈荨蓦然转身，奔去马厩随意套了匹马，一甩马鞭，御马冲出营地。拐过一处斜坡，她勒紧缰绳，黑马一声嘶鸣，停了下来。

坡下几里开外，一行人正沿着残雪消融的泥泞道路往东南飞驰。

谢瑾骑马行在中央，肩颈上戴着枷，他似乎心有所感，在马背上回身一望。

一人一马孤立在斜缓的山坡上，四周是广袤起伏的原野，她的红披风在风中飘扬翻飞，身后的天空中是一轮盈亮的清月。

谢瑾凝视那身影片刻，双腿一夹马腹，回转身跟随押解侍卫去远了。

沈荨僵硬地捏着马鞭，瞧着那行人渐行渐远，灰蒙蒙的影子渐渐融入天地之间。

她听见身后有马蹄声踯躅而来，片刻后姜铭的声音在背后响起："将军——"

沈荨掉转马头急冲过去，身形一展，以迅雷不及掩耳之势从马背上扑向姜铭，揪住他的衣领将他从马上拽下来。

两人纠缠着在覆了薄雪的枯草上打了几个滚。

沈荨抽出靴子里的一把匕首，月色下寒光一闪，匕首直接抵到姜铭颈间。

"是你！"她寒声说，眸中全是怒火，"为什么？！"

姜铭闭上眼睛，唇角牵出一丝笑："是我，您杀了我吧！"

"为什么？！"沈荨大喝一声，匕首抵进一分，姜铭的皮肤被划破，血珠子渗出来，滴入衣下。

沈荨没继续，只是狠狠盯着他，觉得面前这个人的面目如此陌生，脸上的表情是她从未见过的怪异，却又似乎带着几分如释重负的坦荡。

"您是我的将军——"他低声笑着，伸手捏住那柄匕首，手掌包在锋刃上，被磨出血来，"您就该是战场上威风赫赫，发号施令的将军，所有人都要以您马首是瞻，您怎能屈居人下？我只是一个小小的侍卫，您丢了西境军的统辖权，我无能为力帮不到您，但这次——"

"那就用这样的方式吗？"沈荨气得浑身发抖，掰开他鲜血淋漓的手，站起身来往他胸口上踢了一脚，"你有问过我需不需要吗？"

姜铭弓起身子，急速咳了一阵，喘了几口粗气，慢慢笑道："我知道您喜欢他，很久之前就知道了，但我不在意，因为我知道他不喜欢您，即使您嫁给他也没关系——"

沈荨双眸瞪大，愣了一瞬反应过来，俯下身来抓住他胸前衣襟，将他从地上提起来，颤声道："我把你当兄弟！"

姜铭直视着她的眼睛，自顾自地笑道："我知道您是个骄傲的人，只要您对他的喜欢得不到回应，天长日久就会死心。我也从不奢求什么，只要在您身后默默看着您，我就很满足，直到那天晚上，我在雨后来到您的营帐外，听见……"

"听见什么？"沈荨厉声道，揪住他衣襟的手不觉抖了起来。

"我听见你和他……"姜铭嘴唇颤抖着，目中流露出痛苦和怨恨，"我这才发现我错了，我完全没法忍受你在一个男人怀里。我恨他，也恨自己什么都做不了……"他颤抖着伸出左手，把衣袖往上撩，露出上臂上一排深深浅浅的疤痕，"这都是那天晚上我站在你营帐外往自己手上割的。那晚我便发誓，我一定要毁了他……"

沈荨胸口起伏，盯着他的手臂看了片刻，颓然松了他的衣襟，走到一边坐下。

"是我大意了，"她木然道，"我知道你有事瞒着我，但没想到是这样。我若早知，就该把你调离身边。"

"我隐藏得很好是吗？"姜铭双目通红，匍匐于地往她身边爬，"十年前你在战场上把我从尸堆里拖出来，我就发誓，我这条命往后就是你的了，你杀了我或把我调走，怎么对我都行。我做下这事，一点都不后悔。"

沈荨冷冷看他一眼，手中沾了血的匕首再次举起，抵住他的胸膛，冷声道："你是怎么发现,又是怎么做到的?"

姜铭低下头,看着那把匕首亮刃上血红的光芒,再抬起眼皮,带着几分狂热地注视着她:"你是我的将军,你的一举一动,我都深深刻在心里,你情绪上有什么变化,我都能马上觉察。我们出京前一日,你与谢瑾在山腰上说了一阵子话,回来后我一眼便瞧出,你有些不安……"

沈荨点头:"还有呢?"

"我们上路后,你的行为也和往常有些许不同。我就不说了,朱沉你都不让她近身,换衣洗漱全是自己来,我便想,你身上大概藏着什么秘密……到了望龙关的那天晚上,你在城墙上,让我下去拿大毛披风,可你最喜欢的事便是站在墙头,听任烈风把你的身体吹得冰凉,又怎会因怕冷要我去拿衣服?"

沈荨睫毛轻颤,不由笑了起来,笑意却有些苦涩:"原来我有这么多破绽。"

"称不上是什么破绽,"姜铭收了脸上笑容,定定地注视着她,"在别人面前,你这些举动都不算什么,但在我面前,自然不一样——我知道你有什么不能让我听见的话要跟崔军师说。我下了城墙,打晕了一个哨兵,换了他的衣装又上了城墙,躲在柱子后头,隐隐约约听见你们提到暗军,我便留了心。"

"然后呢?"沈荨握紧匕首,往他胸膛上抵进一分,"就算你听到,你又有什么证据?"

姜铭的目光这时略微躲闪了一下,嘴唇轻抖,犹豫了片刻。

"说!"沈荨厉声喝道,"那梼杌我一直贴身放着,你……你竟敢……"

姜铭转开头没看她,慢慢道:"这一路你带军偷袭樊军驻点,刀不离手,甲不离身,夜以继日,早就疲惫不堪……那日我们急行军到达蟠龙岭后,你睡得很沉,我从你身上搜出了那半只梼杌……"

"啪"的一声,姜铭的左脸挨了一个狠狠的耳光。他被打得眼冒金星,嘴角溢出血来。他随意擦了擦,捂住左脸低声道:"我知道你身上有东西,事先就带了一些鱼鳔胶和陶土。我把陶土和胶混合着涂在那半只梼杌上,半干时拿刀划成两半从梼杌上剥下来,又把那半只梼杌放回你身上。"

沈荨以不可思议的目光瞧着他,半响撇开目光冷笑一声,讥讽道:"你这种手艺,不去做工匠真是可惜了。"

姜铭不置可否,继续说:"两半陶土上都刻下了梼杌的形状和刻纹,太后不是一直派人盯着你吗?我早就留意到了北境军里太后安插的暗桩,把这陶土和我的猜测都暗中递了过去。太后那边，自有人会用这陶范另做出半只青铜桙杌来，虽达不到原来的精细，但乍一看，也足可以假乱真……太后唤了威远侯进宫，给他看了一眼，谢老侯爷只道是他儿子手中那半只被太后拿了去，惊诧之下便露了马脚。"

沈荨这会儿已然平静下来，她眼中的愤怒燃烧到极致后，只剩下点点灰烬，取而代之的是一种看待疯子似的怜悯和不可理解。

刀尖抵在他胸膛上，她一动不动，完全没有撤回匕首的意思。

姜铭感到胸口有几分疼痛，他低头看了看那处溢出的血迹，略微后退一点。

"我做这一切都是以你的名义，太后以为是你吩咐我这样做的。你本来已经基本失去了太后的信任，如此一来，她对你的疑虑全然打消了，这样不好吗？你得到北境军兵权，往后再拿回西境军也不是难事……"

他一面说着，一面抬起头来，瞧着沈荨面上冷淡的神情，渐渐止住了话头。

沈荨收了匕首，一言不发地站起身来，没再看他一眼，走到马跟前，拉了拉缰绳。

"阿荨，别走。"姜铭扑到她脚下，抱住她一条腿，"我这么做都是为了你！"

"松开你的手！"沈荨喝道，就势一踢，狠狠将他踢到一边，"姜铭，战场上我救过你，你也不止一次救过我，看在这么多年同生共死的份上，我不亲手杀你，但会把你交给崔军师任凭他处置。你我从此恩断义绝，自此以后，山高水远，绝不再见！"

她说完，迅速翻上马背，"驾"了一声快速甩下马鞭，马蹄翻起地上的尘土泥草，狂奔而出。

"恩断义绝……"姜铭捂住胸口，嘶哑着嗓音大声喊道，"你不如亲手杀了我！"

沈荨并未回头，旷野里只有呼呼的风声在回应他。

事情做下之前，他不是没有想过这样的后果，但他不后悔，只有把那个男人打入地狱，他才能从噬咬着他的嫉妒和痛苦中解脱。

至于她，他想，她总会明白过来的，会念着他对她的好，这对他来说就够了。

他盯着她消失的方向，不能控制地大笑起来，直笑到泪水从眼中溢出来。

沈荨一路风驰电掣，于两刻钟后赶至营地，她匆匆进了中军大帐，让人唤了崔宴进来。

"崔军师请坐，"她拿起案上的一盏冷茶喝了一口，问道，"傍晚那会儿宣读圣旨时，我有一点分心没听清楚，你若记得，能否复述一遍给我听？"

崔宴想说什么，犹豫片刻又没说，顿了顿道："奉天承运皇帝，诏曰，北境军统帅，怀化大将军谢瑾，枉顾朝廷及兵部规程招募暗兵——"

"停！"沈荨道，"就是这里……"

她思索片刻，看向崔宴："私养暗军几乎跟谋逆一个罪名，为何这圣旨说得如此轻描淡写，只说是枉顾朝廷及兵部的规程招募暗兵？"

崔宴目中再次出现那种略带讥讽的目光，这次他并没有掩饰。

"沈将军不知也情有可原，那我来告诉您吧……"他落了座，徐徐道，"谢将——哦，云隐出了上京，半道上知道事情败露的消息，即刻赶去了宫外，在宣阳王的帮助下见了皇上一面。谢家的商队，规模大利润高的几处全给了皇上，宣阳王也把他在江南一带漕帮和南边海运上的分成交出，这才让皇上答应了一个条件。"

"什么条件？"沈荨此时已猜出，仍是忍不住问道。

崔宴道："皇上去向太后请罪，说明谢家和云隐是得到了他私下的指示，这才在边关养暗军。若是因为私养暗军的罪名牵连族亲，那罪魁祸首是皇上，皇上的亲戚也不能幸免。皇上在坤宁宫外跪了一晚，太后权衡之下，最后给云隐安了个枉顾朝廷及兵部规程，未及时报备的罪名，且将圣旨和押解令压下五天，以便云隐赶至望龙关交接北境军事务。"

"这样，谢家的其他人和我可以不受波及，但云隐却不能不按律法和刑法接受处置。"崔宴说着，唇角浮起一丝冷笑，"所以归根结底，这事是拿钱解决的。钱可是个好东西，谁不缺钱？朝廷缺钱，皇上更缺钱，他想和太后对着干，没有自己的钱可不行。云隐早先就看中了这点，商队的账目也一直理得很清楚，就是防着有一天事情败露，可以拿这些钱来挽救谢家，也保下我和几位暗军统帅。只是没想到皇上狮子大开口，连宣阳王的家底也给弄走大半才松口。"

沈荨一直皱着眉头在思索，听他说罢，沉吟道："我知道了，这几天有劳崔军师多看着点，我回上京一趟，最多六天便赶回。边境线经过这一次突袭震慑，想来会清净一段时间，看样子樊王短期内还不会有什么异动，其他的将领——"她顿了顿，自嘲笑道，"算了，我就不跟他们交代了，想来他们这会儿也不想见到我，一切事务，等我回来之后再安排。"

崔宴静静瞧着她，没回答，片刻后反而笑了起来："沈将军这会儿赶着去上京又是为何呢？事情都已尘埃落定，您也拿到了北境军的统辖权。云隐赶到大营后，这两日几乎没合过眼,一直在安排大大小小的军务,事无巨细,每一样都务必亲自交代好,就是为了把北境军安稳无恙地交到您手中……"

帐内烛火忽明忽暗,映得崔宴平凡的面容浮凸出几分凌厉和尖锐。他说的话和他眼中的讥诮像刀子一样刺入沈荨的胸腔,令她的心脏一阵阵紧缩似的疼,但她仍然笔直地坐着,纹丝未动。

"他可是一点都没保留,就算您这样对他,他仍是把一切都给您安排得妥妥帖帖,您还回去做什么?去笑话云隐,宣示您的胜利吗?"

沈荨回视着崔宴,牙关咬得死紧,等他把嘲讽的话全说完了,才探手入怀,取出腰间缚着的那半只梼杌,拿出来往案上一放,咬唇道:"信不信由你们,我从来没想过要把这事捅出去。太后手中那半只梼杌,不是云隐给我的这只。"

崔宴略有些意外,即刻起身,过来拿起这半只梼杌放在掌心中端详。片刻后他抬起头来,带着探究和怀疑的目光直射过来,一时没说话。

沈荨眼中露出一丝悔恨和痛苦,沉声道:"这事是我手下的人做的,我一时不察,给他发觉了。不管怎么说,事情的确因我而起,也是从我这里泄露出去的,我不会推卸责任,也会承担该有的责怨。但事已至此,再多愤恨责难也于事无补,得尽快把人救出来。"

崔宴不语,片刻后再度一笑,低头瞧着手中那半只梼杌,冷冷道:"把锅甩给下头的人去背,这种事大家都见得多了。这梼杌要仿造起来并不容易,没有这半只作母本,只怕很难仿造出来,您的下属还真有本事啊!"

沈荨并未辩解,她知道崔宴和一众北境军将领此时正在气头上,她说得越多,可能他们心中就越逆反。而不管怎么说,她与此事的确有脱不开的干系。

崔宴顿了顿,又道:"其实沈将军大可不必如此,我和这里所有的将领,都会严格听您号令行事,看在谢家和云隐的面子上,我们绝不会对您有二心——"

崔宴嘴角微抿着,现出唇边一道浅浅的纹:"就算这事真是您做的,就算您拿到帅印后对云隐置之不理,我们也不会因此而质疑您今后的任何决定。毕竟我们都是军人,大敌当前,孰重孰轻,我们还是能判断的——"

沈荨知道崔宴向来是个心直口快的人,说话也绝不留情,毫不委婉。当初划开西境北境时,沈炽便有些怵他这性子,撤了他寄云关守将的职责,崔宴这才跟了谢戟到北境。而多年来谢戟和谢瑾对崔宴一直很包容,很器重,也难怪崔宴对谢家如此忠心,出事后也最愤恨难过。

只是她没想到，此刻从崔宴嘴里说出的话，如此尖利而狠毒，非要把人刺得鲜血淋漓才罢休。

"您又是何苦呢？不若干脆说一声这事就是您捅出去的，云隐的死活您也不放在心上，爽快利落些，也符合您的一贯作风。"

崔宴说完了，沈荨深吸一口气，压下心中各种情绪，注视着崔宴道："你们怎么想我左右不了，总之这几日还请崔军师多多费心。我只有一句话，这次回上京，我一定会把云隐带回，两万暗军，我也会尽我所能保下来，毕竟是云隐和崔军师的心血，而此地也的确需要他们。"

崔宴将信将疑。两人对视许久，崔宴挪开目光沉思片刻，慢慢起身照着她行了一礼，暂时收了面上的嘲讽之色："那好，我答应您，也希望您能说到做到。"

"一定。"沈荨起身回了一礼，"事不宜迟，我明日一早便出发。今夜还麻烦崔军师留在这帐中，北境军的大致情况我也都了解，但有些细节，还请军师详细与我说一说。"

次日清早，沈荨独自策马，离开望龙关大营。

她昼夜飞驰，两日间几乎没合过眼，累倒了几匹马，在第三天的日出时分赶着进了上京城门。

押解谢瑾的一行人也只比她早两个时辰，这会儿人已经被送进了刑部大牢。沈荨没耽搁，直接去了刑部。

上京并未下雪，但空气依然寒凉入骨，这种寒和北地明烈的寒不同，是一种阴冷的、像毒蛇一样钻入人骨肉中，细细咬蚀得人身心冰凉的那种寒。

即使脚边燃了炭火，手里捧着热茶，也无法驱赶身体里那种被冰浸透了的感觉。

沈荨强撑着眼皮在刑部厅堂里坐着等了两个多时辰，茶都喝了好几盏，直到去宫里请示太后的人回来，说太后允许她下牢探望，这才被领着进了地牢。

谢瑾被关在地牢最深处，那是关押重犯的地方，阴暗潮湿，幽森寒冷。甬道两边的火把微弱地燃着，似乎走了很久，久到两脚似灌了铅一般沉重木然，沈荨方才远远瞧见尽头处的一间牢房内，背着身子坐在乱草垫上的谢瑾。

她腿一软，几天来支撑着她的那口气似乎就此从身体里漏走，疲惫、焦虑、伤心和委屈涌上心头，令她停下脚步，弯下腰伸手扶着旁边的墙壁。

"您不要紧吧？"身边的狱卒赶着问道。

沈荨摆摆手，直起身子，抬头之时，望向谢瑾的双眼中已经是泪光闪闪。

谢瑾身上的枷锁已去，许是因为刚下牢狱，他看起来还算体面。听到动静，他早已站起来转过身子，此刻正在牢栏后静静地看着她。

他站在阴影里，看不清楚他的脸和表情，只隐约见到他还穿着那身鸦青色的袍子，身子挺得笔直。

狱卒重新燃了个火把，将牢房外只剩下一点薄光的火把换下，四周一下明亮起来，她看清楚了他。

而他看清她的那一刻，随即垂下眼，微有乱发散在他鬓角。他脸色有些苍白憔悴，但依然还是那个明月映翠松，清风过山涧的谢瑾。

沈荨眼中的泪水溢满眼眶，顺着面颊流下。她没去擦，泪水漫过唇角，她轻轻舔了一下，涩涩的苦。

"眼泪是懦弱的表现，阿荨，我希望你以后，可以流血、流汗，但不要流泪。"十七岁时士兵把爹娘从寄云关的城墙上抬下来时，还未咽气的母亲曾这样对泪眼蒙眬的她说。从那以后，她几乎没再掉过泪，即使是签下和离书的那天。

但她此刻不想再压抑自己，她想，只一会儿就好。

狱卒换了火把，走到牢房外角落里的一张桌子边坐下。沈荨抹去脸上的泪水，走了几步，来到谢瑾面前。

谢瑾轻叹一声："你来这里做什么？"

沈荨望着他低垂的眼，压下的长睫掩去了他眼里的神色，粗糙厚重的牢栏隔着他与她，想伸手去握他的手却不能够。

"不是我做的，"沈荨哑声道，"我从没想过——"

"沈将军——"谢瑾打断她，抬起头来，他眼眶也是红的，幽深漆黑的两粒眸瞳周围布满了血丝，"北境军一切军务，我都已经做好了安排，没有什么需要交代您的了，您大可放心，我没有什么保留。"

沈荨唇角微微颤抖，双手握紧牢栏："……你不信我？"

谢瑾再次垂眸，眼帘落下的时候，朝那边角落里坐着喝酒的狱卒扫了一眼，低声道："信怎样？不信又怎样？事情已经如此了，沈将军好手段。"

他停了一停，语声干涩，艰难地说："我谢云隐——甘拜下风。"

沈荨直直地瞪着他，松了手后退两步。左胸处传来一阵剧痛，心脏像被尖利的爪子攫住按在刀尖上剐，疼得眼前一片灰暗，像是满世界只剩下了黑与白两种颜色。

阴寒的凉气从四面八方钻入她身体里,她看见谢瑾的唇在翕动,他说的每个字都钻入耳中,但她不明白这些字的意思。

她命令自己镇定,深深吸了几口气,才听明白了他说的最后一句:"……希望沈荨将军能善待这些将领。"

火把上的松脂燃化了,一滴滴落到地上。谢瑾后退两步,正好避到了阴影里,他面容重新朦胧起来,整个人嵌在幽暗的地牢里,像是她眼中轻飘飘的一抹幻影。

沈荨挺直身子,凝视着那抹晦暗的影子,一字一顿道:"好,你放心。"

谢瑾浑身都颤抖了起来。不知过了多久,他才敢抬起头来。地牢里幽暗深邃,她的背影已在甬道尽头飘忽。

他低下头,手中握着的一根木签刺在掌心,一点殷红的血迹从那一点漫开,但他一点都感觉不到疼痛,甚至恨手边没有其他东西,可以分担胸腔内炙如火燎的无边疼痛。

"只有你与她彻底决裂,才能保证北境军的兵权踏踏实实落到她手里。"宣昭帝的话在他耳边回响,很残酷,但他知道皇帝说的是事实,"出了这事,北境风雨飘摇,不知有多少人对北境军的兵权势在必得。太后如今本就不信任沈荨,她能把西境军从沈荨手里收回,自然也能派她如今很信任的武国公去接管北境军……

"若沈荨与你藕断丝连,很难说太后不会又起疑心,怕她会像她父亲那样,因为狠不下心而无法掌控整支北境军。谢瑾,你是聪明人,知道该怎么做,北境军是谢家和你的心血,你想留在沈荨手里,就不得不做出一些取舍,以免重蹈覆辙,让八年之前的西境军之事重演。"

谢瑾唇角颤抖,佝偻着身子坐在草垫上,把脸埋入双掌之间,无声地笑了起来。

他现在知道沈荨一直瞒着他的是什么事了,也知道她为什么会瞒着他,只可惜现在他已经没办法再帮她。

暗无天日的牢房已经锁住了他,大宣的天空下已经没有他伸展双翼的地方。若只有她能飞,他希望她能带着他的希冀飞到最高处,飞到重叠连绵的乌云之上,去接近那绚丽温暖的阳光,不要被雨淋湿了翅膀,亦不要被狂风吹得迷失了方向。

出了刑部大牢,沈荨扬起脸,让风将眼中残留的泪水吹干。

刑部的一名官员过来道:"太后请将军从牢里出来后便即刻进宫。"

沈荨应道:"我这就去。"

她上了马,木然往皇宫一路行去。刚进了西华门,接引她的内侍被人喊住,另有内侍近前,领她去了宣昭帝的御书房。

萧直正在拨弄御案上的一只博山炉,听见她进来,抬头笑道:"太后这会儿正被人缠着,沈大将军不若先在朕这里坐坐,来把你这一路挑翻北境线上樊军驻点的事来跟朕讲讲。"

内侍上了茶,退了开去,书房的门虚虚掩着,门外侍卫的影子投过来,交错着远远在门口晃动。

萧直的脸沉了下来:"这回真是打了朕一个措手不及。"

沈荨疲惫地拿起案上的茶灌了两口:"皇上得了这么多好处,还有什么可埋怨的?"

萧直恼道:"朕为什么不能埋怨?你这位前夫真是阴险,知道打蛇要打七寸的道理,一下就抓住了朕的要害。这下好了,朕受不住诱惑拿了他们的钱,也算提前与太后撕破了脸。这可是暗军啊!朕去太后面前说这暗军是朕吩咐养的,太后雷霆一怒,直接下了朕的两位股肱之臣。瞧着吧,这还只是开始——"

沈荨本来满心凄苦,听萧直说得咬牙切齿,不由笑了起来:"那也是皇上自己斟酌衡量过,这样的损失您承受得起。"

萧直悻悻道:"所以非得让朕那皇兄再吐点东西出来,不然朕真是亏大了。还有,朕因此事不得不妥协,收回四万西境军下梧州屯田的诏令。这下太后和沈渊也都不用折腾了,咱们要查的事,不知道什么时候才能有结果……"

沈荨瞧着他,静静道:"托皇上的福,我的人在西凉,已经追到线索了。"

萧直大喜:"真的?"

沈荨道:"皇上答应我一个条件,我这便告诉您。"

萧直愣了愣,随即气笑了:"好啊,你们一个个的,都知道怎么拿捏朕。"

"这不是拿捏,是交易,选择权都在您手上。"沈荨也笑了笑,语气却很严肃,"我要皇上给两万暗军一个出路,并且,让谢瑾来统领这两万暗军。"

第十六章 阳关空

萧直阴沉着脸，道："你可知两万暗军都是些什么人？"

"知道，都是从阴沟里爬出来的人。"沈荨回视着他，"大宣的士兵都是身家清白之人，他们是例外。但如今局势您了解，谢瑾为什么冒着这样大的风险养这两万暗军，您也很清楚。这两万暗军，也许会是我们在这场战事中出奇制胜的关键。"她眸中光华再现，"而谢瑾，正是统领这两万暗军最合适的人选。除了他，没有别人能掌下这样一支军队。"

萧直不语，许久后反问："朕现在都已经是这个处境了，你觉得朕能在太后那儿保下谢瑾和这两万暗军？"

沈荨笑了起来："皇上心思缜密，手段诡谲多变，我相信您，一定会有办法的。"

萧直铁青着脸看着她，沈荨不示弱地盯回去。半晌，萧直一笑："好吧，这也不是不行，但他们今后的出路，必得他们自己来挣。两万暗军暂时隶属北境军，但不设番号，统领两万暗军的谢瑾也不会有正式的军职品阶。"他思忖着，继续道，"不过既过了明路，还是该有一个称呼为好……两万暗军统称为'阴炽军'，士兵没有统一军服，不穿甲，不戴盔，不以真面目示人，不领军饷，只有饭吃。立了军功，得到朝廷确认后，士兵可穿甲、戴盔、领军饷。等军功累积到朝廷都认可的程度，阴炽军可脱离北境军，另设单独编制，所有阴炽兵方可摘去面具，直面日光之下。"

沈荨默然无语，良久叹道："原来皇上早都想好了。"

萧直瞧着她："沈大将军觉得如何？"

"一言为定，"沈荨笑道，"皇上这个安排很合适。"

萧直背着手，走到案前揭开香炉，从香盒里拿了一块龙涎香点燃丢进去。等博山炉精致的镂空纹隙内冒出丝丝缕缕的烟雾，才轻叹一声，对沈荨说了老实话。

"要在如今关外如狼似虎、强敌环伺的情形下保住疆土，没有像阴炽军这样一支从阴沟里滚出来、每个人浑身是尖刺、剑走偏锋的军队，恐怕今后会越来越难。谢瑾明白这一点，而且早就看准了朕手中无可用之兵，所以才敢有恃无恐地招募训练这支暗军，又在事情被捅破后拿着那么多钱来找朕，言谈之间极力暗示朕可以留下这两万暗军为朕所用。这个人……有胆量，有远见，也有手段。"

萧直手指在桌案上一下下轻叩着，良久感叹道："朕的确需要这两万暗军，钱倒是其次了……而且朕，也舍不得谢瑾这样的人才。"

从宣昭帝书房出来后，沈荨去了坤宁宫，太后宫中果然有人一直在说事，她被宫人请进偏殿里，直等到下午才被唤进太后寝殿。

沈太后半卧在软榻上，拿一只小小的玉杵在额头上滚着，待沈荨下跪行礼后，方阖着眼道："离京在外的武将没有诏令不得回京，什么事非要这么心急火燎地私自赶回来？"

沈荨垂首道："北境军人心浮动，表面虽无异常，但将领们都有些激愤。我暂时避一避，回来探望谢瑾，做一做营救的姿态，也算是安抚一下他们的情绪。"

沈太后睁开眼，上下打量了一下她，微微笑道："这件事你的确做得很漂亮，兵部那儿，哀家替你去销案便是。谢瑾你也看过了，歇息一晚，明儿一早还是尽快赶回北境吧。"

"是。"沈荨恭敬道。

沈太后从软榻上起了身，笑道："荨儿，坐到姑母身边来。"

沈荨依言坐过去。太后携住她的手，放在掌心里轻轻摩挲着："你总算是没辜负姑母对你的一片期望。咱们沈家的女人，都是要做大事的，儿女情长算什么？重兵握在自己手里才最紧要，想来你交出西境军兵权，不再大权在握后，已明白了这个道理。做下这事，你可曾有过后悔？"

她一面说，一面观察着沈荨面上的神色。

沈荨抬眼，低声道："开弓没有回头箭，我既然做了，就不会后悔。"

沈太后颔首："成大事者，最忌拖泥带水。谢家经此一事，已是一蹶不振。不过你与当初你爹的情况不同,那时西境北境是先帝下旨划开,你爹得到西境军兵权可以说是名正言顺。而你这次拿到北境军兵权,在很多人眼里看来可能不太光彩,所以你一开始采取怀柔策略是对的。北境军的那些将领,你尽量避免正面和他们起冲突,对谢家的心腹,包括谢宜,也不忙赶尽杀绝,缓一缓再说。"

沈荨笑道:"荨儿知道。"

"嗯,"沈太后放了她的手,端起宫人送上来的一碗汤羹亲自递到她手上,"现下大宣和樊国一触即发,这次战事是一个机会,你要好好把握。"

沈荨接了羹碗:"荨儿明白,多谢姑母。"

沈太后待她把一碗鸡茸燕窝羹喝完,才温和道:"行了,若没什么事,你就回府吧,好生歇息。对了,知道你如今在北境举步维艰,哀家已令墨潜放了孙将军。她和冯将军不日便会带荣策营的五千将士启程去往望龙关。万事开头难,挺过这段时间就好了。"

沈荨大喜:"多谢姑母!正要向姑母求这事呢,哪知姑母竟事先替我想到了。"

沈太后只微微一笑,神色颇为满意。

这时宫人禀报说华英公主求见,沈太后还未说话,沈荨忙起身道:"那我不打扰姑母了,这便告退。"

她从太后寝殿出来,在殿外的回廊下碰见正等候在外的华英公主。华英公主无聊地站着,却目不斜视,看都没看她一眼。

"阿旋!"沈荨上前,主动招呼。

"呦,是沈大将军啊!"华英公主这才笑着瞥了她一眼,笑容里带着几分不屑,"难得春风得意的沈大将军眼里还有我这个人,我只当沈将军眼里只有那点子兵权呢。"

沈荨僵在原地。华英公主转过身去,对身后的侍女大声道:"知人知面不知心,这人啊,还是不要深交的好。你把心掏给她,她拿走了不说,还往你心窝子里捅一刀,而你什么时候被她卖的,你都不知道。"

那侍女讪讪笑着,偷偷朝沈荨觑了一眼。华英公主"哼"了一声,拂袖大步迈入太后寝宫。

沈荨呆立片刻,低头自嘲一笑,摇摇头去了。

她出了宫,骑马慢悠悠溜着,不知不觉就走到了威远侯府。

谢府门庭依旧,表面看去似乎并未受什么影响。但她在围墙下踯躅徘徊,却于下午阴云掩日的黯淡光线中,看见那一大片一大片枯萎的爬山虎下,墙壁上沧桑的裂纹与斑驳的色块。

这是应该让人来翻新一下了,她不着边际地想着,忽而又意识到,或许自己不再有机会踏进这一方围墙后的府邸,往后这片天地下的笑语喧闹,可能都再与自己无关。

尖利的刺痛再次从胸腔处漫开,沈荨仰起头,去寻找墙后的那棵老柏树。松渊小筑的院子里有一棵老柏树,因上了年头,顶部树冠已成了广圆形,枝繁叶茂,四季常青。她不一会儿就寻到,远远望见了那一片萧瑟颓景中最亮眼的一顶绿。

谢瑾为何如此决绝,她于最开始铺天盖地,犹如乱箭攒心般的疼痛中稍缓过来后,已慢慢有些了悟。

他的态度越坚决,北境军在她手里就越稳。

意识到这点后,沈荨有深切的无力和悲哀弥漫在胸中。但还好,她觉得自己还能承受,只要他不是不信她,所有的误解与非议都没有关系。她会负重前行,拼尽全力去撕破那一方遍布阴霾的天空。

她打马回了将军府。

景华院里的厢房廊下还堆着几箱未来得及收拾妥当的嫁妆。嫁妆从谢府抬回来后,祖母稀里糊涂地摆弄了一阵,说这几箱要等她自己回来收拾。沈荨只瞧了一眼,也懒得去动。

晚间祖父祖母陪她在自己的景华院中喝了几杯薄酒,她想着次日要上路,不敢多喝,与老人略说笑几句也就散了。沈老爷子也没怎么安慰她,临走时只说了一句:"福兮祸之所伏,祸兮福之所倚,谢家的两万暗军能过了明路,大伙儿都不必再终日惶惶而忧,于谢家,于两万暗军而言,未尝不是一件好事。"

这倒比说千道万更令沈荨欣慰。她微微一笑,还未搭腔,只听沈老爷子又啧啧叹了一声:"谢瑾这小子,还真挺有种啊!"

这一晚沈荨只睡了一个多时辰就醒了。

她披衣下床,推窗望向宫城方向。

星河耿耿,长夜冥冥,不知在那金璃碧瓦下的宫阙中,今夜又是怎样的一番针锋相对,图穷匕见,亦不知在短兵交接的最后,谁会是胜利者。

寅时不到,沈荨便收拾了两件衣物,牵马悄然离开了抚国大将军府。她于黑暗中隐在西城门不远处的街角,驻马凝视着紧紧关闭的城门。

不一会儿城门打开,再一炷香之后,一人一马自安静深旷的主街上急速而来,马蹄声由远及近,又由近及远,重重地从她心上踏过。

马上的人身后背了一杆长枪,枪头的红缨在一片暗沉中灼着她的眼。他衣角翻飞,一瞬间便纵马越过两扇打开的厚重城门，如风一般，奔向城外广阔的天地。

压在沈荨胸口的巨石落了地。

年轻的皇帝在与太后的交锋中拼得了一线胜利，也逐渐显露出了他之前一直被压在巨大阴影下的锋芒。萧直保下了谢瑾和这两万暗军，虽然是在培养自己的羽翼，但他总归是赋予了谢瑾一片可以自由飞翔的天空。

一线曙光自东方亮起，沈荨的眼泪再次夺眶而出，顺着脸颊一滴滴落到了衣襟上。

一日后的傍晚，沈荨牵马进了榆州境内的一座小城，寻了主街上最热闹的一处客栈打尖。

榆州并不是去往望龙关最快捷的路线，她走这一条道，特意往西绕了路，是不想在路上与谢瑾相遇。

她怕一旦相见，会控制不住自己。路途迢迢孤身万里，行程中人是最脆弱的时候，会难以自控地想去攫住那一点温暖和慰藉，以抵抗那种深入骨髓的孤单和内心的惶然无依，尤其是在这种时候。

干脆远远绕开，绝了那点念想。

沈荨在客栈的马厩处看着伙计给马喂了水和草料，又请他打了清水，自己洗了洗脸，整理了一下被风吹乱的发髻，上了客栈二楼。

大厅里座无虚席，拥挤不堪。小二因着沈荨那一块分量不轻的白银，特地给她寻了个靠窗的位置，另安了一张空桌。

沈荨的长刀靠在桌角，面容冷冽如霜，因此一人占了一张桌子也无人敢来和她拼桌。外头暮色已降，华灯初上，窗下的街道上人流如织。不远处有一条小河，河上一弯拱桥，桥上与河岸两边彩灯煌煌，欢语盈盈。

这客栈的二楼正有堂会，此时更是人满为患。坐在厅堂中央弹唱的歌女指下琵琶嘈嘈切切，歌声清脆悠婉，唱的却是一曲《塞上听吹笛》。

今日是二十四节气中的小雪，沈荨没想到在这样一个小城里也能见识到这般的热闹。虽与上京的繁华盛景远远不能相比，但在这样一个寂寥的夜晚，于她而言已经足够，甚至有些惊喜。

"雪净胡天牧马还，月明羌笛戍楼间。借问梅花何处落，风吹一夜满关山……"

歌女再次重复了一遍唱词，渐渐收了尾，歌声余音绕梁，牵绕在沈荨心上。她微微一笑，低头喝了一口酒。

酒味清甜，入口有淡淡的暖意，沈荨脱了大氅搭在椅背上，托着腮帮听那歌女重新唱了一曲欢快的《春山新雨》。

她不由想起谢瑾书房里那幅《春山牧雨图》，也想起他写的那首五言题跋：

烟霞润广树，碧叶绣清安，新绿又一年，携雨看山归。

也许明年春暖花开之际，边关又能重新安定下来。只是烽烟戍鼓胡尘飞雪，长风寒甲十里黄云，韶颜年复一年这般逝去，恐怕是南归不识春风面，推门霜落梦魂单了。

沈荨只打算在此地逗留一两个时辰，汲取一点暖意便重新上路，因此她慢慢斟着酒，却一直没怎么喝。

厅堂中的人有些是为那歌女的歌声而来，歌女唱完了这曲不再唱，人也就渐渐散了些。沈荨目光在大堂里一扫，却见对面的西窗下，同样有一个人，和她一样单独占了一张桌子，长枪靠在桌角，桌面上只摆了一壶酒、一只酒杯。

修长的手指抚在酒杯边缘，人却看着窗外，喧嚣热闹都与他无关。他穿一身藏青色长袍，衬得脸色尤为苍白，身姿颀挺、气息幽冷，自成一个寂寥落拓的世界，像是从她心上透出来的一抹不真实的影子。

沈荨静静看了半晌，笑了起来。

呵，原来和她想到一处去了。

她不想在路上碰到他，他同样不想，所以不约而同地绕了路，却又阴错阳差地在这个陌生的小城里相逢。

既如此，也就没什么好躲的了。她拿起椅背上的大氅，提了长刀起身。

"都是天涯过客，不知能否共用一张桌子？"

熟悉的声音在耳边响起，谢瑾身体一僵，回头的一刹那，眸中犹带着恍然和不敢置信。疑心是自己的妄念迷花了眼，他怔忪着皱起了眉头。

沈荨将长刀靠在墙角，大氅放到他对面的椅背上，返身回去拿自己桌上的酒壶、酒杯和小菜。

谢瑾目光落在那件大氅上，铁锈红的镶毛刻丝鹤氅，是他没见过的。原来她不是自己的臆想，原来……她也走了这条道。

他禁不住苦笑，狭路相逢无可躲避，不知方才回眸的一刻，可被她看见眼中来不及收起的情绪。

算了,她本也冰雪聪明,又怎会不明白?何况是在这样一个熙来攘往的小城,万丈红尘中相遇,放任一回想是无妨。

沈荨端着碗盏提着酒壶,指尖夹着酒杯再次越众而来,一眼瞥见他痴痴的眸光,似水波乍泄,不再隐藏。

她低头躲开他的注视,坐下给自己斟了一杯酒。

"都说西出阳关无故人,看来我运气尚好,这条偏僻的路上也能遇到故人。"她笑道,朝他举起酒杯,"今日可是小雪呢!"

谢瑾微微一笑,与她碰杯。

沈荨仰头喝尽,转头去看窗外。外头绿水红桥十里太平,灯火楼台冬色和暖,只是再热闹都似乎热不过笼罩在身上的那股视线。

"你老看我干什么?"沈荨摸摸脸,"我脸花了吗?"

谢瑾略微错开目光,许久却道:"你恨我吗?"

沈荨不答,反问他:"那你恨我吗?"

他无言,她去拿桌上的酒壶,正好他也伸手过来。指尖相触的那刻,谢瑾像是被火烫了一般,飞快收回手。

沈荨顿了顿,慢慢地往两只酒杯中斟着酒。堂会已散,大厅里渐渐萧条,街道上的灯节夜市却盛到极致,只是如此繁华喧嚣也终有散去的一刻。

"你我第一次这样平心静气坐下来一块儿喝酒,"她笑道,随意找了个话题,"你还记得是什么时候吗?"

"洪武二十三年,你及笄那一年。"谢瑾略微低沉的声音响起,似浸着几丝感伤。

沈荨一愣,酒杯举到唇边顿住:"你倒记得清楚。"

谢瑾抿一口酒放下酒杯:"你与我约定,今后不再动手,以酒为誓,各饮三杯。"沈荨笑了起来,又听见他说,"我喝完三杯就没再喝,你却没止住,大醉后被你娘背了回去,你家老爷子后来见了我,还骂我来着。"

她笑得更厉害了,眼眸弯弯似月牙,里头藏着灯火星光,闪闪烁烁,细碎流光拂乱人心。

"难怪你记得清楚。"她笑道,又带着几分促狭问他,"那我再问你,我们一共对酌几回?记不清了吧?"

谢瑾长叹一声:"我酒量不好,对酌次数不多,如何记不清楚?洪武二十三年那次是第一回，洪武二十五年，你接管西境军……"

他注视着杯中清酒慢慢说着，流年滔滔细数而过，寒夜清酒亦慢慢有了几分暖意。而她静静听着，神色柔和地瞧着窗外，舒展眉眼悄藏缱绻。

"……最后一次，是不久前的青霞山猎场——"他说到此处，两人不能避免地想到极尽风流的那一夜。她面孔漫上霞色，偷眼觑过来，正好他也在瞄她，目光一触即分，心跳立刻乱了节奏。

"对了，好像还少算了一场……"他欲盖弥彰地笑，笑意却凝固在唇边，迎着她询问的目光，说不出话来。

她在刹那间了然，洞房花烛的那一晚，本该会有一场对酌的，但那交杯之酒，却终是没有饮下。

原来处处都藏着陷阱，再说下去，这酒怕是不能再喝了。

不过也是时候走了。她想，趁着灯市还未散，身上暖意刚刚好，这一场意料之外的相聚与对酌，足够支撑余下的路途。

沈荨拿了大氅和长刀起身："我该走了。"

谢瑾讶然："这么快？酒不是才喝一小半吗？"

沈荨笑道："再不走赶不及了，我答应过崔军师，明日定会赶回望龙关。你酒量浅，也别喝多，好生歇息一晚，望龙关再见吧。"

他默然，果然是偷来的片刻靠近，如此短暂，如此……令人留恋不舍。

待回至望龙关，只怕漠漠风中，千军阵前再无靠近的机会，更何况还有来自四面八方的暗中窥探与注视。

他此时很有些后悔。军中难免被各方势力安插眼线，他心里有数，但从没想过要去拔除，一是拔掉后还会被想方设法地安排进来，打草惊蛇反而引起对方警觉，二是有时还可以利用这些暗桩传递一些他想要传递的信息去给有心之人。

但若之前清除掉这些暗桩，如今周围也不会有这么多双眼睛盯着他和她。

暗军这一事，催化了太后和皇帝的正面交锋，上京的朝堂格局自此发生了显著的变化。这之前朝中最明显的对立来源于沈家与谢家之间，太后、皇帝与宣阳王之间。而此刻起，宣阳王和谢家悄然隐去，太后与宣昭帝的对立浮出水面，端倪尽显无余。

谢瑾想过宣昭帝会留下两万暗军为己所用，但他没想到皇帝会花巨大代价把他也保了下来，并把两万暗军交给他。

阴炽军虽过了明路，但从某种意义上来说，这支夹缝里挣扎出来的野路军属于皇帝一系，与如今在沈荨统领下，明面上归入沈太后阵营的北境军，既是从属又是对立的关系，个中情形复杂微妙，他们都不能不小心应对。

而作为阴炽军的首领，他的脸从今往后将永藏于阴暗冷厉的面具之下，直到为阴炽军拼出一个可以直面日光照耀的机会。

"沈荨。"她走到楼梯口时他出声唤她，待她转过头来，注视她片刻，方道，"天时人事日相催，冬至阳生春又来。"

她听懂了，略怔了怔，唇角轻扬，回他一抹温淡笑意，须臾便下楼去了。

谢瑾立刻转过头，去瞧窗外。

她不一会儿就下了楼，伙计把她的马牵过来，她提着长刀翻身上马，背转身子整理了一下大氅的袍角。

她朝这扇窗口仰起脸来，夜风吹乱她的鬓发。她头上那枚红色发带飘过来，挡住了眼睛。

谢瑾的手微微一动，她已自己拂开，放下手捏住缰绳，璨然灯火中她的双眸是最明亮耀眼的两粒星子。她保持着这个姿势凝望着他，眉梢眼角流转出依依眷念，令他心神荡漾，立刻便想不顾一切地冲下去。

可他刚一起身，她却已回头催马前行，马蹄声声，带着照亮他心房的那双晨星远走，渐渐隐于远方。

他怔然坐下，看见杯中清酒映着自己落寞而茫然若失的脸。

"……墙头马上遥相顾，一见知君即断肠。"谢瑾喃喃自语，涩然笑着摇头。断肠虽苦，但亦如飞蛾扑火般让人沉沦，像渴望光明一般渴求着这来之不易的短暂时光。

他饮尽残酒，摸出钱来放于桌上，拿过搭在桌角的长枪，擦了擦枪头，慢慢起身，出了大堂。

外头灯火已阑珊，有人正举着竹竿，把挂在桥头的灯笼取下，那灯笼摇曳在风中，竹竿戳来戳去始终不得要领。谢瑾接过他手中的竹竿，只一下便将那盏走马灯戳下来，交给那人。

他转头的那一刻，看见桥头的木栏边斜斜靠着一人，她牵着马拎着刀，发丝在风中轻扬，流转的灯影映在她面上。

她微微笑着说："本来已经走了，但总觉得有件事没做……"她松了马缰，将长刀靠在栏杆前，拂了拂鬓角的发丝，"……抱一下吧，反正这里也没有人认识我俩。"

谢瑾喉头一哽，什么话也没说，大步上前抱住了她。

沈荨闭上眼，伸手去搂他的腰。他抱得那样紧，手臂箍着她，手掌像烙在她的肩背上，温暖和痛意交织而来。她感到他的下颌压在她的颈窝，沉沉的，肩骨下全是他的呼吸。

最后一盏走马灯被取下，周围一点点暗下来，黑暗和清冷重新主宰了这个初冬的夜晚。淅沥的水声中，最后一只流浪的小船也远去。沈荨使了使力，没推开他，只得侧头在他耳边低语："好了，我真得走了。"

谢瑾松开她，深深的眸光凝视她许久，微微一笑："好，那么明日见。"

沈荨于次日午后赶回望龙关。

崔宴刚接到谢家飞鸽传过来的消息，朝廷关于阴炽军的诏令此刻还在路上，祈明月和穆清风都与崔宴一齐等在中军大帐内。

"沈将军——"看到沈荨撩帐进来，三人一同起身。

沈荨的目光在三人脸上扫过，点头道："谢瑾无恙，可能半日后会赶到。阴炽军的诏令应该也快到了，诏令来后，崔军师照做便是，有什么事，两个时辰后来我帐里。"

祈明月和穆清风默默行了一礼，先出帐去了。

沈荨疲惫地问崔宴："这几日营里可有急需我此刻处理的事？"

崔宴摇头，沈荨道："好，我先睡两个时辰。"

崔宴沉默片刻，朝她行了一礼："多谢沈将军。"

沈荨漠然道："不用谢我，我其实没做什么，这个结果，可以说是谢瑾自己争来的。只是阴炽军——"她顿了顿，稍稍加重了语气道，"不再是以前的魑魅魍魉四路暗军了，崔军师最好认清自己立场，今后与阴炽军划清界限……懂我的意思吗？"

崔宴目中并无波澜："懂。"

"好，"沈荨不再多说，"对了，麻烦崔军师帮我物色两名亲卫。"

崔宴应了，又问："沈将军有何要求？"

沈荨道："什么要求也没有，除了一点——两个都要姑娘。"

她进了内帐，一头栽倒在榻上，挣扎着脱了外袍和靴子，就此睡了过去。她睡得很沉，但并不安稳，梦境乱七八糟，醒来时人也仍旧很疲惫，但很多事情，不能再拖了。

崔宴选来的两个姑娘这时已在帐外等候。沈荨把两人叫进来，略微问了几句，要两人分别去请崔宴和北境军的主要将领。

　　大伙儿踩着时间进中军大帐的时候，大帐内烛火通明，北境一线的地图被挂在最显眼的位置，大帐角落的沙盘蒙布被揭开。沈荨端坐在上首，左右首往下各摆了五张椅子。

　　这位北境军的新任统帅穿了一身银色明光铠，头发一丝不乱地束了个长马尾，目光冷静，面容沉着，见众人进来，将手中茶盏往一边几上一搁。

　　崔宴走到她左下首第一张椅子前坐下，其余九名将领也各自按品阶职级落座。

　　崔宴看了一眼沈荨，小声道："云隐已经到了，要叫他来吗？"

　　"这么快就到了？"沈荨略有点诧异，"既来了，那就请他过来吧。"

　　她吩咐人在右下首多加了一张椅子，对各位将领道："今日情况特殊，麻烦诸位多等一等，等人到了我们再开始。"

　　众位将领心下狐疑，却也没多问。待得一刻钟过去，渐渐有人不耐烦了。其中一名浓眉方脸的年轻将领换了换坐姿正要出声，崔宴朝他投过去狠狠的一瞥，那人赶紧重新坐好。

　　沈荨冷眼瞧着，没露什么声色。

　　又是一刻钟过去，那年轻人再也坐不住了。崔宴朝他使了好几个眼色，他也装没看见。

　　"请问沈将军这是何意？大家的时间都很宝贵，如果您执意要等您的人来才开始，那末将还是先回帐里把积压的军务处理完再来吧。"他一面说，一面站起身来。这人是步兵营浩峰营的都尉宋珩。

　　"坐下！"崔宴厉声喝道。

　　宋珩面露不忿之色，捏着椅子扶手又坐了回去。

　　宋珩上首的叱风营统领李覆打圆场道："宋都尉稍安毋躁，沈将军要等人，自有她的道理，你要处理军务，哪里就缺了这点时间？"

　　宋珩冷笑一声："不是末将找碴儿，实在是沈将军行事太过轻率。之前她沿着北境线挑了几个樊军驻点，弄得军情更为紧张，战事一触即发。可她倒好，拿了帅印人就不见了，她怎么不怕在这个节骨眼上樊军大举发动攻击？"

　　他话音一落，几名将领都纷纷附和。崔宴的脸沉下来，正待说话，大帐的帐帘一掀，进来一个人。

第十七章 兽鬼面

沈荨的目光立刻从宋珩的脸上转到刚进来的这个人身上，正交头接耳、议论纷纷的将领们也朝他转过头去。

众人倒吸一口气，一时大帐内静得连根针掉在地上也清晰可闻。

刚进来的这人身形瘦削修长，未披甲，穿一身玄色薄袄长袍，只在腰间束革带，手肘上套皮甲护臂，脸上戴着一张狰狞的青铜兽头面具。怪异冷酷的面具盖去了他大半张脸，没被遮去的那小半截脸白皙如玉，下颌线条锋利流畅，唇色是淡淡的樱色。

那张面具令他整个人显得极富野性和攻击性，面具下的玉容樱唇和挺拔秀颀的身姿却又不失优雅端然。两种截然不同的气质混合在他身上，竟有一种极其协调一致而又邪气魅惑的美，深具感染力和冲击力。

他站在那儿，帐内的烛光都显得黯淡无光。众人被他张扬凌厉的气势所摄，神色各异地瞧着他，都忘了说话。

面具下亮如黑曜石的眸子在端坐中央的沈荨脸上定了片刻，他徐徐躬身，向她行了一礼。而他清冽而冷静的语声如此熟悉，更是令众人大吃一惊，一下愣在当场。

"阴炽军代统领谢瑾参见沈将军。因事来迟，还请沈将军和诸位将领多多包涵。"他从容不迫地说，直起身子，略略环视了一下目瞪口呆的众位将领。

一片哗然声中，沈荨冷淡地点了点头，道："坐下吧。"

谢瑾走到右首最末那张椅子前坐下。众人面面相觑，坐在他上首的火铳营都尉袁奇差点从椅子上跳起来。

"这……这怎么行,谢将军怎能坐我下首?"

"谢瑾无任何品阶军职,现也只是暂时代领阴炽军统领之责,为何不能坐你下首?"沈荨这时发话了,"崔军师,麻烦你把朝廷关于阴炽军的诏令给大家宣读一遍。"

崔宴从袖中摸出诏令,语声清晰地读了起来。

谢瑾为何招募这两万暗军,所有北境军将领在事发后一琢磨都明白过来,此刻听到诏令,心下庆幸之余,又为阴炽军所受的苛刻待遇愤怒而不敢言。

沈荨待崔宴宣读完毕后,补充道:"阴炽军暂时隶属北境军,营地就划在大营后方的沙地那一块。谢统领也是大家的老熟人,不用我多介绍了,阴炽军的事先说到这里——"她略顿了一顿,看向宋珩,"刚刚宋都尉说我之前沿着北境线挑了几个樊军驻点,弄得军情更为紧张,战事一触即发,这也是我今日召集大家过来,第一件要议的事。"

她扫视了一眼众将领,目光在谢瑾脸上的那张面具上停留一瞬,随即转开。

"我之前的行动,既是对樊军的回击与震慑,也是对樊王的试探。樊王朗措原本是个不太经得起挑衅的人,从前也几乎没吃过败仗,我想试试看,他登上王位后,他的底线在哪里,所能容忍的限度在哪里。"

"……在我挑了第一个樊军驻点后,曾观望了三天,樊王没有任何反应。在我接着挑衅后也没有下令回击,十天后反而令所有边境线上的樊军退回三十里,这有些出乎我的意料。他一改常态,可能有两个原因,一是登上王位后他更能沉住气了,小不忍则乱大谋,他越是静水流深,我们对他的下一步行动就越不好掌握。樊王,的确已不是以前性烈冲动的巴音王了……"

宋珩等人脸上本都有几分不以为然的表情,听到后来渐渐严肃起来。谢瑾纹丝不动地坐在离她最远的那张椅子上,冷冽的面具表面映着几点烛光。明暗交错之下,那面具上逼真的凶兽刻纹越发生动凶戾,让他整个人看起来冷硬、幽暗而又捉摸不定。

隔得有点远,沈荨看不到他眼里的神情,但能感觉到他一直在注视着她。

"第二个原因,应该是樊王的十万铁骑与前樊王投诚过来的八万骑兵之间还在调整磨合,而樊王自己,也在思考更稳妥和更有效的进攻策略和排兵方式。所以樊军不仅不会在最近这段时间发起进攻,很可能还会拖上一段时间。"

她端过一边的茶盏,拨了拨盏内的浮沫却没去喝,目光落定在火铳营都尉袁奇身上。

"这场仗对于我们来说,也许会比之前的任何一次都难打。先不说这次樊军精

第十七章 兽鬼面

兵强将如云，而樊王蓄谋已久，志在必得。关键是樊王拖得越久，我们就越被动，首先一点，天气现下是往极寒走，我们的火炮和火铳不能遇水，每逢大雪或是雪雾天，便是形同虚设，发挥不出威力，相当于我们少了一道极有威慑力的防线。"

众人默默点头，袁奇不安地在椅子上扭动了一下屁股。

"第二点，"沈荨喝了一口茶，继续道，"樊国与西凉之间近段时间来往频繁。西凉之前虽曾与大宣有过协议，五年之内不发兵，但西凉人向来没有什么诚信，我们不能不防。樊王到现在为止一直按兵不动，有可能还在与西凉进行某些磋商，而一旦他们利益分配的方式商讨完毕，到时候压过来的，或许不止樊国的十八万大军。"

众人面上的表情越来越沉重。崔宴抬起眼，朝最末的谢瑾看了一眼，但面具遮盖下的脸看不出什么端倪，他把目光又收了回去。

"还有一个不容忽视的问题，"沈荨停顿了一会儿，等诸位将领思索了一下她方才说的话，才又继续道，"大军未动，粮草先行。我之前看过我们的粮草储备，是很充足，但望龙关现在一下多了两万五千人吃饭，其中有五千是从西境调过来的人马，另外的两万便是阴炽军——"

所有人的目光齐刷刷地朝谢瑾看去，谢瑾的唇角微微一抿。熟悉他的将领都知道，他脸上准是露出了以往那种冷漠却又略有些兴味的表情，等着对方把问题抛过来，然后抓住破绽再予以还击。

众人的眼睛又骨碌碌地朝沈荨溜过去。

沈荨这当儿却没看谢瑾，目光转向左下首最末座位上主管军队后勤粮草事务的军需官邓广，问道："邓司使，以往大雪封山导致粮道行运困难，大概会在什么时候？"

邓广道："差不多再有半月，在这之前，朝廷会赶着把冬季的粮草一次运送过来。几年之前曾出现过冬季粮道断绝之事，当时谢将——哦不，谢统领便向朝廷申请，冬季三个月的粮草在初冬时一次运送完毕。算算时间，户部的粮草这会儿应该已经清点完毕，发送上路了。"

沈荨点点头："所以这就是问题。户部这一回发送的粮草只含了望龙关三万驻军三个月的用量，而阴炽军的诏令是刚下的，等到户部把新增军队的粮草筹措完毕再往这边发送，很可能粮道已行运困难，甚至断绝。一旦新增军队的粮草运送不过来，那么可能得等三个月后，而在这之前，他们要吃饭，就势必得分走望龙关三万将士的口粮，西境过来的荣策营只有五千人还好说，可是阴炽军……有整整两万人。"

大伙儿面面相觑，邓广沉着道："沈将军说的很有可能，好在之前有过教训，谢统领也一直很重视这个问题。除了朝廷拨来的粮草,我们也一直在从其他方面筹措,现大营里储备的粮草加上这次朝廷送来的,节省一些,供五万五千兵马吃上三个月,应该不成问题。"

"很好,"沈荨领首,"只是天气寒冷,士兵吃食不能克扣,而且若战事一直往后拖,情形就很难预料了。"

邓广道:"那沈将军的意思是……"

崔宴微微一笑,接口道:"说到现在,沈将军的意思大家都还没听出来吗?这是要我们主动出击,不要死守关墙。"

沈荨也不由一笑:"崔军师说得没错。打仗讲究天时地利人和,我们有地利,也有人和,现在就是要去抢这个天时。"

"我们各方面的准备的确已做到最好,我之前也沿着北境线看了其他几个关隘,夔龙沟和万壑关的防御也堪称无懈可击,但光是防御还不够。"

沈荨端了茶盏,沉稳的声音在大帐内传开,铿锵而有力:"进攻便是最好的防御。之前樊军不断挑衅我们,想打乱我们的军防部署,现在轮到我们以牙还牙,以同样的方式去挑衅樊军,打乱樊王的规划部署和进攻准备,逼他尽早出兵!"

她说完,目光不由自主拉远,落在遥遥末座上端坐的谢瑾面上。

他下颌不着痕迹地往下一收,是个点头的意思,唇角略略上扬。不过烛影摇晃间那丁点儿笑意很快又消失不见,看见的人也只当是自己眼花。

沈荨心一定,埋下头去喝茶。

两人这一番隔空来往却没瞒过崔宴的眼睛,他似乎明白了什么,若有所思地瞧了谢瑾片刻,接着把目光转向正中悬挂的那幅北境地图上。

"好!"率先跳起来的是李覆,他摩拳擦掌道,"早一天开打,形势对我们就越有利。沈将军言之有理,末将心服口服。您下令吧,末将和一众叱风营将士,听凭您差遣!"

其他几位骑兵营统领一时虽未附和,但脸上也露出跃跃欲试的神情,目光先后望向那幅北境线地图。

地图上从边境线退回三十里的樊军新驻点,已经被沈荨以朱砂标示出来,其中有几处,是樊国军队来往调配之间的驻点,历来就囤了不少兵马,对樊军来讲极为重要。

"如果大家对我方才的话没有什么异议,"沈荨扫视着众将领脸上的神情,道,

"那就来议议下一件事——若我们要主动出击，先从哪里开始下手？"

李覆道："沈将军吩咐便是了，末将没有不从的。"

几名将领听他说得直白，都朝他投去鄙夷的一瞥。

李覆大声嚷嚷："怎么，沈将军早是胸有成竹，你们难道比她考虑得还周全？"

宋珩嗤笑一声，却也没说话。

沈荨笑道："李将军抬举我了，这我可不敢托大，北境地形和这些樊军将领你们都比我熟，大家畅所欲言便是。"

几名将领看完地图，走到沙盘跟前，一时帐内气氛活跃起来。

大家七嘴八舌地说了一阵，谁也不能说服谁。这时谢瑾起身，慢慢往沙盘这边走，大伙儿一下都噤了声，沉默地看着他沉静地走来。

因着那张面具，他身上锋利冷冽的气势更为明显，越过众人身畔的一刹那，大家的呼吸好像都滞了一滞。

他走到沙盘边，拿起沙盘边的一根细竹竿，往望龙关斜北方向一百五十里处的一个樊军驻点指了指，道："若要主动出击，我认为，不如先拿黑龙堡开刀。"他停了停，解释道，"黑龙堡此处，驻扎了两万樊军，这其中有樊王十万铁骑中的一万骑兵精锐。樊王登位后派了这一万亲兵到黑龙堡，可见他对此地的重视。端了黑龙堡，可以最大程度地挑衅和打击到樊王，最主要是黑龙堡军备粮草充足，可以极大地补充我们的军资。"

这时另一个重骑营腾风营的统领凌芷盯着沙盘上黑龙堡的周边地形，谨慎地说："黑龙堡方才李将军也提过，但末将还是认为先拿黑龙堡开刀不妥。从望龙关到黑龙堡，来回就要花费不少时间，且这一路地形复杂，骑兵行军不易。另外黑龙堡附近就有几个樊军驻点，一旦救兵来援，形成合围之势，我们的人就回不来了。"

谢瑾看了她一眼，点头道："凌将军所虑极是，不过兵行险着，如能一举成功，必会给樊王极大的震撼和打击。兵贵神速，只要事先规划好偷袭和撤退的线路，不是没有全身而退的可能。"

李覆将手一拍："谢统领说得好！要干就干个大的，凌将军没有胆量去，那就交给我们叱风营好了，沈将军——"

他一面说，一面望向沈荨，正要主动请缨，沈荨已沉声道："首战取黑龙堡，我认为可行，但我们最重要的任务，仍然是练兵备战。所以腾风营和叱风营的将士都不许出击，留在关内养精蓄锐，一兵一卒都不能有任何的闪失。"她顿了顿，清晰但坚定地说,"出关挑衅樊军的行动,都交给阴炽军。"

大伙儿愣了一愣,目光再度转向谢瑾。

他站在沙盘边,徐徐转头,看向一直端坐在大帐中央的沈荨。那面具上的兽头正好迎着烛光,一时整张脸璨然生辉,而他的一双眼睛也被衬得流光熠熠,几乎令人不敢逼视。

沈荨的目光也投过来,这两位北境军的前后任统帅一坐一站,脸上都看不出什么表情,目光于半空中交汇着,谁也没先说话。

众人静默一阵,宋珩忍不住出声了:"阴炽军不能穿甲,而且这之前从未上过正式的战场,沈将军把这么危险的事交给阴炽军去干,这不是……不是让阴炽军……"

他忍了忍,没把"送死"两个字说出口,看着沈荨的目光中却有极度的不满。

李覆也道:"偷袭黑龙堡这么危险的行动,还是我们叱风营去吧,末将保证——"

沈荨一拍桌子,断然道:"李将军,你能保证叱风营的每一兵每一卒都安然无恙地回来吗?我说过,腾风营和叱风营的将士这时候不能有任何闪失!"

李覆没吭声,宋珩讥讽道:"那就让阴炽军去冒险吗?阴炽军的闪失,沈将军就不以为然是吧?原来说了这么一大圈,是要给阴炽军一个去送死的理由。哦对了,您刚才也说,阴炽军会分去北境军的口粮——"

"怎么说话的,注意你的措辞!"崔宴气得脸色铁青,站起来厉声喝道。

宋珩脖子一梗:"难道不是吗?你们不敢说,我来说——阴炽军什么情况大家都知道,不穿甲不戴盔,刀枪砍在身上都是实打实的,万一遭到合围,能突围回来多少人?"

他这话一说,凌芷等几名将领也都小声附和。沈荨待众人说完了,才再度看向一直没表态的谢瑾,笑了一笑,道:"黑龙堡是谢统领自己选的,他若是改了主意从其他容易的地方开手,我也没有意见,谢统领——你说呢?"

谢瑾的唇角抿开一丝笑,慢慢道:"不改,就从黑龙堡开头。"

"好!"沈荨点头,"若是能一举拿下黑龙堡,抢回来的粮草物资,一切都归阴炽军所有,我绝不拿一分一毫,今后也是如此。谢统领,我不会派任何一支北境军队伍去支援你,你可想好了。"

谢瑾朝她行了一礼,直起身子时注视她片刻,微微笑道:"多谢沈将军给阴炽军这样一个机会。您放心,阴炽军的口粮和军资,我们会自己一分一分抢过来——那我这便告退,阴炽军刚刚入营,还有诸多杂务需要处理。"

第十七章 兽鬼面

谢瑾出帐后，宋珩小声嘀咕一句："这是要往死里逼啊……"

沈荨冷冷地看他一眼，宋珩还待要说，崔宴狠狠地瞪他了一眼："闭上你的嘴，阴炽军统领都没意见，你瞎嚷嚷什么？"

众人散了后，沈荨出了中军大帐，上了马往营地后方的沙地行去。

望龙关大营约莫占地三四顷，依着山坳中起伏的地势，营帐都建在山地略高处。大营后方的低洼处有一大片沙地，崔宴接到谢家关于阴炽军的消息后，便把这一片沙地圈了起来，作为阴炽军的营地。

现沙地内已搭起了稀稀落落的帐篷，还有一些正在搭建，中心空出一大片作为操练所用的小校场。此刻校场四周燃着熊熊的火把，中心的大火堆边，排着几列纵队，是刚刚入营的一批阴炽兵。

这些人身上的衣服五花八门，装扮也奇奇怪怪，但无一例外的，每个人身上都有一种沉默的阴鸷和桀骜。黑暗的天空下，队伍缓缓蜿蜒波动，如蛰伏徐动的毒蛇，是与肃穆的正式军队截然不同的一种幽暗乖戾。

火堆边有几名工匠正在忙碌着，一张张的青铜面具从火炉中被夹出抛进水里，不断发出"咝咝"的声音。冒出的烟气混着火光，那一片烟雾缭绕，火光腾腾，却又诡异的安静。

冷却的青铜面具从水里拎出后，扔到箩筐里。每一名阴炽兵在一边的吏目那登记后，便沉默着走过来半跪下身子，由工匠为他们戴上面具，在脑后扣死。

从此，他们被打上了鲜明的烙印，这沉重而坚硬的兽鬼面具再也不能摘下，提醒着他们不甚光彩的过去，不被认可的现在和需要竭力死拼才能获得尊重与光明的未来。

风扬起沈荨的披风，她骑在马上，一动不动地注视着高地下的这群人。

随着时间的推移，大部分人的脸上已经覆上了面具，除去身上的衣饰，他们的个人特征基本隐去，一眼望去是千篇一律的阴狠乖张，像是从地狱里冒出来的一群饿鬼猛兽。

这也是皇帝此举的另一重期望。

阴炽军一出，鬼哭神嚎，风雷引动，他们将成为大宣历史上最毒辣凶戾的一支队伍。阴火烧过的地方，寸草不生，白骨堆枯，他们将是来自阴间的使者，在神州大地上所向披靡，无人能挡。

这面具，是阴炽军所有将士无声的宣誓与决心。

沈荨的目光转向沙地小校场边上,那里有三人骑在马上,沉默地看着场内的情形。谢瑾身姿笔挺地坐在马背上,脸上的面具在火光映照下幽光冷烁。他身后一两步开外,是已经覆上了青铜面具的祈明月与穆清风,沈荨从衣饰上认出了他们俩。

狂风搅动焰尾朝谢瑾扑来的那一刻,他朝沈荨所在的方向转过脸来,束成高马尾的发丝在他身后扬起,于劲风火焰中狂舞。

身后有马蹄声渐渐靠近,沈荨转过头来,见是崔宴。

崔宴朝她行了一礼,策马上前往坡下瞧。

"这是第一批入营的士兵,明日陆陆续续会再来几批,大概明天晚上能到齐。"他道,"拨给阴炽军的军帐和物资都是营里最下等的。我也吩咐过邓司使,阴炽军用的每一笔粮草都要做好记录,回头等他们抢了粮草回来,即刻便还上。"

沈荨点点头:"阴炽军必须要在这种四面楚歌的情形下,才能保持住他们身上的凶性和戾气,要想得到更好的东西,就必须像饿虎扑食一般,用自己的双手去争,去抢。崔军师很明白。"

崔宴感叹一声:"毕竟是我掌了两年的队伍,哪会不明白?阴炽军也需要黑龙堡这样的战役来染红他们的第一柄出鞘之剑。宋都尉他们不明白将军苦心,还请将军不要和他们一般见识。"

沈荨笑道:"军师多虑了,我哪会放在心上?对了,之前请军师做的事,不知进展如何?"

崔宴略有些意外,斟酌了片刻才道:"之前本已着手在做,暗军事发后就停了,沈将军如果要我继续,那我在两日之内,定把剩下的事完成。"

沈荨心下了然,转头看了他一会儿,正色道:"崔军师还是继续吧,我说过,我不会让任何一名将士为了所谓的忠义做无谓的牺牲。这一点从未变过,即使我现在是北境军统帅,我的态度也是一样。上阵杀敌我会拼尽全力,也会尽我所能把樊军拦在关墙之外,但若事态发生不可逆转的紧急情况,我也会尽量保住北境军的将士。朝廷若因撤离之事怪罪下来,所有罪责我一人承担便是。"

崔宴有些动容,半晌道:"是。"他停了一停,踌躇道,"之前我——"

沈荨打断他:"我有话要跟谢瑾说,军师和我一起吗?"

崔宴往后退了两步:"我就不去了。"

沈荨在高处,凝视着低处的那一人,略动了动缰绳。她正要策马下行,山坡另一边的一丛枯草中,突然窜出一个身影。那人远远地朝马上的沈荨狠狠瞪了一眼,

第十七章　兽鬼面

疾疾往营地里奔去。

沈荨一眼便认出那人是谢思。她自回到望龙关大营后，还未见过这小鬼。她知道谢思来了望龙关后被安在李覆的叱风营，平日就睡在百人的大帐里，和最底层的士兵混在一块儿，但她直到此时，还未有时间和谢思好好聊一聊。

她正要掉转马头往谢思的方向去，身后的崔宴止住她："我去。"

沈荨犹豫片刻，道："也好。"

她转过头来，看见谢瑾的身边已多了两人，是宋珩和凌芷。这两名将领沈荨知道，是在北境军中追随谢瑾已久，亦很尊崇他的人，这时抽空过来关心一下阴炽军的情形也不足为怪。

沈荨打马下了坡地，缓缓往那边走。宋珩和凌芷立刻朝她望过来。凌芷下马朝她行了一礼，宋珩也不情不愿地招呼了一声："沈将军。"

沈荨"嗯"了一声，看向谢瑾："谢统领，借一步说话。"

谢瑾微微一笑："沈将军有什么话，就在这里说吧。"

宋珩也道："对，沈将军对阴炽军又有何吩咐，我们也一起听一听。"

凌芷将宋珩衣袖一拉，翻身上马使了个眼色，又朝沈荨行了一礼，扯着宋珩的马缰走了。

沈荨御马前行几步，掉转马头与谢瑾并肩而立。两人一同瞧着前方火堆边渐渐稀落下来的人影，两名工匠已经收了工具，在整理箩筐中还未用到的面具。

火影憧憧中沈荨的侧脸被映得通红，谢瑾瞄了她一眼，随即收回目光。

"人到齐后再整顿一日，我会率军出发去黑龙堡。"他低声道。

"需要马吗？"沈荨问。

谢瑾摇头："不用。"

沈荨没再问，谢瑾再瞧她一眼，她微微眯着眼睛，睫毛扑扇着，还伸手扇了扇飘散过来的烟尘灰烬。

他忍不住改了主意道："这边烟大，要不还是去一边说吧。"

沈荨没作声，下了马跟在他后头往边上走。两人一前一后行至坡下一棵枯树边，她揉了揉眼，朝他望过来。

谢瑾看了看周围，背过身将她笼在阴影里，抬起她的下颌，俯身轻轻吹去她眼睫上沾的烟尘。

沈荨仰着脸一动不动，黑暗中被烟迷过的眼角微微泛着红，眸中闪烁着隐约的波光。

那盈盈碎光一点一滴漾在谢瑾的心湖上，他胸腔鼓动，里头软得一塌糊涂，强撑着退开两步。

这是个错误，他想，或许还是在大庭广众之下好一些，他不该带她来这里。

沈荨垂下眼："你出发后先往西绕五里，孙金凤和冯真已经率领荣策营从西境往这边赶，我让他们在蟠龙岭附近暂时扎营，他们会在那儿等着你们。荣策营有五千将士，也就有五千盔甲，你挑五千人换了以后再去黑龙堡。"

谢瑾心房悄动，注视她片刻，轻轻笑了："不需要。"

沈荨眼中现出一丝坚持："换甲的事不会有别人知道。"

"真不需要。"谢瑾温声道。

那青铜面具上的刻纹在夜光之下狰狞而凶恶，冷酷地贴合着高挺的鼻梁。面具下的一双眼睛却柔如星光下轻波荡涤的大海，一波波的温浪涌过来，沈荨觉得自己有点招架不住了。

她看了看周围，这棵枯树生在坡下的低矮处，前方不远处是一片已经搭好的营帐，正正好将这一处卡在一个角落里。

虽然隐蔽，但两个人一同消失的时间太长，终归是不好。

凄冷的月光从枯树枝丫间钻下来，有一线正正投在谢瑾面上。沈荨没能控制住自己，伸手抚上那泛着幽冷光芒的面具。谢瑾即刻站前一步，再度将她挡在树干与自己的身躯之间。

他低着头，由得她的指尖在那面具上细细勾画，画出一腔缭乱的心思牵念。他亦伸手，将自己落在她颈间的几丝乱发挑开。

他压抑的呼吸落下来，到了她脸上，只剩下凉凉的一线轻风。沈荨恍然回神，收了手，身子往后一缩。

他忍不住靠过来，冰冷的金属挨到她脸上。她不觉轻抖了一下，感觉颈后的汗毛一下全都竖了起来。

他俯着身，唇几乎贴到她唇上，玄色衣袍下的胸膛微微起伏着，交领之上的喉结不断滑动，但他终是没更进一步，只是感受着她唇间呼出的气息。

沈荨定定神，目光从他脖颈间撇开："一切小心，不管你需不需要，荣策营都会在蟠龙岭暂驻，孙金凤会带人在黑龙堡东面的高地上看着，若有需要，以烟弹发出信号——"

第十七章 兽鬼面

谢瑾打断她："你会去吗？"

"我——"沈荨犹豫着，思绪有点空，因为感觉到他一只手臂揽了过来，手掌贴上自己的后腰。隔着铠甲，他掌心的温度并未传过来，但她仍是觉后腰处似乎有一片热意传开。那只手掌稳稳地托着她的腰，他坚持着，像是在催促她下定决心。

"你会去吗？"谢瑾重复道，掌心用力，把她往自己怀里按了按。沈荨的一侧肩膀贴上他鼓动的胸膛，他的下颌抵在她一侧耳窝，轻轻摩挲着那冰冷的耳郭。呼吸不再是温凉的，而是一点点变得灼热，将那柔软的耳郭煨得暖暖的，红红的。

沈荨从他肩上望出去，前方营帐的拐角外现出飘忽的火光，远处人来人往，像是另一个世界。

她偏头躲开他亲昵的动作，揪住他胸前的衣襟，咬了咬唇，道："好吧，我会去，好好打一场漂亮的仗给我看。"

谢瑾唇角上扬，眸中也漾着笑意："遵命，沈将军。"

沈荨放了他的衣领，又替他把衣襟抚平："现在放开我，再把你的手拿开。"

"这个就不能遵命了，"谢瑾没收手，眸子里笑意淡去，只倒映着清冷的月光，像是有一丝孤注一掷的脆弱，"再一会儿就好。"

他把另一只手也放在了她腰后，双手交扣在一起一用力，几乎把她的双脚都从地面上抱离。他把头埋在她颈间，低声道："这是阴炽军的第一场仗，凶刀出鞘长戟相斩，封喉一战饮尽鲜血，我一定会胜——而我也绝不会容许自己失败。"

第十八章

刀出鞘

两日后的傍晚，沈荨带着一名亲卫，纵马驰行在千岩万壑的丛岭之间。淡薄的月轮升上天空之际，她转过一条羊肠山道，上了一处山崖。

山崖下是略为开阔的一处空地，日间又下了一场雪，此刻大地上覆着薄薄的一层白霜，一直延绵到四周的峰壑丛岭之中。樊军的营地就在空地之上，与四周起伏的山势都有一段距离，占了大约两顷地盘。

营地四周围了高高的木桩，营帐间火光熊熊。营地右后方是马厩，里头养着两万匹强壮彪悍的战马，左后方是一座用木头搭建起来的简易堡垒，表面覆着深色隔水的大块毛毡和雨布，看上去极为怪异而又突兀。

里头存着这个樊军驻点约莫两个月的粮草物资，这座深色的堡垒也是黑龙堡得名的由来。樊国王都离此处路途遥远，粮草运送颇为不易，因此这附近军队的粮草都会储备在此处，每隔十余天向其他地方发送一次。

这也是樊军在此处囤了重兵的原因，而这座堡垒之中的粮草，是阴炽军这次行动的主要目标。谢瑾需要在极短的时间内歼灭这里的樊军士兵，同时抢下堡垒中的粮草，赶在附近的樊国援军到来前带领阴炽兵全身而退。

沈荨驻马立在山崖上的一棵大树下，抬起头看了看四周。

黑龙堡所在的山坳周围峰峦重重，东西面不远处都有樊军的驻点。她算过时间，从那几处樊军驻点骑马赶来，依照樊军骑兵的精湛骑术，只需不到半个时辰。

此刻山坳丛林间有隐隐的火光在闪烁，与空地上那座堡垒上方熊熊燃烧的火光遥相呼应，这是附近几个樊军驻点之间的信号，大约每隔一个时辰便会燃起一次，以向对方通报一切无恙。

她的目光落在黑龙堡以东的一处高地上，夜色下那里有朦胧的两个小灰影。那是过去六七年以来，一直忠心耿耿追随她的孙金凤与冯真，他们按照她的指令在那处等待着。而在他们身后的深峰山壑内，是整军待命的荣策营将士，一有需要，便能即刻来援，挡住樊国援军，接应阴炽军撤退。

当然，谢瑾说过不会动用到荣策营，但她仍是不敢冒险。

沈荨的身上背了一张重弩。弩的射程比弓远，普通重弓的射程最远能达到半里，制作精良的弩可将箭射到将近一里开外，但即使是这样，她所在的位置还是隔得太远了，不过心理上求得一点安慰罢了。

狂风呼啸着吹来，扬起沈荨的袍角，在这样厉如锋刀的烈风下，人穿了再厚的衣衫，也像是身无寸缕一般，接受无孔不入的细刃凌迟。

沈荨回头，见身后的亲卫徐聪瑟缩着，摸出包袱中的披风丢过去，笑道："冷吗？"

徐聪点头，搓着双手不断呵气："有一点。"

"知道我为什么带你来这儿吗？"沈荨看了看天色，阴炽军这会儿没动，看来他们的进攻会在下一次樊军驻点的火光信号熄灭之后，应该还会等上一个时辰。

徐聪摇摇头，一双晶亮的眸子看定沈荨。

沈荨道："我注意过你，我在帐中和人议事时，你都在一边听得很认真。守帐的时候，我还看见过你在读《三略》，所以我带你过来。这次阴炽军作战，你好好地瞧。"

徐聪脆生生应了一声："是。"

沈荨朝对面高地上那两点灰影指了指："那边的孙将军，七年前也做过我的亲卫，但不到一年我便把她放了出去。她现在是朝廷钦封的从五品游骑将军，与和她同级的冯将军，一同统领西境军的荣策营。若不是她性子有点毛躁，我有意压她一压，她的成就不止如此。"

徐聪若有所思地点着头，沈荨笑道："我还有另一名亲卫，叫朱沉，她跟了我六年，我没放她，是舍不得她，但羽翼成熟了，再不放便是自私。她现在和顾校尉一同驻守骑龙坳，今后能拼得什么前程，就看她自己了。"

徐聪问道："孙将军和朱姐姐我都听说过，沈将军身边的亲卫，就没有待很长时间的吗？"

沈荨顿了一顿，才道："有，他待了十年，最后不欢而散，但他给了我一个沉痛的教训……"

徐聪正想问，但见沈将军已经转过头去，明显不愿再说，她也就闭了口。

片刻后，沈荨隐约的语声从风中传来："快变天了。"

徐聪抬头看了看天幕，空中的一弧淡月已经被乌云掩住，浓黑的天际中隐隐翻起墨浪，风一阵紧过一阵。她不由道："这是要下雪了吧？"

沈荨喃喃道："风雪会掩去动静，他等的，就是这一刻……"

谢瑾在昨日已经率领两万阴炽兵从望龙关出发，一百五十里的路程，若是步兵行军速度快，五六个时辰便会赶到。阴炽兵此刻就隐藏在黑龙堡周围的山地中伺机而动，等待着扑向敌人，撕碎对方的那一刻。

不久后大雪果然落了下来，沈荨摸出包袱中的两个千里镜，丢了一个给徐聪。

从千里镜的镜筒里望出去，樊军营地里的情形更为清楚。雪落下来后，樊军的守卫松懈了不少。等到堡垒上作为信号的大火再次燃起，营地里已经几乎没有巡逻的卫兵，只能见到一簇簇的小黑点，窝在火堆边烤着火。

大雪无声无息地落着，没一会儿堡垒顶上的大火熄灭下来，顶上那名值守的哨兵瞭望了一阵，头缩了回去。

须臾之间，埋伏在暗处的阴炽军动了。

沿着山坳尽头的一线树丛矮沟里蓦地冲出一队人，像是平静的湖面上起了一阵涟漪一般。他们越过风雪，以极快的速度冲向营地后方的马厩。

马厩周围值守的卫兵很少，后方的围栏处更是个空档。因为胡马彪悍性烈，难被人降服，樊军几乎是放心地放任了这一块地方，也无意间给有所准备的阴炽军留下了一个突破口。

山坳边的丛林离樊军营地大约有三里的路途，这队阴炽兵的速度奇快，不到一刻钟已全数冲到了营地马厩的围栏之外。他们身手敏捷地翻过围栏，在堡垒顶上哨兵重新探出头来之前，已经全数悄无声息地躲到了悍马马腹之下，隐去了踪迹。

徐聪奇道："这队阴炽兵这么能耐？能一声不响地降服烈马？"

沈荨笑道："这应该是以前暗军中魑魅魍魉四路军中的魍路暗军。这一路暗军，本就是专门训练来对付胡人悍马的，对马的习性了若指掌，这对他们来说不算难。"

马厩中微有波澜，但很快就被止住了，有几个小黑点往马厩那边移过去，查看

第十八章　刀出鞘

一番不得要领，又退了回去。

风平浪静之后，有几名阴炽兵悄悄从马厩中潜出，避过樊军卫兵，紧接着悄悄上了堡垒。

堡垒顶上的哨兵没有悬念地被制服，樊军失去了最高处的视野。埋伏在周边的阴炽军一批一批地从暗处涌来，大部分隐于马厩之中，小部分偷偷穿行在营帐之间，避过火堆边的守卫，悄悄埋伏在了暗处。

时间一刻一刻地过去，到了该燃信号的时候，堡垒顶上已换了樊军军服的阴炽兵燃起了大火，以向相隔不远的樊军驻点昭示一切正常。

大火熄灭之后，还留在樊军营地外的一半阴炽军悍然发动了攻击。沈荨瞧见当先一人纵马冲到堡垒之前，身后黑压压的阴炽兵便快速压了上来，震天的吼声一下震动平野，如天空中惊雷暴起。

刹那间樊军营地里一片混乱，训练有素的樊军很快反应过来，一枚信号弹冲天而起，在山坳上方爆开。不到半个时辰，附近赶来的樊军将会把这里团团围住，留给阴炽军的时间很短。

然而他们根本不需要太多的时间。

有里头的人接应，外头的阴炽军以冲天之势，锐不可当地冲入樊军的军营，而此时埋伏在营地内的阴炽兵从暗处扑出，在樊军晕头转向之际遏断了他们的行动和命脉。大部分的樊军来不及整军上马，也来不及披甲，仓促间被迫与气势汹汹的阴炽兵贴身肉搏。

凶悍彪勇的阴炽军此时犹如放归山林的猛虎饿狼，暴虐地撕咬着樊军的血肉，不放过任何一个为他们开锋祭剑的敌人。他们的血性和戾气在此时展露无遗，第一波鲜血从樊军的营地里漫开，随后接二连三地涌现，像是茫茫雪雾中土地上开出的残酷的血色之花。

风雪被搅乱，大地上波澜迭起，愁云惨雾中无数生命就此挣扎着毁于刀枪剑戟之下。

沈荨紧紧握着千里镜，于镜筒里看着这一场压倒性的战斗。

只用了短短一刻钟的时间，气势如虹的阴炽军便如燃烧的阴火一般，摧枯拉朽地将樊军的军营烧成了荒野残土。呜咽的风雪掩盖了哀号嘶吼，于是在高地上静静观战的人眼中，这场胜利是悄静无声的，没有过多的残酷血腥，但同样震慑人心。

得胜的阴炽军很快从堡垒中搬出了捆扎成包的粮草物资。马厩中的胡马被放出，阴炽兵驾马携带着粮草于疮痍遍布的樊军军营里冲出,在那摇摇欲坠的堡垒下略略整军,随后分为四队,分别从不同的方向奔向山坳尽头,隐入茫茫山野之中。

荒芜的空地上只剩下了最后一人,那人于堡垒下朝沈荨所在的方向掉转马头。片刻之后,他点燃火把扔进堡垒下方,火舌哗哗地朝上卷着,很快凶猛地吞没了整座堡垒。

沈荨的眼睛被那冲天的火光晃了一晃,再一定睛,那人已消失不见。

从阴炽军发动攻击再到撤退,整个过程用时三刻钟多一点,稍后樊国援军赶到这片被鲜血浸透的土地上时,这里只剩下遍地的尸孚残骸和无数阴风中悲鸣的亡魂。

沈荨朝对面高地上看去,那里的两个小灰点已朝远处移去。她低叹一声,对犹处于震撼中的徐聪道:"走吧。"

沈荨在蟠龙岭附近与荣策营汇合,领着五千兵马,于天亮之前进了望龙关关墙下的城门。

崔宴立于城楼之上,俯身瞧着沈荨驾马而过,朝扬起脸的她颔首示意,脸上有淡淡的喜色。

沈荨亲自带着孙金凤和冯真到大营西边安顿荣策营的将士,遇到正带领阴炽军去往沙地的谢瑾。

刚回到关内的阴炽兵牵着抢来的胡马,不时扶一下马上驮着的粮草,拎着血迹干涸的兵器从她不远处鱼贯而过。这支队伍沉默无声地接受着来自营地四周的注视,染了血的衣袍破碎凌乱,脸上的面具依然阴冷凶恶。这令他们看起来殊无任何胜利的激动和喜悦,平静得像是蛰伏的野兽在日出前一次平常的觅食归来而已。

谢瑾牵着马行在队伍中段,手里还握着长枪,身上的衣袍被划破了,残破的衣襟内露出大半个胸膛。刀痕交错在他身体上,新染的血和新添的伤痕令他如面具上的凶兽一般,散发出隐隐的狠厉和杀气。这是平常青松朗树的谢瑾的另一面,是他历经杀戮所凝练出来的危险而又内敛的锋芒,此刻在初露的晨光下毕显无余。

沈荨远远瞧着他,他亦朝她转过身来。她正想上前,斜地里插来一人,是军需官邓广。

谢瑾也就转了身,与邓广交涉着事宜。沈荨瞟了他两眼,领孙冯二人去了划给荣策营的营帐区。

进了大帐,孙金凤"扑通"一声朝她跪下来,放声哭道:"总算又能跟着将军了!"

沈荨亦是热泪盈眶,赶紧扶起她,笑道:"你受苦了,因我之故连累你被软禁半年多，我却一直无法救你出来，你不怪我？"

孙金凤道："将军的难处我明白，反正沈渊那小子也不敢真的拿我怎样。我知道，总有一天我能回到将军身边，跟着您痛痛快快地干上几场！"

沈荨失笑："刚出来就想干，干什么？这会儿没有让你干的，你和冯真先好好地在这里操练。这批荣策营的将士不是以前的那些人了，你们调教好了，还有事要你们去做。"

她与孙金凤和冯真说完事，回了自己的中军大帐。崔宴等在帐内，两人打了一个照面，脸上都露出一丝如释重负的表情。

"崔军师猜猜，樊王会是什么反应？"沈荨在大帐角落的水盆里洗了手，拿张布巾边擦边问。

崔宴面上有隐隐的笑意："气得暴跳如雷，但应该会忍气吞声，仍然按兵不发。"

沈荨瞄了他一眼，道："且看着吧，总之咱们以不变应万变。昨儿我给军师的那几张骑兵阵法图，重骑营的人开始操练没有？"

崔宴应道："今日一早便到营地外操练了，将军要去看看吗？"

沈荨想了想："今儿不去，下午我去靖州城一趟。军师给我的几个撤退点，我去亲自瞧瞧。"

"那我派几名卫兵跟您一同去。"

"不用。"沈荨笑了起来，"崔军师以往，也是这般事无巨细地替谢瑾安排吗？听说自他十岁出头进了军营，就一直跟着你，难怪他也是这样谨慎周到的性子——当然，该狠的时候也狠得起来，有时候说话也挺难听。"

崔宴一愣，接着也笑了，笑声难得流露出几分爽朗，没回答她的问题，反而说了一句："云隐为何对将军如此，我有些明白了。您若没有其他吩咐，那我就先出去了。"

沈荨叫住他，迟疑道："谢思那小鬼……"

崔宴意有所指地说："谢思聪颖机灵，稍稍一点就透。"

"不是，"沈荨摇头，"他对我怎样我都没话说，毕竟暗军这事是因我而起，只是他大哥本不想带他来的，都是因为我的关系……总之，还请军师多看着他些。"

"您不说我也会的，放心好了。"崔宴微微一笑，撩帐出去了。

午后沈荨独自骑马出了军营，往望龙关下的靖州城走。

今日天气颇为晴朗，从望龙关到靖州城约莫骑行一个多时辰。她到靖州城内时，日已偏西，城内有些百姓得知近期边关局势紧张，已经陆续南下避祸，因此同她上次到靖州城时相比，街道上冷清了许多。

沈荨悠闲地在城内瞎逛，难得多日来有如此轻松的一刻。她看完崔宴安排的几处线路后，突然又想起她从上京运来的几箱东西现在还存在谢瑾的府邸中，一时兴起，打了马往那所宅子走，不一会儿就到了后院的角门边。

她有几件东西放在那批箱笼中，想去拿回来又不想惊动府邸的管事，因此想做一回"梁上君子"，取了东西就跑。

沈荨把马栓在街角的一棵树下，缓缓踱步过来，观察了一下周围，等到天色全黑的时候，从马上取了绳钩甩过去，攀着绳子翻过了院墙。

她一面收绳，一面啧啧感叹。不到一个月的时间，这院子俨然大变了一番模样，那管事脑子虽然不太灵活，做事倒是绝不含糊。

小小的庭院里小桥流水、假山红亭，颇有几分上京城内谢府的韵致。后院正房所在的屋子被扩建成二层的小楼，轩窗菱格、阔廊深檐。此刻寒月清霜，庭院虽美，但悄静落寞，显是长久无人居住。

沈荨想到上回来这里时的情形，心头不觉一酸。

院子修整好了，花了这样多的钱和精力建成了靖州城里难得一见的精致府邸，却又人去楼空，徒留一院孤寂。

她潜进小楼，摸到厢房里，就着月光找到自己的几个大箱笼，找出东西准备走，忽又有些好奇楼上的格局，顺着楼梯轻手轻脚地上了二楼。

这一看之下，脚步就再挪不开了。

二楼的楼梯尽处是一间敞轩，垂着一半帐幔。栏杆尽头的一张木榻上，这府邸的主人身上盖了一张毯子，胳膊斜靠在垫子上，正支颐沉睡着。

角落里悄无声息地燃着一盆银骨碳，从炭火燃烧的情形来看，应该已经燃了一段时间。

沈荨把东西放在楼梯口的架子上，蹑手蹑脚地走近他。

月色华光倾泻一地银白，有一半被帐幔虚虚挡住。谢瑾的轮廓在帐幔后的阴影里，和他脸上的面具一样散发着危险的气息。她没能管住自己的脚，又前进了小半步。

他许是赶回来处理府邸里的杂务，处理完后又急着赶回军营，只想在此处小憩片刻，却又因疲惫至极不小心睡了过去，因此身上穿的还是一身黑袍箭服，护臂革带都未曾取下，榻边还搭着长枪。

因着面具的关系，他大概侧睡不舒服，又不喜欢仰着睡，所以用了这样一个对于睡眠来说不太合适的姿势。

沈荨心里泛起一阵疼痛，觉得他面具下的眉头一定是微微皱着的，想伸手去替他揉开，却又无从下手。

她踌躇又踌躇，挣扎又挣扎，最后只将那张滑到他腰下的毯子轻轻往上牵了牵。

刚一转身，手腕被人握住，像是被套上了一个铁箍一般挣不开。下一刻天旋地转，人已经被抱到榻上。谢瑾的脸就在她上方，透过帐幔的月光变得朦胧幽暗，却更衬出面具下那双光彩熠熠的眸子。他箍着她的腰肢，朝她俯下身来。

"既来了，为何又要走？"

他方才在这里小憩的时候，看见她从院墙那儿翻下来，心痒痒地在这儿等了她很久。好不容易等她上来了，也走到了他身边，他以为她会像三年前那个月夜那样吻他，哪知却等了个空。期待中的吻没落下来，人还要就此离开，真是令他既失望又怄气。

沈荨伸手，抚摸着他面具下的半张脸颊，轻喃道："我如果不走，被人知道了，那之前……这里不是白疼了吗？"

她另一只手放在胸口上，眉心微凝，语气中含着酸楚。

谢瑾一愣，放开她的腰肢，牵起她那只手放在自己胸膛上，缓缓移到心房的位置，声音有些低哑："我也很疼……到现在还不敢去想。"

沈荨掌心覆盖下的地方急促地搏动着，隔着黑色的薄袄，那胸腔里的心脏跳动得如此有力却又紊乱。她去瞧他的脸，他的唇紧抿着，眸光也黯淡了下来，身躯紧绷着。面具上的兽头没有了两粒宝石似的眼睛衬托，更是沉寂幽暗，让他整个人看起来像是一只孤独而又冷硬的兽。

"谢瑾，"她开口道，"事已至此，我们都得忍忍，等到——"

"我不管，也不想再忍，"谢瑾的手放在沈荨的腰上，她的理智和冷静令他心头升起一股失落，这份失落又化为委屈和固执，"没人知道我从军营里回来，正巧你也来了，今晚便不要走。"

沈荨身体颤抖起来，挣扎着去拉他的手："你不要这样，你听我说——"

他没理会她的拒绝，摸索着去解她的衣带。

他怀着满心欣喜看着她从墙头跳下来，本以为可以等到她的亲近，再不济也可以好好地拥抱她，她却总是拒绝，不管什么理由，都令他觉得难受。

他此刻便如那面具上的凶兽一般，带着戾气和不顾一切，固执地想要拥抱住她。

他知道她疼，但他觉得自己的疼绝不会比她少，一想到她签下和离书的那刻，那种灭顶的无力感和绝望感又铺天盖地而来。被押解回京的路途上，被关在暗无天日的牢笼中时，他无时无刻不被悔恨所焚烧。而决裂时她脸上的表情，更是悬在他心上的一柄利剑，每次在他脑海中一闪现，便朝他刺来致命的一击。

他恨自己处事不够慎重，考虑不够周全，这才被她身边的人钻了空子，也恨自己不够心狠，没能早早处理掉她身边的那名亲卫。

他不是没有感觉到姜铭对自己的嫉妒，但那是跟了她十年的人，他觉得自己没有正当的理由，也没有合适的立场要求她换掉跟了她十年的亲卫。

身陷囹圄之时，他细细地想过，猜测过所有的可能，而猜度的最后结果令他怒火中烧，却悔之晚矣。

沈荨喘着气，揪住他的头发拉他："等等——"

谢瑾抬起头来，瞳心里烧着火，是攻击和征服，也是哀求和寻求慰藉。

"别走，今晚留下来……"他的嗓音很沉，有些干涩，含着恳切和一丝脆弱，"下人都在前院，没有人会知道你在这里。"

他刚刚打了一场胜仗，可是没有人来和他分享，这会儿血液还在身体里腾烧，亢奋的精神也还未曾冷却。他是以戴罪之身来带领着这支同样戴着枷锁的军队，他躲在阴暗的面具里，旧部和幼弟都不敢去多接触。

她的到来是意外之喜，是上天给予他的赏赐和奖励，而他不想再放手，不想如那晚在那个陌生小城的桥边，努力克制着自己想要拉回她的冲动，看着她在自己的面前远去。

沈荨没再坚持，回抱住谢瑾绷紧的身躯。

她妥协的那一刻，他马上便感知到了，立刻带着欣喜俯下身去吻她。

他的唇挨到了她的，但他后知后觉地发现，自己上半张脸上刚硬的面具阻隔了她脸上的肌肤。本该是令人心醉的碰触，回应他的却依然是这冰冷的触感，这令他焦渴而又无助，犹豫着离开一些。

她或许会感到疼，他想。

下一刻，沈荨却抬起手圈住他的脖颈，自己把上半身抬了起来，伸长脖颈来吻他的面具。从耳角处吻过来，吻到眼角，嘴唇在他颤动的睫毛上停留一会儿，沿着高挺的鼻梁一点点吻下来。

谢瑾的身体轻轻颤抖起来，金属隔开了她柔软的唇，但他依然能感觉到被她吻过的地方腾起了火焰，烧得面具发烫。他等待着，等她的唇一移到唇角，立刻偏头攫住那两瓣芳唇。

她几乎是立刻便沉沦于这种压抑了许久后一朝爆发的洪流中。

他渴望她，她何尝不渴望他？无非比此刻的他多几分理智罢了，只是这几分理智也在他狂热的亲吻下很快土崩瓦解。

然而他的亲吻却是带着几分疯狂和失控的，像是战场上他手中那杆不知疲倦的长枪，一旦出手，非要染上胜利的气血方才罢休。他身上的血腥味已经被洗去，衣袍和发丝散发着皂角的味道，但沈荨还是能闻到那种带着一丝暴虐的吞噬意味。

她忍耐着，直到一丝风撩开帐幔，空隙处投来的月光映出她脸上的表情，他这才陡然清醒过来，把她搂进怀里。

"抱歉……"他喃喃地说，"我有些……"

沈荨抱紧他的腰去吻他的唇："没关系，只是你得让我喘口气。"

谢瑾搂紧她不发一言，那些心底深处，因突如其来的变故造成的纷乱情绪，没能压下的痛苦、慌乱、挫败、自责和愤怒，此刻被慢慢冲走。他整个人平息下来，和她依偎着斜靠在榻上，绷紧的身躯完全放松下来。

浸透月光的敞轩内此时一片寂静，楼阑前枋柱的影子投在地面上，将那片明亮分割成几块。雕花栏杆的菱格也映在地面上，一段段地镶在柱影之间。

角落里的银骨碳静静燃烧着，给寒冷而空旷的敞轩一隅带来几分暖意。帐幔后两人紧紧相拥，半晌，沈荨去摸他脸上的面具。

她能感觉到这张面具给他带来的影响，除了生活上的不便，更多的是心理上带来的冲击，令他心底流淌着点滴阴暗的情绪。这是他平日里不会展露，连他自己都没能意识到的一丝暴虐、急躁和焦灼。

她隐隐出了一身冷汗，这才完全体会到年轻皇帝这一招的毒辣之处。

阴炽军是不被朝廷认可的，也是沈太后想要极力扼杀的一支队伍，要在这样的逆境中稳住脚跟，只有在极短的时间内立下军功，并且是完全不能被抹杀的巨大军功，才能保住他们。

士兵不穿甲、不戴盔，是宣昭帝对太后的妥协和让步，但戴上面具，却是皇帝自己的主意。

半张脸被束缚在面具之下，或许生活上的不便还是其次，最主要的是人心里那种焦虑和孤独之感。身体发肤受之父母，不能直面阳光，久而久之会形成无法宣泄的暴躁和自闭，混合着想要尽快摘下面具的急迫欲望，便会形成暴虐的杀性，这或许可以促使阴炽军横杀四方，抢下军功得以获得正式的编制和地位。

只是这样的方式也很危险，甚至也有可能毁了这支军队。

皇帝说这支队伍剑走偏锋，但他自己所用的方式，又何尝不是剑走偏锋？

谢瑾方才的失控，很大程度是因这段时间的压抑，但也未尝没有这张面具给他带来的一些阴影。

对于普通的阴炽兵来说，他们长期就处于这种阴暗的环境，或许影响还不明显，但对谢瑾这样一个出身高门，少年时期便是鲜衣怒马，一日踏尽长安花的贵胄子弟而言，落差的确很大，尤其他刚刚经历了一番变故，正处于低落和自我怀疑的时候。

第十九章 故梦回

沈荨心疼地抱紧了他，再度去吻他面具下的双眼："戴着很难受吗？"

"不难受，"谢瑾道，"习惯了就好，再说不会戴很长时间。"

"都怪我，"沈荨眼中隐有泪光，"若是我早些……"

"没有关系，"他握住她的手放到唇边吻了一下，重复道，"没有关系，其实这样，已经是很好的解决方式了。在建立暗军的那一天，我不是没有想过更坏的结果。"

"阿荨，"他抚摸着她的脸颊，"等着我，等我重新以自己的面目站在日光下，我们——"

"好。"沈荨没有等他说出来，干脆地应道，随后吻上他的唇。

谢瑾退开一些："面具会刮到你吧，疼不疼？"

沈荨追上去："不疼，我喜欢。"

他愣了愣："你喜欢？"

她笑道："真的很喜欢，虽然这面具可能让你不舒服，但戴在你脸上很好看。"

谢瑾审视着她，像是在辨别她说的究竟是真话，还是安慰他的一时之语。

炭盆里的炭火已经全然成了灰烬，红色的光芒一点点黯淡下去，那流动着的火光在金属面具上熄灭下来，让它重新归于冷硬，也让他的面部轮廓越发冷冽。那面具上的兽头张扬着凶戾，眼眶里闪现的璨然光芒中却又明显含着一丝脆弱。

"我的确很喜欢。"沈荨唇角带着笑，微微眯着眼审视着谢瑾，"你现在的样子真的很好看。知道你戴上这面具这般好看，早就该弄一个来戴。"

她贴着他的耳根悄声说:"从你第一天戴上它,掀帘进帐的那刻,我第一眼看见,就完全移不开目光,得花费好大力气才能不去看你……还有今天早晨你得胜归来,逆着晨光朝我看过来的样子……"

谢瑾一声不吭,突然紧紧抱住她,起身下榻。

沈荨低呼一声,揽住他的脖颈:"你做什么?"

"炭火熄了,这里冷。"他沙哑道,"去里面。"

他抱着她大步走到敞轩尽头,用肩膀撞开一扇门,把她放到一张拔步床上。

"阿荨——"热切的吻落在沈荨的脸颊上,又游移到耳根,谢瑾的嗓音热烈而又喑哑,"你既喜欢,那便看着我。"

沈荨于意乱情迷中抬起头来,一眼便看见床边镶嵌的那面大镜子中,谢瑾温秀的下半截脸和上半截脸上那张泛着幽光的面具。

这间屋子在敞轩的西面,窗开得很低,只覆了一层薄薄的白纱。月光透过纱窗映照在地上,也投在宽大的拔步床上。

这是他照着青霞山猎场行宫雅苑里那张镶满镜子的大床让人定做的,被她去掉了几面镜子,现在只有这西壁上的一面。

清亮的月光透过轻纱,光线模糊而暗淡了几分,镜子里映出的画面也就格外幽深迷离,带着几分梦境似的不真实与虚妄。

沈荨只能从前方的镜子里看见那张面具,谢瑾的下半张脸隐在她的肩膀后,眸中的光芒隐隐约约闪烁在镜子里。这模糊不清的画面带着几分迷幻,令她有一种错觉,觉得面具上阴冷凶厉的兽似乎带着主人的精气活了过来,在暗夜中张扬着獠牙,舒展着利爪,攫住她的心魄,掠去了她的神智。

镜子里的谢瑾直起身来,也在注视着镜中的她。

冷湛的月光映射到拔步床上,是朦胧而散淡的。谢瑾面具下的半张脸是月光一样的颜色,黑色的衣袍和镜子中大片的黑暗融在一起。

极坚硬、极冷酷、极妖异,带着邪魅和夺人心魄的吸引力,这是另一个谢瑾,黑暗中锐利幽冷却又狂野神秘的谢瑾,从镜子深处幻化出来的阴郁危险而别具诱惑力的谢瑾。

他和她所熟悉的那个谢瑾合二为一。

极致的反差和诱惑让沈荨毫无招架之力,模糊之中,眼前的镜像完全乱了,成了幽暗迷离的梦境里纷错妖魅的散碎片段。

快天亮时，沈荨悄悄从他怀里钻出来，去了楼下。

她从自己的箱笼中翻了衣物出来，在净室里洗漱后，换上干净的衣袍，又上了二楼。

谢瑾犹在沉睡，睡容平静而淡漠，脸上的面具也完全沉寂下来，朦胧的晨光中唇色浅淡，唇线优美而分明。她看了片刻，朝他的脸庞俯下身来。

沈荨轻轻压了压那两瓣薄唇，正要离开时，后脑被扣住。被偷吻的人一下反攻为主，攫住她的唇不放。

清晨寒凉的空气里，这个吻带着淡淡的温度，轻柔却又缠绵，并没有欲望的意味，但一样令人心悸。

沈荨抬起头，看见他眼中盛满心满意足的笑意。

"我还以为你已经走了。"谢瑾微微笑道，嗓音带着刚刚睡醒的一丝模糊和沙哑。

沈荨脱了外袍，撩起被子又钻了进去。他马上把她揽在怀里，下颌轻轻抵在她头顶。

"我舍不得走。"她在他怀里闷闷地说，"反正都过了大半夜了，不如把这一晚过完。"

谢瑾胸膛鼓动，低微的笑声从他胸腔处传来："阿荨，已经天亮了。"

"你用不着提醒我，"她把头枕在他心脏跳动的地方，听着他有力的心跳，"不然的话我还可以假装天还是黑的。"

她的依恋令他欢欣愉悦，但又心生遗憾和惆怅。

夜这么短，相拥的感觉这么美，要他放开她，实在是太难的一件事。

他亲吻她的发丝，手掌轻抚着她的肩头，说出的问话像是叹息："阿荨，你三年前对我做过什么事，你还记得吗？"

"三年前？"沈荨缩在他怀里摸他的下颌，"我对你做过很多事，你指的是哪一件？"

谢瑾笑着捉住她的手："就是你刚才对我做的那样。"

"摸你吗？"她变本加厉地摸着他，"三年前你会让我这样摸你？"

"不是，"谢瑾忍耐着由着她摸，提醒她，"是你刚刚上来的时候对我做的事。"

在他脸颊上作乱的手一下停了。

谢瑾埋下头，看见沈荨的睫毛扇了扇，接着朝上一掀。

她整张脸从他胸口仰了起来，清澈的明眸里有几丝狐疑："你……没醉？"

谢瑾大声笑了起来:"我是醉了,但还没醉到不省人事的地步。"

沈荨从他怀里挣出来,狠狠瞪他一眼:"好啊,有你的啊谢瑾,你既早知道,为什么过后一点口风都不露?"

谢瑾马上道:"我那时不知道是你。"他把她拉回怀里,解释说,"那一晚大殿里太黑,我只知道有个穿绿裙的姑娘亲了我,但看不清楚她是谁。直到成亲后我才知道,她就是你。"

沈荨没说话,脑袋被谢瑾按在他的肩窝里,自己的唇贴在他颈侧,感受着他急促跳动的脉搏,盯着一边镜子里他锋利的侧脸线条,悻悻道:"你藏得可够深的。"

"彼此彼此,你不也一直瞒着我?"谢瑾笑道,"阿荨,那页被我撕去的笔记——"

"打住,你不是说过你不会再想着她吗?"沈荨一下生气了,推着他的胸膛坐起来,掀开被子去拿外袍,"我走了。"

"阿荨!"谢瑾赶紧一把捞住她手臂,"别走,你听我说完——"

"没什么好说的,"沈荨去掰他的手指,"你既还想着她,那咱们就一拍两散,反正也和离了。"

手指被她掰开,但马上又一根根合了回去。沈荨抬起头,狠狠瞪了谢瑾一眼,却见他眸光灼亮,唇角微弯,掩藏不住的笑意在他脸上流淌,连那冷硬的面具也在逐渐明亮起来的日光中柔和了几分。

"那姑娘就是你呀!"他不由分说地拉她回来,两条手臂牢牢箍着她的腰肢不许她离开,低头在她额角吻了吻,笑着说,"一直都是你,没有别人……你若看见被我撕掉的那页,就明白了……"

沈荨惊愕的脸在镜子里映照出来,眼睛里的愤怒化为疑惑,好半天没说话。

谢瑾目不转睛地凝视着镜中的她,揽紧她徐徐念道:"上京秋暮,吾于月夜邂逅一女子,伊柔婉似水,情深缱绻,吾后思之,恍若南柯一梦……"他将她微微推开一点,让她枕在他臂弯里,注视着她的眼睛笑道,"想听后面的部分吗?"

气呼呼的沈荨脸上这会儿已全然没有了怒意。她眼珠子转了一转,明显有点心痒,但脸上又有些挂不住,犹犹豫豫地咬着下唇,欲言又止。

谢瑾只觉她脸上的表情极为灵动可爱,忍不住轻轻刮着她的鼻尖,低声笑道:"你作弄得我好苦,为什么不早些告诉我?"

"告诉你什么?"沈荨翻了个身,趴在他胸膛上,下巴搁在他胸口,瞥了他一眼,"见了我从没什么好脸色,还总跟炮仗似的,说不了几句就要发火跳脚,要不就是冷嘲热讽，我给自己讨没趣儿吗？"

谢瑾抚摸着她的后脑勺，感叹道："我若早知你喜欢我，我便不会那样急躁，也不会因你说上几句便莫名其妙地生气……"

因为在乎，所以总怀疑她轻视自己，讨厌自己。只要觉得她一言一行中有忽视和轻慢自己的地方，他便苦恼，便生气，便愤怒，总想和她争个高下，也无非是想在她面前证明自己，让她另眼看待自己罢了。

他正视自己的感情后回想以往，有时都会觉得自己可气又可笑。

"我原不知道自己为何单单对你如此，后来便明白了，虽然明白得有些晚。"他道，"咱们成亲以后，我对你发过脾气吗？"

沈荨顺着他的话一想，还真是如此，不由一笑："好吧，还算你表现好。"她拿手指戳着他的胸膛，"那你后来又怎么知道是我？"

谢瑾只笑而不答。

沈荨伸手去挠他肋下："快说！"

他捉住她的手，笑道："要问你呀。"

"不说就不说，老打哑谜，我走了。"她威胁他，作势要起身。

一只手臂按住她，另一只手轻轻抬起她的下颌。手的主人埋下头来，轻啄着她的唇，缓慢地把芳润的唇瓣亲了个遍，最后合齿在她唇角咬了一下。

"三年前你就是这么咬我的。"谢瑾退开，手指指腹压着被他咬的那处，轻轻摩挲着，"那个雨夜我第一次吻你，你也这么咬了我一下，我就猜多半是你。"

沈荨回想了一下，颊边渐渐浮起淡淡的霞色，被他吻过咬过的双唇色泽红润如春日下的夭夭桃瓣。

她转开了脸，非常难得地，向来落落大方，有时还有些不太正经的沈将军的眼睛里，出现了一丝羞赧和心虚。

谢瑾很快便捕捉到了，心情愉悦地把她的脸扳过来面对自己。

"那晚你留下了一只上头是夹子的耳坠。"谢瑾道，"既是夹子，想来耳朵上是没有耳洞的。男女有别，我也不好总盯着你的耳朵瞧。成亲后我见你戴了耳环，却不是夹子，所以开头那几日，我也不知道……那天在长廊下我吻了你，你又咬了我，我猜到是你，才问你耳环的事，记得吗？"

他一只手移到她耳根处，指腹轻轻捏着她的耳垂摩挲着，目光也落在那一处。

玲珑小巧的耳垂在日光中柔润细致，被他揉得泛起了淡淡的红，他忍不住凑过去亲了亲。

沈荨推他:"难怪你总喜欢咬我。"

"你说你戴过耳夹,我便确定无疑了,确定是你的那一刻,我好欢喜……"谢瑾笑着退开,"阿荨,撕掉的笔记,我还记得很清楚,要念给你听吗?"

沈荨"嗯"了一声,把双手交错搭在他的胸口,下巴搁在手背上,下令说:"念吧。"

柔和的晨光铺满了狭室,床前被褥雪白,沈荨穿着中衣窝在他怀里。搭在床边的仍是一件样式简单的绯色薄袄,领口镶着雪白的毛边,护臂和革带放在一边,刚柔并济,是她一贯的洒脱和清爽。

谢瑾的目光在那件绯色外袍上停留了一瞬,转回头轻轻抚摸着她的下巴。

"……中秋佳夜,四雨湖畔,碎月摇花中芳踪一现,伊云鬟峨峨,青丝拂腰,绿裙舞香,婀娜绰约隐入红榭深处……"

他迎着她晶亮的目光徐徐念着,唇角是隐藏不住的笑意。

"咦,你看到过我?"沈荨奇道,"那你怎么没认出我?"

谢瑾道:"我只看见了你的背影,第一眼觉得是你,但后来又觉得不是你。"

"为什么?"

"我觉得她比你高一点,"他回忆着,带着遗憾的语气,"而且我从没见过你穿那样的裙子。"

"我穿了垫木底的鞋,所以看起来会高一些。"沈荨笑道,盯着他问,"那你觉得我穿那条裙子好看吗?"

"……一见难忘。"谢瑾迎着她的目光,敛去唇边的笑意,极认真地回答她,"很好看,很漂亮,可惜没有见到正面。"

"也就那样吧,没什么特别的。"沈荨摸了摸他的脸,看见他眼睛里的期待,问道,"……你想看?"

"想,"他回答,又补充,"很想。"

沈荨眨了眨眼睛,觉得这个姿势有点累,翻回他怀里道:"那条裙子染了酒液我就换掉了,拿回来洗净放在箱子里,但我记不得放在哪个箱子里了,回头找找,找到了就穿给你看。"

她说得随意,听的人却上了心。谢瑾握住她的手腕:"真的?"

"真的,"沈荨笑道,"等你脱下面具的那天,我准穿给你看——那条若是找不到，我就重新做一条。"

"一言为定，"谢瑾笑了起来，捏了捏她的指尖，"不许诳我，也不许说话不算数。"

"我是这种人吗？"她嗔怪地看他一眼，"那你继续念吧。"

谢瑾搂着她的肩头，一面思索一面念道："……寂殿幽夜，伊又踏月而至，幽兰拂风，满室栀香……"

记忆的窗被打开，往事浮现，昔年流香，他仿佛又置身于那外头洒满月光，内中却又黑暗幽寂的大殿。头疼欲裂中有人轻轻来到身畔，轻柔的步履带着犹疑和忐忑，给他带来清甜的芬芳和拂乱人心扉的吻。

而现在这个人正被自己揽在怀里。

时光淌过，他们的年华彼此缠绕交付，终未错过，何其幸运。

她伏在他怀里，听他低低念着，唇边若有似无的笑意一直未曾敛去。

听到"大胆轻薄又渺然离去"那一句时，沈荨低声叫道："停，你别念了。"

"为何？"谢瑾把头挪开一点，注视着臂弯里的人，打趣道，"有胆量做，没胆量听？"

"好你个谢瑾，这种事你都好意思写在纸上？"沈荨绞玩着他的手指，"不觉得害臊吗？"

"不觉得，"谢瑾笑道，"她对我如此情深义重，我写下来又怎么了？"他叹了一声，"……爱恨嗔痴皆展于香唇贝齿间……阿荨，我知你对我的心意，所以我信你，也更明白你……"

沈荨怔了一怔，眸光一黯，迟疑道："谢瑾，暗军这事——"

谢瑾道："我从未怀疑过你，一开始我就知道，不是你做的。"

沈荨无言，只拿下巴蹭着他的胸口，神色有几分懊恼。

她本已挽好了发髻，但这会儿头发又毛了，散发碎发都钻了出来，在他怀里拱来拱去，像是一只毛茸茸的小动物。

谢瑾觉得自己这时候软得像是窗外天边绵绵的云朵一般，云朵后初露的太阳这会儿还没什么耀眼的光芒，但足够驱散他心里诸多愤怒和无可发泄的情绪。

他想，发生的事不能改变，过去也都不重要了，重要的是他和她的将来。

"阿荨，"谢瑾拂开沈荨额前的碎发，替她整理了一下发髻，"你之前没告诉我的事情，皇上对我说了。八年前那桩惨案，我知道皇上和你正在追查，但很多细节他没有告诉我——"

沈荨叹了一声，觉得这种旖旎的气氛不太适合说这事，从他怀里挣脱，坐起身来穿上棉袍。

"之前不告诉你，是不想你牵扯进这些事，沈家和谢家原本关系就微妙，弄得不好可能会引起朝堂上的轩然大波，不过现在也没什么好瞒你的了……"

她把颊边乱发往耳后撩，脸色严肃起来，低声道："姑母早年，曾在西境边关跟着我祖父在梧州住过几年，也因此结识了当时在关内游历的一名西凉王侯。这位王侯在西凉不得志，是被排挤在权力中心之外的。这两人相交后离别，彼此约定都要在自己的国家里拿到最高的权力……"

谢瑾也穿上中衣披上外袍坐起来，静静听她说着，间或抚一抚她的肩头。

"姑母进了宫，生下皇上和阿旋。两人聪明伶俐，先帝甚喜，姑母得以正位中宫，长子也被封为太子，沈氏一门从此炙手可热，但和你们谢家一直都有明里暗里的争斗……"

谢瑾握住她一只手，笑道："这个你不用说了。"

"就说怎么了？"沈荨睨他一眼，"总之，谢家树大根深，又一直掌着西北边境的兵权，姑母和太子的地位不算稳固。好不容易西境北境划开，我爹拿到了西境军兵权，但情况你也知道，几名谢家旧部并不服他。姑母心里很不满，想把我爹换下来但又一直没有合适的契机。"

谢瑾听她说到紧要处，心情也沉重起来。

"八年前西凉发动攻击，策划这场战事的便是已在西凉国内拿到军队统帅权的那名西凉王侯。他给姑母带了信，说他需要一场战事来稳固他在西凉的地位，正好姑母也想重整西境军，把不服我爹号令的吴将军等人除掉，也借机把我爹换下来……"

谢瑾点着头，没说什么。两国的掌权者借由相互间的战争来控制边关军队，掌控军权，以达成双方在自己国家内权力斗争中的某些目的，实现自己的欲望和野心，这种事并不是没有先例。

翻云覆雨间他们既对立，又依赖，彼此博弈，相互撕咬，是权力催生出来的一种邪恶危险又阴暗诡异的关系。

沈荨继续说道："……两人约定西凉这次的目标是吴将军统领的四万骑兵，一旦达到目的西凉便退兵，姑母给当时在西境军里担任我爹亲卫的沈渊下了指令……"

那时沈渊还小，沈焕很看中这个侄子，特意让他做自己的亲卫，时时刻刻教导他，这事谢瑾也是知道的。

"探得西凉准备大举发动战事后，我爹娘和西境军的几名主要将领秘密制定了应对方略和战术。这场议事连我都没能参与，是完全保密的，但作为我爹亲卫的沈渊却很清楚。"

沈荨的声音有了几丝不易觉察的颤抖，谢瑾马上感觉到了，双臂环过来，把她揽紧在自己怀里。

"我后来猜想，应该是我爹接受了个别人的建议，由吴将军率领骑兵先发制人，埋伏在西凉军必经的翠屏山谷中，等西凉大军一经过此处便发动伏击。而提出建议的人应该得到了事先的授意，不无诱导我爹之意……"她皱着眉头，继续道，"西凉军来势汹汹，大敌当前，这次吴将军等几人应该是对我爹的决议认可了，所以当夜便开始秘密召集将领，制定详细的伏击战术。"

谢瑾的声音也沉了下来："沈渊把这个消息透给了那位西凉王侯？"

"对，"沈荨道，"西凉军事先就已准备好，一得到消息，立刻出动埋伏在翠屏山谷周边，等吴将军等人一到，便展开了大肆屠杀，这一战，吴将军率领的四万西境军骑兵全军覆灭……"

两人的心都同时绞紧了，沈荨的指尖发冷，往谢瑾的怀里缩了缩。

"姑母虽想把我爹换下来，但也不想让他背太多的罪责，所以把过错都推到了吴将军头上，扣了个不听主帅命令，私自发兵的罪名。只是她没想到，西凉军杀红了眼，势如破竹杀到了寄云关的关墙下，西境军守兵几乎溃不能当。而北境援军来得太晚，我爹和我娘在城墙上督战了两天两夜，我爹被冲上来的西凉人一刀封喉，我娘身中五六刀，被抬下城墙时还未断气，她……"

沈荨眼前出现了那暗无天日的一刻，语声虽还平稳，但眼眶已经红了，唇角微微颤着，没再说下去。

那是噩梦一般的回忆。

城墙上下大火熊熊，利箭石砲乱飞，西凉人的云梯一架架靠过来，粗壮的木桩一下下撞击着城门。蝗蚁般的西凉人悍不畏死地冒着燃着火的箭矢和长矛，一波波地从云梯上冲上城墙。到处都是尸体残肢，鲜血汪成了一片片的血泊，染红了整个墙头，又汇集成河顺着墙角往下淌。

十七岁的她彼时正率领城墙上的守军与西凉人厮杀，被人拽下城墙，去见她娘最后一眼。

娘的身体上插着箭矢，中了好几刀，铠甲破得不成样子，全身都是鲜血。而爹就被人抬在娘边上,大半个脖颈被划开,头颅歪在一边,狰狞的断裂处汩汩的鲜血还在不停地往外涌。

娘挣扎着抬起血肉模糊的手臂去抹她脸上的眼泪,用尽最后一丝力气对她说:"眼泪是懦弱的表现,阿荨,我希望你以后,可以流血、流汗,但不要流泪。"

谢瑾什么也没说,只沉默地搂紧了她。

太后何尝料不到西凉军不会退兵?破而后立,她不过是想从这样的绝境和废墟中重新建立一支她能完全把控的军队罢了。

沈焕和他统领的西境军达不到她的要求,那就把这支军队完全地打碎再融合,看谁能从这个困境里脱颖而出。恐怕在整个计划里,唯一的意外就是沈焕夫妇的双双阵亡。

否则她不会故意拖延时间,等相邻的北境军终于等到援救指令时,寄云关已经被困许久。

谢瑾想起了那时的情形。

西凉大举发动进攻后,谢戟一直在等朝廷支援西境的指令。指令一下达,他即刻调拨了三万大军往西境赶,谢瑾统领的重骑营麟风营是最早到达的一批。

但也是西凉军在寄云关城墙下发动第一波攻势的第十天了。

他率领麟风营的骑兵沿着蒙甲山边缘行进,赶到正在攻打城墙的西凉军背后,从后往前杀开一条血路。冲到城楼下时,他一眼便看见墙头上挥舞着长刀一刀斩下一条西凉人手臂的沈荨。

他无暇和她说话,带领麟风营的骑兵配合城墙上的西境残军,在城墙下一刻不停地冲杀,终于将西凉军这一波的攻势杀退。

千疮百孔的城门打开,谢瑾进了城门,沈荨却还留在城楼上,部署应对西凉军下一波攻势的战术。

正好这时第二批北境援军赶到,久攻不下的西凉人吹响号角,开始大举撤退。

沈荨从城墙上下来,找到他问:"谢瑾,你带了多少骑兵?"

他道:"八千,刚折了一些,七千不到吧。"

"我这里还有一千骑兵,够了……"她揩揩脸上的血迹,通红的眼睛直直地盯着他,"你把这七千人暂时借给我,我保证原封不动地还你。"

"……你疯了?"谢瑾猜到了她的意图,"不行。"

沈荨没说话，也没移开目光，脸上和眼睛里都是恨意和坚持。鲜血凝固在她肮脏的脸颊边，把头盔下的发丝全凝在了一块儿。

谢瑾往地上吐了一口混着血和沙的吐沫，长枪往血地上一插："五千人，我借你五千，不过沈荨，你可听好了，少一个，我回头都要找你算账！"

沈荨唇角轻颤了一下，没跟他讨价还价，从腰里摸出一块肮脏的领巾，丢到一边的火堆里。

那块布在火中并没有燃起来，反而不一会儿就变得鲜丽如新。

谢瑾很小的时候就听她在他面前炫耀过，说她父亲得了一块西域上好的火浣布，用来给她母亲做了一块领巾。

他几天前听说了沈焕夫妇战死的消息，想来这块领巾就是沈荨从她母亲尸体上取下来的。

他瞧着她把那块鲜红如血的领巾从火中挑出来，拿匕首从边上割了几根布条，余下的塞回腰里。

她把那几根细布条编成一根红绳，编绳的手微微颤抖着。

谢瑾一言不发地看着她编。

第二十章 风云涌

战火纷飞，城墙上下满目疮痍，激战过后的关墙内外狼藉而又血腥，哀号和惨呼回荡在耳边，四处都是破碎的铁甲和旌旗，横插的箭矢和长矛，断裂的兵器以及翻倒的桐油。

烽烟硝尘一阵阵飘过，天地一片肃杀和悲凉。

残垣断壁下，沈荨也像一个血人一般，铠甲上和脸上、手上都是血迹，但她的脸显得很平静，眼睛里也并没有眼泪。

她不一会儿就编好，脱了靴子撩起裤管把那根红绳系在脚踝上，重新穿好靴子，这才抬头看谢瑾一眼。

"谢谢。"她嘴里吐出两个干涩的字，提着长刀转开身走了。

两天后，沈荨带着东拼西凑而来，经她短暂集训过的一万骑兵，从寄云关的城墙下飞驰而出。

她在蒙甲山深处追上撤退的西凉军，于混战中一刀斩下西凉军首领的头颅。三万西凉军军心溃散之下全无抵抗之力，在离翠屏山谷不远的一处山崖下被全歼。

十七岁的沈荨因寄云关保卫战和这次追击战声名鹊起，不久便拿到了西境军的统辖权。

卧室里的光线已经很明亮了，阳光从糊了薄纱的窗户透入，有细小的浮尘飘荡在光束中。床边的镜子越发明亮，甚至有些刺眼，谢瑾挪开身，去把帐幔拉上。

沈荨把脚从被子里伸出来，拉了拉裤管，凝视着脚踝上的那根红绳。

她亦想起那时候的谢瑾。

十六岁的少年披着重甲，已经有了成年男人的高大和坚定，血汗打湿了他的鬓角，捏在手里的长枪往泥土里滴着成串的血。他厮杀过后的眼睛里本是凶悍的杀气，看着她时那份杀气却消失了，只剩下呐呐的关切。

她没想到谢瑾会真的借给她五千骑兵，她本只是说说而已，并没抱什么希望。

五千骑兵，除去厮杀中重伤和轻伤的人，几乎是麟风营整个营的兵力。万一这五千人有什么闪失，他背上的罪名足以毁掉他的前途。

如果说之前谢瑾于她而言，更多时候像是一个有趣的对手和玩伴，那么从那一刻起，她觉得自己对他有了不一样的感觉。

或者说，是长久以来积累在心中的一些特殊情感在那一瞬间突然明朗。

只是她与他之间不仅隔着沈家和谢家的对立，而且各自掌着无法以联姻形式再次合并起来的西境军和北境军。

后来被太后和皇帝撮合她与谢瑾成亲，她不但没有拒绝，心中还有几丝窃喜，觉得这事算是她在被剥夺了西境军统辖权、亲信旧部被扣押的愤怒和不甘中唯一的安慰。

谢瑾坐起来，从背后拥着她，以身体暖着她。

沈荨回过神来，舔了舔唇道："我想喝水。"

谢瑾一笑："喝什么水？有茶，等着。"

他穿了衣袍下床，到外头的敞轩架子上拿了火炉和烧水用的铫进来。沈荨看着他往铫中注了水，放在火炉上烧，又把茶具摆好，往茶瓮中丢了茶叶。

"家里的下人不会闯过来吧？"她问。

谢瑾听她说的"家里"两个字，心下一乐，笑道："没我的吩咐不会到后院来，放宽心好了，再不济有人来了，见到你也没什么。这家里的人，还是可以信的。"

沈荨略微放心。此时铫中的水已烧开，咕嘟嘟翻腾着热气，给这个明亮却又寒凉的清晨带来几丝暖意。

谢瑾握着铫把手，把沸水注入茶瓮。不一会儿茶香浮散，那旧年的悲欢离合，血泪之痛也就随着袅袅茶香，钻出微开的窗隙，如烟尘般随风荡远，于空气中消逝。

沈荨这会儿情绪已经完全平息下来，接过他递来的茶喝了两口，道："事发之前的议事结果，只有极少数人知道，所以我也和大家一样，以为真是吴将军私自领兵去翠屏山谷，反中了西凉军的埋伏。直到今年春，我送朝廷钦差去西凉谈和，无意中得知朝中有人和西凉人勾结，且我偷听到的谈话中有提及八年前这桩惨事，这才知道这件事情有蹊跷。"

谢瑾长叹一声，并没有熄去小火炉中的炭火，让它燃着，把窗户再推开一些。

他把沈荨茶盏中的茶水添满，问道："所以你因探查这件事，惹怒了太后？"

沈荨点点头："我之前只知道朝中有人泄露了军机，而且也不知道西凉方面的人是谁，我往西凉派了大批探子。沈渊发现了我的意图便来问我，我和他大吵了一架，他回了上京禀告姑母。姑母对这事的处理态度，让我觉察这事和她有关，或者，是和我们沈家的其他人有关。"她叹了一声，看谢瑾一眼，"所以为了谨慎起见，我觉得这事还是暂时不告诉你为好。"

谢瑾笑了笑，低头喝茶。

"……既然这样，我只能先按兵不动。后来皇上给了我线索，提及姑母早年在梧州一带与一名西凉人有过很深的交情。我顺着这个方向去查，才查到西凉王的哥哥，如今的宁硕王乌桓年轻时曾离开过西凉几年。他化名李部在关内游历过一段时间，回了西凉不久就掌到了十万西凉军的军权。此后沉沉浮浮，他虽未能大权在握，但也一直没有离开过西凉的权力中心。"

沈荨说着，感慨道："如果不是皇上给了我这个线索，可能我还会绕些弯路。八年前的战事后，姑母和乌桓一直未再联络，但不久之前皇上下令撤回四万西境军下梧州屯田，太后和沈渊苦寻对策，这才又找上了乌桓。"

谢瑾一听便明白了。

十万西境军被撤离了四万，一是少了四万士兵的军饷，对于想依靠吃军饷敛财的沈渊来说难以接受；二是屯田士兵名义上虽仍然归属西境军，但谁都知道，一旦这四万人从边境线上撤下来，情况就很难说了。如果边关稳定无战事，久而久之，边境线上的军队编制就会固定下来，而一旦发生战事，屯田士兵久疏战场，整体战力下滑，仗也就很难打。

太后和沈渊这时候联系上乌桓，让乌桓掌握的小股西凉军在西境边关小打小闹地搞些战事出来，为保边关平稳，撤回四万士兵屯田的事自然也就只能作罢。

沈荨出神一阵，端着茶盏继续往下说。

"乌桓这个人，心思城府都极深，他一直被排挤，但又总能在绝境之下反扑，这些年来起落都很大。我的人潜在他周围，原本找不到什么线索，也不能确定究竟是不是他……"

谢瑾笑道："皇上的诏令一下，因屯田一事沈渊重新和他有了来往，你们便能确定了。"

"是，确认是乌桓后，事情就好办多了。"沈荨点着头说，"我的探子有了正确的方向，想尽办法从乌桓身边的人身上顺藤摸瓜，从他口中掏出了当年事情的来龙去脉，但一直没能拿到切实的证据。双方的来往都很小心，没有留下任何纸面上的东西，口说无凭，不过——"

"不过什么？"谢瑾立刻问道。

沈荨目光明朗起来，一直微蹙的眉头也舒展开："天网恢恢疏而不漏，他们既然做了，我相信总能找到实实在在的证据。只是我们当务之急，是要拿下与樊国之间这场战争的胜利，所以我说我们都得再忍忍，谢瑾……"

谢瑾微微一笑，俯身过来将她手中的茶盏拿开，握住她的手："我知道，越是这种时候越要谨慎和保持冷静。静水流深的沈将军，时候不早了，你还不打算走吗？"

沈荨反握着他的手，拇指在他手背上刮来刮去，拂了拂额前碎发看他："刚才咱们说岔了，那页笔记你不是还没念完吗？"

她不是不知道自己肩上的重任，也知道自己应该一早就离开，但谢瑾昨晚暴露出来的一些情绪让她有些担心，所以改了主意留下来，想尽量多给他一些宽慰。

当然，她内心深处也是不愿离他而去的。

谢瑾想了想，坐到窗前一张小书案边，取了纸笔，把念过的语句重新写下来。沈荨趴在他的左肩，欣赏他行云流水却又遒劲有力，极有风骨的字迹。

晨风轻绕，窗明几净，谢瑾不一会儿就写到了最后一句。

夜静梦归，唯见伊一枚翠滴耳坠遗落身畔，萦怀追忆多日，终不得再遇。

他写完，搁了笔长长叹息一声，怅然的目光落在她脸上。

沈荨从他肩上收回手，静静看了他一会儿："你叹什么气？"

谢瑾道："你说呢？"

彪悍的沈将军一下子扑了过来，双手捧住他的脸，一左一右在他唇畔亲了一记，然后又咬他的唇角。

谢瑾喉间发出低沉而欢悦的笑声，一把搂住她，抱起来扔到床上，以更热烈的吻来回敬她的突然袭击。

被褥间两人乱成一团，感觉到彼此肌肤上逐渐升高的温度和加快的心跳，两人都停了一停。

"将帅大人，"谢瑾不无遗憾和不舍地整理了一下沈荨的衣领，"时候不早了，你再不走就走不掉了。"

沈荨看了看窗外高升的日光，一下从床上弹起来，散开的发髻用手指梳了梳，重新往头顶上束。

谢瑾替她把发带系好，从后头抱住她在她头顶落下一吻："记住你的承诺，等我摘下面具的那天，你要穿那条裙子，头发也要好好梳……就梳那晚的发式。"

沈荨快速整理好衣袍，套上护臂和腰带，转过身搂了一下他的腰，亲了一下他的唇角，又摸了摸他的面具："好好好，真是啰唆……那我走了。"

她把干了墨迹的那张纸卷好放在怀里，很快便下楼去到昨晚她翻进来的院墙角落处，笑意微微地朝他转头一望。

谢瑾站在敞轩的楼台角落，看她把绳爪抛到墙后，把衣摆缚在腰间，很快顺着绳子爬到墙头，对他眨了眨眼睛，又挥了挥手，接着消失在围墙后头。

谢瑾唇边的笑意一直未曾散去，摇了摇头，回到卧室里，给谢宜写了封密信。

谢宜掌的商队，大部分都已交给了宣昭帝，但谢瑾留下了几个极为关键的马队。这几个马队中的人都是训练有素的密探，借由马队的生意往来通过关卡去到关外，便能极快地散到各个角落，收集刺探到各种需要的信息。

如今樊国与大宣局势紧张，边境贸易早已停止，但西凉与大宣之间表面上还维持着平静，边市还开放着。这时候进入西凉，应该还能顺着目标的活动痕迹查到一些有用的线索。

他不怀疑沈荨派在西凉那些探子的能力，但能多些方面和多角度去查探，也算是一种协助和补充。

他写完了信，草草收拾了一下，也从院子大门出去，骑马往军营赶。

谢瑾回到大营时正好是中午，他坐在马背上，立在坡地上方，长时间瞧着坡地下的阴炽军营地。

沙地中心的空地内，已经被人和了泥土，做成稍平整的一块地方。营地的一角围住了大片地方作为马厩，里头养着这次抢来的近两万匹胡马。

从此，阴炽军可以骑在马背上作战，训练方式也会侧重到骑兵战术和马上冲杀

第二十章 风云涌

的招式上，而阴炽军手中的武器，也势必得更新成适用于马上作战的长杆兵器。

还得再抢一批兵器过来。谢瑾思忖着，目光转到空地一边正在排队领饭食的一批阴炽兵身上。

他们沉默地领了简单的饭食，各自端着走到角落里，单独进食。

一般这种时刻都是轻松而愉悦的，士兵们总会三五成群地聚成堆，就算再内向的人都会和周围的人说笑一两句，但这些阴炽兵却是独来独往，孑然一身，如一头头孤独静默却又穷凶极恶的野兽。他们快速吃完食物，便下意识地把武器拿到手中，似乎只有手中的刀枪剑戟才是他们永恒的朋友。

谢瑾知道，一旦有人走到他们身边，他们便会抬起头来，用面具后的眼睛狠狠盯着侵犯者。暴戾凶狠的气息在他们的身上显露无余，像他们手中饮过血开过锋的武器一般。

他看着这群人，他们是他的兵，他将以血洗枪，带领他们穿越胡尘飞沙，暴骨狼烟，在北境的万丈土地上成就新的功勋。

他仰起头来，极目望向天际。

上午还是晴朗的天气，不过半日却又变了，暗沉的积云在天空中翻滚着，风卷起地上的尘沙于半空中肆虐，渐渐遮盖了天日。

狂风吹散束在头顶的长发，沙砾子扑到脸部的金属面具和手肘的皮革护臂上，又簌簌滑落。

风云涌动间，他听见自己身体里血液汩汩流动的声音，插在后腰上的长枪在身后铮铮而鸣。

犹如平地上空爆开一道惊雷，长枪一挑苍穹破，惊龙一啸乾坤动，一支军队从北境的望龙关下横戈而起，于残阳孤月下，沸雪暮沙中，沿着北境线一路展开了征程和杀途。

猛虎啸壑，饥鹰鸣空，他们的铁蹄踏过莽莽苍野，如车轮碾落尘土，阴火肆虐过山河，所过之处只剩下遍野的饿殍枯骨和肉泥血沙，一片片修罗地狱般的残迹凶荒跟随他们的足迹在漠北大地上接二连三出现。

人们瞠目于他们声析江河、势崩雷电的气势和行军速度，叹服于他们整齐划一又分而攻之的杀阵和作战方式。他们锐利的锋芒如耀眼的太阳灼痛人的眼，暴戾凶悍的杀性令所有人惊惧胆寒。

他们几乎杀尽了樊国布在北境一线靠南的兵力，并且把战线往北推移，最近一次还打到了离樊国王都不远的滦河边。

带领这支队伍的首领，前北境军统帅谢云隐，再次被人以另一种口吻在大宣的朝堂上下频繁提及。

而这个本就在北境如雷贯耳的名字，也再次以望龙山山脉为中心，传遍了边关内外的每个角落。

傍晚又起风了。

落日隐于远处关墙外，城墙上旌旗飞舞，铁甲兵戈鸣吟隐隐。

沈荨站在望龙关巍峨的城墙上，伫立在城楼的墙垛处。

萧萧长风吹起她鲜红的披风，扬起头上的青丝赤带，她的目光落在远处，有明显的担忧和不安。

崔宴来到她身后，不发一言地往远处瞭望。

天边风动云疾，大片乌云堆积，又流动着散开。

沈荨转过头来："军师，我总有种不好的预感……"

崔宴点头："朗措这次的忍耐的确令人吃惊，不过樊国布在北境沿线以南的这些兵力，除了黑龙堡的一万骑兵是他的亲兵，其他一半是前樊王时期便驻扎下的，一半是朗措从他降服的北边部落调过来的，他自己在樊国王都囤积的十五万精锐骑兵，并未受到影响。"

"话虽如此，我真没想到他能忍到这个地步，"沈荨道，"还有，阴炽军的征程，不能再往北深入了，滦河一带便是终点。"

她转身下了城墙，给身后的徐聪交代了一句："这次阴炽军回营，让谢瑾亥时来我帐里。"

崔宴没跟她一起下去，只站在城楼上，长久地瞧着远方如卧龙一般起伏的山势。

不一会儿，远处有一队长长的骑兵队伍从山隙中快速往城门方向而来。崔宴令人开了城门，打头的旗兵很快便举着黑色的军旗过了城门。

他负手瞧着下方打马而过的阴炽军。

这支军队不再是他以前掌控过的野路子暗军了，他们已经被允许穿甲戴盔，也允许竖起自己的军旗，但他们身上的盔甲大部分是从敌军的尸体上扒下来的，并不统一。

尽管如此，整支队伍经历了战火和鲜血，气势是整齐划一的肃杀和凝重，当他们驰马而过时，身上那种冷凝的煞气令人侧目而心生寒意，再杂乱和破烂的装束也不能减去这种阴冷的压迫之感。

在多次的征战中，两万阴炽兵折损了一些，但是不断有人自四面八方源源而来，请求加入这支凶名在外的队伍，尽管他们知道这支队伍还不是大宣正规的军队，士兵也还没有军饷。

他们紧紧握着刀枪，沉默地站在望龙关大营外的空地上，很多人脸上都有刀疤，个别人脸上还带有黥刑的刺字。

谢瑾对他们的选拔是仔细而严苛的，但对这些人的过去从来不问，即便知道他们是在逃的钦犯。只要经过考核得以获准加入阴炽军，他们便只有阴炽兵这一种身份。面具戴上，与从前割裂，自此生命中只有无休止的征程和拼杀。

但是等到获得正式编制，取下面具的那一天，他们也将以一种全新的身份和面貌正大光明地站在阳光下，这大概是他们燃烧血汗、拼尽全力的缘由。

即使身处黑暗，仍然希望能够向阳而生。

阴炽军沉闷无声地通过城门，所有人默默注视着他们，并没有给予欣喜的欢呼和热烈的迎接。

长长的队伍通过城门后，谢瑾拎着长枪纵马而来。崔宴朝他做了个手势，他微微点了点头，先回了阴炽军的营地。

他在自己的营帐内冲洗了一下身体，洗去身上的血腥味，换了一身衣袍，出来时正好遇上一批新兵的考核。

这回阴炽军深入樊国腹地，往北冲到溧河一带，离开大营十日有余，等待在营地外请求加入阴炽军的人已经累计好几百人。这几百人蹲在大营外不远的空地上，既不出声，也不离去，饿了就摸出包袱中的干粮啃上一啃，天黑了把包袱往地上一放当枕头，就地蜷缩着身体入睡。

营地的守卫对这群人很头疼，一听说谢瑾回营，便把人都放进来，领到了坡地下的沙地边。

谢瑾估摸了一下时间，命人把这些人都带到空地中央，即刻开始选拔考核。

这次与溧河沿岸的樊军交战，阴炽军损失了两千多人，的确需要快速补充新鲜的血液。

沈荨从荣策营的营地骑马往中军大帐走，正好经过这一带，她在坡上驻马停下来，瞧了瞧下头阴炽兵的选拔情形。

北地天黑得晚，戌时过后天才暗尽。下方的校场内燃起火把，谢瑾一身玄袍，纹丝不动地坐在两面黑色军旗中的一张椅子上，身后站着祈明月和穆清风。左右各有两列玄甲玄袍的阴炽兵一字排开，一色的面具在火把照耀下泛着同样的凶光恶气，像一群从地狱里出来的恶鬼。

这森冷的阵仗和架势，但凡胆子稍小一点，大概都会被吓得腿软。

沈荨不由微微一笑。

刚开始的选拔很简单直接，十名应试者为一组展开厮杀，为时一刻钟，不论兵器和招式。一刻钟后军鼓敲响，还站在场地中的人留下，倒在地上的人被拖走，由军医处理过伤口后，塞给一包粮食和少量药品，送出大营。

如果十人中都没有人倒下，则说明厮杀放了水，十个人全遣走。

暂时留下的人，稍晚将进行第二轮骑射的考核。数匹性子最烈的胡马已经从马厩中被牵出，在校场边上烦躁地刨着蹄下的沙子。

沈荨看了一会儿，骑马走了。

第一轮的选拔看完，谢瑾略略交代了两句，赶去了沙地上方的北境军大营。

中军大帐前的校场上火把通明，沈荨正跟两个重骑营的统帅凌芷和李覆在帐前说事，不一会儿宋珩也被叫来了。

校场上有一队骑兵正在操练，宋珩领来的一队步兵穿插其中，正在用少量的士兵演练沈荨自创的梅花阵法。

这个阵法可攻可守，以步兵的弓弩手和盾牌手组成中军阵，骑兵方阵围绕在两侧，机会到来时既可快速从两翼展开队形进行包抄和攻击，也可在有险情时快速回防，游兵阵在最后方，可以适时补充到其他方阵中。

几名将领看着场中的演练情况，不时说上两句。

谢瑾过来的时候，大家都停止了交谈，朝他看去。

"参见沈将军。"他朝沈荨抱拳行了一礼，然后朝其他人点了点头，"崔军师、李将军、凌将军、宋都尉。"

沈荨只瞥了他一眼便将眼光转开，注视着校场中心。

"请谢统领亥时正过来，这会儿都过了半刻钟了，"她冷冷道，"既来迟了，那就再等一会儿。"

谢瑾似是忍气吞声地默了一默，才应道："是。"

他退开一步，正好站在阴影里。宋珩略不满地朝沈荨看了一眼，张了张口，但没说话。

沈荨专心致志地看着阵法的队列变化，并没理会谢瑾，其他人也都不好跟他说话。

但谢瑾一身黑袍，脸上的面具晦暗，即便立在角落里一言不发，众人也能感觉到他身上直逼而来的那种锋冽的气息。

现在的这位阴炽军首领，已经与不久前的北境军主帅有了明显的不同。

以前的谢瑾尽管大多数时候都冷着一张脸，但他心思缜密、处事周到，大概是需要操心和考虑的事情太多，大多数时候会藏住自己的锋芒，以一种沉稳周密、持重而有担当的大军统帅形象出现在众人面前，也因此而赢得将士们的尊重、爱戴和誓死追随。现在，他抛却了一切杂务，只专注于战场上的冲锋陷阵，已经完全转变为一名凌厉孤绝的杀将，不自觉便会攫住人们敬畏和惧怕的目光。

像刀刃上那一抹最扣人心弦的冷锋，炫丽幽冷，无声无息，却最为致命和危险。

直到校场内的士兵们初步掌握了阵法的演变，沈荨才把目光转向一直沉默的谢瑾。

"谢统领……"

谢瑾上前一步："沈将军有何吩咐？"

"阴炽军现在的存粮，大概有二十多万石，够阴炽军的士兵和马匹吃上三四个月还有绰绰有余是吧？"沈荨问道。

谢瑾唇角一抿："是。"

"那好，"沈荨从他脸上移开目光，"既如此，上回你申请的开炉炼甲，可以进行了。刚从靖州、屏州征得一批铜铁矿，崔军师会与你商议铠甲的细节，但是你得拿粮来换，三石粮换一件铠，两万件铠，六万石粮。"

谢瑾没说话，一边的宋珩忍不住嘀咕道："三石粮换一件铠？这些粮草可是阴炽军拿命换来的，沈将军此举有些不近人情了吧……"

沈荨朝宋珩看了一眼，冷笑道："我不近人情？朝廷是准了阴炽军穿甲，可兵部并没有炼制这批铠甲，户部也没拨下这批炼甲的军费。我们自己开炉，所用的一分一毫都是从北境军的军费里抠出来的，还要加上人力物力……"

"沈将军不必再说，我换便是。"谢瑾微微一笑，出声道。

宋珩哽了一下，悻悻把"大家都是一家"这句话咽了回去。

沈荨点点头："还有，阴炽军从今日起不再出关，滦河一带的行动暂时停止。"

"为何？"谢瑾忍不住问道，"我记得之前阴炽军的出征计划，是征得沈将军同意的。"

"我改主意了。"沈荨只说了一声,扭转头便要回帐。

谢瑾忽上前一步,拦住她的去路。

"阴炽军只要再拿下一场胜利,朝廷之前下拨军饷的承诺便能兑现。"他声音冷冽,颀长的身形挡在她身前,整个人像一柄隐在鞘内的利剑一般,但隐忍的锋芒却掩盖不住破匣而出。

"沈将军在这个时候停止了阴炽军的出征,是何意?"他寒声问道,面具下的眸子紧紧凝在面前人的脸上。

一边的几人都明显感到两人之间的暗流涌动,不安地相互看了一眼。

李覆的嘴角动了动,想替前主帅说上两句,但犹豫了一下,最终没开口。只宋珩不怕死地火上浇油:"之前阴炽军的一些军功,沈将军就压下来没往上报,现下又不许阴炽军再进一步,大概是看不得阴炽军——"

"住嘴!"崔宴喝道,狠狠剜了他一眼,目光转到剑拔弩张的两个人身上。

谢瑾没说话,唇角微微挑着,是一抹意义不明的笑意。

沈荨漠然地迎着他的目光,缓缓道:"压军功也好,暂时停止阴炽军的行动也好,一切都是从大局出发。我如今是北境军主帅,没有必要把每个决定的理由都告诉你们吧?"

她毫不示弱地盯着谢瑾,说的话却是回答宋珩等人明里暗里的诘问。

两人静静对峙着,一时周围的空气似乎更冷了。李覆想打圆场,又不知该说什么好。

半晌,谢瑾点点头:"沈将军,借一步说话。"

"有什么话在这里说就好了。"沈荨转开脸。话音刚落,谢瑾一把扣住她的手腕,拽着她便往大帐内走。

第二十一章 山泽覆

凌芷低呼一声，上前一步。崔宴止道："凌将军！"

凌芷朝宋珩看了一眼，宋珩摸摸头，神色有些懊恼。

"叫你多嘴挑拨！"凌芷瞪了宋珩一眼，紧张地看了看已经进了大帐的两人，"他们不会打起来吧？"

宋珩伸着脖子往大帐内瞧，这时帐帘被一只手臂一拨，垂下来掩了个严严实实。

片刻后里头传来乒乒乓乓一阵乱响。

李覆一急，往前跨了两步，想冲进去劝架。崔宴再次将他一拦："别进去，他们的事让他们自己解决好了。"他说罢，唇边隐隐现出一丝笑意，"沈将军和谢统领从小打到大，不会有什么事儿，都散了吧。"

"这倒是，"李覆愣了一愣，随即哈哈笑道，"几年前在葵龙沟也是这样，一言不合就开始掐架。"

气氛松快了些，几人一时都没离开，嘴里说着闲话，眼光不断往大帐紧闭的帘子跟前飘。

大帐里的风光却完全与众人的想象背道而驰，这会儿沈荨正被人抱坐在长案上，因一时不慎被带落的几件狼牙拍、勾杆、铁蒺藜等防具乱七八糟地堆散在长案的案角和地上。

方才便是这几件器具被甩落之际发出的叮叮当当的声响，两人一时不敢动弹，沈将军的手臂环在谢统领的肩上，掐着他后颈上的肌肤。

"你疯了？有人闯进来怎么办？"她贴着他的耳根悄声埋怨。

谢瑾双臂撑在案上，身体前倾迎合着她的拥抱，低声笑道："十多天没见了，你不想我吗？"

"不想。"沈荨嘴硬，片刻又忍不住笑了起来，寻到他唇角挨了过去。

他由她亲着，然后回敬她一下。

沈荨双脚在案下一晃一晃的，摸着他的后衣领上镶的一圈狐毛："这次没受什么伤吧？"

谢瑾鼻尖贴着她的侧脸，让脸上的面具冰着她。他现在发现，她似乎挺喜欢这样。

"受没受伤，你亲自检验一下就好了。"他笑道，"今天太晚了，你明天回家吗？"

沈荨转着眼珠想了想："能抽出几个时辰，但待不了多久。"

谢瑾点头："好，那我先过去等着你。"说完，搂紧她的腰肢偏头吻过去。

沈荨眼角瞟着帐帘，扯着他脑后的头发，含混不清地说："好了……好了啊，差不多了……"

她不安地在案上扭动了一下身子，案角边上几只摇摇欲坠的铁木角被晃落跌下去，正好撞到地上的狼牙拍上，再次发出一阵声响。

尽管声音轻微，还是被帐外竖起耳朵的人捕捉到了。崔宴神色不动，若有似无地挡在帐前，问李覆："李将军，方才梅花阵两翼的骑兵，还可以再收紧一些吗……"

里头两人的身体再次僵了一僵。

谢瑾喉间发出几声模糊低沉的笑声，脸退开一些，改以手指指腹爱抚着她水光润致的唇瓣。

"为何不让我继续？"他压低声音问，"我心里有数，这次滦河上游往西的行动过后，我便按兵不动了。"

"阴炽军光芒太盛，这时候必得压一压，"沈荨脸色严肃起来，"你非去滦河西干什么？"

谢瑾贴着她的耳根说了几句，沈荨眼中光芒稍现，随后又道："不行，太危险，我不允许你拿自己作诱饵。"

"放心好了，我有准备。"他亦敛了唇边的笑意，沉声道，"我不会拿阴炽军来冒险的。"

沈荨犹豫一阵，咬着唇不说话。

"别咬——"谢瑾摩挲着她的下唇，"你听我说……"

沈荨皱着眉头止住他:"这会儿别说,明晚再商量这事。谢统领,你现在该出去了。"

谢瑾微微一笑,把她从案上抱下来,亲了亲她的脸颊:"你过会儿再出去。"

他直起身子,哪知脸上的面具把沈荨的一缕头发挂住了。这一陡然离开,沈荨一声惊叫没忍住,"啊"了一声,脑袋直撞到他脸上,低呼道:"头发……头发……"

谢瑾又好笑又心疼,赶紧伸手去解,谁知那绺头发缠得很紧,一时半会竟解不开。

他不由打趣道:"阿荨,解不开,要不把这绺头发剪了吧。"

"去你的,"沈荨恨道,"你敢,你要剪了我的头发我和你没完。"

"好啊,"谢瑾笑道,"我等着看你怎么个没完法。"

话虽如此,他还是稳住呼吸,轻轻地侧头摸索着把那绺发丝从面具边上一丝丝抽开。

他鼻间的气息一缕缕温着头顶,沈荨顺势抱住他的腰,叹了一声:"谢瑾,你身上的味道真好闻。"

"洗干净了才来见你的。"谢瑾终于把那绺发丝解开,吁了一口气,揉了揉她被扯住的那处头皮,"好了,疼不疼?"

沈荨摸摸头,推他:"还好,你快走吧。"

谢瑾整了整衣襟,撩开帐帘。迎面便是唰唰几道目光扫过来,有好奇,也有按捺不住的兴奋。

谢瑾不动声色,朝众人略一拱手,一声不吭地走了。

大伙儿立刻往帐内看去,不一会儿沈将军也出来了,表面上倒是看不出什么异常,但与之前相比发丝微有凌乱,方才里头又动静不断,显见是动了手,乱七八糟地散在各处的防具也可见一斑。

只不知两人过了几招,较量的结果如何,这次又是谁让步。

沈荨捋着头发,扫视众人一眼:"咦,大家都还没散啊?既如此,我还有几件事……"

大伙儿赶紧一哄而散,崔宴看了主帅大人一眼,摇头叹了一声,也拔脚离开了。

这一晚没有下雪,但天空飘起了细雨,绵绵的雨丝浸透了纱窗,幸而窗前已垂下厚厚的一层帐幔,将沁骨寒意略微隔绝在外。

屋角的过风处燃着一个银骨炭盆,拔步床边的帷帐放了一半下来,里头春意融融。沈荨披着外袍，跪坐在床上，拿小签子挑了药，在谢瑾背上的伤处轻轻抹着。

谢瑾光着上身趴在枕上，被子盖到腰间。沈荨的指尖有些冰，不时触到伤处周围的肌肤，谢瑾一点也不觉得痛，只觉惬意中又有丝丝酥痒，挠得心湖也在微微荡漾。

这次的伤在肩上，横七竖八地交错着。他从滦河沿岸回营的路上伤口就结了痂，但仍是触目惊心地灼着人的眼。

"不是允许穿甲了吗？"沈荨气哼哼的，在他腰侧掐了一下，收了药把药箱放到一边的几上。

谢瑾坐起身来，笑道："别人身上扒下来的甲不穿也罢，出征滦河前不是还没收到诏令说可以穿甲吗？我自己的铠甲便没带。"

"这种时候还讲究这么多干什么？"沈荨白了他一眼，拿来一件中衣给他穿上。

谢瑾一面穿衣，一面道："阿荨，想剿灭阴炽军的不只樊王一个，太后和沈渊早就把阴炽军视为眼中钉。如果不出我们意料的话，这次去滦河西，乌桓的一队西凉军可能会埋伏在半道上……"

沈荨沉默不语，谢瑾下了床，坐到书案前把压在镇纸下的一张地图抽出来放到面上。

"樊王早就在那里做好了布置要把阴炽军一网打尽，我如果能将计就计，把西凉军引过去，让他们和樊军拼个你死我活，一方面能破坏西凉和樊国的盟约，一方面也可以惹怒乌桓，他急怒之下或许去找沈渊麻烦。"

他把沈荨抱过来，让她坐在自己腿上，一手环在她腰间，一手拿了笔在图上虚虚画着。

"要去滦河西，必走伍贡山，西凉军如若要进行伏击，应该会埋伏在这一线。阴炽军杀名在外，为确保万无一失，他们应该会等到我们与樊军交战后撤退，趁我们力气不济时再发动攻击。"

他手中的笔尖指到伍贡山山尾的一处山坳，停了停。

"樊王虽一直忍气吞声，但这次也到极限了，他在滦河一线秘密布置了大量兵力，想等我们一到就展开围剿，我会小心把大部分樊军引到这个山坳里来。"

"你怎么做？"沈荨转过头盯着他。

谢瑾微微一笑："这段时间和樊军交战，我们囤积了不少从樊军尸体上扒下来的军服，只要故意让西凉军打探到我们为混淆耳穿上樊军军服，那么真正的樊军一到，他们会认为这些樊军就是阴炽军……"

沈荨笑嘻嘻地捏了一下他下颔:"你一早就计划好了?"

谢瑾"嗯"了一声,握住她那只手瞅着她道:"怎样,沈将军?允不允许我出征滦河西?"

沈荨想了想:"那我带荣策营也埋伏在周边,以防有什么意外。"

谢瑾见她点了头,便拿笔蘸了朱砂,在地图上点了几个点:"你如果要去的话,可以事先埋伏在这处,到时我会带人从这边走……"

沈荨侧头看他,见他一面沉思着,一面不时点着笔尖,长睫下双目清湛有神。这种时候,一般他眉心会微微地凝蹙着,秀眉也会略微上挑,可惜被面具挡着,那种熟悉的神态只能凭想象了。

她叹了一声,把冰冷的双手往他衣领里探。

谢瑾慢慢停了手:"干什么?"

沈荨哈哈一笑:"手冷,给我暖暖。"

"那就伸到里面来,"他抬起双臂,等她冰冷的双手摸到肋下,才放下手臂把那两只手掌夹住,"暖和些了吗?"

"暖和了。"沈荨心满意足地叹了一声,把身体也整个儿贴上去。

谢瑾搁了笔揽住她肩头,长时间注视着案上的地图。

外头的雨丝更密了,有细细的雪点子夹在其间飘落下来,寒气从微开的窗缝里一股股往屋子里侵。他把人抱到床上,放下了床帐。

三日后的夜晚。

风紧云厚,月隐星黯,雪没有下下来,凛洌的寒风在山涧上下呼号着。

沈荨裹着狐毛披风,策马立在一处山崖上,旁边是孙金凤与冯真,身后的树林里,隐着荣策营的五千将士。她的目光凝注在山崖下一处黑乎乎的山隙处,谢瑾带领的阴炽军正从那里秘密通过。

不一会儿有哨兵来报:"禀将军,阴炽军已过了贡虎涧,现暂时停了下来,等待前面探子的消息。"

沈荨领首,把目光转向西面方位。

离此地五十里处的山坳中,已有一小股的西凉军从昨夜起便潜在暗处,但据沈荨的探子回报,大批的西凉军一直集聚在伍贡山山外靠近西凉与大宣交界处,并没有深入山腹中。

她压下心头那丝不祥的预感,静静等着前方侦查樊军情况的探子回报。

半个多时辰后,两名探子回来了。

"什么情况?"沈荨见两人一脸疑惑,立刻出声询问。

一名探子道:"伍贡山尽处的滦河河岸,本已囤积了大量的樊军,昨晚我们才探过,约莫有两万多人,但今晚摸过去时,这批樊军却退了,一个士兵都没留下。"

沈荨吃了一惊:"退了?全退了?什么时候退的?"

"看樊军驻扎处留下的炊痕,应该是天亮前就退了。"那探子思忖着,问,"还要再探吗?"

"已经退了一天?"沈荨眉头皱了起来,沉吟着摆摆手,"下去吧。"

她朝远处的滦河岸方向眺望,但天地间一片漆黑,视野中只能见到远处山林团团的黑影。天际中晦暗的沉云压得很低,直压到人的胸口上,压到人透不过气来。

"什么事会促使樊军放弃围剿阴炽军的行动?"她喃喃自语着,"……除非,有比绞杀阴炽军这个心头大患更重要更急迫的事……"她猛然回头,"西凉军呢?西凉军的探子呢?"

"刚遣过去一个多时辰,大概还有半个时辰才能回来。"孙金凤应道,接着一呆,"……将军?"

灰暗的夜光下,她看见沈将军的脸突然变得惨白,双眼中的眸瞳像黑夜里幽幽漂浮的暗光,而那两点暗光霍地一下燃烧起来,下一刻她听见沈将军叫了起来。

"纸呢?谁有纸!"

大家面面相觑,沈荨二话不说,拿匕首划开一角衣袍,咬破手指,直接在上面写了"撤退"两个字,接着写下望龙关、葵龙沟、万壑关等几处地点,摸出怀里的帅印在下方使劲一盖,唤了亲卫徐聪上前。

"徐聪,你带领一队人马,立即赶回望龙关,一刻也不许耽搁,务必把这封军令交到崔军师手上,要快!"

徐聪瞧着那封明令撤退的军令,大惊失色:"将军?这……"

"撤!全都撤!"沈荨厉声喝道,"迟一刻便是万千人的性命!"

"将军!"大家齐声惊呼。

慌乱之下,孙金凤和冯真胯下的马嘶鸣起来,山风狂乱地肆虐着,有树枝被刮断,一瞬间山摇地晃,整个山头似乎都被风浪掀起来,成了暴风骤雨中即将倾覆的一叶残舟。

第二十一章 山泽覆

沈荨胸口起伏,深吸一口气,看定徐聪。

"今夜西凉军大举出动,探子虽还未回报,但这批西凉军一定会转道去寄云关。镇守寄云关的沈渊恐怕会对这批西凉军的动静掉以轻心,以至大意失守。而西凉军的后头会跟着大批的樊军,一旦寄云关被打开一个缺口,樊军从西境进入关内,北境延绵万里的关墙便成了摆设。没有了关墙的抵挡,八万北境军只能被樊军前后围着打,不撤离的话便只有等死了!"

她语声虽急促,但仍旧沉稳坚定,令有几丝慌乱的徐聪完全冷静下来。

"将军放心!徐聪定不辱命!"她应了一声,立刻跃上马背,点了一队人马往山崖下冲。

"冯真!"沈荨朝冯真转过身,双目中的火焰迎着风势燃烧起来。

"末将在!"冯真大声应道。

"你即刻带一千荣策营将士赶往西境的长源寨和崎门关,让我留在那儿的西境旧部做好准备,避过这波势头保存实力,等我的召集。记住一路小心,避过西凉人和樊人,不要跟他们正面冲突!"

"末将得令!"冯真没有一个字的废话,马上掉头而去。

两支小队人马很快消失在狂风呼啸的夜色中,沈荨定了定神,这才看见山林暗处,树影摇曳中一人纵马急急赶来。

沈荨下了马,等他也翻下马背,上前扑入他怀里。

谢瑾紧紧搂住她。

片刻后,她抬起头来,风吹乱了她的发丝,发带在夜空中飘扬起来,令他的心也跟着在狂风巨浪中沉沉浮浮。

"谢瑾,"沈荨抚着他脸上冷硬的面具,"我得去寄云关瞧瞧,无论能不能挽救,我也得去。"

"寄云关恐怕大势已去。"谢瑾凝视着她,摸到她抚在他面具上的手,紧紧握住,"我这就从骑龙坳往下,守住西境和北境的交接线,先把樊军拦一拦。"

沈荨有点失神:"拦得住吗?"

"拦不住也得拦。"谢瑾道,"你放心,我会量力而行,尽量拖住樊军,留给北境军撤离的时间,一旦确保最近的葵龙沟守军撤离,我就跟着撤。"

他微微一笑,宽慰她:"骑龙坳有顾长思的八千兵马,此外我们还有熟悉地形的优势,拦上一两天不成问题。"

沈荨只埋在他怀里不说话，身子略微发抖，大概只有在他怀里，她才会流露一丝从不在外人面前展露的情绪。

"我事先为什么没想到？"她喃喃道，"我为什么——"

"阿荨，别自责，西凉和樊国会以这样的方式联起手来进攻，谁也想不到。"谢瑾止住她，"之前西凉和樊国结盟，我们都认为西凉只会在兵力上暗暗支持樊国，没想到西凉这时就撕破脸明目张胆兴兵入侵，而且还是主力。"

他抬头，望向远方。风咆哮着卷起落叶，天地间什么也看不清晰。

"西凉突然撕毁协议大举进犯，一定是上京那里出了什么问题……你已经做了该有的准备，北境军和靖州、屏州的百姓撤离起来很快，放心吧。"

"往好处想，"谢瑾抚摸着沈荨的肩头，"我们今夜深入樊国腹地，在这里发现了樊军和西凉军的动向，北境军不至措手不及，能最大限度地保存实力，失去的地盘，我们再一寸一寸地拿回来便是。"

沈荨抬起头来，面容已经恢复了冷静，只余眸中一点未曾平息的波澜，这点余光耀得他心碎。

她摸摸他的脸，指尖和他脸上的面具一般冰冷、坚硬。

"如若我赶到时寄云关已失陷，我会在西境线上召集留守在各处的旧部，"她道，"然后再看局势，想办法赶往源沧江对岸的陈州和撤离的北境军会合。"

"好，"谢瑾迎着她的目光，轻声却又坚定地说，"不出意外的话，皇上应该会下旨让我留在后方，而这片土地是我最熟悉的地方，我也想留在这里。骑龙坳的八千兵，这时候也正该发挥作用。"

沈荨注视谢瑾片刻，没再说什么，环着他腰的双臂紧了一紧，随即松开。

谢瑾退开两步，翻身上马，深深看了她一眼，掉转马头甩落马鞭。骏马怒嘶一声，撒开四蹄，带着马上的人于飞沙走石间绝尘而去。

沈荨长久地凝视着他的背影，直到他消失于狂澜涌动的夜色中，她的目光仍然停留在那个方向。

这时去打探西凉军的探子回来了。不出她所料，留在伍贡山外的大批西凉军早在几个时辰前便转道离开，作为先锋扑向寄云关，只留下埋伏在山坳里的一小队西凉军，试图在这里监视着阴炽军的动向。

沈荨呼出一口气。

"金凤，"她唤道，从马背上拿起凤翅银盔戴在头上，"走吧，去寄云关。"

第二十一章　山泽覆

孙金凤抖了抖九环大刀上的铃圈,清脆的声音在那一刹压过了嘶吼的风声。长刀在她手中旋了一周,刀光划破黑夜和尘沙,挑起一抹亮色。

"走!"她扬声应道,双腿一夹马腹。

急促的马蹄缭乱风幕,惊起的落叶狂舞,天空中的云浪翻滚着,终于,大片的雪花落了下来。

大宣昭兴三年冬,刚被册封为瑜妃的西凉和亲郡主蓝筝于宫中暴毙,西凉人几乎在她咽气的同一时间以此为由,撕毁与大宣的停战协议,突然对西境线的心脏寄云关发动攻势。驻守寄云关的西境军统帅沈渊措手不及,仅仅两个时辰便被西凉和樊国的联合大军攻破了寄云关的城门。

兵强马壮的西凉军和樊军像漫天的蝗虫,从寄云关城门下冲进关内,樊军稍做整歇,随即往北进犯。

北境高大巍峨,沿着纵横山势修建起来的,如苍龙卧野一般延绵万里的关墙形同虚设,完全丧失了以往稳固而强大的保卫功能。

不幸中的万幸,便是北境线上驻守的北境军几乎分毫不损地带着粮草和军备撤离到了源沧江对岸,避过了如狼似虎的樊军的前后围击。

靖州、屏州等关墙下数个城池中的百姓,也在樊军冲进城内时早早撤离得一干二净,穷凶极恶的樊军眼前,只有一地鸡毛和残破零碎的锅碗瓢盆。

有一支军队,在北境军护着关墙下百姓撤离的时候,誓死拦住了凶悍彪勇的樊国先锋军,尽管死伤无数,但不曾退让半分。激战一天一夜后,这支大部分士兵戴着面具的队伍于第二天清晨突然撤退,从望龙山山脉的骑龙坳下渡过潋水,往北消失在西凉和樊国交界的丘陵地带中,隐去了踪迹。

西境军统帅、寄云关的守将云麾将军沈渊,在头批西凉军先锋到达寄云关城墙下时,率领三万骑兵冲出城门迎战,在城墙下开阔的谷地中被随后压上来的十数万西凉军和樊军碾压式攻打。西境军骑兵兵败如山倒,几乎顷刻间便在寄云关的关墙下被屠杀殆尽。

沈渊的亲卫拼死把重伤的他拖回关墙内,与极少数西境残兵一起退往源沧江对岸。

西樊联军在极短的时间内占领了寄云关,西凉军随后对关下的梧州、明州等地展开大肆屠杀。

生灵涂炭，万野哀鸣，自此，西凉和樊国的三十二万联军完全攻占了西北边境，并很快扩张着侵略范围，一路烧杀抢掠往南而下。战火几乎是在一眨眼间，便沿着广源道烧到了源沧江以北的沿岸。

大宣广袤的西北领土，大半壁沦陷在异族冷酷血腥的烽烟铁蹄之下。

源沧江以南的松州军和陈州军，联合退回的近七万北境军，在大江沿岸扎了营，与大江以北驻扎下来的二十万西樊联军的主力军队暂时形成对峙之势。

大宣的这支联合军队，由朝廷急派过来的武国公陆年松统领，从江北退回来的一些西境残兵和榆州、浜州残兵，再加上附近几个州府紧急调拨过来的军队，一共凑成了二十多万大军。

而西凉和樊国的其他十几万骑兵，以及陆陆续续南下进入关内的西凉军和樊军，以寄云关和梧州往南，一直到源沧江这一线的广源道为中心，分别往东西两面扩张着攻占范围。他们的铁蹄纵横在源沧江以北的大片土地上，蚕食鲸吞着一个个还未被攻陷的城池，摧毁了大量的城郭和村庄。

有些城池的守军早已望风而逃，留下惊慌失措的百姓于战火和屠杀中流离失所，仓皇南逃。

当然，也有个别城池的守军闭城锁门，捍卫着城中的百姓，立誓要与他们驻守的地方共存亡，流尽血汗也在所不惜。

风雨飘摇中，深受重创的大宣已经没有余力再派遣军队去支援保卫大江北岸的这些城池。西凉和樊国的二十万主力大军就在大江对岸虎视眈眈、伺机而动，一旦这支气势汹汹的雄军攻过大江，便能直取京道，势如破竹地一路往大宣心脏攻占，扑往上京。

大宣朝堂上下都心知肚明，集结在源沧江以南的这支大宣朝廷军，虽然人数有二十多万之众，然而除了身经百战、军纪严明的七万北境军，其他州府的军队基本没有经历过什么大型的战事，士兵的战斗力与凶悍的西凉人和樊人相比，完全不堪一击，胡人一人可抵七八个人。

何况这二十几万军队内派系林立，要在短期内融合并凝聚成强大的战斗力，谈何容易。

再说要越过源沧江一线西樊联军的枪林箭雨去到北岸，势必会有巨大的牺牲和损失，忧心和焦虑中的大宣掌权者，不得不暂时放弃了那片土地。

大宣的国土，以源沧江为线，被分割成了两半。

第二十一章 山泽覆

沦陷的那一片国土硝烟弥漫，疮痍遍布，颠沛流离的难民在饥荒和恐惧中呜咽悲鸣着，不时倒在南下的逃亡路途中，成为遍地饿殍中一具新的白骨，再被风沙掩埋。

然而在大江以北这片苍凉而惨烈的土地上，很快冒出了一支军队。这支军队在残破的西境线上各个荒僻的关隘处集结，几乎是奇迹般地整合成了近万人的队伍。他们从西境线的长源寨和崎门关下出发，重新扛起西境军的大旗，与肆虐在辽阔西北大地上的西樊军打起了游击战。

这支军队狡黠而勇猛，经常出现在落单的小股西凉军或樊军的周围，以雷霆万钧之势将之围截绞杀，然后在周围的大批西樊军赶到前便迅速撤退，消失在广袤无垠的大地上。

他们会把从西樊军处抢来的食物和衣物分发给途中遇上的灾民，个别城池在被西樊军队围攻时，也会突然得到他们的援救。他们往往从攻城的军队背后石破天惊地杀过来，解除了城池的围困，稍做歇整后再度去往远方。

他们扛着西境军的大旗，人们却称呼他们为"光明军"。

因为他们，是这片土地上被困于水深火热中的人们的唯一希望。他们撕破暗无天日的残酷屠杀和侵略，给这片悲怆而血腥的天地带来一线光明。

这支队伍的首领，便是留在源沧江以北，未随北境军撤离的前北境军统帅沈箐。

退到大江南岸的七万北境军已被收归朝廷接受统一指挥，她自愿留在这里，率领着她的"光明军"驰骋在沦陷的山河间。这片他们成长于斯的土地上，依仗地利坚强地抗击着屠刀和暴行，像蚕吞食桑叶一般，一小撮一小撮地吞噬着散落在各方的西樊散军。

第二十二章

凭陵杀

一月之后，已进入暮冬。

显州军的统帅裴誉站在残破的城墙上，举目四眺。

大雪初霁的清晨，久违的冬阳把四周照耀得一片光明，雪地反射出太阳耀目的光辉，完全掩盖了雪地之下的破败荒芜和刀痕箭瘢，以至令人有一种错觉，好像这片千里赤地从未遭受过残暴的蹂躏。

茫茫雪地与辽阔蓝天相接，地平线上有一线黑影，缓慢而狰狞地向这边移动，看来这难得一见的晴朗与宁静，又即将被撕裂。

裴誉苦笑，瞧了瞧墙头上的残兵弱将，握紧了腰畔的长剑剑柄。

显州是附近方圆数百里的土地上唯一还没被西凉军和樊军攻破的小城池，一个多月以来，显州军的都尉裴誉带领着八千将士，历经千难万险，打退了西樊散军的多次进攻，坚持到今日，八千显州守兵只剩下了五百多人，箭矢长矛也消耗殆尽，城墙的墙体到处都是裂痕和坑洞，基本算是弹尽粮绝。

裴誉不知道，自己还能坚持多久。

但必须得坚持下去，显州城里还有一万多百姓，有些是不愿往外逃难的本地居民，有些是从附近被屠杀抢掠的小城郭和村落中逃出来的难民。他们到了此地亦不愿再继续逃亡，只求能有一个避风的角落让筋疲力尽的身体得以暂时栖息，尽管他们知道留在这里也是等死。

墙头上的哨兵看见了那线黑影，即刻敲响了漆黑的军鼓。

第二十二章　凭陵杀

　　城墙上的士兵打起精神，再次挺直了身子。

　　战鼓从墙头一声声往下传递，城中窝在角落里的人们麻木地动了动身体，往城门方向看了一眼，随即又蜷缩回去，历经沧桑的眼睛里不再有惧怕和恐慌，是死水一般的平静和悲哀。

　　城墙下的士兵鱼贯把石块和土块往上搬，连夜削好的木箭和木矛也一扎扎背上来。

　　裴誉心中弥漫着巨大的悲怆和无力，他整了整残破的军装，用布条把裂开的护胸镜绑稳，朝墙内看了一眼，随即转头检视着他所剩不多的兵。

　　现在剩余的这些士兵，大部分是百姓中自愿顶上来的人，既没有受过什么正规的军事训练，体力弱，也没有什么战斗力可言，何况杀伤力强的铁箭刀枪都已经消耗完了。

　　这一次，或许是最后一战。他想，无论如何，他要打好这最后的一仗。

　　风停了，天地之间一片肃杀，裴誉瞧着那片越逼越近的黑云，微微抬起手臂："稳住！"

　　有几名刚刚顶上来，还没打过一次仗的新兵吞了吞口水，止住了颤抖的手，握紧长弓。

　　黑云渐渐扩大，显示出骇人凶狠的面目，裴誉从他们的军服上看出，这是一支西凉军，人数约莫有七八千人。他们大部分骑着彪悍的战马，少量的步兵抬着几架云梯和木桩，缓缓朝城墙下行进。

　　到了城墙下方二十丈开外，他们停止了前行，步兵把云梯和木桩放下，整理着粗壮的飞索。

　　墙头上有沉不住气的显州兵放了几支木箭，零落地插在西凉军面前的雪地上。有一支射到一名西凉兵的脚下，那西凉兵一把拔起那支木箭，朝骑兵队伍里一丢，西凉军的队列里立刻爆发出一阵哄笑。

　　士可杀不可辱，墙头上的显州兵都气红了眼。裴誉沉声道："稳住！"

　　这两个字好像是他最近说得最多的两个字，一刹那间他的思绪闪了闪，随即不可置信地瞪大双眼。

　　笑得最响亮的一名西凉军骑兵笑声一顿，他高高举起的西凉青色军旗被一支利箭射穿。那支箭矢穿过军旗，呼啸着往前飞，直插到前方的城墙一角，颤颤巍巍地不停晃动。

　　西凉军的队伍中起了一阵波澜，首领大声呵斥了一句，随后掉转马头，朝后方看去。

城墙上的裴誉也抬目，这才看见西凉军后方的那团黑云，正逆着初升的阳光，迅速往这边冲来。

他刚才也看见了那支军队，但他以为是西凉军的后援部队。

城墙下的西凉军已经掉转了方向，往那以雷霆之势杀来的队伍迎上去。

那支逆光而来的队伍立刻散开成一个雁形，两翼展得很开，雁形的头部冲势威猛。裴誉的眼睛一眨也不眨，紧紧盯着电驰星走、云龙风虎而来的那个雁头。

马蹄卷起雪泥，雪雾尘烟中有刀光迎着烈阳一闪，气贯长虹，势吞山河。

城墙上的士兵终于看清了他们的旗帜。

"光明军！是光明军！"

"光明军来了——"

一阵惊呼传开，士兵们的声音不约而同地颤抖着，眼眶里一下就涌出了泪水。

裴誉喉头一哽，险些没站住，急忙扶住身前的墙垛。

近了，近了——

两军爆发出磅礴的嘶吼声，气势高昂、彪悍凶猛地碰撞到一起，随即像猛兽一般相互撕咬着。雁头以千钧之率先杀进西凉军的队列中，雁形的两翼急速包抄过来，围住了西凉军的整个队伍。

那片雪地很快被染红，枪戈血马间，裴誉清楚看见雁头的那名将领使着一柄偃月长刀，身姿矫健勇猛，招式吞鲸倒海，大开大合，凶厉明锐的刀光是破开阴霾的闪电，所过之处人仰马翻，一条血路直通队列中心的西凉军首领。

西凉军的首领一夹马腹，长刀一挥，纵马朝她冲去。她的厮杀略微停顿一瞬，以更加凶悍的气势冲过来。

两匹战马交错而过时，裴誉瞧见那位光明军的女将领突然将身一矮，左足勾住马镫，整个身体斜斜地贴在马侧，避过西凉军首领横扫而来的那一刀，随即翻上马背，身体朝后一旋，那柄闪着血光的刀锋从后面自西凉军首领的左肩砍下，斜着没入他整个身子。磅礴的鲜血从西凉军首领的身体内飙射而出，那道刀光再次闪现时，被一分为二的身体已经永远倒在了马背上。

"杀——"

她举起手中鲜血淋漓的长刀，仰天嘶吼一声，城墙上的裴誉手指头一下抠进了石头缝里。

"杀——"光明军中爆起声势巨大的回应。

一名光明军纵马而来,九环大刀一刀斩下马背上的头颅,挑在刀尖上往远处一甩。

"看清楚了,你们主将的头颅在这里,都跟着他去见阎王吧!"那使九环大刀的也是名女子,随着她的喊声,九环大刀一个横扫,甩出一圈血光,几根断肢猛地一下飞上天空。

"大雁"的两翼从前方合拢,堵截住群龙无首的西凉军。惊慌失措的西凉兵在看清主将头颅的那一瞬间,已被骁勇机敏的光明军抓住杀机。他们残破的身体飞溅着鲜血倒在乱马之下,随即被铁蹄碾碎。

一圈,又一圈,光明军的围杀渐渐缩小。

城墙上的显州兵爆发出一阵阵的欢呼声,裴誉热泪盈眶。

有听到风声的百姓登上城墙,捂住胸口看着这场大快人心的战斗。

厮杀血搏很快接近尾声,那名光明军的女将领在血肉横飞的战场上朝裴誉举了举手中的长刀,刀锋上的鲜血顺着刀柄往下流到她的铠甲上,她几乎已经成了一个血人。

但灿烂的阳光下,她脸上那抹被血汗和污垢覆盖的微笑仍然撼动人心。

胜利之后的光明军并未急着进城,而是细细地打扫着那块空地。

光明军的后续部队也催马赶了上来,这部分人大概是后勤兵和光明军沿途招揽的各州府落单逃散的士兵,专门负责清理光明军先锋搏杀后的战场。

西凉军的箭矢和可用的兵器被他们收起,每具尸体都被翻了个遍,极少量的口粮、药品都被搜出,衣物被扒下来,幸存的战马赶到一块儿。

裴誉开了城门,指挥显州兵和他们一起忙碌着,把西凉军的尸体堆成一堆堆的小山,放火烧掉。

光明军牵着掳来的战马进了城,在城墙下整军列队。那名女将领扫视着她的队伍,嘶哑着嗓音道:"兵器折了的,马弱了的,统一到孙将军那儿报个数,由孙将军统一派发。现在解散,一个时辰后开饭——记住,不许打扰城中百姓!"

她朝一边的裴誉转过身来:"……怎么称呼?"

裴誉忙拱手道:"裴誉……显州军都尉。"

"沈荨。"她点点头,自报了姓名,"裴都尉,附近的西凉军和樊军已经不多了,再坚持坚持,等源沧江大胜过后,我们的大军便能回来,把西凉人和樊人赶回关外去。"

裴誉干裂的嘴唇嗫嚅了几下,微弱地问:"能胜吗?"

"当然能!"她斩钉截铁地回答,"快了!"

她指了指那边的马:"一会儿我们把体弱的马换下来,都留给你们,实在没有吃的,可以把这些马杀了吃,虽然很难吃,好歹能留住性命。"

裴誉略微失望:"沈将军要走?不能留下来吗?"

他满怀希望地瞧着这位遍身血迹污泥,像是从地狱里走出来的女将军,希望从她嘴里听到"留下来"三个字。

可她却沉声说:"不能,我们如果留在这里,会给你们带来更大的麻烦。"

裴誉想了想,明白了。

西凉军和樊军的首脑对这支军队很头疼,虽然他们现在的主要目标是要攻往源沧江以南,但并不代表他们会对不断在江北大地上给他们找麻烦的光明军视而不见。

最近个别刚刚入城的难民就曾带来消息,说光明军被散布在广源道以西的西凉军和樊军追杀堵截,恐怕凶多吉少,而光明军,也的确有很久没出现在广源道西边的土地上了。

他们销声匿迹了一段时间,突然又挟着炽烈的阳光以风雷之势而来,在大雪初晴的这个早晨,重新带给人们希望。

裴誉虽然仍有失望,但也没再纠结。

比起攻占一个已经没有多少油水的小城池,当然是剿杀光明军这个心腹大患更让西凉人和樊国人悬心。光明军在此处杀了七八千西凉军,消息很快就会传出去,若是他们一直留在这里,等江北大地上散布在其他地方的西樊军集结后杀过来,可能就不只是一两万的人数了。

光明军要离开,不是不想留在这里保卫他们,而是不想连累他们。

裴誉苦笑一声,道:"那么也不至于今天就要走吧,好歹歇息一两天,也让我们尽一尽地主之谊。"

沈荨笑了起来,笑声很是爽朗:"还尽什么地主之谊?我看你们自己也都没什么吃的了,我们这么多人,你们招待得起?"

裴誉有些尴尬,正后悔失言,她已笑道:"我们有干粮,还能分一点给你们,有件事倒真得麻烦你们。"

"什么事?"裴誉马上问。

"我已经很多天没洗过澡了……"她颇为苦恼地说,"头发和身上都快长虱子了，最近西凉军和樊军对我们追得很紧，我们在前头的马洞山避了好几天，天没亮时望风的人看见有西凉军结队往这边走，猜到是要来攻打你们，我们这才出来的。"

她双掌交搭，把手指指节捏得啪啪作响，"好久没活动了，今儿杀得痛快！"

裴誉瞧着她颊边肮脏打结的发绺和身上一抖就往下掉的血泥点子，不由笑道："我马上去安排。"

城墙下升起了炊烟，几口大锅被架在火上烧，城里的百姓拿出最后的口粮，光明军杀了几匹瘦弱的胡马。这个被围困多日，总是笼罩在愁云惨雾中的城池此刻一片欢腾。人们脸上不再是麻木等死的神情，眼睛里有了一点亮光，眼神也轻快起来。

沈荨端了个残破的碗上了城墙，蹲在一个缺了头的墙垛处，一面吃一面往远处瞭望。

一场厮杀和清扫下来，现在已经是午后未时末了。天空晴朗无云，日头已偏，城墙在雪地上投出一带阴影，不远处是方才那场激战留下的惨烈痕迹。远方白雪皑皑，地平线尽处是起伏的山峦灰影，像蛰伏在大地尽头沉睡的猛兽，或许下一刻就会苏醒过来。

她想起那日晚间带着四千荣策营将士急行军赶往寄云关的情形。

飞雪扑面的夜晚，悲鸣的风声中，她带着将士们隐在暗处，正好看到浩浩荡荡的西凉军和樊军入关。

燃烧的火把照亮他们幽暗的铠甲和染满鲜血的刀枪，异族的大军像喷着火的巨龙，搅动风云从大山深处而来。这已经露出尖牙利爪的巨大凶兽蜿蜒滑过寄云关千疮百孔的城门，让所有人的心都沉到了谷底。

还有大量的骑兵在寄云关外的平野上聚集着，整队等待进关，黑压压的一片延绵开去，方圆数里，几乎占满了那片染着血的开阔谷地。

而城墙下的那一片地方，还四处堆横着西境军残破的尸体。

等这一批西樊大军入关后，她带着荣策营将士在关外沿着西境边线一路飞驰，从极西的长源寨进了关，把她留在那儿的旧部召集起来，又赶往崎门关。

这两处地方是西境线上很小规模的军事基地，历来不受重视，西凉人和樊国人聚集在寄云关处，暂时没有顾及这两个地方。

半年前她和沈渊大吵后，沈渊回了上京寻求太后的支持，沈荨当日预感不妙，以极快的速度整编了手下的几个骑兵营，剥去了几名亲信将领的指挥权，把他们调到长源寨和崎门关，暂时蛰伏起来。

十万西境军有将近八万驻扎在西境心脏寄云关，这八万西境军恐怕已经在西樊军队攻入寄云关时毁于一旦，只有这些荒僻关隘处还留有一些零散的兵力。

他们已接到冯真带去的指令，整军等待着昔日的悍将前来，带领他们重振往日荣光。

沈荨叹了一声，端着空碗起身来到墙头另一边，俯视着城墙下三五成群吃饭的光明军。

光明军的队伍到了今天，尽管人数没有大幅减少，但战力却在不可避免地削弱。

长源寨和崎门关一共召集了四千将士，和着她带去的五千荣策营骑兵，再加上西境线上零散的驻兵，她从崎门关下举旗出发时，有一万名战力卓著的强兵。但是经过一个多月的拼杀，这一万人损失了不少，如今真正能在与西凉人和樊人的战斗中不落下风，骁悍过人的士兵，只剩下五千多人。

现在的光明军，有近一半士兵是她穿行在西北大地上陆续招揽的，都是沦陷的各州府流落在难民中的散兵。他们之前没有受过西境军骑兵那样严苛的训练，也没有真正和西樊军面对面交战过。尽管他们的战斗力在这种严酷的、日复一日的战斗中提升起来很快，但与长时间历练出来的西境兵相比，仍然有一定的距离。

但无论多难，她也必须带着这支队伍坚持下去。

她视若亲人的部将冯真，在一次与西凉军的遭遇战中被砍断了左臂，胸口也中了一锤，整个护胸镜碎裂，胸骨肋骨齐断，当时便永远地倒在了战场上。

沈荨没有允许自己过多地沉浸在哀痛中，他们选择了这条路，也许或早或迟，都会步冯真后尘，马革裹尸埋骨沙场，最终化为尘土飘散天地间。

每一个人，都有可能在下一场战斗中猝不及防地倒下，包括她自己。

生死她见得太多，如今心头有一块悲怆而荒凉的地方，她近乎麻木地把那块地方包裹起来，用更加坚硬的情绪去掩盖。

只有坚定不移地走下去，才能不负他们的牺牲，不负这场生死中的征途。

大江对岸的朝廷军已经向她发出了不止一次的指令，希望她能带领这支军队想办法渡过源沧江与大部队会合，但她放不下这里的百姓，也放不下至今没有一点消息的阴炽军和骑龙坳的那八千守军。他们在拦截了樊军一天一夜后，从骑龙坳下进入了西凉和樊国的国境，从此无声无息地消失了。

她想，只要能得到他们的一点消息，确认他们还在继续战斗，她便不能再拖了，得下定决心离开这里一路南下，撤往大江南岸，加入抗击西樊主力军队的战事准备中。

她再次看了一眼这片白雪覆盖下的荒凉天地，紧了紧脏污的披风，下了城墙。

当天夜里光明军还是留在了显州城里，过于疲惫的士兵也需要一个温暖的地方养精蓄锐，何况显州的守军和百姓如此热情，他们眼里无声的恳求和挽留亦让沈荨不忍离去。

但是丑时过后，她还是让亲兵去叫醒窝在城墙下的光明军。

她站在破败的城楼上，注视着夜幕下的大地。

天气很寒冷，积雪经过一天的阳光照射还没有化完，今夜天际中有薄薄的云层，月亮时隐时现，但只要一点微弱的光芒，大地上的白雪便能把这点光芒加倍反射出来，方圆数里的情形，城墙上看得一清二楚。

城墙下的光明军已经在整队集合，裴誉上了城楼，来到沈荨身边。

"真的这时就要走吗？"他问。

"走不了了，"沈荨苦笑，下颌朝前微微一扬，"来了。"

裴誉忙往远处望去，夜晚的地平线上，出现了长长的一线阴影，几乎漫到了天边。很快这线阴影便往前方拉长，有悠长的号角声扬起。这次集结而来的西凉军和樊军，已经不是之前小股的军队了，粗粗看去，至少不下三万人。

这可能是分布在附近的所有西樊联军兵力了。

"来得可真快。"沈荨啧啧叹了一声，看了一眼裴誉，"这次要连累你们了。"

"如果没有沈将军，这座城池今早就沦陷了，"裴誉正色道，"能跟沈将军和光明军一起战斗，是我们的荣幸。"

沈荨看了看他严峻的脸和捏紧的拳头，笑道："别紧张，你守城经验丰富，这城墙虽破，还能挡上一挡。"

远处的西凉军和樊军已经集结成了几个方阵，在号角的指挥下黑压压地朝着城门方向行进。光明军迅速做出了反应，城墙的墙垛处站着两排弓弩手，手执刀枪的士兵列在弓弩手后，石块和土块垒在脚下。城墙下战力强悍的骑兵已在城门前整队，随时准备冲出城门迎战。

裴誉这回心一点都不慌，甚至还有隐隐的兴奋感。

他检视完弓弩手的准备情况，回到沈荨身边时，却见她呆呆地望着远方，目光从已经逼近城墙的西樊军军阵上方掠过，落到西樊军的后方。

裴誉顺着她的目光望过去。

月光恰在这时钻出云层，已经偏西的方位正好将城墙前方的大地照得雪白，在那茫茫雪地上，西樊军军阵后方约莫数十丈远的地方，出现了一个小小的灰点。

随着那灰点的缓慢移动，裴誉分辨出了，那是一个人和一匹马。

沈荨对下方的西樊军视而不见，只盯着那一人一马。她僵立在城楼上，胸腔里的心脏不受控制地狂跳起来。

裴誉有种感觉，好像远处孤立在西樊军军阵后头的那人，也在静静地注视着城楼上。

时间似乎静止下来，月光被云层挡住，再次亮起来的时候，有一阵风掠过，马上人身后的披风被扬起。

翻飞的衣袍中，那人缓缓朝天举起一杆长枪，朝城门的方向划了小半个圆弧，枪头凝聚着月光，闪烁出清寒的一道冰线。

随着他的动作，他身后的雪地上渐渐起了动静。

那本是贴在地平线上的一根黑线，几乎让人感觉不到是埋伏在天地间的一种异物。这根黑线很快往前蔓延，像幽暗的潮水，阴冷、迅捷地侵蚀了明亮的雪地，远远就让人不寒而栗，是比夜晚寒凉的空气更冰冷的一种感觉。

裴誉知道那是一支军队，与晨间逆着日光而来的炽烈而彪勇的光明军截然不同，他们悄无声息地迎着月光往前流动，像地狱中的阴火，漫过之处是沉寂的黑渊和永夜。

那一人一马仍然缓缓往前行进着，长枪倒垂在手上，枪尖反射着月光，冷银的一点光在雪地上跳跃着，让人一刹那忽略了那是一件下一刻便会夺去人生命的凶器。

他身后的大军涌过来的速度很快，几乎是须臾间便在他后头形成了轻缓涌动的黑海，平静的波澜下蕴含着危险的杀机。

裴誉瞧着那支肃杀而幽冷的军队，觉得喉咙处像是被一只手扼住一般，令人窒息，透不过气来。他努力压住这种感觉，朝一边的沈荨转过头去。

他再次吃了一惊，并有一种错觉，好像这位女将军的脸在一瞬间现出了明媚的春阳，城楼的阴影下，她的侧脸线条显得很柔和，唇角还弯成一个上翘的弧度。

"沈将军，他们是？"裴誉从未见过这样的西凉军和樊军，这一刻他觉察到了身体深处的战栗。可他却见沈荨笑了起来，她目不转睛地盯着那个持枪的人，微笑变成了朗声大笑。

"……沈将军？"

她没回答，片刻后猛然朝裴誉转过脸来，眼眸中是炽热而灿烂的光芒。

"裴都尉，这里交给你了！你们守好城门便是，我带人下去迎战！"

她大力拍着他的肩膀，很快转身奔下城楼，尚处于迷惑中的裴誉立刻上前一步，伸长脖子去瞧下方的城门出口。

城墙不远处的西樊军方阵中已经起了一阵骚乱，他们感受到了身后直逼而来的那种阴冷凝重的杀气。军阵最后方的西樊军骑兵掉转马头，看见了那支正悄静无声漫向他们的军队。

战马开始嘶鸣，阴煞凶暴的气息随着寒风飘散过来，无孔不入。西凉人和樊人并不惧怕，反而更加兴奋，反应迅速的他们立刻变化了阵形。随着短促的号角声，几个方阵集合到了一起，放下云梯和木桩的步兵举起弓箭，被举着盾牌的骑兵团团围在了阵列中央。

那支黑色的军队像幽冥之兽喷出的毒涎，漫到西樊军前十数丈处停住了。两军对峙一息，黑暗的幽军阵前那名将领再次举起手中的长枪，与此同时随着西樊军号角的一声长鸣，飞蝗羽箭从西樊军的军阵中央齐齐射出，漫空飞往那支军队。

划破长夜的嗖嗖声中，黑暗的潮水一下往两边散开。黑色幽军亮出尖利而嗜血的毒牙，他们手举盾牌挡过这波箭雨，在西樊军下一波箭矢落下之前，已经杀气腾腾地冲入了西樊军的左右两翼，卷起阵阵腥风血雨，汹涌地撕裂了西樊军骑兵后方的两侧防线。

城墙下方的城门这时也陡然开了，光明军中爆发出气势浑厚的吼声，以拔山举鼎的气势勇猛地冲向西樊军阵的中心位置。

平地惊雷，万马齐暗，本是无比坚固的阵列很快被光明军冲散，无法控制地往两边散开，阵列中心的弓箭手方阵被冲得溃不成军。光明军的骑兵排列成一个紧密的锥形，锐利的锥头势如破竹地一路冲到了阵列后方，锥形随之散开往左右两翼厮杀，硬生生地把西樊军的队列分割成了两块。

黑色幽军的吞噬范围在扩大，对着光明军分割驱赶过来的西樊军骑兵张开黑暗的大口。从城墙上看下去，这两支队伍的配合有一种奇异的和谐：光明军气势冲天，越杀越猛，不时吼声雷动，从边上往中间侵蚀的黑色幽军锋镝阴狠，几乎不会发出什么杀声。

如果说光明军像火，像烈阳，那支黑色军队便像冥水，像暗夜尽处吞噬生命的渊洞。白昼和黑夜交织，一明一暗，同样的所向披靡，锐不可当。

昏天黑地的厮杀中两军的尖锥头一次会师，交汇一瞬又错开各自杀远。

长刀磊落开合，长枪夭矫挑刺，一如虎啸，一如龙吟。

天翻地覆间城墙下方像是火山口不断翻滚的岩浆，弥漫着死亡和暴虐的气息。

不过这场战斗根本没有城墙上的显州兵和一部分光明军的事，他们心潮澎湃地看着城墙下方的这场压倒性的围捕和猎杀，大部分显州兵这时候已经反应过来。

这支黑色的幽军，便是消失了多日，在西北边境如神话传说一般神秘而无坚不摧、攻无不克、令人闻风丧胆的阴炽军。

他们已经看见了那些士兵脸上狰狞的面具。

能在一天之内见到两支传奇军队，并亲眼看见他们作战，站在城楼上的裴誉觉得自己运气简直不要太好。

月已沉，星已散，天空陷入黎明之前最黑暗的沉凝。

苍穹之下翻腾的血浪腥滔过了最疯狂的时刻，渐渐平息下来。

这些身经百战的西凉人和樊人在人数不及他们的光明军和阴炽军的合力绞杀下，第一次有了挫败的感觉，他们几乎没有还手之力，很快便鼓衰力竭。

他们徒劳的抵抗像快要燃尽的炭火，微弱而短暂，在势如潮水的冲杀下土崩瓦解，相继湮灭于永恒的黑暗中。

残肢断骸遍地的荒土上只剩下零落的西樊士兵，被光明军和阴炽军围截着驱赶到一处。

他们已见不到黎明到来。

腥风在耳边呼呼地刮着，沈荨浑身冒汗，精神亢奋到了极致，三万西樊军已快杀尽，但她觉得身体里仍然有用不完的力气。她抹了一把脸上的血汗，朝不远处纵马而来的那个黑色身影望去。那身影挟风带浪，穿过血雾迷尘，于刀光枪影间向着她急冲过来。

沈荨的唇角不由自主地上挑，催动战马迎上前去。这时有顽抗的西凉士兵在地上举起大刀，用尽力气朝她胯下的战马一挥。那马一声悲嘶，前蹄趔趄着往边上一倒，沈荨一个纵身翻下马背，就地一滚站起身来，手中长刀照着那西凉士兵劈下，那士兵身体反射性地弹了一弹，再无动静。

震耳欲聋的风声和马蹄声中，那一人一马已于万马千军中掠到她身前。马上人俯下身来，迎着她灼亮欣喜的目光，牢牢拽住了她的手臂。

沈荨就势腾身一跃，翻上马背，一手持刀，一手从背后抱住他的腰。战马驮着两人，迎着初露的那一线曙光，风一般驰骋出那片已没有悬念的战场，消失在城墙上众人的视线内。

腾挪间她头上的头盔不小心掉落了，呼啸而过的狂风扬起散乱的黑发，猎猎风声中她觉得自己似乎飞了起来。

她把头靠在他的背上，他身上浓烈的血腥气侵入鼻尖，她贪婪地闻着，环在他腰间的手臂再紧了一紧，闭上了双眼。

她不知道他要带她去何方，也不知道他何时停下来，但她不在乎。这一个瞬间，她愿意和他一起抛下一切，一同在阳光下饮风驰骋至天荒地老。

但他终于还是停下了，迎着初升的冬阳，在雪地四周反射出的灿烂光辉中把她抱下马背，随即死死地搂在了怀里。

他箍在她腰上的手臂收得那样紧，近两个月来从不离手的长枪跌在脚下，沉重的铠甲盖不住胸腔中剧烈的心跳。他什么话也没说，就这样拥了她好长的时间，最后松开她的腰，一手掌在她脑后，另一手拨开她颊上乱舞的发丝，低头狠狠地吻了下来。

第二十三章

长夜明

太阳已经升得很高,渐渐有了一丝温度,光明军和阴炽军胜利会师。

将方才那一幕看在眼里的裴誉打开城门,焦急地奔向那片流血浮丘的战场。

两军的几名将领会合在一处,正面面相觑。

孙金凤到处张望:"沈将军呢?裴都尉你在城墙上,你看见了吗?"

裴誉正要说话,一边身披重甲、一身是血的朱沉已赶过来笑道:"被人掳走了。"

孙金凤眉毛一挑,手中九环大刀丁零零一阵乱响:"什么?被人掳走了?谁?"

顾长思看了一眼朱沉,道:"别胡说,谢统领有话和沈将军说——快清点人数吧。"

裴誉见几人都不像是忧心牵挂的模样,也就放下心来,与这几人相互通了姓名,一同清点战后军队死伤的人数,清理打扫战场。

孙金凤捅了捅朱沉的胳膊:"你们都干什么去了?这么长时间没有你们的消息,我们都急坏了。"

朱沉笑道:"我们跟着谢统领的阴炽军先去了樊国的几个储粮地,烧了几个粮仓,回到骑龙坳以北的山地里避了几天,又去了西凉。谢统领让我们穿了樊军的军服,大张旗鼓地抢了几个西凉的粮仓,趁西凉人和樊人吵得一片混乱时,又仔细追踪了他们的粮道。"

孙金凤大喜:"干得好!这下西凉人和樊人没了粮,我看他们还能坚持多久!"

顾长思在一边沉静地说道:"现在粮草问题还不明显,西凉军和樊军入关时,本身携带了大量的粮,又一路抢了很多百姓,多个州府的粮库也被他们抢完了,估计关内西樊军能坚持两个月不成问题。但一等开春,粮草问题就很明显了,就算他们国内重新筹集了粮草,我们把粮道一断,他们就很被动了。"

朱沉在一边点着头,孙金凤早听沈荨说过顾长思,这会儿听他说得头头是道,朝朱沉哈哈一笑:"好啊,这小子能干得紧嘛!"

朱沉朝驮着两个人的那匹马消失的方向张望了片刻,回头道:"你们也很厉害啊,我们一路上都在西凉人和樊人那里听说了光明军的事,只是回来的路上遇到暴雪,耽搁了好多天……谢统领听西凉兵说关内的西樊军正围追光明军,急得什么似的,好在终于赶回来了。"

"那你们怎么知道我们在这里?"孙金凤好奇问道。

"进了关我们打探了一下,知道广源道以西的西樊军被剿灭了很多,猜到光明军在西边,所以就一路往这边走。正好昨天听到显州城下有西凉军被围杀的消息,就急行军赶过来了。"

朱沉说完,感叹一声:"总算老天有眼,让我们赶上了这波西樊军的围剿。"

说话间,人数已大致清点完毕,几人分别带着光明军和阴炽军进了城门。

两军的统帅这才同骑着一匹战马施施然归来。

傍晚的时候,两人在城墙上寻了个僻静的角落,依偎在一起看落日。

沈荨靠在谢瑾怀里,瞧着天边那抹瑰丽灿烂的晚霞,道:"既见了你,我这就准备南下了。"

她的双手被他从背后伸过来的手握着,包裹在他的两只手掌中。

"好,"谢瑾以指腹摩挲着她的手背,"我带着阴炽军暂时留在这里……骑龙坳的八千守军折了一些,现在有六千多人,我交给了朱沉。"

沈荨刚才已听朱沉说了此事,点点头道:"行啊,你们在这里,我也可以放心去源沧江对岸了。那里还有七万北境军,虽然现在是归朝廷统一指挥,但毕竟群龙无首,怕给别人欺负了去……"

谢瑾不由笑道:"操心的事真多……"一面说一面轻轻抚着她脑后的发丝,脸颊贴在她的侧脸,抬眼望向城墙外头一棵枯萎的胡杨树。

那棵树安静却又孤单地扎根在远处的风沙雪地间,虬枝举臂,朝着太阳的方向伸展着褐色干枯却铮骨嶙峋的枝条,看尽这里的一切杀戮与悲欢。

孤城枯木,暮云下荒凉而悠远。

夕阳在天际染出浓妍的色彩,这片土地在这一刻壮丽而又深阔,许多的沧桑离合，悲怨哀鸣都掩在平静之下。当这一片的皑皑积雪化尽，恐只余荒烟野蔓，衰草败井，亦不知来年春草复生，是否能掩去这千疮百孔的坟土残垣。

他不舍与她分离，但又不得不接受这种分离。

在这片土地上他仍有他的使命，从这时起，归来的阴炽军会接过光明军的旗帜，继续在江北大地上与分散的西凉军和樊军周旋，尽可能多地吞掉西樊军的兵力，在必要的时候再次北上切断他们的粮道，遏制住他们的生命之源。这样，集结在大江南岸的大宣朝廷军，才有可能在与西樊主力军的背水一战中获取先机。

这难得的相聚如此珍贵而短暂，他希望即将到来的黑夜再长一些，但再漫长的夜也总归会过去，他只能一再地叮嘱她。

"一切小心，"他吻了吻她的额角，"你带着朱沉这一队北境军一起过去，不过顾长思我想留他在阴炽军里，他自己也愿意。"

沈荨颇有微词："还是让朱沉留下来和你们一起吧，阴炽军现在也只有一万五千多人了，我怕——"

"让他们过去，"谢瑾断然道，"虽然只有六千兵，但这六千人都是富有战场经验的老兵。大江对岸的朝廷军虽然有二十多万，但战斗力却很薄弱，这时候北境军必须要顶上来。别看只有六千士兵，或许整支队伍的战斗力会因之提高一到两成。"

沈荨也知道是这个道理，但仍然有些犹豫。

谢瑾语气很凝重，捏了捏她的手指道："江北沿岸的西樊军，是樊王朗措亲自监军，其中有九万精锐骑兵，是跟随他扫荡过樊国北边各个部落的强兵猛将，跟散布在广源道东西两面的西樊散军不能比……樊王朗措自身剽悍凶勇，惯战能征，从十岁出头就上马征伐屠戮，横刀跃马二十多年，在军事上已很有些造诣，打仗对他来说完全是家常便饭，几乎都成了精。对付这样一个人，不是那么容易的。"

沈荨心情也被他说得有些沉重起来："我知道，大江南岸的朝廷军，现在是武国公统一指挥。他这个人，早年也算是有雄韬伟略的封疆大将，但有些恃才自傲，年纪大了还有点故步自封。况且他近年来很少上大型战场，更没与西凉和樊国交过手，如果你爹能……"

谢瑾苦笑一声："现在说这些也没什么用了，我估计到时候武国公会让七万北境军作先锋打头阵，这本也是北境军应该承担起来的，只是多几千勇夫悍卒，咱们打起头阵来也好打些。"

沈荨不再反对，低垂着睫毛"嗯"了一声。

两人说完这个话题，一时都没再出声。

夕阳的余晖还落在墙头上，把这一片天地染得金黄，在这温暖而耀目的光线中，横亘在远处的城墙似乎重新有了几分坚固与巍峨。那些经受连绵战火不断摧残，荒芜残败的部分被光晕洗涤过，再次焕发出几分的雄壮。

沈荨忽然埋下头，把破得不成样子的军靴从脚上脱下，撩起裤管，露出脚踝上那根仍然鲜艳如新的红绳。

谢瑾看着她的动作。她光裸的脚踝这会儿看上去并不是光润细致的，而是有一块块的红斑和污迹，踝骨上方的一截小腿还有浮肿的迹象，这是长期行军而又没有足够的时间和条件来清洗舒缓造成的。

他心疼地抚上那一截愈加纤细的脚踝，以自己温热的掌心暖着那处冰凉的肌肤。

沈荨已经把那根红绳取了下来，让他也脱去靴子。

谢瑾不肯，他猜到了她的意图："阿荨，别……"

沈荨笑盈盈道："不脱就不脱，我估计这根绳也圈不住你的脚——把手伸出来吧。"

谢瑾注视着她，见她虽是笑着，但一脸坚持，眸中还带着几丝倔强与认真，犹豫一瞬，慢慢地把左手伸了过去。

她细心地把那根红绳栓在他手腕上。夕阳的光辉把她颊畔的发丝也染成了金色。她背着光，有些憔悴的面容在光晕中心的阴影里显得有些黯淡，但她眼里的光仍是明亮而摄人的。

摄的是他的眼和他的心。

"好了，你可不要取下，除非觉得它脏了，拿下来用火烧一烧就干净了。"她抬起头来笑道，"这根红绳从我十七岁那年就护着我一路拼杀过来，现在它也会护着你。"她敛去了唇边的笑意，目不转睛地瞧着他的眼睛，"谢瑾，一定要活下来，你要亲自戴着这根红绳，回到大江南岸，把它还给我。"

谢瑾的眼睛里漫起了隐隐的潮汐，他什么话也没说，一把把她搂进怀里。

"你也要好好活着。"他把她的头按在自己胸膛上，沉沉的声音在她耳里听起来就像是从他胸腔深处传出一般，有点闷，带动着胸膛也在微微震动。

"如果，我是说如果……"他不忍心把那句话说出来。刀枪无眼，旦夕祸福谁也无法预知，万一有那样的意外，他希望她能坚强地往前走。

"如果——"沈荨接过他的话头，从他怀里抬起头来，凝视着他，手放在他心脏跳动处，"如果你死了，我会继续战斗下去，而如果我死了，你也不要停止战斗。"

谢瑾微微一笑，只是笑容带着几分酸楚的意味。

"好。"他轻轻地说，随后又补充，"我不会停止战斗。"

暗淡下来的天色中，沈荨重新把脸颊贴到他胸膛上。

天边的夕阳已经落在了地平线外，最后一丝余热和灿光在天际和大地上留下浓墨重彩的一笔，尔后归于沉寂。

远处有隐隐的嘈杂声，但他们所在的这处城墙角落却空旷而安静，没有一个人上来打扰。

"阿荨，"谢瑾在她耳边低声道，"这次去西凉，我也探到了一些情况……"

"你说，"沈荨窝在他温暖的怀抱里，觉得有点困了，半撑着眼皮道，"不过别啰唆，长话短说。"

谢瑾笑了一声，徐徐道："战前的西凉，国内有几个派别。黩武穷兵的西凉王是一派，他虽不像朗措那样能征善战，但野心一点也不比他小，另一派是以死去瑜妃的父亲清和王为首，还有一派，便是乌桓这一派。"

"嗯，我知道，"沈荨瞄着他手腕上那根红绳，眨了眨眼，强自把困意眨回去，"清和王和乌桓都比较保守，上次战后便主张西凉近几年休养生息，但西凉王却一直有不同的想法。"

"对，"谢瑾点着头，"这次樊国和西凉结盟，本是乌桓从中周旋，乌桓的本意是不想与樊国结怨。他预感到这次新樊王登位后会有大规模的侵略行动，西凉和樊国之前一直大小摩擦不断，他不想朗措把矛头对准西凉。只是他没想到，朗措不久就越过他，直接和西凉王对上了线，并且一拍即合，约定拿到大宣江山后各占半壁……"

沈荨恨得牙痒，骂了一声："做他们的春秋大梦！"

"当然他们是不会如愿的，"谢瑾笑道，随即语气沉重下来，"清和王知道了想制止西凉王，但反被西凉王拿住了把柄。西凉王夺了他手下八万雄兵，又把清和王一家扣下，以清和王和清和王妃的性命作要挟，逼在大宣皇宫里的瑜妃自尽，以便有理由撕毁与大宣之间的停战协议，悍然入侵……"

沈荨惊得呆住了，大战爆发后她一直东征西战，与在西凉的探子间断了日常的联系，消息既闭塞又滞后，她没想到瑜妃的死还有这样一层隐情。

她立刻忆起在青霞山猎场与瑜妃的约定。那时还是瑜昭仪的蓝筝面上有微微的凄楚，说希望有朝一日，能与她一起在塞外的草原上逐风奔驰。

可惜这约定再也没有实现的一天。

沈荨既悲且愤，对这些凶狠好战且没有任何悲悯之心的异族人更是痛恨到了极点。

当然，蓝筝郡主的和亲，也并非没有刺探大宣朝政和边防的用意。她和她的送亲使臣，一直也在想方设法地打探各种机密，希望能增加她父亲清和王在西凉王庭内的筹码，只是一直被宣昭帝严防死守。而蓝筝后来，好像也放弃了这种努力。

但无论怎么说，到底是那样鲜活的一条生命，那花朵一般明艳爽朗的女孩子，被无情地扼杀在了这样膨胀的野心和险恶的阴谋中。而她和她短暂的同路之谊，以及那次猎场里偶然的约定，都毁于这种永远不会消逝的权力和欲望的旋涡里。

"说回乌桓，"谢瑾见她情绪明显低落下来，抚着她的肩头道，"战前我让几个马队的探子深入到西凉的各个角落查探他的各种行动轨迹，也算是运气好，与西凉北面的几个游牧部落和家族打了一些交道，也因之发现了乌桓的一个秘密。"

沈荨立刻来了精神："是什么？"

谢瑾道："乌桓会不定期秘密去探访一名女子，这位西凉女子三十岁左右，被极小心地养在一个四处流浪的游牧家族里。她跟乌桓和太后都长得有点像，而且脖子上和身上有明显的掐痕……"

沈荨心惊，直起身子瞧着谢瑾道："她是……"

谢瑾点点头："乌桓在探望这名女子时极之谨慎，每次都是借着北边的军事行动在那个游牧家族经过的地方短暂停留一两天。若不是我们的人在与这个游牧家族进行生意交割时发现了乌桓来过的痕迹，可能这个秘密永远不会有人发现。"

沈荨震惊一瞬，随即平静下来，喃喃道："我原以为太后与乌桓之间，只是单纯的利益交换……"

谢瑾注视着她双眼，沉声道："之前不是一直找不到乌桓和太后来往的证据吗？有了这名女子，太后早年与乌桓之间的亲厚关系便有了实锤，这下她无论如何也洗不清身上的嫌疑了。太后当年怕留下后患，生下女婴后便要掐死女孩子，只是产后虚弱缺了点力气，让她留了口气。乌桓早买通了她身边的心腹侍女，让她想尽办法保住这个女婴。那侍女把没断气的女婴换了出来，交给乌桓秘密养大。这事太后一直不知道，以为那名女婴早在出生之时就已死去。"

沈荨悚然心惊，忙问道："你怎么知道这么多？"

谢瑾微微一笑："因为现在乌桓和这名女子，都在我的人手里。"

他停了停,解释道:"太后生下女婴后不久,回到上京,想方设法与先帝邂逅,让先帝破例将她纳进后宫。乌桓则回了西凉,他深恨太后心狠手辣,借由八年前攻打西境寄云关一事与太后翻了脸。但太后觉得或许今后还会需要此人,便让沈渊的探子一直潜伏在他周围,拿住了乌桓和现今西凉王妃私通的证据,以此为要挟,同时也许了他一些好处,要他派遣手头上的西凉兵去剿灭阴炽军。"

"……只是乌桓刚刚发兵,便得知西凉王当日已调拨了大军与樊军会合,准备一举入侵大宣,而他调拨在伍贡山附近的那股西凉军也被统一征集,强令作为先锋向寄云关发动头一波攻势。乌桓的这三万西凉军在攻打寄云关时几乎全在冲锋和混战时被灭尽,成为后面杀过来的西樊大军的垫脚石。乌桓自觉心灰意冷,当夜便收拾了东西到北边,准备接了那名女子一同逃亡,被我们埋伏在那名女子周围的人一并拿住。"

谢瑾说到此处,停了一停,长叹一声笑道:"乌桓直接便承认了当年与太后合谋剿杀西境军骑兵一事,也答应我会带着这名女子当面去与太后对质,只求事后放那名女子一条生路。"

沈荨听他说完,唏嘘不已。

"这么说来,吴将军等人的冤屈也很快就能得到昭雪了。皇上当日答应过我,事情水落石出之后会亲自祭奠这四万冤死的英魂。"

她思忖着,沉吟着说:"西凉王和樊王会选寄云关为突破口,是因为前次与西凉之间的大战后,西境军还未完全恢复过来。而且西境线不比北境线,因为有事先的防备,整条边境线上的防务都做得很到位,攻打西境,对他们来说损失和代价最小……这次西境军在他们的强力攻打下几乎全军覆灭,退往大江南岸的部分残兵恐怕也是心气涣散,如果能在两军决战前替吴将军等人沉冤昭雪,会极大地重振士气。不仅仅是残余的西境兵,其他军队的士兵也会因之受到鼓舞……"

"嗯,"谢瑾点头,"皇上不会不明白这个道理。"

"所以说你干得漂亮!"沈荨笑道,凑过来往他唇上亲了一下,"没有了太后的阻挠,阴炽军很快会获得正式的编制。谢统领,想必不久你脸上这面具也可以摘下了。"

谢瑾不满道:"说的什么话?阴炽军得以获得正式编制,靠的是我们自己的拼杀——"

"是是是,"沈荨笑着捏他腮帮,"阴炽军到现在为止,累积的军功早已经能获得这个地位,只是因各种原因,皇上和我都不得不压一压,但今后不用再压了。不过谢瑾——"她笑容沉了下来,语气也严肃了起来,"我带着光明军走了,江北大地上的这些百姓,你要尽可能地看顾着他们,但同时也要保护好你们自己。"

城墙上头这会儿已经起了风,夜幕深邃,但天际之上有星光在闪烁,长天接阔野,静谧无垠。

"自然,"谢瑾把身后的披风牵过来,合拢覆盖住了怀里的她,"这还用你说?你记好你的承诺便是。"

沈荨已经困得睁不开眼睛,半闭着眼问:"什么?"

谢瑾贴着她的耳朵低低说了一句,她半真半假地握起拳头去捶他肩膀:"怎么总惦记这个?"

她这一捶轻飘飘的绵软无力,很快那只拳头便被人捉住,藏在了自己怀里。

一月后。

大宣九五之尊的天子宣昭帝,暂时抛下繁忙的国事,亲临源沧江沿岸视察战事准备情况。

这条江是横亘在大宣国土上划开西北与中腹之间的一条河流,从昆山山脉深处起源,东流到岐山山脉附近分为三支,其中一支支流汇入澴水,环绕着大宣的都城上京。

靠近昆山山脉的这一截上游,因地势靠北,极寒的天气下,江面不少地方都结了薄冰,天气晴朗的时候,薄冰会破开,一块块浮在水面上。

广源道尽头的大江北岸,东面是云州城,西面是源州,分别被西凉和樊国的军队所占领,现下也是西凉军和樊军的军事指挥中心。

两座临江的城池相隔不远,中间本是一片极为开阔的平地,现在这片平地上驻扎了西凉和樊国的十万大军。军帐连绵数里,把原先的那片江岸弄得乌烟瘴气,周围不远的小山林都被伐空,被西凉军和樊军一根根地捆结成木筏,用来制作渡过江面的栈桥。

这处本就是源沧江江面比较窄的地方,因进入暮冬,江面水位下降,江水枯竭,江面还不到一里宽。

靠北的一边江面上聚集着西樊军队从沿线渔民处抢来的渔船,这些渔船也被连在了一起,舳舻相接,鳞次栉比地冻在结了薄冰的江岸边。

大江的南岸又是一番风景。

源沧江以南是长约数百里的山道，这片山地的山势都不高，起伏平缓，因此大宣朝廷军的军营也就设在官道两边不远的坡地上，按照不同的地方军划开阵营。林立的军旗从山上直插到了山下，高高低低，色彩缤纷，风一过，坡上坡下军旗猎猎齐飞，场面蔚为壮观。

从北境线上退回来的北境军军营被划到了江边一处矮坡上，七万人的军帐占据了整座山包，是朝廷军中规模最大的一处军营。

此处视线极好，对面樊军军营的情形从千里镜里望出去，可谓一清二楚。

统管二十五万朝廷大军的武国公陆年松，还是给予了北境军足够的重视。

北境军前统帅抚国大将军沈荨，已带着一万光明军和六千北境军，于一月前从源沧江流域靠近昆山山脉边缘的上游，一处结了厚冰的河面上悄然过了江，回到了大江南岸的朝廷军大营里。

一石激起千层浪，她的归来令整个大营都沸腾起来。光明军在对岸大地上的事迹早已或多或少地传到了大江南岸，将士们无论属于哪个阵营，对她和她带领的光明军，都是肃然起敬。

沈荨带着一万多光明军和北境军将士在这个肃杀的深冬浩浩荡荡地回归，无疑给所有将士的心头都带来一束光明和温暖。

以崔宴为首的北境军对沈荨的归来展示了热烈而真挚的欢迎，这种喧天的气氛甚至大大出乎她自己的意料。

虽然她带领这支队伍的时间很短，但她在与他们为时不长的磨合中，展示了方方面面的卓识和经略，又在大战爆发前以自己的远见和事先准备，让整支北境军几乎没有损失地撤回到了此地。

更何况她带领的光明军已经成为大江北岸的传奇，是这次凄惨悲凉的国难中一抹激动人心的亮色。他们与西樊军强悍的对抗与拼杀，也为大江南岸的朝廷军带来了丰富的作战经验。

统领朝廷军的武国公陆年松早已被各个地方军阵营间的摩擦和各种军务琐事弄得焦头烂额，很爽快地把这支有点桀骜不驯的边疆军队交回给了沈荨管理，他自己也暗暗松了口气。

聚集而来的各个地方军良莠不齐，北境军无疑是其中战斗力最强悍的一支军队。这支军队曾被陆年松给予厚望，但军队的几名主要将领主意大，脾气也大，他要向这几名将领下达指令，很多时候还不得不通过那名军衔低微的北境军军师崔宴。

陆年松把整支北境军交还给沈荨，觉得像是丢掉了一块烫手的山芋。

经验丰富的沈荨很快便重新把这支军队整合起来，联合她带回来的那一万光明军，每日士兵们都在他们营地周围的坡地上下气势雄壮地冲来冲去。几支不同的队伍交错来往间有条不紊，操练时恢宏的喝声和昂扬的哨音甚至越过后方的陈州军军营，传到了设在整个朝廷军大营中心位置的中军大帐里。

只可惜横杀江北的阴炽军还未回归，人们几乎是忧心忡忡地关注着大江北岸的消息，希望这支军队也能在不久后安然无恙地回来。但北岸传来的消息时好时坏，有的消息说阴炽军刚刚剿灭了一处西樊军，过不久又有消息说阴炽军已遭到西樊联军的大力围杀，在广源道以东的一处险峻山崖下被团团围住，杀得片甲不留。

这个消息传过来以后，再没有关于阴炽军的任何消息。好像是为了验证这个消息的真实性，阴炽军自此从江北的大地上消失了，像他们突然出现在那片土地上一样，又突然没有了哪怕是一丝半缕的踪迹。

更令人揪心的，是那山崖下四处散落着大量已经被砸坏的青铜面具。风沙已经掩埋了绝大多数的铜片，偶尔有狂风吹过山涧时，它们凶恶狰狞的面容会稍稍在风尘中显露出一星半点。

这些面具，大江北岸的人们曾经在阴炽军士兵的脸上看到过，有人经过那处地方时，都会不约而同地从风沙中扒出一张，珍重地放在自己的行囊里。

第二十四章

乱荷碧

陆年松这一次深切地体会到自己老了，既没有了年轻时的锐气，也没有了通宵达旦不眠不休的无穷精力，更没有了雷厉风行快刀斩乱麻的魄力。

整支朝廷大军军派林立，每天都有数不清的杂事琐务，诸如粮草、军备、武器，以及被划分到一起的各个军队之间日益增多的摩擦等鸡毛蒜皮的事报到中军大帐内来，把他弄得头昏脑涨，根本没有剩余的精力来思考具体防守和进攻战略，以应对大江北岸那支雄军。

来自上京朝堂上下的压力也一天重过一天，陆年松疲惫不堪，很希望能有人来替自己分担一下。

只是皇帝带来的这个人陆年松一见就沉了脸——他的老对手，不久前刚刚经历了一场打击的威远侯谢戟。

上京朝堂上的风吹草动，早已吹到了陆年松的耳朵里，属于沈太后阵营的他感到了深深的危机，这也加剧了他的烦恼和急躁。谢家的重新得势令他感到迷惑和不安，也让他见识到了这位此前一直被他所忽略的皇帝那难以被人猜度的心思。

"要对付西凉和樊国的大军，必须要有和两国交手的经验。威远侯当初统领西北边境军二十年，又在西北划开后统领了北境军九年，恐怕放眼朝堂内外，没有人比他更了解西凉人和樊国人。"

宣昭帝萧直坐在中军大帐内款款笑道，话说得还是很客气。

"朕这次带威远侯过来，也是想让他助武国公一臂之力。你们二位都是大宣最具经韬伟略的股肱之臣,又德高望重威名在外,有你们二人联手,共同承担这千钧重担,朕也可以放心了。"

看来不是要夺他的权,陆年松心头一松,看两鬓斑白却精神奕奕的谢戟也顺眼了些。

也罢,这也算是不错的结果了,万一出了什么事,起码还能拖着这人齐担罪责。

皇帝这次亲临源沧江南岸,并没有大张旗鼓,各项朝政琐事不久前全数压到了他头上,但他精神愈加焕发,一点也不见疲态。

"朕明日还要赶回上京,"他笑道,"先去办了正事,回头再来听二位说说具体的战事情况。"

陆年松疑惑道:"什么正事?"

两军隔岸对峙,这一触即发的战事难道不是正事?

皇帝笑而不语,转首问谢戟:"威远侯和朕同去吗?"

谢戟起身朝皇帝行了一礼,正色道:"老臣就不去了,了解具体局势要紧,这回不见也罢。"

萧直掸了掸衣摆,领首道:"也行,那威远侯可有什么话需要朕带去?"

谢戟想了一想,笑道:"那就请皇上替臣带话,让他听完了旨,赶快给我回到源沧江对岸去!"

萧直点点头,临出帐时却又说了声:"急什么!"

连日来阴霾的天空在这一日露出了难得的阳光,源沧江江面上的浮冰泛起了莹彩耀目的炫光。

江风送来对岸雄军的呼喝操练声,这声音到了伫立江畔的皇帝耳朵里,他眼里现出几分恨意,略微皱起了眉头。不过很快这边的山坡上响起了更加浑厚嘹亮的呼喝声,不用看也知道是附近正在训练骑兵冲锋阵型的北境军。

萧直哑然失笑,转目瞧见跪在不远处正在听旨的青年身上,眉头渐渐松开了,方才眼睛里升起的恨意却没即时消逝。

"奉天承运皇帝,诏曰:阴炽军统领谢瑾勇率三军,连战皆凯,功勋卓著,其德才兼备,赤胆精忠,实为国之干将,现擢升为正三品冠军大将军,钦此——"

旨意宣读完毕,跪在地上的玄衣青年双臂高举,朗声道:"臣谢瑾接旨,谢皇上隆恩,臣定不负皇上厚望!"

"起来吧,谢大将军。"萧直上前几步,微笑着扶起谢瑾,满意地看着眼前清隽秀朗的青年,"朕特地从上京赶来,又命你从对岸过来听封,就是为了和你当面说几句话,亲耳听听战斗在最前线的爱将对这场战事的看法。"

谢瑾脸上的面具已摘下了一段时间,这时因长期佩戴面具造成的痕迹已不明显,不仔细看看不出颊面上那条浅浅的分界线,仍旧还是以往皎如秋月的一张脸庞,清凌眉眼占尽风流,但那如墨画的眉尾略略上挑,却又流露出一丝杀戮决断的果敢和狠厉。

十日前,他率领阴炽军在大江对岸一处隐蔽背山的崖下,一同等待特意过江来的朝廷钦差。

钦差在约定的时间赶来,在大军阵前高声宣读了关于阴炽军获得正式规制的旨意。阴炽军脱离北境军单独成军,设三军,每军二到四营,三军共三万人,现今不足的人数,可在今后补足。

所有阴炽兵在旨意宣读完毕后,都木然了一瞬。

那时天际飘着雪花,阳光已经很久没有照耀在这片土地上了,预想中激动人心的时刻真的来临时,所有人安静沉默得出乎他们自己的意料。

没有欢呼,没有眼泪,很多人甚至在旨意宣读完毕站了一会儿就走开了,脸上的面具也是一两天后才取下。

他们把取下的面具塞在包袱中,行军到达源沧江北岸腹地,广源道以东的一处山脉后,埋伏在山道两边,等听到消息赶来围剿的西凉军一到便展开击杀。灭尽那一万先锋部队后,把面具抛下,打扫了战场迅速撤走。

等后头赶来的两万樊军到达时,山崖下不见西凉兵的尸体,也不见阴炽兵的尸体,只有散落一地的面具,以至西樊军的首脑至今搞不清楚,阴炽军是否已与那一万西凉军同归于尽。

谢瑾带着只剩下一万人的阴炽军潜伏起来,等待着来自大江对岸的诏令。

阳光洒在大地上,大江两岸薄云万里,远峰连绵,再过不久,这重山长水将染上新的绿意,残雪消融,春蕙没胫而征鸿北归。

谢瑾注视着对岸的军营,沉声道:"一等薄冰融化,浮船可连成通路,对岸恐怕就会攻过来,而我们绝不能等到那时,必须先发制人。"

萧直笑道:"清早朕来时先见了沈大将军,她也是这么说。不过她觉得对岸这个形势,我们硬冲是不行的,得分而攻之。"

第二十四章 乱荷碧

谢瑾点头："樊王在对岸设了三处集中的兵力，云州和源州各占两处，江边是一处。这三处地方互为犄角和支援，无论我们先攻打哪一方，可能都会受到另两处地方的围攻，若是三管齐下，以现在的朝廷军整体战力而言又过于勉强。"

萧直叹了一声："然而我们又绝不能等他们先攻过来。"

"是，"谢瑾道，"樊王座下的九万精锐骑兵装备精良，且训练有素。我们这边的地形虽有起伏但过于开阔，也不适于伏击，一旦被他们冲过来，要想硬冲破这九万铁骑的队形很难。对方的骑兵队形不破，到时候散乱的就是我们。"

萧直眉头深锁，半晌笑了笑，伸手在他肩头上一拍："好了，总归这不是朕擅长的事，薄冰融化还有一阵子，你们好好商议，朕只听商议结果便成。"

他上了马，催马往松州军军营方向走，一面走一面笑道："朕去瞧瞧松州军的陈老将军。对了，你爹叫你听完旨意就赶紧回对岸去，朕倒觉得不用这么急，对岸的阴炽军现有顾都尉看着，你去北境军军营里瞧瞧吧。"

谢瑾应道："是。"

他待萧直领着一队禁卫军走远了，方才牵过树下的高头大马，翻身上了马背，慢慢往坡地上的北境军军营走。

行到后来，马上坡的速度越来越快，进营地时几乎已经是风驰电掣一般的速度。

崔宴和着几名旧部将听到消息早候在中军帐前。谢瑾下了马，往大敞的帐帘内瞧了瞧，没瞧见最想瞧见的那人。

大伙儿将他拥簇在中心，谢瑾与众人寒暄几句，还是没忍住问道："怎不见沈将军？"

这时徐聪撩帐出来，笑道："沈将军有事要办，去了三十里外的陈州府。"

谢瑾深感失望："她不知道我今日过江吗？她什么时候回来？"

徐聪眼珠子转了转，道："沈将军说明日才会回营……"

崔宴在一边笑道："行了，沈将军临走时留了地址的，快把地址给谢将军吧。"

徐聪摸了张纸条出来往谢瑾手中一递，圆溜溜的大眼睛里都是笑意，提醒他说："陈州府的城门戌时关闭，谢将军要去可得赶快。"

谢瑾不再多说，朝众人一拱手，上了马便打马离去，留下几人神态各异地站在原地。

宋珩这时略微回过味儿来了："这谢将军和沈将军到底怎么回事？"

凌芷往他肩上重重一拍："谢将军如此急着去见沈将军，你还看不出来啊？"

李覆道:"我也没看出来,凌将军说说怎么回事?"

"怎么回事?就这么回事!"崔宴像赶鸭子一样赶众人,"行了行了,该干什么就干什么去吧。"

与大江北岸的荒芜苍凉不同,大江南岸的城池还是一片繁荣热闹之景,不过北岸的战火虽然还未侵扰到这边,还是有部分渡江过来的难民流落到了此处,提醒着这里的人们这个冬季国土的动荡和重挫。

陈州太守接收了大量的难民,在陈州府外不远的一座小城郭里设了一个个草棚,四面盖了雨毡,集中收容到一处。

从靖州屏州等北境边疆退下来的百姓,也有一部分被安置在这里。

谢瑾经过陈州府城门时,正看到一队陈州兵押着几车粮和冬衣冬被往难民聚集地走,他心头略感安慰,打马进了城。

一路车马如流,店铺如林,虽是黄昏,但街市上熙熙攘攘不见清落,果然是大宣腹地中部最繁华的一座大城。

谢瑾陡然间身处这般红尘闹市之中,恍惚了一阵,方才收敛心神照着地址往东门边走。

找到那地址上的宅院时,夕阳余晖虽还未散尽,但也只剩下了昏黄无力的一片淡金,正正投在大门上。

谢瑾犹豫片刻,上前敲门。

门很快开了,门房在门后探了个头出来,眉开眼笑道:"是谢将军吗?"

谢瑾道:"是我。"

"快请进,"门房一迭声招呼道,"大小姐等您很久了,您自己进去吧。转过影壁往右拐,过了那道月洞门便是。"

谢瑾心下狐疑,把马交给门房,照他说的往宅子深处找去。

过了月洞门,迎面便是一座嶙峋高大的太湖石。太湖石后是一渠清池,湖水中央闪烁着一波灿金碎影,把最后一缕暗淡的夕光映得浓烈迤逦。远处的湖水深碧清亮,倒映出湖边一排垂柳。

有风从湖上吹来,虽寒冷却很柔和,与江北烈风那种凛冽似刀的摧心沁骨已经有了极大的不同。

深冬之际,湖边那一排娆娆的柳枝自然是枯黄的,但那干涩的枝条间,却透出了一抹绿意。那绿意映入眼帘,在他心湖上投开千层波澜,轻柔却又尖厉地攫住了他的心神。

着绿裙的女子沿着湖边碎石小径朝他徐徐走来。

谢瑾一动不动地站在太湖石边，瞧着那团绿影越来越近。

绿裙上挑了银线，随着她的步伐跳跃着细细碎碎的光芒。湖水中央荡着金光的涟漪已褪去了颜色，那光芒现在闪烁在了她的裙上，摇曳翻飞之间揽尽一湖风光。

她上身是贴着身线裁制的深绿薄袄，玲珑有致的曲线和纤细的腰肢尽览无余，头上挽了个单环高髻，只插了一支翡翠绿的珠钗，黑缎般的长发散开披在肩上，有一绺垂在胸前，正被她绕在手里玩着。

云鬓峨峨，青丝拂腰，绿裙舞香，绰约婀娜。

她甚至还上了淡淡的妆，粉腮红润，月眉星眼。那眸中的波光顾盼生辉，藏着似水的流年和迢迢的山水。

她悠悠走来，终于在他面前站定。

谢瑾从未见过这样的沈荨，他的目光从她出现后就牢牢地粘在她身上，再没移开过。

"……我是谁？"沈荨见他不说话，拨开拂到肩上的一根柳枝，瞧着他一笑，"这回不会认不出了吧？"

谢瑾百感交集，盯着她的眼睛，唇角也浮起了一丝笑意："……沈大小姐。"

"嗯，总算眼神还好，"她朝他伸出手来，掌心朝上摊开，"拿来吧。"

谢瑾愣了愣，伸出手来去取腕上的红绳。

"哎呀，不是这个。"沈荨睨着他，眸似秋水，微微含嗔。

"……那是什么？"

沈荨白他一眼："耳坠啊！"她另一手摸到自己耳下，捏着耳垂下那只剔透莹润的翡翠耳滴，"另外那只不是在你手里吗？说好你摘面具时我穿这条裙子给你看，我可是老早就让人从上京的府里把这条裙子翻出来送到这里。怎么，你就这样空手来见我？"

"我……"谢瑾被她带着责备的眼风一扫，一刹那间后背都沁出了隐隐的薄汗，"我……我早就丢了……"

"丢了？"沈荨审视着面前的青年，心下了然了几分，还是故意问他，"为什么要丢？"

大概是为了接旨，他过江来收拾了一下，看上去还算光鲜，但仓促间不知从哪里搜刮来的一身黑袍，细看之下，不太合身，大了一些，也不知是衣服本身就大，还是他这段时日瘦了。

摘下了面具的他眉眼依旧，这会儿又恢复成了她多年以来最熟悉的那个谢瑾。尽管脸颊也消瘦了些，但轮廓愈加分明，眼神也更加深邃和锋利。

她其实还是更喜欢这个谢瑾。

沈荨笑盈盈地上下打量他，春风拂面的笑意却让面前这人愈加紧张。

谢瑾想向她解释，无奈她这会儿光芒太盛，让舍不得把目光从她身上挪开的他脑子转得很慢。

沈荨没等到他的回答，叹了一声，摘下耳垂上的那只耳坠往湖里一扔。

谢瑾忙道："你干什么？"

"只有一只还留着做什么？"沈荨摸着被耳夹夹红了的耳垂，埋怨道，"早知就不带了。"

谢瑾惋惜道："扔了多可惜。"

"可惜什么？我人就在你面前，还要这劳什子做什么？"她笑道，"行了，这条裙子我也穿给你看了，你满意了吗？"

"满意了……"

"见到正面觉得好看吗？"

"好看。"谢瑾这会儿神色也自如了，笑着问她，"这宅子是你的？你什么时候在陈州有一所宅子？"

沈荨嗔怪地瞥他一眼："难道我什么事都得让你知道？我外祖在陈州府做过两年太守，这宅子是我娘的嫁妆，后来给了我——快把你这衣服换下来吧。"

"你这里有我的衣服？"谢瑾奇道。

沈荨已转了身，一面走一面道："是啊，咱们在靖州城里的东西大部分都没了，那管事仓促间只收拾了两个箱笼。我到这里来后找到他，就把东西搬这儿了，我瞧了瞧，正好有个箱子里都是你的衣物。"

"那管事呢？"谢瑾放慢了脚步，落后她一截，盯着她的背影瞧。

"管事和靖州宅子里的几个下人都安置在这里了。"她走了一阵，发觉人没跟上来，疑惑地转过身来看他，"干吗走这么慢？"

谢瑾这才微微一笑，赶上前牵过她的手："手怎么这么凉？"

"问你呀！"沈荨气哼哼道，"半天都不来，我在湖边吹了好久的冷风，不就为了美给你看一下吗?"

"难为你了,真是挺美的。"谢瑾笑道,将她腰肢一揽,心满意足地拥着她去了太湖石另一边的一座红瓦水榭。

水榭依山傍水,雕栏飞檐,玲珑精致。沈荨直接领他去了两间屋子中间的暖阁。暖阁开间很窄小,布置却很素雅清宁。糊在窗上的纱是浅浅的碧色,窗边垂下的轻幔上绣了朵朵亭亭玉立的荷叶,东西壁上都挂了字画。

东壁上是一幅狂草:

暖阁春初入,温炉兴稍阑。晚风犹冷在,夜火且留看。

西壁上是一幅《采莲图》,题跋是同样字迹的狂草:

秋荷一露滴,清夜坠玄天。

暖阁中央的位置横着一张宽大的木榻,接东西壁,榻中间摆了长条的书案。这会儿设在暖阁地板下的地龙已经烧了火,里头温暖如春,尽管纱窗都微微开着,谢瑾不一会儿还是出了一身薄汗。

"真是个好地方,"他赞道,"文风雅韵,翰墨飘香。"

沈荨揭了案上的莲花连枝灯罩子,把蜡烛一支支点亮,笑道:"我很少来这儿,从大江北岸过来后瞅着空来过几回,倒比以往来的次数都多了……我想着,既要赴你这个约,怎么也得把架势做足,何况在军营里头也不方便。"

她说到最后一句时,微笑着睇他一眼,清眸回盼,一波一波的秋水漾过来,本来就热的谢瑾觉得自己这时更热了。

暖阁的槅扇外头本已摆了一桌饭菜,这会儿都凉透了。沈荨唤了下人拿下去热,自己给他找了衣物出来,让他去沐浴换衣。

谢瑾出来的时候,沈荨正坐在榻上的书案前提笔写字,听到动静也没回头,只说道:"谢宜和谢思你没见到吧?谢宜被松州军的陈老将军借了过去,要她帮着训练一批士兵,谢思也跟着去了。对了,你今儿见到你爹没有?"

"没有,"谢瑾上了榻,从她背后俯下身去瞧她写的什么,"他让我接了旨就赶紧回对岸去。"

沈荨闻言搁了笔，转过头言不由衷地笑道："那裙子也穿给你瞧过了，你一会儿吃了饭还是快走吧。"

谢瑾的手已经搁在她腰上，唇贴在她耳下，鼻尖挠着她的耳垂，低声问道："你舍得我走吗？"

暗哑的声线震着耳膜，传进耳朵里，沈荨立刻觉得全身都酥了，转过身来揪住他的衣领，笑道："你说呢？"

两人对视一息，谢瑾用指腹轻轻抹了抹她唇上的胭脂，吻了上来。

沈荨推着他："一会儿还有人送热饭过来，你去把槅扇关上。"

谢瑾无奈，下了榻把八面槅扇都关好，沈荨理了理散碎的鬓发，将案上的砚台纸笔都移到墙根处的架子上。

刚刚放好，身子一轻，已被人抱了起来，搁到了榻上。谢瑾紧跟着上榻来，再是一抱，托着沈荨坐到长榻中央的书案上。

莲花连枝灯晃了晃，谢瑾的双臂已撑在她身体两侧，但他没有下一步的动作，直白热烈的眼神在她身上巡梭了个来回，最后落在她的粉腮红唇上。

她拿脚去踢他："老这么看我干什么？"

"可惜这里没有镜子，你看不到自己的模样，"谢瑾手疾眼快地捉住她那只脚踝，叹息一声，"……阿荨，你真美。"

沈荨的发髻原本就挽得松，现下斜斜地堆着，那支翡翠朱钗荡在鬓角，更显得慵懒娆曼，眼波动人。

"你打算就这样一直看下去吗？"沈荨用那只脚去踩他的胸膛。

谢瑾笑了一笑，后退一些盘膝坐好，取下自己手腕上的红绳，把她那只脚放在自己腿上，将红绳系到她脚脖子上。

沈荨咬着唇瞧他。

谢瑾沐浴出来后并未穿外袍，只穿了一层雪白的中衣中裤，长发束了马尾，但或许是心急并未把水擦干。乌鸦鸦的黑发把轻薄的衣衫洇湿了一大片，贴在矫健的身体上，倒把他那处刚韧的背肌勾勒了出来。

他这会儿垂着眼，长睫的阴影里埋着幽深的暗火，如画的眉目不再被面具所掩盖，烛光映在那张似清月出云的脸庞上，修眉丹唇，玉色无瑕。明明这张脸掩盖在面具下的时间不算很长，但她这会儿却觉得怎么也看不够。

谢瑾手上的动作很慢，眼光锁在她的脚踝上。

上次两人在墙头上，她脚踝处的红斑和小腿上的浮肿让他心疼了好一阵。还好，现在这只足踝又恢复了光润细致，被鲜丽的红绳圈住，越发显得小巧漂亮。

他系好后俯身过来，褪去了她的薄袄。

里头居然是一件浅粉色的中衣，谢瑾愣了愣，转头看了看身后西壁上的《采莲图》，图中接天碧叶中探着荷色尖尖，倒跟眼前人有异曲同工之妙。

绿色长裙如碧绿荷叶一般盈盈散开，浅粉色的薄绸贴在玲珑有致的身体上，整个人像是西湖烟水、万顷碧波上开出的那朵最娇艳醉人的荷花。

"荷叶罗裙一色裁。"谢瑾唇边笑意加深，"阿荨今日装扮如此应景，那我便要看看'半在春波底，芳心卷未舒'是何风景了。"

月色入画阁，窗纱侵寒银。

外头夜空中的明月有些朦胧，如同窗上笼着的一团清雾，没一会儿，那清寒的一笼轻烟化开了，流泻的光映过碧色的轻纱，把这一处空间渲染得艳魅而迷离。

渐渐地，月光变得支离破碎，安谧的夜也沸腾起来。

最后月色背过了纱窗，夜也恢复了平静。

沈荨枕在他的胸膛上，手轻轻抚着他的锁骨。

那里有一处新添的伤口，在刀削般利落的线条下破出深红的一线，往下盘踞在强健的胸膛上。

谢瑾侧过身来吻她，不无遗憾地笑道："夜实在是太短了。"

沈荨摸着他的伤痕若有似无地"嗯"了一声："快睡吧，一会儿你还得回江北。"

谢瑾牵来毯子盖住两人，轻叹一声，缓缓闭上眼睛。

拂晓时分，东方既白，他下榻穿衣，在仍然沉睡的人额上吻了吻，悄然离开。

沈荨醒来的时候人已不在身边，她出神片刻，利落地收拾了自己，骑马赶回了军营。

中军大帐前静悄悄的，她掀帘进去，里头的长案边却围满了人。大伙儿听到动静纷纷转过身来，被围在中间的人抬起头，招呼她："沈将军。"

沈荨喜道："吴大人这就来了？怎样，我上回跟你说的事你研究了没有？"

兵部侍郎吴深微微一笑，将手中一块深褐色的东西拿起来，道："自然是研究了才敢来，沈将军请看。"

沈荨大步上前，从他手中接过那块古里古怪的东西看去。

吴深道："这块木头极为坚硬，甚至硬过铸铁，我找了很久才找到这种铁檀木。

普通生铁铸成的盾牌挡不了太多箭矢，一旦位于一定的射程内，箭矢上带的冲力极大，箭镞会穿过盾甲，但我试过，这种铁檀木就不会。"

沈荨忙命人将这块铁檀木拿出帐外，挂到校场角落的箭靶上，自己取了一张臂弩，出来活动了一下手臂，缓缓瞄准那块木板。

众人都涌出军帐，站在一边瞧着几十丈开外的那块木板，屏住呼吸。

弩机一松，"嗖"的一声，强弩射出的箭矢以雷霆之势呼啸着破空而去，不偏不倚地射中那块木板的中心位置，利镞插入木板晃了晃，掉落下来。

大伙儿齐声欢呼。

李覆摸了摸头，道："这铁檀木做的盾硬是硬，就是样子不大好看，表面也坑坑洼洼的。"

吴深的脸垮了下来："这种铁檀木如此坚硬，能想办法切割下来做成块状已是极为不易，要想好看，那便等着被箭镞爆头吧。"

沈荨笑道："管它好不好看，管用就行——吴大人，这种铁檀木防火吗？"

吴深点点头："铁檀木内里绵密细致，硬度极高，本身已不易着火，我再用石棉盖上两层，火箭完全能挡住。"

"那就好，有劳吴大人。"沈荨思忖着道，"只是这种木头好像比铁还重，厚度可能得再斟酌，既能挡箭，又不能让士兵们负重太多。"

吴深想了想："这个可以，我再研究研究。"说完背着手进了军帐。

沈荨翻身上马，出了北境军营地往陈州军军营后的朝廷军主帐行去。

第二十五章 青山故

两刻钟后，沈荨驰马到了帐前，陆年松的亲卫笑道："正要过去请沈将军呢，这就来了。"

沈荨冲他一笑，大步进了军帐，里头除了陆年松，还坐着谢戟、谢宜和松州军的陈老将军以及陈州军的薛将军。

相互见了礼后，沈荨坐到了谢宜身边。

谢宜的长相颇与她哥不同，谢瑾的玉容清貌大部分遗传自谢夫人，谢宜的朗眉英目却是得自父亲。

她递过一盏茶来，小声问道："我哥走了？"

沈荨埋头喝茶，"嗯"了一声。谢宜正要说话，陆年松轻咳一声，道："沈大将军既到了，那就先说说第一桩事，陈老将军，你先说。"

陈老将军捋着颌下胡须，微笑着瞧了眼谢宜："老夫廉颇老矣，何况松州军一直以来都欠一员虎将，谢都尉这段日子一直在帮老夫训练松州军，老夫看谢都尉尚好，就不知沈大将军放不放人？"

沈荨抬头看了看谢戟，见他眼中已有允准之意，便笑道："我有什么不放的？谢都尉如果自己愿意，当然是好事一桩，只一件，谢都尉到松州军，有什么说法？"

陈老将军自然知道她的意思，呵呵笑道："老夫昨日已向皇上提出申请，谢都尉到松州军，品阶升两级，封为正四品忠武将军，和老夫品阶一样。"

谢宜在北境军中也算是猛将一名，只是一来她一直带军驻守夔龙沟，防御多过征戮，军功累得不多，二来她作为谢家人，此前也总被朝廷有意无意地压制，因此到现在也还只是个六品都尉。如今她能调到松州军独当一面，沈荨也很乐于看到这个结果。

沈荨征询地朝谢宜望去，谢宜微不可见地朝她点点头。沈荨一笑："行，那就依陈老将军所言。谢都尉去了松州军，若是被人欺负，那咱们北境军全军可都不依。"

陈老将军骇笑，直言不讳地说："谁敢欺负谢都尉？且不说她有威远侯和谢大将军替她撑腰，就是谢都尉自己，也是你敬我一尺我才敬你一尺，寸步不让，绝不让自己吃亏的人啊！"

此言一出，大家都笑了起来，谢戟朝女儿瞪了一眼，谢宜回敬父亲一个挑眉。

陆年松见此事尘埃落定，与谢戟交换一个眼神，道："威远侯与老夫昨儿连夜商讨了大致的作战策略，今儿请几位来，就是想听听几位的意见。"

谢戟起身走到沙盘边，示意众人过来。

他待大家围拢在沙盘边，才拿起一根竹条，在江北的云州、源州和两城中间的江岸边画了三个圈。

"如今西凉军和樊军的兵力都集中在这三处。七八天前，分布在源沧江以北的西樊军已经开始往江北沿岸收缩集结。这部分零散的兵力大概有五万人，也就是说，现在在北岸聚集的西樊大军，有二十五万之众。"

众人沉默地点了点头。

谢戟皱着眉头盯着江岸边，又道："这二十五万大军中，最具威胁力的便是樊王朗措的九万精骑。以我的猜测，樊王应该是要以这九万精骑为主力，先让西凉军和其他零散的樊军打过江的头阵。一旦他们冲过来与我军发生混战，这九万精骑集结过江，就能在混乱中一路冲过我军阵营。"

沈荨眉心微凝，沉吟道："我们这边的地形狭窄，不适于大规模的迎战，而一旦发生混战，我们要集结起军队正面迎敌便会很困难。"

"对，"谢戟颔首，"朗措和他的这九万军队，长期就是从这种混战中冲杀出来的。他们此前一直依靠坚固而几近牢不可破的骑兵阵型整队进行冲杀，把敌军冲得七零八落，毫无防守之力，普通的防御和冲击很难挡住他们。"

他长叹一声，做了总结："所以，我们绝不能等对岸先发起攻击，一旦被他们撕开防线直扑京道，那说什么也晚了，我们不能冒这个险。"

这一点已经成为朝廷军的共识，大家都没表示反对。

隔了一会儿，陈州军的统帅薛安道："威远侯言之有理，江北那一块地方开阔平坦，也很适于两军交战，只是如果我们硬冲往江北，一来要冒着对方密集的箭雨，损失不小，二来我们的人冲到了江北，同样要面对那九万精骑的冲杀，就算我们有能力保不败，源州的西凉军再大举压上，恐怕……"

谢戟拿竹竿在沙盘上的江岸处点了点，道："朗措料定我们不敢直接进攻，为了勤加操练和避免路途上消耗体力，这九万铁骑都直接驻扎在了江岸边。他在云州城里还留有两万樊军，现在陆续又从广源道以东收缩回来一万兵力。源州城里驻有十二万西凉军，只要挡住源州和云州的西樊军，只对付江岸边的九万铁骑，我们就有胜算。"

薛安不由道："怎么挡？源州城墙坚固，且不说城内有这么多兵力，自古攻城比守城的耗费大得多，若是不得法，十万军队都不见得能攻下一座三四万人守的城池。"

"只守不攻，"这时沈荨说话了，"我想武国公和威远侯是这个意思。"

陆年松看了她一眼，"嗯"了一声道："沈将军说得没错，我们的军队只需守在云州和源州来往江岸的必经之路上，确保他们无法在这九万铁骑被灭掉之前赶来救援就行。云州还好说，关键是源州城内的这十二万西凉军。"

"如何挡我们稍后再讨论，沈将军，"谢戟朝沈荨转过头来，"与朗措的九万铁骑决战，这个任务就交给八万北境军，你可有异议？"

沈荨唇边露出一丝笑意："末将一直在为与这九万铁骑决战做准备，请武国公和威远侯放心，这次北境军一定会旗开得胜，而且——"她顿了顿，笑道，"怎样扛住对岸的箭雨确保兵力不受损失，我们也有了法子。"

谢戟并不意外，微笑道："一旦收到九万铁骑战败的消息，朗措剩余的零散樊军和西凉军定会退守云州和源州。就如薛将军所说，自古攻城大大难于守城，等他们退回城池内，我们的大军只要围住这两座城池，北边西樊军的粮道一断，时间一长这两处地方便会不战而破——"

陆年松落下一记拳头，狠狠砸在沙盘边："到时便是我大宣扬眉吐气的时刻！"

谢戟嘴角翕动，目中隐有泪光，最后竟没止住，老泪纵横地哽咽道："北岸的万里青山，都在等咱们回去啊……"

千里之外的上京下了一场雪。

这或许是这个冬季最后的一场雪。瑞雪兆丰年，这场刚刚开年便纷纷扬扬落下的大雪带给百姓们的除了寒冷，还有数不尽的喜气和新的期望。

然而在定远侯府，这场大雪带来的却是彻骨的冰凉与覆灭。

定远侯沈炽遣散了下人，只留了府中几名老仆人，交代完一应事务后，这才冒着大雪往沈家祠堂走。

推开门的那一刹那，祠堂里燃着的一排烛火陡然被寒风激得一跳，跪在地上的一个身影也随之轻晃了一下。

鹅毛般的大雪飘进门来，沈炽转身掩好门。

他深吸一口气，缓缓走到跪在沈家先祖牌位下的长子身前，长时间地凝视着他。

许久，他嘴角抖了抖，出声问道："你可悔过了？"

沈渊抬起头来注视着父亲："爹，孩儿知错了，求爹放我一条生路。"

沈炽瞧着儿子那剑眉星目的俊朗面容，喉头哽了哽，哑着嗓子道："我已经让人去通知光明卫，他们应该在赶来的路上了。你既知错，为何还要向我提这个要求？"

沈渊脸上现出一丝绝望，惨然笑了笑："孩儿只是不甘，为何所有的罪名都要我一人承担？"

"孽子！"沈炽突然爆发，上前一步，一个耳光抽在他的左脸上，"不甘？你还觉得委屈是吗？那我问你，你当年做下那事，可有想过，四万忠魂冤不冤？吴文春冤不冤？你大伯和你大伯娘冤不冤？！"

他整个身躯都在发着抖，目中已经流下两行长泪，一巴掌抽下，自己亦是头昏目眩，踉跄着后退两步，急喘着扶住案角，这才站稳。

紧闭的祠堂门外传来沈二夫人与门口下人扭打的声音，不一会儿沈二夫人悲切的哭声凄凄哀哀地传进来，然而沈炽只是静静地听着，并未吩咐把她放进来。

半月前重伤初愈的沈渊被护送回京，在府里养了十日的病，光明卫突然包围了整座定远侯府，把刚能下地走动的沈渊带走。

沈二夫人想尽了一切办法，几乎把整座侯府都搬空，这才买通了看押儿子的狱卒，用一名长相酷似沈渊的青年秘密地把儿子换了出来。

她把沈渊藏在一座别苑里，刚准备把他远远送走，沈炽却得到消息，赶着把儿子带了回来。

"砰"的一声，祠堂大门被推开，沈二夫人裹着风雪跌跌撞撞地扑进来，直扑到沈炽脚下，抱住他的一条腿。

"老爷！"她涕泪交流，放声哭道，"您就放他走吧！他也是您的儿子啊！"

沈炽身躯又是一晃，沈二夫人抹了抹泪，又道："再说凭什么？主谋又不是他，他只是奉命行事啊！为什么那人就能安然无恙，而我儿就得担下所有罪责？"

"奉命行事？"沈炽古怪地笑了一声，恍惚的目光转向脚下的夫人，又飘到儿子脸上，定了一会儿，才伸出食指，指着身后一排牌位。

"我沈家以武立身，先祖们哪一个不是顶天立地光明磊落的好汉？大丈夫有所为有所不为，他在接到那样的命令时，难道不会用脑子去想一想，这样的事是做得的吗？"

沈渊猛然抬起头来："我也是为了——"

"住口！"沈炽厉声喝道，怒视着儿子的双目中似要喷出火来，"你在做下那事的时候，早该想到有这一天！你不冤，冤的是吴文春率领的四万西境军骑兵，冤的是因措手不及被西凉军围住城墙攻打而壮烈牺牲的三万西境军守军，冤的是身先士卒为国捐躯的我大哥大嫂！"

他惨然长叹，目中的怒火燃烧后，化为了灰烬般的死寂："你大伯和大伯娘视你为亲子，你对得起他们吗？数万西境军尽忠职守一朝冤死，你对得起他们吗？你万死不足惜……我生了你养了你，我也……万死不足惜……"

他说到后来，颤抖的语声已化为呜咽，跳跃的烛火映着他头上新冒出的一簇白发。那发丝几近透明，轻轻晃在鬓角边，为他添上了几许老态。

"老爷！"沈二夫人哀求道，"我知道渊儿万死不足惜，可他毕竟还这么年轻啊！难道要白发人送黑发人吗？"

沈炽眼中泪珠滚滚而下，浑浊的泪眼望定沈二夫人。她被那悲凉和决绝的目光所震慑，嘴唇翕动了几下，下一句话再也出不了口。

"还有你，"沈炽瞧着自己的夫人，"当年大哥大嫂战死，我袭了爵，搬进了这座侯府，本叮嘱你好好养着大哥大嫂的院子，你是怎么做的？荨儿痛失父母，我让你多关心一下她，你又是什么样的态度？而这次你居然还想出这样的法子把他换出来，又要在他头上多加一条性命！只怪我自己太懦弱，我与你，生出这样的孽子也不足为怪……"

沈二夫人哀哀抽泣起来。

沈炽皱了皱眉头："这时哭有什么用？子不教父之过，现在说什么也晚了，唯有余生用这条残命力所能及为他赎罪。至于那人，她会受到惩罚，这种惩罚对于她来说会比死还难受……"

沈炽嘴唇嗫嚅片刻，语声再度哽咽："沈渊，我再问你一句，你悔过了吗？"

沈渊这时面容已经完全平静了，他朝沈炽和沈二夫人扑通磕了个头，挺直身子道："孩儿悔过了，孩儿万死不足惜。"

沈炽凝视着他，点点头："好，那你去吧，既已悔过，那便好好上路，如果有来生——"

沈渊没等父亲说下去，起身快步出了祠堂，一言不发地跟等在外头的数名光明卫离去。

祠堂内只剩下了沈炽和沈二夫人，沈二夫人颓然地坐在地上，半晌沉默着站起身来，木然地一步步出了祠堂。

雪片不断自虚掩的大门飞进来，空旷的祠堂内冰寒沁骨。沈炽独自跪在牌位前，明明灭灭的烛火将他的影子交错投在地板上。那影子微微跳动着，说不出的孤寂和怆然。

门又"咯吱"一声被推开，他转过头来，见是拄着拐杖颤颤巍巍进来的沈老爷子。

"爹！"沈炽跪着往前挪了几步，朝沈老爷子叩头下去，颤声道，"我对不起大哥大嫂，对不起沈家列祖列宗，对不起数万冤死的西境军，对不起大宣的江山啊……"

沈老爷子丢了拐杖，揽住次子的肩头，老泪纵横，但什么话也没说。

沈炽把脸贴到父亲袖子上，年过半百的人此时哭得像个孩子。

大宣昭兴四年春初，正月十八，大宣朝廷突然下了一道诏书，为八年前的西境军骑兵统帅吴文春、梁轩、胡迈等三名将领摘去罪名。当年四万西境军骑兵在寄云关外的蒙甲山腹地遭到西凉军围杀而全军覆灭一案得以真相大白。

原定远侯世子、西境军统帅沈渊因泄露军情，被判通敌之罪，于午门外斩首。行刑那日，刑场周围数万人围观。据说，屠刀斩下之前，一身囚衣的犯人背脊一直挺得笔直，脸上也无任何情绪，大刀挥来那一刻眼睛甚至都没有眨过。

吴文春、梁轩、胡迈等人流放的家属被下旨召回，每人补偿千金，男女经过考核后皆可优先入朝为官。

因大宣早已废除株连九族之刑，沈渊父系亲属免去抄斩之罪，但仍不免受到牵连。定远侯爵位被收回，沈渊的父亲沈炽及家中几名男丁被判流放，母亲和其他女眷充入掖庭。

沈氏一门所有官职在身的人皆被免去职务，只除了因国事需要，尚在源沧江南岸备战的抚国大将军沈荨。

念在沈氏一门忠良无数，前定远侯沈焕与夫人也在八年前寄云关一战中双双阵亡，沈渊的祖父祖母并未受到波及。

沈渊的姑母，当今太后沈绮自愿被幽禁于太陵，再不理政事。

诏书下达后，宣昭帝在朝上令内阁拟定继位人选。朝臣惶恐不已，痛哭流涕，齐齐下跪恳请皇帝收回成命，更有清流一派引经据典谈古论今，并递上万民请愿书。

国难当前，宣昭帝勉为其难，不得不顺应民意，于沉痛中继续担起一国之君的重责。

早春二月，源沧江畔仍然春寒料峭，江面上的薄冰也还未融化，然而两岸的山峦重峰，却已隐隐约约现出了一点绿意。

再过不久，这星星点点的绿意就将染遍重山，再次以博大而无处不在的温暖和包容环抱这片天地，让饱经沧桑的大地再次焕发出新的生机与希望。

肆虐的北风不知不觉已悄然而退，东风正在酝酿，所有人都知道，一等积雪融化，残冰消去，对峙在两岸的大军就将爆发一场大宣建朝以来前所未有的大规模战事。

而北归的大雁，横亘的群山将会见证这场大战，大地不久又将沉默着抹去所有的硝烟与疮痍，重现隐隐青山迢迢流水。

这一战，又不知将有多少忠魂埋骨于此，化为沃土。

大江南岸的朝廷军大营里这日出奇的安静，只有遍山的军旗不时于风中发出呼啦啦的翻飞之声。

除了岸边值守的哨兵，所有的将士都密密麻麻地跪在高高低低的坡地上。最高的一处山坡上，已经设起了一处大的祭坛，红毯铺在泥地上，是这片肃穆暗沉的广阔军营里一道灼目的亮色。

国事缠身的宣昭帝特意抽出了时间，带着幽居太陵的沈太后和几位重臣赶到了这里，亲自主持为西境军所有捐躯沙场的将士而举办的盛大的祭奠仪式。

这其中，有八年前牺牲的西境军骑兵和关内守军，也有三个月前在寄云关内外不敌西樊联军而壮烈牺牲的将士。

是祭奠，也是誓师。

这个阴冷的清晨，寒风肆虐，浮云万里，广袤的天地一片肃杀静默。对岸的樊军饶有兴味地注视着这边的情形，个别人甚至拿起入关后抢掠来的、为数不多而极珍贵的千里镜，观看这场对岸的盛会。

浮冰还未融化，不然趁这个机会攻到对岸，想必会将对方杀得丢盔弃甲、溃不成军。有将领暗暗想着，不无遗憾地咧嘴笑了笑。

对岸的奠仪好像已经开始，有几个孤孤单单的小黑点以缓慢得像蚂蚁一般的速度向在那红毯上移动，没过多久又停了，久久没有再挪动。

樊军中爆发出一阵嘘声，无趣地散开了。

沈太后吃力地爬到山坡上段，停下来握紧手中的拐杖。寒风侵入浸着冷汗的颈后，她打了个冷战。

"母后？"前头的宣昭帝转过身，立即将手伸过来，"朕扶您。"

"哀家还没老！"沈太后狠狠剜了他一眼，没接他递过来的手，也挥开了身边侍女的臂膀，喘着粗气挣扎着向上爬。

山坡并不高，红毯也并不长，然而最后的几步于她而言却像是用尽了全部的力气。当她终于站到祭坛前的香案边时，裙下的腿抖得像筛子，喉咙像被一只手扼住，气喘吁吁呼吸困难。

也许我真是老了……

她暗自想着，努力挺直背脊，试图不让别人看出她的窘态。

然而所有看见她的人都明显地感觉到，这位多日未曾露面的太后，衰老的速度极快。不再大权在握的她重新出现在众人眼前时，看起来竟然与不久前还端坐朝堂上的她判若两人。

精美的发饰盖不住斑白的发，繁复的宫装掩不住佝偻的身形。或许权力对她来说是保持青春的一帖妙药，随着手中权力的消逝，她的威严和旺盛精力，也一同一去不返。

沈太后嘴角扯出一个笑容，看着正在香案前点香烛的皇帝儿子。

她知道他为什么非要劳师动众地带她来此，而且强硬地要求她亲自为所有西境军的亡魂燃香祷告。

这是在提醒她，八年前的四万骑兵和三万守军的死是她一手造成的。

我既然做了，就不会后悔。就算在这七万亡魂的祭坛前，我也不害怕。

沈太后心里想着，不无讥讽地瞧着皇帝的动作。他已经点燃了香烛，正在点手中长长的三炷线香。

她挪开了眼睛，往对岸瞧去。

高处的位置视野开阔，她的目光从对岸的敌军军营上掠过，落在远方。

旷极辽远的天空下，壮阔山峦于薄雾轻遮中隐现绿意，这恢宏连绵的山带衬得对岸的敌军军营如此渺小，其间蹿来蹿去的人也如蝼蚁般可怜又可笑。

她感慨着，下一刻思绪却又一转。

长天无尽江山万里，然而这江山不再是她的江山，青山如故臣民如新，然而这臣民亦不再是她的臣民。

沈太后在这一刻感到了锥心的疼。尖利的刺痛像利剑一般刺入她的心脏，令她脸色陡然发白，再也支持不住摇摇欲坠的身体。

她眼睛向上一翻，整个人晃了一晃，朝后栽倒。

沈太后的晕倒在祭坛前制造了一点混乱，很快几名内侍冲上来，将她架着搀扶下了山坡。

沈荨远远地瞧着，心中既无悲也无喜。

她的手轻轻探入怀中，摸到那硬邦邦的帅印。调动军队的虎符在陆年松处，但作为沈家人，她知道她也该把这枚帅印交出。

她之前一直不交帅印，是为了便于指挥和训练这支军队，而现在所有准备都已就绪，整支军队的冲锋、包抄、回撤和阵形变幻都已炉火纯青，可以不再单单依赖一个人的领导。

每名将领都对这次决战的战术、阵法变化烂熟于心，并且能依照形势做出机动的应变。

朝堂上有人对她拒不交出帅印的行为颇有微词，督察院的御史更是上了好几道奏折，但不仅宣昭帝保持沉默，驻扎在大江南岸的朝廷军上下，也不约而同地对此事保持了一致的沉默。

但今日是时候了。

她已经做好了安排，即使没有她的带领，这支军队也必能勇猛无畏地击溃那支此前战无不胜的敌军骑兵。何况她虽然不再作为统帅带领他们，但她仍会是他们中间的一员，和他们一起上阵拼杀，冲在队伍的最前线，直到燃尽身体里最后一滴血。

早在得知八年前的事很大可能与沈家人有关，而她并未改变自己追查下去的决心时,她其实就做好了因受牵连而无法再掌帅印的准备。

但没有关系,只要还能在战场上挥洒热血,和她的将士们一同奋战,只要不战死,她可以再建军功,再搏杀出自己的未来。

她望向祭台下方,那里站着吴文春的一双儿女。他们在颠沛流离的流放生涯和暗无天日的掖庭劳作中坚强地活了下来,挺到了父亲沉冤昭雪的这一日。

知晓当年之事别有玄机后,沈荨想方设法打探到了他们的去处,暗中把饱经风霜,正处于困苦交加中的两人保了下来,并没有让他们知道自己的存在。

如今看见两人精神饱满,身姿挺直地站在坡地下方,她略微感到一丝安慰。

阴霾的天空下,祭奠仪式于瑟瑟寒风中开始了。

宣昭帝衮服冠冕,伴随着礼官的唱诵在香案前进了香之后,又朝着西北方向稽首而拜。三拜后起身,展开袖中一卷亲自起草的悼文,徐徐念道:

"陌上蒿草荒,天遮生死决。征途夕风烈,归路群山悲。戟沉铁衣碎,血尽风云黯……"

皇帝清朗而沉稳的语声缓缓传开,祭坛下有礼官复述,数十丈开外再有人复述,由此保证祭文能传到军营的每一个角落,跪在地上的每一名将士都能听得清清楚楚。

因此宣昭帝念得很慢。

"……平沙浩无垠,长夜风渐沥。残旌覆白骨,鸷鹰啄荒茔……"

皇帝的语声微微哽咽,但是经过一道道的传递,到了远处时复述出来已经没有了什么起伏,然而这些字句仍然扎入每一个人的心头,在他们心中掀起风浪。

方圆数里的偌大军营悄静无声,只有一声声祭文的唱诵声高亢而嘹亮,压过了猎猎风声,回荡在这片天地间。

寒风从每一名跪在地上的士兵身上拂过,带起铁甲下的衣角,扬起零散的发丝。所有人的脸上都是哀痛而沉重的神情,既为牺牲的将士,也为或许将步上他们后尘的自己。

"……雄师卫河山,千秋累世代。忠魂永长存,山川定不忘。朔望北风尽,布奠觞酒倾。"

宣昭帝念完,自一边礼官奉上的托盘内,拿起一樽清酒,高高举过头顶。

所有人抬起头来,注视着高地上方伫立在阴翳天空下的那抹明黄身影。

皇帝抑扬顿挫的语声再次传开。

"朕常抚衿长叹,亦常夜深难寐,然错已铸就,尘埃早已落定,非人力可挽回。

朕今日便在此，对数万英魂、对长天、对山河、对吴将军遗孤、对我大宣的每一名将士发誓——只要我大宣王朝存续一日，这样的事永不会再发生！"

祭台下吴文春的儿女悄然抹去眼眶中溢出的泪水。

沈荨抬眼望向天际，长睫上也沾了细微水珠。

若英魂真不灭，父亲母亲的在天之灵看到这一刻，心中也定会倍感安慰。

第二十六章

关山酒

"天地为证，为我大宣牺牲的每一名将士，同袍不会忘，朕不会忘，大宣的百姓不会忘，大宣的江山更不会忘……"

皇帝略微停顿一瞬，清了清嗓子，平息了一下自己的情绪，才又高声道："朕深信，这数十万精魂忠魄定然长存天地，佑我大宣每一寸疆土，保我大宣每一名将士！"

肃穆安静的军营里渐渐有了波澜，将士们仍然安静地立于原地，但每个人脸上的表情都渐渐激动起来，个别士兵的眼眶甚至微微红了。

皇帝高举过头的手臂略微颤抖，几滴酒液从樽中倾洒出来，飘散在风中。

"山川有灵，人亦有情，碧血丹心将永耀世间——愿所有英魂安息于此！"

他说完，举樽往西北方向躬身三拜。酒樽一斜，清亮的酒液渐渐沥沥地洒在地上，很快隐没于泥土间。

清洌的酒香很快被清风吹散，无声无息地飘往天地各方。

一边的礼官执壶上前，再次为皇帝手中的酒樽满上清酒。

皇帝转过身来，朝山坡下跪了遍地的将士们举起酒樽。

"胡人鞑虏，毁我家园，辱我妻女，践我河山，此时便是我大宣还击仇寇的一刻！今日提剑汗马血战沙场，来日功勋在身衣锦还乡，纵然青山埋骨，亦能光耀门楣！"

军营里响起了细微的喝声，这喝声从四面八方汇集，渐渐壮大起来，此起彼伏地回响在各个角落，最终震耳欲聋地响彻了整片天地。

"血战沙场！光耀门楣！"

"与仇寇势不两立！"

"青山埋骨在所不惜！"

沈荨转过头，看向跪在她身后的北境军将士，他们手握成拳高声而呼，激动的脸上是置之死地而后生的刚毅和决心。

她回头，同样握紧拳头，随同身后的将士们一同振臂高呼："杀尽胡虏！夺回家园！"

祭台前的宣昭帝俯视着下方群情激涌的全营将士，心情也激荡不已。

"英魂不灭，后世永奠！朕今日便借这一樽酒，与所有将士同勉！"皇帝高声道，"上酒！"

早有准备的后勤兵抱着酒碗和酒坛穿梭在士兵队列间，不一会儿浓烈的酒香飘散开来，坡上坡下所有将士和祭台上的皇帝，共同对天高高举起酒碗。

同一时辰，源沧江以北的一处山崖下，已经依照大军指令北上断了西凉军和樊军粮道的阴炽军，也正全数聚集在隐蔽的空谷内。

谢瑾与所有阴炽军将士一同脱盔跪地，听完宣昭帝祭奠所有西境军将士的祭文，同饮下誓师酒后，他站起身来，将头盔重新戴回头上，一把拔出插在地上的长枪。

"粮道已断，急速南下，赶往江岸参与决战！"

掷地有声的话语一落，所有阴炽军将士立刻起身，翻身上了战马。

骏马长嘶，军旗飘展，铁蹄扬起枯草尘土，山谷内飓风骤起，波生澜涌，很快一万兵马便奔出山谷，电掣星驰般往南一路飞驰。

江风把对岸的酒香送到了樊军军营里，胡人向来嗜酒嗜肉，闻到酒气竟不觉有些意动，于是也杀牛宰羊，把最后一波入关后抢来的牲畜宰杀了架在火上烤。

他们一面传递着酒囊，一面还不忘往对岸瞧。

那漫长的祭奠仪式搞了整个早晨，临近午间时终于结束了。樊军士兵这会儿倒觉得没了乐子，吃酒喝肉都似少了一丝乐趣。

长期生活在关外的西凉人和樊人于关内的气候还不太适应，对天气的变化自然不如对岸的大宣人敏锐。他们不知道，今日夜幕降临的时候，这片天地间将会有东风登临，而这早春的第一股暖风，将悄无声息地化去江面上的浮冰，把阻碍大军行进的障碍消除。

而对面的大宣军队，也将在天明之前朝江北冲过来，向他们发起遮天蔽日的进攻。

入夜，天际云层低压，无边夜幕下，大地上一股和风果然悄然而至，朝廷在源沧江上游暗中制造的登岸方舟被推下水，随着浮冰融化，一只只顺着水流缓慢飘下。

北境军营地所在的坡地上，已经建起了高高的观战台，皇帝并陆年松、谢戟和几位重臣，也都在观战台上坐定。

坡地下的江岸边，所有北境军将士已经整军待发，静待大江上游的方舟到达。

观战台上的谢戟侧身瞧着这支气势雄壮的军队。

褐甲银刃，森然无声，沿着江岸横阵而列，压到了一里开外。

肃杀天地间竟不闻一丝马鸣甲擦之声，所有将士持戈鹄立，严阵以待，似铜墙铁壁一般坚不可摧，铁衣寒光，轩昂威武。

他心头既欣慰又酸楚。

这支军队的雏形是他亲手打造出来的，不说几名主要的将领，就是许多普通士兵，他现在都能叫得出名字。

现在这支军队在沈荨的集训和打造下，又焕发出了新的面貌和更勇猛高昂的士气，然而要和对岸那九万樊军精骑硬拼，这意味着什么，大家都很清楚。

但这是北境军不容推卸且必须承担的重责，这样的牺牲，虽然因主帅的先见而推迟了一个冬季，却仍是无可避免。

谢戟不忍再看，转回头盯着对岸。

对岸的哨兵自然看见了这边的动静，不过以往北境军不止一次地在晚上整军操练，对于这个夜晚他们的全军出动，樊军士兵这会儿还没放在心上。

子时过后，银甲红披全副武装的沈荨带着崔宴纵马上了坡地，在观战台下跳下马，往这边快步走来。

所有人的目光都凝聚在这两人身上。

沈荨英姿飒爽，精神饱满，身后红披猎猎飞扬，在无边黑云下瑟瑟寒铁中，令人联想到长剑般的剑兰叶，以及剑叶上开出的那枚亮丽花朵。

崔宴重新穿起了重甲，多年未曾上阵拼杀的他，这一次也将和北境军一同血战到底。

"禀皇上、武国公、威远侯，"沈荨朗声道，"北境军并西境余兵共八万七千三百二十一名将士，已经列队完毕，听候发令！"

皇帝颔首，瞧了瞧左下首的陆年松。

第二十六章 关山酒

陆年松拿起手中令箭,交予沈荨:"望大军旗开得胜,马到功成!"

沈荨接了令箭交予崔宴,自己却上前一步,摸出怀中帅印,放到皇帝面前又退开。

观战台上端坐的众人都明白她的意思,相互对视一眼,一时没说话。

沈荨后退两步,转身翻身上马。

皇帝叫住她:"沈荨!"

她回身一笑:"我虽不是北境军主帅了,但我仍是大宣的子民,我会和他们一起上阵拼杀。"

皇帝嘴角动了动,转念一想,又把差点出口的那一句话吞了回去。

沈荨与崔宴并肩往坡地下御马而去。

她侧头瞧了瞧崔宴,笑道:"我既已交出帅印,一会儿的誓师,还是交给军师吧,你在北境军中素有威望,想来不会有人有异议。"

崔宴没回答,看了她一眼,叹一声,又摇摇头。

两人回至大军阵前,几名将领策马迎上来。凌芷道:"将帅——"

沈荨截断她的话,笑道:"我已交出北境军帅印,不是主帅了,大军一切号令,听从令旗金鼓指挥和崔军师的临时变动。若军师未发统一指令,你们自己依情势机变应对。"

几名将领吃了一惊。凌芷与李覆对看一眼,孙金凤不管三七二十一,下了马跪倒在地,高声叫道:"末将愿誓死追随沈将军!"

凌芷和李覆怔了片刻,也即下马跪在孙金凤身边:"末将愿誓死追随沈将军!"

崔宴微微一笑,在马上慢吞吞道:"崔宴也愿誓死追随沈将军!"

后方将士不明白发生了什么事,但见前头几名将领都跪下了,也在马上齐声高呼:"我等愿誓死追随沈将军!"

远处方阵前正在检兵的朱沉朝这边望来。

沈荨唇角微微颤抖,一时说不出话来。

片刻后她勉强笑了笑:"我仍会带领梅花阵前翼,是不是大军主帅无关紧要。"

众人再是一拜:"末将愿誓死追随沈将军!"

后方的将士也跟着再次高呼。

朱沉策马过来,翻身下马一跪:"末将愿誓死追随沈将军!"

沈荨红了眼眶,转头朝坡地上方望去。

观战台上的皇帝笑了笑,拿起案上根本没动过的帅印,交给一边的侍卫:"速速送过去，交给沈大将军。"

他下完令，才转头看了看一边的陆年松、谢戟并几位大臣。

"众卿没有异议吧？"

众人都摇头。皇帝注视着坡地下方的大军，叹道："愿北境军此去能克敌制胜，马到功成。"

坡地下方的沈荨很快接到了侍卫送回的帅印。

沈荨郑重地放回怀中，缓缓抬头环视着欣喜的数名将领和他们身后威风凛凛、雄姿英发的大军。

她将手中的长刀狠狠地往地上一顿，扬声喝道："拿酒来！"

长刀的长柄底部插进泥土中，牢牢竖在大军阵前，萧瑟的江岸边刀锋冷厉，杀气毕现，它即将引风唤雷，挑起翻江倒海的第一波血雾长虹。

对岸的樊军这时已经感觉到了异常。

哨兵吹响号角，传信兵即刻飞奔而出，往云州和源州方向分头而去。

训练有素的骑兵们立刻开始行动，或许是预感到这次对岸大军压境的孤注一掷，后勤兵待骑兵尽数出帐后，很快撤去江岸边的营帐，以把地方空出来交战。

一万西凉军密密麻麻守在江岸边，布起了第一道防线。

九万樊军精骑在西凉军后方开始集结成一个个大型的方阵。没一会儿，集结完毕的大军便如同浓重而没有边际的黑云沉沉地压在江北的空地上，暗流涌动，一眼望去不见边际。

风呼啸着在江岸南北穿梭来往，大江两岸高高举起的军旗疯狂舞动，火把如火龙扭曲蜿蜒，照亮铁甲兵戈，也照亮这片即将化为修罗地狱的战场。

这注定是一个即将翻起黑海巨涛的夜晚，苍穹之上是乌压压的云层，不现星月，只有无尽狂风来回地肆虐着，似要把天地都撕裂。

沈荨一手执缰，一手端着酒碗，缓缓自东向西策马缓行，检阅着她的队伍。

"你们跟随我的时间虽不长，"她气沉丹田，扬声而道，"但我知道，你们每个人，都是身经百战推锋争死的勇夫悍卒！能与你们一同战斗，是我沈荨的荣幸！"

她纵马上了一处坡地，面朝大军双手举起酒碗。

狂风扬起她的披风，她的声音盖过了呼号的风声，落在大军阵前的每个人耳朵里。士兵们往后传递着她的话语，八万大军严阵以待，从前往后，自东向西，每一名将士心海潮生，面现激动之色。

"今日便随我一同折冲御侮效死疆场,杀尽胡虏,纵然粉身碎骨也绝不后退半步!"沈蓁停了一停,高声道,"杀了多少胡虏自己记下,他日黄泉路上,冥河岸边,我等你们报数!"

她仰头一口喝干碗中之酒,将酒碗往地上一摔。

"靴刀誓死,不破樊骑,不回故园!"

所有北境军将士高声疾呼:"不破樊骑——不回故园!"

呼声雷动,直震天际:"不破樊骑——不回故园!"

喝干的酒碗被一一狠掷于地,沈蓁掉转马头,飞奔至江岸边那柄长刀跟前,一手拔出长刀,紧拽于手。

刀锋在火光下燃起一道灼目的亮光,直指江北。

"登舟!"

上游飘来的登岸方舟已静静地停靠在岸边,北境军集结成一个个小型的方阵,有条不紊地上了方舟。

对岸的樊军已在马上拉开长弓,第一支箭矢搭在弦上,蓄势待发。

延绵一里开外的方舟被解开缆绳,缓缓往对岸驶去。

方舟上的北境军士兵集合在一处,举起长盾,方阵四周包括马脚处也被围起,形成密不透风的一座座小型堡垒,严丝合缝地护住了每一个士兵和每一匹战马。

对岸的樊军将领冷冷瞧着,待方舟行至江面中心,进入弓箭射程后,他高举的手臂挥下:"放箭!"

号角吹响,第一波箭雨如飞蝗漫空,呼啸着朝江心飞去。嗖嗖声中,舟板上顿时箭矢林立,然而箭矢利镞钉入堡垒的围盾,却未穿破那坚固的长盾,纷纷坠下跌到舟板上,又滚入江中。

樊军将领手臂再是一挥:"上火箭!"

樊军骑兵再次拉开长弓,把燃着火的箭矢朝天射出。火箭急速升空又落下,如流星急坠一般再次漫向江心,一道道黑烟在天际上方留下倏忽一现的轨迹。

火箭仍然没有摧毁那一座座的堡垒,坚固的方舟承受着巨大的压力,冒着不断飞来的利箭炽火,终于靠近了江北。

没等方舟靠岸,堡垒陡然破开,北境军先锋骑兵冲下方舟,如猛虎下山,杀气腾腾地冲向守在江边的西凉军。

第二批方舟已从对面离岸驶到江心处,大江南岸最后一批北境军正在登舟。而在他们的后方，由薛安率领的陈州军和谢宜率领的松州军也已整军待发，等待方舟接引过岸，扑向源州方向拦住赶来救援的数十万西凉军。

樊军骑兵在号角的指挥下开始往后收缩，他们已经停止了箭矢的攻击，因为看出对方有备而来，箭矢的攻击几乎等同于无效。

西凉军在江边布下的防线几乎顷刻间便被来势汹汹的北境军骑兵撕碎，第一波的鲜血在江边漫开，火把滚入江中，飘闪着照亮浑浊暗红水面上的浮尸。

为了便于集中大规模迎敌，九万樊军骑兵退到离江岸三里处，重新集结成阵。高大彪悍的战马长声嘶鸣，这覆盖在江岸后方空地上的巨大黑云像是一只伺机而动的凶猛野兽，随时抓住时机扑向敌人，用他们所向无敌的强势，冲杀碾碎敌军。

北境军已全数登岸，沿着染血的江岸很快整队，在离樊军半里之处，集结成了一个在樊人眼中看起来古怪而零散的阵形。

两支大军对峙着，没有了江水的阻拦，这一次血肉相搏，枪戈相向，很快便将分出胜负。

天边已经挑起了一抹深透的亮光，不知不觉，黑夜即将过去，紧随而至的曙光将见证这一场撼天动地的厮杀。

风在这时缓下来了，天地之间肃杀凝重，一触即发的气氛让人窒息。所有人的心跳停顿一瞬，随即如急鼓一般擂动起来。

八万余北境军集合成的古怪阵形后方，松州军与陈州军也已登岸，照着东面源州方向直扑而去，而另一股大宣军队，也在登岸后向西冲往云州方向。

江北的大地上三支队伍分头而行，边上的两支漫成两道黑线，迅速往东西延展，而中间的那支军队紧缩在江岸，与虎视眈眈气势滔天的樊军九万精骑横戈相对。

大江南岸观战台上的众人一瞬不瞬地盯着对岸的情形，面沉如水。

成败在此一举。

樊军的传信兵早已将消息传往了源州和云州，算算时间，那两处的援军应该在一个时辰后赶到，樊军将领并不担心战况。

他凝视着面前的这支队伍，鹰一样的眼神穿透敌方的最前列方阵，试图看清他们后方的布阵。

刚才他们登岸和集结的时候，他已经注意到了，这支大军中还有为数不少的步兵，现在这些步兵被围在了骑兵中央，应该是他们的中军方阵。

中军方阵左右的骑兵阵列拉得很开，樊军将领认为这是两军交战的大忌，散而易乱。

他甚至会在援军到来之前就带领着他的骑兵击溃这支北境军。樊军将领暗自想着，等援军赶来时，正好可以来打扫这片战场。而他们将以这场胜利迎接他们的王，然后在樊王的带领下一鼓作气冲往对岸。

沈荨握着手中的偃月长刀，一动不动地静立在大军阵前。她紧盯着不远处黑压压的樊军军阵，一刹那间思绪翻飞。

她想起五岁那年，祖父将一把特制的小小长刀交给她。她拿到便爱不释手地挥舞着，把不知从何处看来的刀法舞了两遍，又缠着祖父教她沈家的吞山刀法。祖父笑道："荨儿可想好了，学了这刀法，将来必是要上阵杀敌的……"

幼时的她立刻点头："荨儿要上战场，要建功立业，要保家卫国！"

祖父哈哈大笑。

吞山刀法，讲究的是力拔山兮气盖世的勇猛和一往无前的气势，一刀在手风劲云涌，山河为我开，千重万阻不能挡。

从十二岁那年第一次上战场，她使着沈家的吞山刀法，纵横拼杀在大大小小的战场上已有整整十三年。

她说不清自己对这片战场究竟是什么样的情感，是厌恶、兴奋、豪情，还是无奈，或许，是敬畏。

对了，是敬畏。

每一次临上战场，都会抱着必胜的信念和必死的决心，唯有这两样，才能保证身体里有源源不断的力量，才能把血肉精魂铸进手中的长刀，让它与自己融为一体，移山填海，伏虎斩龙。

这一次也一样。

她想，如果这次倒在战场上，她也没有什么好遗憾的。

喝过最烈的酒，驰骋过最广袤的山河，杀过最凶横悍勇的敌人，也享受过世间最极致的繁华，品尝过大地最深重的苦难。

爱过最值得爱的人，也被人以最热烈而深沉的爱燃烧过。

她闭目一瞬，随即睁开眼睛，手中长刀画了半个圆弧，迎向已经在号角指挥下往这边冲来的敌军。

以手中这柄战刀，杀溃敌军的第一道攻势，搅起血浪，为整支北境军队伍开锋。

战鼓急擂，凝滞不动的军旗猛然嚣乱狂舞，北境军各方阵的令旗急速挥动，梅花阵前翼的骑兵方阵依令前冲,以长盾护住的中军方阵为中心,呈扇形迎向排山倒海冲来的敌军。

战马嘶吼,大地震颤,两支军队咆哮着碰撞到一起,纷沓的马蹄中双方第一道战线汇集一瞬又相互渗透。鲜血飞溅中,无数躯体被撞飞、倒下,被铁刃钢刀斩开的断肢四处横落。

混战中那一骑红披如烈火翻飞,一道刀光迅猛如电,开合不绝,带领身后的北境军骑兵缓慢而艰难地往前行进着,死死压住樊军凶猛的冲势。后头步兵组成的中军方阵中倏然爆发出一阵箭雨,掠过正在厮杀的北境军前翼,落向正往前冲的樊军军阵后方。

樊军的冲势被这一波箭雨打乱,散在北境军两翼的骑兵待箭雨落定,迅速从左右包抄过来,趁着敌军的混乱将最前方的樊军骑兵围住,立刻展开绞杀。

梅花阵前翼的骑兵压力一松,往前压上,被分割包围的樊军很快倒在几面围剿之下。

樊军号角一变,大军后阵骑在马背上的骑兵也挽起长弓。

整支北境军的队伍往后紧缩,中军方阵后方的两翼骑兵阵这时也绕了上来,围住杀完这一波敌人回退到中军阵前的骑兵,用长盾竖起铜墙铁壁,挡住了樊军的利箭攻势。

箭雨停了,杀红了眼的两军士兵暂时停止了厮杀,恶狠狠地对峙着。樊军将领以前从没见过这样的打法,一时间又恨又怒。

两军正面交战时一般很少用到弓箭,尤其是骑兵冲杀,一是骑兵在策马前冲时取弓放箭必要换下手中的长刀长戟,极不方便,二是两军混战时放箭会伤到己方士兵。

但这支北境军队伍明显早就针对骑兵的这一弱势进行了安排。步兵不用骑马,也不使其他武器,可以心无旁骛随心所欲地放箭,而步兵方阵前方的骑兵一直收缩着打,虽然也在进攻,但力保战线维持在弓箭射程以外,不被箭矢所伤。

"冲过去,冲乱他们的阵形!"樊军将领怒吼着。进攻的号角吹响,大波樊军骑兵势如潮水再次压上。

金鼓急速擂响,北境军的梅花阵形散开,由曾经的光明军组成的梅花阵前翼在沈荨的带领下再次正面迎向敌人。孙金凤、李覆率领的梅花阵左右侧翼也再次冲出,等待时机进行下一次的包抄。

天光已经大亮，重叠的云层散开，第一缕金黄色的光辉洒落在这片大地上。厮杀进行到白热化阶段，江北的大地上已经血流成河，千军万马仍在奔腾，马蹄践踏着脚下的血泥残躯，刀枪在金阳下辉闪，箭镞不时呲呲而落。

向来无往不胜的樊军感到了极大的压力，他们的冲杀第一次被打乱冲散，而敌人的骑兵和他们同样彪悍强横，那古怪的阵形时而散开，时而收缩，但无论如何无法冲散。

这场战斗已经进行了很久，樊军将领这时深深期盼来自源州和云州的援军尽快到达。

震耳欲聋的厮杀声中，他敏锐地捕捉到了来自后头的一阵异动。

他转过头去，看见后方的地平线上，一队人马扬起漫天尘土，急速往这边冲来，而那高扬的军旗一眼便能看出，既不是云州的樊军，也不是源州的西凉军。

他认得那面旗帜，曾经听到很多樊兵说起过，那军旗上什么标志也没有，只是一片深浓的黑色。

那是阴炽军的军旗。

樊军将领一咬牙，下令后方樊军转头迎敌。

陷在血搏中的沈荨几乎是第一时间就感觉到了樊军的动向。她一刀挑开挥舞而来的一杆长矛，刀锋就势一扫，将那名樊兵扫落马下，刀尖毫不停顿，余势不减直接刺入侧面一名樊兵胸膛，往里一绞再挥开。

那名樊军惨呼着栽下马背。沈荨一夹马腹，往前疾冲，刀锋顺势压住数杆刺来的长枪，缠住旋绞一圈再向上一翻，几名樊兵的长枪同时脱手而去，下一刻刀光一闪，一名樊兵的身体已被破开。

她喘着粗气，趁着这个空隙朝北望去，但入目所见，俱是无所不在的樊兵狰狞着脸孔，如潮水般无穷无尽地涌来。

尽管看不见，但她知道，他来了。

这时已经前压到樊军侧翼的北境军骑兵已经高呼起来："阴炽军来了！"

"阴炽军来了！"

这呼声渐渐在北境军中传开，继而如雷贯耳地响彻整片战场。

已经战成了一个血人的沈荨仰头大笑，笑声中长刀电闪雷鸣劈下。血箭飙射到她脸上，一名樊兵再次从身边倒下。

北境军的所有将士在这一刻，血性和斗志都燃烧到了最猛，血雨腥风中他们的战意再次暴涨。中军阵步兵的箭已用完，所有人抽开身后的刀枪，呼喝着冲向零散落单的樊兵，参与这场恶战。

天空中太阳已高升，静静在上空俯视着大地上这场残酷血腥的厮杀。

战斗已经从拂晓时分延续到了正午，江岸对面观战台上的皇帝脸色发白，陆年松和谢戟满眼泪光，几名大臣早已不忍再看，目光落在别处。

纵然惨烈，胜利却已分明偏向了江南的这一边，樊军颓势早已显现，在北境军和赶来的阴炽军合力冲杀下，已经没有了抵抗之力。

观战台上的众人看得清楚，心中却无一丝胜利的喜悦，巨大的悲怆和沉痛压在他们心头，让他们难以呼吸。

尽管整支北境军的死伤情况已经比他们事先预料的好了很多。

沈荨第一次感到身体中的血液燃烧到了极限，胸腔中灌满了呼呼腥风，手中的长刀有几次都几乎被挑开，血汗弥漫在头盔下，一抹再抹，视线仍然模糊。

好在快了！也许再有一刻，就能杀尽场上的樊兵，与阴炽军胜利会师。

她的胸膛急剧起伏着，咬牙抢着长刀，往前方几名樊兵拍马冲去。

长刀落下的时候，一杆血枪从侧面挑出，如血龙呼啸，威不可挡地刺向一名樊兵，直接挑起那人的颈脖，猛劲一甩，那名樊兵惨叫着从马上飞出。

沈荨的目中一瞬间涌出了泪水，眼泪冲开脸上的血汗，她侧过头，看清楚了他。

原来他已经来到了她的身边。

长刀纵横卷浪，长枪凛锐狠绝，他和她一起驰骋在这片尸孱残骸遍地的战场上，挥洒着身体中最后一滴热血，共同完成这最后的战斗。

第二十七章 芳年醉

沈荨睡了很久。

她一直陷在梦境里不停地拼杀，知道自己在做梦，但是怎么也醒不过来。直到迷糊中有人把她搂在怀里，把她的手紧紧拽住，她这才得以解脱，沉入酣睡里。

醒来的时候已经是傍晚，夕阳透过撩起的窗帘照在床头，她一时不知身在何处，茫然很久才意识到自己正在大江南岸的北境军军营里。

那场天昏地暗的厮杀画面如流水一般涌入脑子里，沈荨一下坐起身来，拿起床头的外袍披上，套了鞋子便往外帐跑。

刚到帐帘边，便被人堵住了。

"去哪里？"谢瑾一身黑袍撩帐进来，眼睛牢牢盯着她，一只胳膊拦在她身前，人也向前压了两步，把她压着往后退。

沈荨冲他急道："让我出去，军情战果我还不知道啊！"

经她几次冲击，拦住她的那只胳膊仍然纹丝不动。谢瑾叹一声："累得都脱力了，你第一次在战斗完后就倒在战场上吧？一下从马上栽下来，大家都吓了一跳，还好我接住你了。"

他打横抱起她，走了几步往床上一扔，道："想知道什么我来给你汇报便是。先吃饭吧，边说边吃。"

他回外帐去拿了徐聪送进来的饭食，夹了几筷子菜盖在饭上，直接把碗递给她。

"我睡了多久？"沈荨一面吃饭，一面问他。

"也不算很久，昨儿回营后直到现在，一天一夜吧。"谢瑾微微笑道。

"这么久？"沈荨筷子顿了顿，"我身上的伤是你包扎的？"

谢瑾摇头："徐聪给你包扎的，军医也来瞧过了，好在没什么大伤。"

沈荨快速扒完了饭，将碗往几上一搁，瞧着谢瑾道："说吧，什么情况？"

谢瑾看她一脸沉痛的表情，略微用了轻快些的语调道："情况还算好，北境军伤亡情况比大家事先预料的好很多……阵亡士兵二万多，重伤和轻伤的一万八千多，整支北境军主力还在，几名将领也都无事，只宋珩背上挨了一刀，估计要趴几个月，其他几个受了些轻伤，可忽略不计。"

"军师呢？"

"军师一直在中军阵里压着指挥，"谢瑾笑道，"没受什么伤，这会儿正忙着和吏目清理名册。这次用到的梅花阵法正好克制了九万樊军精骑，沈将军，你是头功。"

沈荨只低了头没说话。

谢瑾递了一盏茶给她："松州军和陈州军那边的伤亡也还好，拦了西凉军两个多时辰后撤退。西凉军得知樊王那九万精骑战败，退回了源州城。现谢宜和薛安率军围在城外，这一围，估计至少要围上十天半月了。"

"西凉人和樊人大势已去，"谢瑾脸上的表情也明朗起来，"樊王和云州那几万樊军也被围着。皇上的意思，是如今西境和北境的防线得尽快重新布起来。西境和北境，你选哪个？"

沈荨瞧着他："什么意思？"

"西境北境百废待兴，阴炽军已交给顾长思，我和你都得回西北去。这场战事虽然胜局已定，但边防线一刻也松懈不得，另外，还得帮助百姓们重建家园——"

"阿荨，"他迎着她的目光，眼睛里俱是笑意，"我听说北境军出战前你交帅印的事，如今整支北境军都愿誓死追随你，你若选北境，会轻松许多……"

沈荨双臂抱膝，头靠在膝盖上思索片刻，抬起头道："我想回寄云关。"

谢瑾心头百感交集，瞧着她微红的双目点点头："好啊，只是重整西境，要花费的时间和精力都更多，你先带一部分北境军过去吧。"

"嗯，"沈荨双目明亮起来，"那我现在就去跟皇上请命。"

谢瑾看她又恢复了生龙活虎的模样，笑道："估计把你按在床上是按不住了，那走吧，我和你一块儿去。"

第二十七章 芳年醉

两人先后出了营帐，沈荨即刻展目往对岸眺望。

坡地前头的观战台已被拆去，她走到坡地前沿，瞧着大江对岸那片战斗后的残迹，心头唏嘘不已。

落日余晖正照在那里，大块大块的深褐色血污触目惊心地延展在大地上。如山的尸首已被拖走，插在地上的箭矢也被清完，但荒破残败的土地上还零零星星散着一些残破断裂的甲戈。偶尔有风吹起破碎成片的旌旗，那布片便飘忽着从地上翻腾至半空，随风势轻荡着，又悠悠落地。

幸而永不停歇的滔滔江水从上游而至，冲去了江面上的浑浊和血水，经过一天一夜的冲刷，这一段的江流已基本重归清澈。

山川有灵，但愿能尽快抹去这次杀戮留下的疮痍与悲荒。

皇帝在陈州军军营后方的朝廷军主帐中听了两人的陈述，没表示反对。

他颔首道："两位爱卿谁去西境都一样，朕只有一个要求，尽快。"

他瞧了瞧坐在一边的陆年松和谢戟，笑道："这边的战事有武国公和威远侯坐镇，想来已无大碍，如今边防线空虚，随时有可能被北边胡人乘虚而入。重整西境线要比北境线艰巨得多，朝廷亦会大力协助，沈将军有什么要求尽管提出。"

沈荨应了，皇帝又道："等云州和源州的樊军和西凉军全数剿灭，朝廷届时会举天同贺，论功行赏。这次北境军和阴炽军中表现突出的，先报上来交与武国公。"

他吩咐完，瞧着谢瑾意味深长道："你答应朕在半年内带出阴炽军的事已经做到，除了该有的军功赏赐，朕打算再给你联一门亲事……"

谢瑾微微一怔，正要说话，谢戟朝儿子使了个眼色，示意他少安毋躁。

皇帝忍不住笑道："沈将军与谢将军既然惺惺相惜，肝胆相照——"

话未说完，一帐的人都笑了。

"多谢皇上，"谢瑾即刻微笑着躬身，朝皇帝行了个礼，朗声道，"臣——求之不得！"

两月后，已是暮春。

百事缠身的沈荨暂时放下手中军务，只带了徐聪从西境寄云关出发，往北境的望龙关赶。

两人沿着关外望龙山山脉的羊肠山道而行，一路骑马掠过漫山馥绿，柔茵星花，重山春色尽入眼帘。远处千山一碧，重峰叠翠，万岩竞秀，令人心旷神怡。

大半月前，位于源沧江北岸云州和源州两座城池内的樊军和西凉军，在被大宣军队长期围困后，弹尽粮绝而不攻自破。樊王朗揩一代枭雄，被困于云州城中，最后时刻举刀破腹自尽。

西凉和樊国国内再次暗流涌动，多方势力争夺王位，大概等波澜初定，又将虎视眈眈地把目光转向周边。

源沧江畔的大战后不久，从大江南岸回到上京郊外太陵的沈太后被侍女发现死在寝殿中，她的喉咙被自己藏在鞋里的簪子划破，被发现时身体还是温热的，血迹也还没干枯。

此前她已试图自尽过几回，但被宣昭帝盼咐宫人紧紧看着，这次侍女打了个恍神，一不小心便出了岔子。

百姓依照礼制守丧一月过后，民间又开始了嫁娶往来。

沈荨到达望龙关大营时，崔宴已满面笑容地候在营地门口，迎上来笑道："刚听哨兵来报说将军来了，怎么也不事先通知一声？谢将军这会儿领人去了靖州城外的棉田，我让人把他请回来？"

沈荨摇头："不用，在哪个地方？我去找他。"

崔宴闻言，唤了一名士兵过来，让他给沈荨带路。

望龙关与靖州城的通道西边，有一片略微肥沃的土地，光照也很充足，此时春暮，正是种植棉花的好时机。沈荨骑马到了那片棉田边，远远便见褐色的泥土被翻起，一道道地横亘在大地上，斜斜延绵至不远的坡地。

春阳如金，遍洒在原野田地间，正领着士兵帮百姓撒种的谢瑾直起身子，看见夕阳的光晕中有一道熟悉的影子远远立在田埂边。他以手挡在额上，眯着眼瞧了瞧那身影，唇边便挂上了一丝笑意。

总算是来了。

两人的婚礼便设在望龙关大营里，谢瑾的军帐也就是两人的洞房。

崔宴带着祈明月和徐聪布置了新房，又把留守在望龙关的凌芷请来帮忙，终于满头大汗地弄成了还算看得过去的样子。

晚间大帐前的校场内燃起了熊熊篝火，所有将士们围着篝火挤在一起，欢声鼎沸，笑语喧天，为西境军和北境军两位统帅的婚礼高歌欢庆。

两人在篝火前拜了天地，谢瑾牵着新娘进了洞房，直接便掀起了她的盖头。

盖头下沈荨桃腮杏面，耀如春华，睨着他的一双眼睛如水含波，眸光醉人。

"干吗这么早就揭盖头?"

谢瑾笑道:"我怕像上回那样,不等我过来揭盖头,你就自己给揭了。"

沈荨扑哧一笑:"原来还记恨着这个。"

谢瑾转身拿起桌上的两只酒杯斟满酒,递了一杯给她:"上次还没喝交杯酒呢,好在这回补上了。"

沈荨与他喝完交杯酒,瞅着他道:"还有什么?"

"暂时没什么了,走吧。"谢瑾去握她的手。

"去哪里?"沈荨眨着眼睛问。

"外头呀,"他笑道,"都等着你去喝酒呢,只一件,不许喝太多,别忘了今晚什么日子。"

这一晚星垂野阔,长风无尽,巍峨城墙下的军营里热火朝天,喧闹了一整晚,大撂的酒碗堆得如小山一般高。新娘子到后来喝得酩酊大醉,豪迈地说了一句"从此西境军北境军都是一家"后,便摔了酒碗离了席。

她跌跌撞撞走错了营帐,被闻讯赶来的新郎拖回了自家作为新房的中军主帐。

婚后次日,两人一道骑马去了关外一处秀峰碧山中。

不一会儿细密的雨丝斜斜飘来,沈荨从马背上拿出两顶斗笠,交了一顶给谢瑾。

他诧异道:"何时准备了这个?"

沈荨得意一笑:"我在关下棉田那从农人手中买的,清明前后雨多,有备无患,怎样,我很有远见吧?"

谢瑾大笑:"是是是,的确很有远见。"

两人戴着斗笠,徐徐沿着山道上了峰顶。

此处是附近山脉中最高的一处山峰,站在峰顶上,山林翠色,万壑峰姿尽收眼底。

谢瑾取出香烛纸钱,寻了一处背风背雨的地方点燃香烛,烧了纸钱。

沈荨把酒杯中的清酒倾洒于地。

不久前那场战事中牺牲的两万多北境军将士,英魂应该已经回到了这里。

她摘下斗笠,仰头看向天际。

雨丝绵绵,从天空中不断地飘洒下来,不一会儿她的发丝就润湿了,睫毛上也沾了细细密密的水珠。

天色暗了下来,谢瑾也摘了斗笠,从身后拥着她。

雨雾山岚中的群山现出另一种风貌,山顶上烟云漠漠,远处碧峰渺渺,置身于幽谧的群山怀抱里，身心都被涤净，有新的力量新的期盼正在升起。

"烟霞润广树，碧叶绣清安。"

沈荨低声念了一句，侧头对身后人一笑。

这是谢瑾上京书房中挂在墙上的一幅字画题跋。

他笑若春山，低声应道："新绿又一年，携雨看山归——走吧。"

两人上了马，于暮色中沿着蜿蜒的山道缓缓往山下行去。

沈荨不敢在望龙关久留，三日后便匆匆返回了寄云关。

这日她戴着一顶斗笠，骑马伫立在蒙甲山边缘的一处山崖上，远远瞧着起起伏伏的关墙。

已经是初夏了，正午阳光炽烈，金辉洒在城楼下那片开阔的土地上，明晃晃的，把那片赤地烤得像是着了火。

寄云关的城墙堪称多灾多难，城楼下那块土地已不知浸透了多少遍鲜血，因此方圆十多里的地方几乎是寸草不生。

城墙已经经过了一次修整，墙体上的坑洞和残缺的墙垛被补平，但宽约三丈余的墙头上仍然处处可见不久前那场大战留下的痕迹。西凉人用抛石车抛来的石砲把地面砸得翻了起来，到处都是凹凸不平深深浅浅的坑，好几处塔楼也都塌方了，被掀去了顶，墙面上还有硝烟熏过的大片黑迹。

挨近蒙甲山边缘一处斜坡前的城墙倒塌了一段，不少西凉人从那里闯进关来盘踞在寄云关一带。西境军重新驻扎此处后，才把这些人一拨拨地赶了回去。

这一次西凉人和樊人举国来犯，战事的失利也造成了西凉和樊国国内的动荡不安。北部的草原上另有一个叫做女真的强大部落正在兴起，看势头也许会很快吞并日渐式微的这两个国家。

边疆的守卫任重而道远，或许永远不会有沉烽静柝的那一天。

沈荨叹了一声，打马下了山崖，往城墙下走。

寄云关是父亲母亲牺牲的地方，不管多难，她也得重新把这个地方守护起来。只是西境线百废待举，千头万绪实在太多，她觉得自己还是有些分身乏术。

从源沧江归来时，她带回了孙金凤和朱沉，这两人忙于集中训练新招募过来的一批士兵，在其他方面几乎帮不上她什么忙。

若是能把崔宴这个人精忽悠过来就好了。

沈荨眯着眼，心下盘算来盘算去，觉得这事有一定的难度。

第二十七章 芳年醉

日趋成熟的阴炽军已由顾长思率领，目前按照皇帝的指令南下，暂时驻扎在西南疆域，准备一举肃清南疆一带趁着这次国难冒出头的一些叛乱。

谢宜去了松州，北境的军事重镇燊龙沟缺了一员大将镇守，谢瑾便把李覆调去了那里。望龙关只剩下了凌芷率领的一个骑兵营和少量有经验的步兵撑着，其余全是招募来的新兵，如果把崔宴也给弄走了，谢瑾怕会有些独木难支。

不管了，让他为难总好过自己为难，何况现下北境边防比起西境来说要牢固得多。沈荨无奈地想着，吩咐徐聪给她收拾行装，说要去望龙关一趟。

徐聪不解，连珠炮似的说："昨儿将军不是才说兵部送来的那批甲器达不到要求吗？范军师说已经招募了一批新的工匠，等着将军把图纸看过后就开炉改造。对了，您说要在城门外再建一个附郭箭楼，那边还等您出图纸，另外昨晚从城墙缺口那蹿进来抢东西的西凉人——"

"停！你别说了，"沈荨嚷了起来，"再说我头都大了，范军师这人但凡能自己拿点主意，我也不至天天忙得团团转。事情先暂时放一放，我现在去抓一个人过来，你等着吧，他来了咱们就能喘口气了。"

徐聪想了想，笑道："您是说崔军师？那当然好，崔军师说话虽难听点，人也狠了点，但真是很能干，就不知谢将军放不放人？"

"不放也得放，"沈荨发狠道，"我会让他放的。"

从寄云关骑马至望龙关，速度快的话三天两夜能赶个来回，沈荨草草处理了一下军务便赶着出发，于次日日落后到了望龙关。

尽管已是夏初，入夜之后的北地依然凉意悠悠，山风一吹，便将日间积攒的暑气驱赶得一干二净。望龙关大营里此时静悄悄的，沈荨到了中军大帐跟前，祈明月迎上来接过马缰，把马牵去了马厩。

沈荨撩帐进去。

长案边谢瑾抬起头来看她一眼，又把头埋了回去。

已经过了繁忙的晚操时间，谢瑾这会儿只穿了一件藏青色单袍，微湿的发丝垂在肩上，显是借着入睡之前的一点时间来处理日间积压的公务。

他身姿笔挺地坐在案前，一张脸凛若冰霜，好看是好看，就是很有几分拒人千里之外的冷漠。

沈荨知他有些恼她，十天前他放下望龙关的军务赶到寄云关，哪知沈荨跟他说了几句话就带着徐聪跑了。这一跑就不见了踪影，谢瑾等了一天一夜，最后只得独自骑马出了寄云关大营。

过后谢瑾来了两封信,她看完就放在抽屉里,也一直没时间回。

沈荨看他明显还在生气的样子,也就没理他,自己唤人提了热水进来,进内帐去沐浴。

内帐还是两人成婚时的布置,靖州城谢宅里硕果仅存的几件家具和屏风都被搬到了这里,又被收拾了一番,将就将就,也就与一般的卧房无异了。

那架拔步床被安在了内帐中央,虽然镜子已经被取走,但四周的帐幔垂下来,还是这里最气派最堂皇的一件家具,只是看起来有些不伦不类。

沈荨在屏风后的浴桶里泡了泡,出来翻了一条裙子穿上,一面挽头发一面走出来。谢瑾听到动静,眼皮子都没抬一下,只当她是空气。

沈荨走过去,将他手中的湖笔从背后一抽。

他顿了顿,伸手去拿笔筒里的另一支笔。沈荨俯过身去,一把把那笔筒挪走。

她把他面前的文书纸砚都一股脑儿推到一边,自己坐到他面前,居高临下地瞧着他。

谢瑾这才看她一眼,对上她目光的时候,没什么表情地挪开了。

"谢将军气性挺大的呀,"沈荨笑道,"我没回你的信,是因为我早就打算今儿过来,有什么话当面说不好吗?"

"拉倒吧,"谢瑾这当儿发话了,语气冷冰冰的,"准是有什么事儿,不然你舍得来?"

"哪有什么事?"沈荨放在桌案下的两只脚相互蹭了蹭,把一只鞋蹭掉了,用那只光脚去勾他衣袍下的腿,"我就是想你了……"

谢瑾没说话,只纹丝不动地坐着,但脸上的表情略微有了点松动,她一下就捕捉到了。

"好了好了,"沈荨用脚趾勾起他一截裤管,在他小腿上调皮地画着圈,一面说一面观察着他的脸色,"这点小事都值得生气吗?"

谢瑾"哼"了一声,伸手取过一封军报,欲盖弥彰地看着。

沈荨锲而不舍地挠着他的小腿,谢瑾往边上让了一让,她又追了过去,变本加厉地顺着他小腿一路踩上来。谢瑾呼地一下站起来,椅子往一边拖了拖,重新坐下来。

他坐了半晌,没听见动静,忍不住往这边瞄了一眼。这一眼被逮个正着,沈荨手肘放在膝盖上,正托腮瞅着他,见他一眼瞟来,立刻跳下桌案单脚跳了过来,坐到他腿上环着他的肩。

谢瑾的脸也就绷不住了。

"我知道你忙，"他悻悻道，烛火映着双眸里一点还未化去的埋怨，"可上次我去寄云关是咱们事先说好的，你人跑了不说，过后连句话都没有——"

没说完的话教人堵了回去，沈荨俯身，两条胳膊圈住他颈脖，往他唇上吻了过来。

虽然没有得到回应，但她的吻也没有被拒绝。被她吻住的人身躯渐渐软下来，在她退开时甚至还听到他按捺不住发出的一两声极好听的喉音。

沈荨笑盈盈地睨着他，谢瑾轻咳一声，搁了军报，伸臂揽住她的腰肢，清凌的眉眼春临冰消，里头的冷意像被春风渐次拂散。

"阿荨，"温热的手掌贴在腰上，稳稳掌着她的身体，令她觉得很是舒服，他的声音听起来也很低沉悦耳，"如今西境北境是一家，你有难处，难道我们这边会袖手旁观？归根结底还是人的问题。"

沈荨立刻愁眉苦脸道："可不就是人手不够嘛，要不是凡事都得我亲自去盯着，何至于你来了寄云关，我都没时间陪你？"

谢瑾"嗯"了一声，盯着她的眼睛里现出几丝探究之意："说得有理……那你怎么打算？"

沈荨一时不备，一不小心便说漏了嘴："如今这次能把崔军师请到寄云关——"

环着她的手臂一下就僵硬了，片刻后谢瑾起身，把她往地上一放："好啊，就知道沈将军无事不登三宝殿，原是为这个来的。"

沈荨赶紧扯住他袖子："别走啊，怎么又生气了？"

她一面说，一面按住他，不由分说地重新坐回他怀里："真是来看你的，军师的事只是顺便和你商量，你提到人手不够我才说的。"

谢瑾人是坐回来了，也没推开她，但身躯绷着，眼睛里的神情颇有些耐人寻味，像是在等她的解释，又像是在等些什么别的。

沈荨自然看懂了。

"谢瑾，"她理了理膝上的裙摆，又把肩头上的一绺黑发撩到身后，"我今儿穿了裙子，你没看见吗？"

谢瑾的目光在她身上来回溜了一转，不动声色道："我看见了——所以呢？"

"所以——"沈荨压低嗓音，指尖顺着他的肩膀滑到胸膛上，"还用我说吗？"

谢瑾把她的手捉住，慢条斯理地理了理弄皱的衣襟："这里是外帐……你最好从我腿上下去。一会儿如果明月进来看见了,我是无所谓,沈将军的脸该往哪儿搁?"

"他知道我在这里,应该不会随便进来吧,"沈荨略微僵了一僵,有点不自然地往一边架子上的沙漏瞟了一眼,"现下都快到亥时了。"

谢瑾一副不为所动的样子:"当日事当日毕,明月知道我亥时二刻才会就寝。"

沈荨偏着脑袋瞅他,他眼神清明,幽深的眸光正锁着她,里头颇有几分意味深长的坚持。

"你还要生气到什么时候?"沈荨双手按着他的肩头,咬着唇问他。

"我哪儿敢生你的气?"谢瑾慢慢道,"你想请崔军师去寄云关,我没有意见,你自己去跟他说就行了……不必在我这儿浪费时间。"

这话一听就还有几分赌气的意味,沈荨审视他半晌,弯腰穿上鞋子。

谢瑾掸了掸衣摆,刚刚拿起方才放下的那封军报,一双手臂就从他身后圈了过来。沈荨整个身子伏到椅背上,柔软的唇贴住他鬓角,一寸寸往下轻吻。

她就不信自己不能把这块冰给焐热,再说这般冷淡的谢瑾她真的很久没见到过了,他这别扭的模样令她恍惚想起从前的时光。

口是心非的青年总是面容冷峻,不苟言笑,却于细微处泄露一点一滴的关心和在意。

她心里漫着一腔自己都没觉察的柔情,流连在他耳下颈间的吻越发缠绵。

正襟危坐的人脸上看不出什么端倪,但呼吸明显乱了。她立刻感觉出来,笑了一笑,绕过来坐回他怀里。

他喉结轻轻滑动着,但两条手臂仍然固执地放在扶手上。

半天等不到拥抱的沈荨只得从他膝上下来:"好吧,谢将军真是油盐不进,那我走了。"

谢瑾一把搂住她,头埋在她颈窝里,低低笑了起来。

"阿荨,我早跟崔军师说好了,他这两日把积压在手头的事处理完了,就去寄云关。"

沈荨愣了愣,随即在他唇上咬了一下:"好啊,谢瑾,既然你早都安排好了,干吗一副爱答不理的样子?我还当你真生气了。"

谢瑾没吭声,笑着一把将她搂住,打横抱进了内帐。

隔日清晨,谢瑾送她前往寄云关。两人牵着马,并肩上了一处斜坡。

第二十七章 芳年醉

晨风送来青草泥土的芳香，天光澄澈，初升的阳光穿透重枝蔽叶，星星点点地洒落在下方的山道中。

"我就送你到这儿，你去吧。"谢瑾温声道，揽过她低头在她额角上落下一吻，"再过一月得回京述职，你多空点时间出来，母亲的意思，是想多留我们两日，在上京再办一场酒……"

沈荨抱住他的腰身，踮脚在他唇上响亮地亲了一记："行，那我走了。"

谢瑾微微笑着，转过她身子，将她发髻上那枚红色发带系牢："记得给你写的信要回。"

沈荨拉过马缰，翻身上马，回头冲他一笑："知道了，会回的。"

谢瑾也上了马，却没立时离去，只伫立在山坡上，凝视着青葱翠意的山林间那道急纵而去的身影。

沈荨行了一段，回身一望，朝那已经成了一个小黑点的影子扬了扬马鞭，接着垂眸一笑，不再停留，一路快马追风，向前坚定行去。

（下卷完）

番外一

红曲渡（上）

大宣洪武二十一年初秋，西境寄云关。

巍峨的城墙下，方圆数十里的军帐森然林立，大大小小的军旗迎风飘展，中军营帐前的校场上烟尘滚滚。边上看热闹的人已经围了里三层外三层，连周围木桩子垒起来的看台上也站了不少人。

场中心正在比武的却是两名半大的少年，一人使长枪，一人使长刀，看上去都是约莫十二三岁的光景，一般的身条细长，唇红齿白，不到舞勺的年纪，一招一式却是出人意料的干脆利落，挟带着凛冽杀气，没有半分花哨和多余。

使刀的少年身法灵动，舒展大气，刀刀力扫千钧，气势威猛如劈山断海。烈烈刀风中，使枪的少年身影腾飞，亦是丝毫不落下风。一杆银枪惊似飞龙，狠辣凌厉，芒星闪动间，枪头一点红缨灼人视线，吊得围观之人一颗心也跟着颤颤悠悠地晃荡不休。

斗至酣畅处，使刀的少年清叱一声，长刀回纵，刀头回钩绞住银枪枪头。胶着之下使枪的少年忽将手一松，手背一转将枪把一撞，枪头疾点，不退反进，带着半杆长柄呼啸而去，直挑对方脑门。

使刀的少年偏头一闪，手腕一旋，眼见就要将那杆长枪挑飞，枪把已落入使枪少年的左手，但见红缨翻飞，银芒如雨，枪头几缠几扣，刹那间将对方上中下三路锁了个结结实实。

"有你的啊，谢瑾。"使刀少年刀锋一扫，纵身跃开，收了长刀笑道，"左手功夫也练到家了——话说回来,你今儿总使这种拼命的杀招,当真要和我拼个你死我活?"

偃月刀长柄杵在地上,刀刃下部堪堪与少年脑袋齐平。使刀少年穿一身绛红短打武服,眉眼蕴笑,这一开口语声清脆,悦耳动听,带着几分与年龄相当的柔嫩,却是个半大的少女。

使枪少年脸若冰霜,唇角抿紧了一言不发。

少女眉尾一扬:"我还有事,明儿你若不走,咱们再来比过。"说罢提了长刀转身便走。

使枪少年赶上两步,枪头挑起一道劲风紧缠而上,锁住她去路。

"沈荨,是你先挑战我的,"少年眉峰紧凝,虽激战多时,额角也滴着汗珠,语声却仍旧沉稳,带着坚持和一丝不易觉察的隐怒,"做事岂可半途而废?今日不分个高下,别想走。"

围观的将士在一边起哄:"别打不过世子就想跑啊!"

"谁要跑啦?"少女并不生气,只笑嘻嘻道,"给你们世子留些颜面嘛——"

话音未落,银枪激刺而来,犹如吐信的毒蛇喷出锐利的杀气,一招流星追月破云穿雾,直取少女咽喉。

惊呼声中,少女手中长刀一晃,已架住这招凶猛杀势,"叮当"一声,隔开凌劲枪头。

两人对视一瞬,四只眼睛里都燃着灼灼怒火。

"谁要你替我留颜面?"少年咬牙道。

"不留就不留!"少女沉了脸,"谁先认输谁是小狗!"

少年不屑地嗤笑一声:"还小狗呢,你多大了?"

少女回了一句:"我多大你不知道?再说我杀的倭寇比你杀的胡虏多。"

少年冷笑:"骗人吧?南边的情形打量我不知道?上一次肃清倭患都是两年前的事了,你上哪儿杀的倭寇?"

"你只知其一不知其二,倭患又怎能根除——"

两人嘴仗打个不停,手上动作也没落下,一时间虎刀龙枪缠斗不止。刀光枪影杀气纵横,扑面劲风引得周围的喝彩声和惊呼声此起彼伏。

声浪传入中军大帐内,骠骑大将军、威远侯谢戟皱了皱眉,与镇国大将军、定远侯沈焕赶着交接完西境军务,并肩出了军帐。

围观的人让出一条通路，谢戟阴沉着脸，大步走到校场边喝道："住手！"

场中两人置若罔闻，大约是知道这场比试即将被制止，一刀一枪更是舞得虎虎生风，企图在最短的时间内尽快分出胜负。

烟尘飞扬，沈焕掩鼻轻咳一声，拖长了尾音道："荨儿——"

谢戟已经随手夺了身边士兵的一柄长枪，大喝一声撞进场中，一手舞着枪杆一格一压，另一只手往少年肩头一推："叫你住手没听见吗？又伤了沈大姑娘怎么是好？！"

少年不备，被父亲这挟着浑厚劲力的一掌拍得直往后摔，退到三五步开外才站稳。他将手中长枪往地上一插，喘着气瞪着少女。

沈焕已夺了少女手中的长刀，拉了女儿在一边，柔声细语教训道："又闯祸了不是？若是伤了威远侯世子，我看你怎么交代！"

少女面色绯红，朝怒目注视着自己的少年做了个鬼脸："我都说不比了，是他非要缠着我分个高下。"

谢戟闻言一转头："是吗？"

少年举袖揩去额角汗珠，绷着脸吐出一个字："是。"

谢戟大怒："长的年岁都到哪儿去了？多大的人了，还这般不知进退，跟我来！"

少年悻悻拔出泥土里的长枪，瞥了一眼少女。

"谢瑾，你信不信，再有三五十招你准输！"少女冲他一笑。

少年眉心一跳，握紧手中枪杆，正要说话，谢戟回头一喝："拖拖拉拉做什么？还不走？"

少年一声不吭，扭头便走。

校场周围看热闹的人意犹未尽地叹息一声，也各自作鸟兽散。

沈焕把女儿沈荨带进营帐，从水盆里拧了帕子递给她。

"把脸擦一擦。"他是个好脾气的父亲，就算是责备，语气也很温和，"你说你，这时候还招他干什么？"

沈荨一面擦脸，一面笑盈盈道："看见他就手痒。"

"你呀你！"沈焕在女儿脑门上轻弹一记，"如今西境北境划开，谢家丢了一半兵权，正是不痛快的时候，你何苦往他枪头上撞？我瞧谢家那小子枪法精进了不少，再有两年恐怕他爹都会败在他手下，你跟他比就比，又说什么三五十招他准输这种话，我看你俩比下去，谁输谁赢还真说不定！"

"他的枪法精进了，难道女儿的刀法就没进步？"沈荨不乐意了，丢了帕子去扭父亲的袖子，"爹爹为何总长他人志气灭自己威风？"

沈焕失笑："爹说的是实话——行了行了，过两年就及笄了，怎么还这般不懂事？你娘原是想我先在这里安顿后再让你过来，你说想先来，我也就带你来了，若是不听话，回头告诉你娘去。"

"爹可千万别！"沈荨眼眸弯弯，讨好地说，"我不会给爹添麻烦的，何况谢瑾明天就跟他爹去望龙关了，我就是想找他打架也不成啦！"

沈焕将她手中帕子夺过来往水盆里一扔："还想着打架呢？他若是不走，你是不是每天都要跟他打一架？"

"当然不是，"沈荨收了笑容正色道："最多——"她拉长声调退到帐帘边，一掀帘子往外跑，"——三五天！"

"回来！我话还没说完呢！"沈焕追出去，那道绛红身影早已跑远，他只得无奈地摇了摇头，唤了亲卫进来说事。

是夜星坠长天，晚风幽凉，关墙内外阒野无声。

城墙上一个僻静的角楼边，少年谢瑾双手交叉枕在脑后，仰躺在墙头，心事重重地瞧着满空繁星。

轻盈的脚步声由远而来，他微微皱起眉头。

"你来做什么？"

来人躬下身子，打开一个油纸包递过来："听说你爹不许你吃晚饭，怎么说也跟我有点关系，大人不记小人过，我给你带了两个馒头，快吃吧。"

谢瑾不接："我不饿……不用你这么好心。"

沈荨一笑："哎哟，还气呢？气我就成，别跟自己过不去呀！"她将油纸包放在地上，"知道你不想看见我，我走啦，你慢慢吃。"

她瞄了一眼星光下面若皎月、俊秀清隽的少年，迟疑片刻，道："我知道你今儿为何这么拼命，不就是西境北境划开，我爹接管西境，你心里不痛快呗。"

谢瑾轻哼一声，不予作答。

沈荨来了气，一屁股坐下，干脆不走了。

"怎么，就你们谢家能耐？就你们能守好西境？我告诉你，我爹我娘还有我，都会守好这里——"

谢瑾打断她："你爹你娘跟西凉人打过仗吗？你杀过西凉人吗？胡人和南边的

倭寇不一样！"

"有什么不一样的，不都是两只眼睛一个鼻子？谢瑾，你别瞧不起人。"沈荨双臂抱着曲起的腿，下巴在膝盖上一点一点的，"南边的倭寇从海上来，那些倭寇可不是普通人，壮如牛黑如墨……"

谢瑾不耐烦听她说，坐起身道："你爹你娘了解西凉吗？知道西凉人打仗怎么个打法，知道西凉最凶悍的将领是谁吗？"

"怎么不知道？"沈荨仰头，瞧着夜空呼出一口气，"我爷爷早先一直在寄云关下的梧州定居，这些情况他清楚得很。"

谢瑾忍不住讥讽了一句："原来如此，看来你们沈家早就做好了打算，要把西境从谢家手中抢过去。"

沈荨神色一滞，片刻后气呼呼道："好吧，我就不该来给你送吃的，这馒头拿去喂虫都比给你吃好！"

正伸手到油纸包内的谢瑾僵了一僵，沈荨一掌拍开他的手，将油纸包一股脑儿包起来，沉着脸站起身来。

少年的肚子恰在此时不争气地咕噜了两声，这声音在寂静的夜里听起来分外明显。

沈荨睁大眼睛瞧着他："咦，谁的肚子在叫？"

谢瑾又羞又恼，将头一偏，赌气道："饿死也不吃你的馒头。"

少女瞅了他半晌，扑哧一笑，得意扬扬地揣着油纸包走了。

没一会儿谢瑾的小跟班祈明月探头探脑地摸过来，从怀里摸出馒头递给他，小心翼翼地问："刚下去的是沈大小姐吗？她来干什么？"

谢瑾恶狠狠地咬着馒头，许久闷闷地说了一句："她就是来气我的！"

次日清晨，谢戟领着五千将士，从寄云关下整军，出发前往北境望龙关。

队伍徐徐出了军营，谢戟身后的谢瑾马上转过头去，只见营地门口的瞭望台上，出现了一抹绛红身影。

大概是瞧见了他，她在瞭望台上跳起来，一边跳一边朝他不停挥动着双臂。

谢瑾唇角微微扬起，只一瞬却又收敛了笑意，握紧长枪打马跟上队伍。

行了一段后他忍不住再次回头望去，只见高天薄云下，她不停蹦跶的脑袋已经变成了一个小小的黑点。

时光如梭，一转眼春红凋谢，秋黄荼蘼，飞絮白雪又迎春。

两年之后。

上京威远侯府的书房淡雪阁内，身量已赶上成人高的谢瑾穿一身湖水色轻袍，黑发一丝不乱地束着，右手握一支善琏湖笔，沉心静气地临一张字帖。

谢家二姑娘谢宜风风火火闯进来，大声嚷道："哥，你真不去吗？"

谢瑾眉目淡淡，抽了另一张熟宣铺平，道："不去，一帮小姑娘闹闹就算了，我去做什么？"

"小姑娘？说得好像你多大似的，"谢宜轻蔑地说，"两天前你不是还和沈家姐姐打了一架？"

谢瑾正在蘸墨汁的手顿了顿，接着不为所动道："是她先挑衅我的……何况沈家大小姐及笄礼，只是口头上说了一声，帖子也未送，可见并不是诚心相邀。谢家和沈家这种关系，倒是也无可厚非，若是不识趣去了，反倒给人添麻烦。"

"胡说！"谢宜一点也不给他面子，"沈家姐姐既说请我们去，那就一定是诚心的，计较那么多做什么？你真不去？"

谢瑾抚着宣纸卷起的一角："不去。"

"那好吧，我走了。"谢宜也不啰唆，转身便跑了。

谢瑾若无其事继续练字，直至傍晚家仆送来一张字条。

他展开看了看，收进袖中。

陪爹娘用过晚膳后，他换过衣服出了侯府，上马慢慢往城西的飞月楼畔走。

夜幕笼罩下，万家灯火璀璨如星，放眼望去，远处麓火与天边斗转参星汇成一片。

太平盛世民安物阜，繁华之景令人喟慰。

他到了飞月楼边的湖畔，下了马将马栓在树上，理了理衣袍去了湖中心的浸月亭。

亭中早有人等候，正是那位今日及笄的沈家大小姐沈荨。

她难得一见地穿了条绯色马面裙，安安静静地坐在亭中石桌旁，见他来了也不起身，左手勾着一只酒壶，睨着他笑道："谢瑾，我今儿及笄礼，你为何不来？"

"没空。"谢瑾撩了下袍坐到她对面，目光从她挽起的发髻上掠过，在那支珍珠白玉簪上停留片刻，移开目光，"统共只能在上京留四五天，杂事繁多，抽不出身。"

"那这会儿有空了？"沈荨一笑。

"事情做完了，自是有空。"他淡淡应道。

"得了吧，我都听谢宜说了，不就没给你送帖子吗？咱们都是边关摸爬滚打出来的，何苦讲究这些繁文缛节？"

沈荨一面说，一面摸了摸头上发簪，又理了理膝上的裙裾。好久没穿过裙子了，她自己觉得有些别扭，也从对面少年的眼睛里看出了别扭。

"你不会还记恨在心吧？"她托着腮帮子，目光落到他束着的细腰上，"前日不小心把你腰带挑了下来，让你出丑了。"

谢瑾顿时涨红了脸，恨不得有个地缝好钻进去。

真是哪壶不开提哪壶，他就不该来的。这人说话专挑他痛处讲，来跟她会面完全就是自讨苦吃。

他忍了又忍才没拂袖而去："你能不提这事了吗？"

她哈哈一笑："不提就不提，随口一问，你生这么大气做什么？"

谢瑾轻哼一声，转了转手腕上的护臂："闲话少说，约我出来做什么？还没打够吗？"

沈荨瞧了瞧他身上穿的玄黑箭袍，笑出声来："你看我今天像是来打架的吗？"

她提了提手上的酒壶："谢瑾，咱们一起打过架，一起打过猎上过战场，一起拼过诗文也在沙盘上布阵比试过，但好像还没有一起喝过酒。"

谢瑾瞧着桌上的两只小酒杯："酒有什么好喝的？"

"我说你这人，"沈荨拿过酒杯，往杯中斟着酒，嗔怪地瞥他一眼，"怎么就这么无趣呢？"

谢瑾板着脸道："我是无趣，那你找个有趣的人来陪你喝酒不就是了？"

"行行行，今天不跟你吵架，我也长大啦，总和你打来打去也没意思……"她很好脾气地说，"咱们以酒为誓，各喝三杯，从今儿起，往后不再动手，如何？"

谢瑾拿起一只酒杯："不动手就不动手——你就为这个约我出来？"

"是啊，"她盈盈一笑，擎着酒杯伸手过来，与他一碰，"先干一杯吧！"

月色沉入湖心，染得周围一片明灿。湖畔灯火辉煌，浸月亭犹如荡在银海碎月之中，暮春之夜晚风悠怡，吹来飞月楼上的欢声笑语。

谢瑾喝完三杯便没再喝，沈荨一个人把剩下的一壶酒都喝干了，这会儿已经有了明显的醉意。

"我还没喝过瘾，"她双颊晕红，眼里泛着细碎的粼月波光，完全不理会他的催促，"你去，到飞月楼再买一壶酒来。"

"不行！"谢瑾纹丝不动，眉宇间带着隐约的不耐烦，"你有完没完？都喝这么多了，再说你这么晚不回家，你爹娘不担心你？"

"我跟他们说了要来找你喝酒，我爹又没说什么。"她趴在桌上，拿小指头钩着那壶空了的酒壶，"今儿好歹我及笄，你就不能顺着我些吗？"

谢瑾犹豫再三，冷着脸起了身。

"你可别消遣我，"他盯着她，"等我买回来，你又跑了。"

"不会不会，我就在这儿等着你，哪儿也不去！"她扬声笑道，"我要飞月楼的红曲酒哦！小坛子封的那种，别买错了！"

"知道！"他转身出了小亭。

隐约的笑声一路洒在他身后，他加快脚步。

然而等他买到了一小坛红曲酒，匆匆赶回浸月亭边时，亭中已空无一人。

他转首四顾，发现湖边垂柳下她的马也没了踪影。

……果然，又拿他当猴耍。

他就不该信她的。

谢瑾满肚子气，无奈解了马缰，慢慢翻身上马。

他回了谢府书房，将那坛一直拎在手上的红曲酒放在书案上。

缠枝莲花的红釉小酒坛光可鉴人，红曲蜜酿封存其中，细闻也无一丝酒气泄出。

他揉了揉眉心，面无表情地看了一会儿，将酒坛锁在了书格的最下层。

上京的短短几日浮光片影，回到北境边塞，便是鞍马长枪，烽烟血旌。

谢瑾的成长很快，一年后父亲将北境军中战力最强的重骑营麟风营正式交与他。

少年锐气势不可挡，灿目锋芒似天际骄阳光耀万里，麟风营一出，声如雷霆气震长虹，风云绝杀断塞裂土。

军中几乎无人再以"世子"之称提起谢瑾，而改以军衔称呼他。难得的是，这位年纪轻轻的"谢都尉"不骄不躁，战场上踏马飞鸿，一杆银枪出神入化，下了战场谦逊有礼，沉稳持重，行事作风无不令人赞誉有加。

谢瑾自身却不敢稍有松懈，一直暗暗留意着西境那位"对手"的情形。

与北境的战事频发不同，西境边关近两年堪称安稳，她的锋芒暂未显现，但他知道，她不过暂时蛰伏而已，一旦时机到来，她必会如大鹏展翅一般直上青云，厚积薄发一朝扬名。

这个时机很快到来了，只是伴随着意料之外的血泪和怆痛。

那是洪武二十五年的深冬。

西境寄云关被西凉大军围住攻打已有多日，定远侯沈焕和夫人梁玉双双战死。两人的独生爱女沈荨率领西境残余守军死守关墙，风雨飘摇中不知还能坚持多久。

谢瑾披着重甲，握紧长枪在北境望龙关军营的中军大帐内烦躁地走来走去，终是忍不住道："爹！朝廷的援救指令究竟什么时候到？再不去就真的晚了！"

谢戟沉着脸："再晚也得等！"

谢瑾胸口起伏，垂着头不知想些什么，突然一言不发往外走。

谢戟一拍桌子："回来！"

谢瑾回头，整个人绷着，一脸破釜沉舟的倔强。

谢戟还从未在儿子脸上看到过这种神情，他长叹一声："急赤白脸的做什么？去就去吧，不许大张旗鼓。"

谢瑾怔了一怔："爹！"

谢戟朝他一瞪眼："还不快去！朝廷若怪罪下来，你老子给你担着！"

"是！"大喜过望的人应了一声，转头便跑。

八千麟风营将士早已在营地外列队等候。谢瑾纵马而来，二话不说，长枪直接向着西面寄云关方向一指，大军卷风扬尘，疾如雷电飞驰而去。

三个月后，朝廷下旨，为国捐躯的定远侯沈焕被追封为忠烈公，定远侯夫人梁玉被追封为一品诰命夫人，定远侯的爵位由沈焕之弟沈炽承袭。

沈焕之女沈荨，被封为从三品云麾将军，统领十万西境军，镇守西境边线。

十七岁的少女因寄云关保卫战和蒙甲山追击战声名大噪，从此扶摇直上一飞冲天。

沈荨回京受封的次日，避开络绎不绝前来道贺的宾客，孤身前往城外宝鼎寺上香。

春暖花开，山道边草长莺飞，她穿一身素白箭袍，拉着马缰缓蹄而行。

转过一处山道，前方桃花林内灼夭如云，花荫下有一人驻马相候，却是乌发青衫的谢瑾。

她愣了一愣，打马上前。

"这么巧？"

"哪里是巧，"谢瑾调转马头，与她并肩徐徐而行，"昨日回京，今儿一早去了你府上，你家老爷子说你要来这里，我赶到寺里没见着你人，便又折回来。你怎么走这么慢？"

沈荨回道："山里清静，景色又美，舍不得走太快。你找我有什么事？"

谢瑾轻扬鞭梢，隔一会儿才道："我爹吩咐说……要我给你道个贺。"他侧身，于马上朝她抱拳行了个礼，"恭喜沈将军。"

沈荨定睛注视着他，他微微有些不自在，转头瞧了瞧山顶香雾缭绕的宝鼎寺塔尖，踌躇片刻，道："那我走了。"

"谢瑾！"她叫住他，等他回转身来，才道，"多谢。"

谢瑾一抿唇角："谢我什么？"

"你知道的，"她垂眸，"若是没有你的五千麟风营骑兵……"

"不必放在心上，"谢瑾道，停一停又犹豫着说，"不过今后这种孤注一掷的事，不能再做。"

沈荨仍旧低着头，然而却缓缓笑了起来："好。"

她这会儿如此好说话，既不与他抬杠，也不耀武扬威，谢瑾反倒有些不习惯，不过看她精神饱满，虽略有憔悴，但显见已从痛失双亲的悲痛中缓过来了，他心里不觉也轻松了几分。

"沈伯父沈伯母的事，还请节哀。"他低声道，"寄云关重振防务，我爹说，如果你需要，可以暂从北境军中借一万人过去，等安定了再调回来。"

微风拂花摇枝，光影中少年的双眸明亮而真诚。

"多谢。"沈荨抬起头郑重道，目光在他脸上停留一瞬，转向粉云碧枝外的清朗蓝天。

"谢瑾，我对你说过，我爹我娘和我会好好守住西境，如今他们虽去，但还有我，只要我在一天，寄云关就不会失陷。"她目光坚定，唇角挂着淡淡笑意，"我绝不食言。"

她收回目光，瞧着默默无言的谢瑾，笑道："你可不要落后太多，希望你封将挂帅那一天也不会太迟。"

谢瑾微微一哂，点了点头："会很快的，告辞——"

他再行一礼，转身离去，直行至桃林外，方才收缰停马，轻轻呼出一口气。

她已一骑绝尘远超于他，要赶上她，在她面前扬眉吐气谈何容易。不过他这次心服口服，易地而处，他自问做不到她那样坚定孤绝。

也罢，算她赢了这一回。

他自嘲一笑，扬落马鞭，打马下了山。

桃林中沈荨伫立在原地，一直凝望着那抹瘦削修长的身影。

少年的变化可谓日新月异，寄云关一别，不过短短几月，他竟又蹿高了一些，即使坐在马上也显得颀高秀挺，肩宽腿长。方才与她说话时，语声清越沉稳，那张脸庞不复青涩，显出了锋利的棱角和线条，眼神也沉淀下来，越发深邃而灼人。

是真的……长大了啊！

她瞧着山道间那抹渐渐模糊的影子，不觉微微笑了起来，下一刻却又垂下头，轻轻叹息一声。

谢瑾封将的那一日总算来了，此时距离寄云关那次惨烈的战事已经过去三年有余。

北境军全军上下都为他欢呼庆贺。

谢家尽管手握八万北境军军权，却一直受到朝廷压制。谢瑾的姑母谢贵妃早在多年前便病逝，但沈皇后仍然一直视谢贵妃之子宣阳王和谢家父子为眼中钉，有意无意地影响着已年老力衰的皇帝。

一直到谢瑾的军功累积到不容忽视的地步，宣晟帝才下达了擢升他的旨意。

这三年间，谢瑾在军中声望渐隆，而谢戟也早就将北境军的军务全数交与了他，说起来，也只差一个北境军统帅的名头而已。

此刻这位新受封的从四品安定将军坐在望龙关大营的中军大帐内，眉心紧凝，手指按在额角太阳穴上，有一下没一下轻揉着。

另一只手中摊开的，是西境军统帅沈荨写来的贺信。

两月前两人在寄云关外的蒙甲山月凤谷大吵了一架，几乎吵到快动手的地步，过后不欢而散，回了各自军营也是互不理睬。直到朝廷下了擢升谢瑾的旨意，她才写了一封信过来，既是道贺，也有那么点重修旧好的意思。

三年间他们仍像旧时一样暗中较劲，针锋相对，然而又似乎有了些许不同。这种微妙的变化谢瑾能感受得到，但理不清想不透，也没有工夫去细想，只知道自己常常心烦。

见到她便烦，见不到她更烦。见面就忍不住要和她吵，吵过后心里却也不见得痛快。

与她吵翻这两月来更是烦躁，做什么事都不顺心，时不时就想发脾气，恨不得来一场战事，可以让自己酣畅淋漓地杀上一场。

"巧言令色，摇唇弄舌，一点诚意也没有……"他嫌弃地盯着那封信自言自语，没意识到自己唇角不受控制地荡开了浅浅的笑意。

他将那封信翻来覆去看了几遍，最后坐到案前，提笔给她写回信。

……汝若诚心相贺，巧语花言尽可略去，只需五日后助吾一臂之力。
吾欲率叱风营前往燊龙沟……

北境军潜伏在樊国的探子不久前传回消息，说樊王有心攻打北境的军事重镇燊龙沟。谢瑾决定让驻守燊龙沟的谢宜假作不知，按兵不动，自己领军绕过蟠龙岭，从侧翼偷袭。当然，若是沈荨能派遣一队西境军在后截断樊军退路，瓮中捉鳖，那就更加万无一失了。

沈荨的回信很快来了，说她会亲自率领荣策营前往蟠龙岭，埋伏在岭西等他的信号。

谢瑾看完信，慢慢将信收好，唤了重骑营叱风营的统帅李覆进帐说事。

五日后燊龙沟大捷，七万樊军在三面围攻下尽数被剿灭。战场清理完毕，燊龙沟大营里燃起了熊熊篝火，胜利会师的燊龙沟守军和参与围剿的北境军叱风营、西境军荣策营所有将士欢聚一堂。燊龙沟守将谢宜很大方地拿出大坛大坛珍贵的西域葡萄酒，请将士们品尝。

妹妹拿自家商队的东西出来请客，谢瑾也只笑了笑，不置一词。

他应景地喝了两杯便起身从篝火边离开，走之前瞥了一眼众将士拥簇中的沈荨。

她正豪气万丈地与李覆拼酒。

李覆是他向来都很器重的一名将领，这会儿瞧着却莫名有些不顺眼。

谢瑾回了自己的营帐，一面给父亲写军报，一面思忖着这场军事行动该如何复盘。

不知不觉夜已深。

帐帘突被掀起，外头的喧闹混合着酒气一下随风钻进帐中。他不悦地转过头，正要呵斥，又住了口。

进来的人是沈荨，她放下厚重的帐帘，摇摇摆摆地朝他走来。

番外二 红曲渡（下）

她明显是醉了，脸颊晕红如夭夭桃花，醉眼迷离似湖上轻雾，鬓发微乱，发髻上一根红色发带垂下绕在颈间，手里还握着一个酒杯。

"怎么喝得这样醉？"谢瑾起身去扶她，眉头微微皱起，"你就不能少喝些吗？"

她不说话，一手按住他的肩膀将他推回椅上，足下钩住一只椅脚一拖，椅子转了个儿面向着她。

谢瑾吃了一惊，直起身子："做什么？"

她将酒杯放在案上，用这只空出的手把他再次按回椅背，接着气势迫人地朝他俯下身来。

"嘘……别说话！"她竖起食指贴住唇心，唇角弯起一道隐隐笑弧，乌亮瞳心里的湛湛波光是他参不透的幽邃光华。

"沈荨！"他呼吸漏了一拍，定定神才色厉内荏地说："你要干什么？"

她不答，只微微眯着眼看他。

那一瞬间，他觉得自己像是她手中待宰的羊羔，又或是已被她圈入场中的猎物。

"你……你别胡来……"他的声音弱了下去，心狂跳起来，想挣脱她却又鬼使神差地没动。

她轻抚上他的脸颊。

温热而带着茧的指腹自额角划下，沿着刀削般锋利的线条来到下颌，她指尖微微使力，迫使他仰起头。

烛火映着近在咫尺的端丽容颜，两粒宝石般光华流转的眸心中倒映着他小小的影子。

谢瑾身躯紧绷，着魔般地盯着这双眼睛，完全没法移开视线。

下一刻她低下头来，柔润的唇挨上他的唇角，软得像云，轻得像风。

狂乱的心跳在这一刹那似乎停止，谢瑾如遭雷殛，完全无法动弹，左胸处一阵阵地收缩，悸痛地想要炸裂开来。

吻他的人并无章法，唇挨在他的唇上擦着蹭着，钻心的酥麻如电流直击脑门，又蹿进鼓动的胸腔，在最初那阵让人透不过气的窒痛后，掀起一波波的骇然巨涛。

战场上攻无不克战无不胜，意气风发勇往直前的小谢将军，这时既没法挣扎，也不想挣扎，乖乖地被人按在椅上，双手紧紧地抓着两边扶手，像溺水的人攀住浮木一般用力到指节发白。

她很快放开他，抬起了脸。

狂摇的心并未平复下来，谢瑾似木雕一般，一动不动地瞪着她。

她吹吹额前的散发，歪着脑袋出神。

"你——"他刚开口，她又把脸压了下来。

她浑身都是酒气，甚至唇间也有葡萄酒浓烈的气息，但他只觉芳香浸绕身畔，酒意从她唇间渡到他唇间，熏得人陶然不知身在何处。

血液在肌肤下翻滚，冲开僵直的四肢，他抬起手，慢慢环住她的腰。

可是不对。

她……她知道她在做什么吗？

她喝醉了，可是他……没醉。

谢瑾用尽浑身力气，握住她的腰将她推开。

她舔了舔唇，混沌地眨了眨眼睛，动作缓慢。

他屏住呼吸，紧张的目光移到她唇上，生怕从她嘴里吐出其他人的名字或是诸如"你是谁"一类的话语。

然而她什么也没说，直起身子晃了晃，拍开他放在她腰上的手，去捞案上的酒杯。

谢瑾一把钳住她的手腕，她手中的酒杯落到地上，"啪"的一声摔得粉碎。

"谢将军！"帐外有人高声叫道。

谢瑾并不回应，目光牢牢锁着面前的姑娘。而她身体摇摇欲坠，目光飘忽口齿不清地问他："你抓我干什么？"

他既好气又好笑，正要说话，帐外的人再次高声呼道："将军！"

谢瑾转过头，怒道："什么事？过会儿再说！"

帐外的声音低了一些："崔军师那边送了急信过来……传信兵现在营外，说时间紧迫，得了您的回话后便要即刻赶回——是一级军务，耽搁不得。"

谢瑾无奈，只得放开手，低声对她道："等我一刻，我去去就来。"

她摆摆手，冲他一笑："你去吧。"

谢瑾走到帐帘边，又转回头叮嘱她："留在这儿，哪儿也不许去。"

她已经瘫在了椅子上，打个呵欠，闭上了眼睛。

谢瑾直觉她要跑，但又不能把她绑住，犹豫再三，咬牙出了营帐。

等他处理完事，三步并作两步迅速赶回时，果然不出他所料，帐内空无一人。

谢瑾胸膛起伏，恨恨地盯着地上那只摔碎的酒杯，片刻后长叹一声，按着额角去营地里找人。

不久后人是找到了，但却说不上话，她睡到了谢宜的帐里，拥着谢宜的被子睡得又香又沉。

谢宜很好心地说："有什么话明天再说好了，哥你去吧，沈将军明早醒了我差人去叫你。"

谢瑾只得悻悻回了营帐。

这一晚辗转反侧，只快天明时朦朦胧胧睡了一会儿，晨光熹微时他起身去了谢宜的营帐外。

谢宜揉着眼睛出来道："沈将军已经带着荣策营走了，走之前不让我去叫你，说和你没什么好说的。"

"和我没什么好说的？"谢瑾的脸完全垮了下来，"她真这么说？"

"是啊，哥你怎么了？脸色这么差？"

谢瑾不答，转身寻了一匹马，阴沉着脸把马鞍往马背上套。

"你要去追她吗？"谢宜跟在他身后劝阻，"都走了一个多时辰了，追不上的。"

谢瑾垂头捏着马鞭，许久后将鞭子狠狠往地上一摔，扭头回了营帐。

回到望龙关后他接到上京递来的消息。

宣晟帝连着十来日没有上朝，京中流言四起，纷纷断定皇帝已病入膏肓。朝中各种势力暗流涌动，宣阳王已闭门谢客，甚至称病没有上早朝。

监国的太子两日前宣布，驻守外地的武将年末不必回京述职，并强调没有朝廷诏令，武将不许擅自回京，且各地武将之间不得私通信件，一旦违抗将撤职查办。

风雨欲来，波澜暗生。

谢瑾慢慢撕碎了手中那封还没写完，准备送往西境寄云关的信。

几日过后，沈皇后和太子开始频繁地急召沈荨回京，沈荨不得不将边关防务暂时交与堂弟沈渊，不断奔波于上京与寄云关之间。

一个月过后，三万西境军浩浩荡荡回京，在上京郊外三十里处扎了营，直到新帝顺利登基后一个月才被分批遣回西境。而西境军统帅沈荨仍旧率领五千荣策营和八千荣驰营将士，驻扎在郊外太陵。

外地的武将开始分批被召回京述职，除了贴身侍卫，不得带领一兵一卒入城。

宣晟帝于春末病逝，这一年仍沿用旧制与国号，等谢家父子接到诏令，终于得以回到上京之时，已是秋暮。

新帝宣昭帝单独召见了威远侯父子。

没有见到大权在握的沈太后，谢瑾面上不露声色，心中暗暗有些纳闷。

君臣相谈甚欢，新帝对宣阳王和谢家在他登基前后的谨慎和乖觉颇为满意，大大赞赏了谢瑾，称他是大宣王朝年轻一辈武将中最耀眼的一颗明珠。

谢戟额上渗出了细汗，连称皇帝言过其实。谢瑾抬起头，看见宣昭帝眼中那一抹意味深长的笑意，心中似有所悟。

出宫后他远远朝着太陵的方向眺了一眼，跟父亲回了侯府。

夜半时分，谢瑾悄悄出了府，一路往太陵飞驰。

天明时分他到了太陵，人却不在，说是昨日傍晚被急召进宫，不知道什么时候回来。

谢瑾怕错过，只得候在太陵的西境军临时营地外，所幸等了不久人就回来了，只是一同回来的还有掌管京畿附近十万重兵的宣平侯。

晨曦初露，但秋云沉沉，沈荨一身戎装策马而行，不时与宣平侯说笑几句，见到营地外等候的谢瑾，似乎并不意外，老远便冲他一笑。

看见她灿烂愉悦的笑容，谢瑾提在胸口的那口气略微松了些。

"谢将军有急事吗？"她为难地看了一眼宣平侯，"我与宣平侯还有要事相商。"

谢瑾点点头："我时间也不多，就几句话。"

沈荨下了马，随他走到一边。

人终于到了面前，可在谢瑾心中徘徊了将近一年的问话，突然就问不出口了。

"吞吞吐吐的做什么？"沈荨笑眯眯地瞅着他道，"有什么话就快说呀！"

谢瑾凝视着她。

她眸光明亮，高高的马尾黑亮笔直地披泻在身后，但总有几丝不听话的碎发顽皮地在额前轻飘着，银白色的明光轻铠披在健瘦匀称的身体上，越发显得高挑而挺拔。

他突然有点不敢直视她。

"你……"他支支吾吾道，撇开目光，心怦怦跳，"那天早上为何不告而别？"

"哪天早上？"她不明所以。

"就是……就是葵龙沟大捷后那日早上。"谢瑾鼓起勇气道，不明白本该理直气壮地询问，为何自己问得如此没有底气。

"而且还说……跟我没什么好说的。"他转回目光，见她仍是一脸疑惑，轻咳一声又道，"其实我想问的不是这个，我只想问你到底是怎么想的……"

"想什么？"沈荨收敛了笑容，"你到底什么意思，谢瑾？"

"这句话应该我来问你，"谢瑾眸中现出几丝急躁，上前一步，朝她微微俯下身，声音也压低下来，"那晚你对我做了什么，你不会忘了吧？"

沈荨双眸瞪大："我那晚打你了？"

谢瑾怔了一怔，咬牙："不是。"

"骂你了？"

"也不是。"谢瑾脸色阴沉下来。

她笑了起来："难道我非礼你了？"

他盯着她，不放过她脸上每一丝细微的表情，一字一顿道："你亲了我。"

沈荨笑容一僵，好半天才讪讪道："我真亲你了？不会吧？"

谢瑾沉沉的目光笼罩着她，再上前一步："我不信你真的什么都不记得。"

晨风拂动，将他一角青色袖袍吹过来，若有似无地拍打着她垂下的手背。那幽深邃亮的眸瞳里有期待，也有焦急。他直勾勾地瞧着她，呼吸落下来，和着风一起缭乱她的额发。

沈荨后退一步，拂了拂额角碎发，直视着他的眼睛，静静道："那晚我喝得太醉，的确什么都想不起来了。如果我真的对你做了什么，谢瑾，我很抱歉。"

谢瑾双手悄悄紧握成拳："我要的不是道歉。"

"那你想要什么？"她为难道，"喝醉了的人是不知道自己在做什么的，如果你觉得你吃了亏，那我也没办法，我总不能让你亲回来啊！"

谢瑾目光冷了下来，一颗心也直往下沉。

她瞧着他面上的神色，露出恍然大悟的表情："谢瑾，咱们从小打到大，你总看我不顺眼，那晚你一定觉得很不愉快是吧？你放心，我今后绝不再做这种事。"

谢瑾心头犹如猫爪子在挠一般，深吸一口气，沉声问道："沈荨，你对我究竟——"

"你不会以为我喜欢你吧？"她打断他，有些诧异地说，"你觉得可能吗？"

谢瑾的心口像被人猛地打了一拳，脸色青了又白，白了又青。

沈荨很歉疚地笑了笑，目光落到他握紧的拳头上："要不我让你打两拳出出气？"

谢瑾陡然后退两步，紧绷的身躯放松下来，嘴角扯出一抹嘲讽的笑，玉颜却无一丝血色："不必——算我误会了。"

他寒着脸，转头牵过马一跃而上，一甩马鞭，马厉声长嘶，风驰电掣疾奔远去。

沈荨垂下眼，轻叹一声，转身朝早已等得不耐烦的宣平侯走去。

这一个冬季特别漫长，而北境的风雪对谢瑾来说，似乎比往年更为寒冷。

谢戟的风湿越发严重，春回大地之时，谢瑾征得朝廷允许后，送父亲回上京养病。

沈荨在太陵驻守了近半年，预备于三月末领军返回西境。

她在上京的这半年间，沈太后和宣昭帝一直在留意她的婚事，也为她物色了好几名人选，不是男方寻了借口推托，就是她自己摇头拒绝，深深倚重她的太后和皇帝因为此事大感头疼。

谢瑾离京前一日，进宫觐见皇帝。

时值傍晚，君臣聊到一半，宣昭帝笑道："朕差点忘了，今晚有个简单的宫宴，倒也没有外人，谢将军不如随朕同去，席上再继续说。"

谢瑾只得随皇帝去了恒清殿对面的四雨台。

确实如皇帝所说，宫宴规模很小，宾客也不多。刚被封为从二品抚国大将军的沈荨和她祖父坐了东席，西席坐的是洪恩伯父子，皇帝东下首是内阁那位好做媒人的傅阁老。谢瑾因是跟着皇帝来的，坐了皇帝西下首的位置。

他与诸人见了礼，默不作声地落座，暗暗捏紧了手中酒杯。

这么个情势，便是傻子也知道皇帝举办这场宫宴意欲为何。

洪恩伯世子林言玉，字奉远，温隽修朗，任工部侍郎，琴棋书画无一不精。林家亦是世代簪缨、钟鸣鼎食之家，无论人才、家世，都确实挑不出错来。

果不其然，皇帝话里话外都不无撮合两人之意，傅阁老更是在沈家祖孙面前把林言玉夸得天花乱坠。

"老夫记得洪恩伯世子是洪武二十七年的探花吧。"傅阁老啧啧叹道，"明明有恩荫却不受，当真是傲骨铮铮，胸怀鸿鹄之志啊！"

洪恩伯只笑不语，面上微有得色。

林言玉谦道："傅阁老过奖了，下官愧不敢当。"

皇帝笑道："过谦了。"

谢瑾垂着眼，眼尾余光瞟着斜对面的沈荨。

她身穿一身天青色长袍，束腰束腕，戴了顶青玉发冠，神态落落大方，微笑着附和了两句。就连她身边向来对他不假辞色的沈家老爷子，也抚着银须不断点头，面容堪称慈祥地瞧着林言玉。

谢瑾抿了口酒，但觉酒味苦涩，难以下咽。

"听说世子及冠三年，为何如今尚未婚配？"傅阁老此地无银三百两道，"若不嫌老夫唐突，老夫倒想问问这其中缘故。"

林言玉温声笑道："未就功名，何以成家？其实早年间也曾有一门——。"

洪恩伯赶紧咳了一声，止住儿子话头，瞪了他一眼，呵呵笑道："实也没有令奉远心仪之女子，一般的闺阁女子他也不喜欢，只说不愿将就，盼着能娶一位风光霁月，非同一般的女子。"

"甚好，甚好。"皇帝笑道，意味深长地瞧了沈荨一眼，"这可不就有了吗？年岁相当，又是一文一武……"

谢瑾只觉抓心挠肝一般，胸腔内绞作一团，指下用力，险些把那青瓷小酒杯捏碎。

"……谢将军？"

谢瑾如梦初醒般抬首，这才发觉皇帝正在向他问话。原来皇帝点到为止后，早换了话题。

席间所有人的目光齐刷刷地落到这位脸色阴郁、眉目幽冷的青年身上。

"臣——"他眉心略凝，正思考如何回话搪塞过去，沈荨已朝他使了个眼色。

沈荨笑道："靖州和屏州的流民太多，治安太乱，臣也略有耳闻，确实耗去了北境军不少精力。"

谢瑾立刻明白皇帝所问为何，忙接过话头，侃侃说道："靖州太守也曾与臣相商……"

皇帝深眉一拢，略有所思地微微颔首。

沈荨待谢瑾说完，朝他投去一个责备的眼光，本是想提醒他不可再神游天外，却见那轻云初月般的青年正凝眸瞧着自己，薄而好看的唇紧抿着，眉色如黛，瞳光幽深难辨。

她心中猛地一跳，移开目光。

觞酌半酣，沈荨离席更衣，行至四雨湖边的长廊下时，冷不防被人拽住手腕，拖至廊柱阴影中。

修长的身影挡住廊下灯光，一线幽光照在青年脸庞一侧，半明半暗间他五官轮廓更显锐利清凛，紧盯着她的双眸里似翻滚着汹涌的波涛。

"他不适合你。"谢瑾开口道，声音干涩而紧绷。

"我知道。"沈荨叹一声，"我若事先知晓今晚皇上还邀了洪恩伯父子，我不会来。"她坦率说，"我没想过要成婚。"

湖上轻风拂过，谢瑾眸中烧腾的火稍稍止歇，慢慢松开她的手腕。

"那如果是我呢？"青年嗓音低抑着，目光在她脸上徘徊。

沈荨愣了一愣，笑了出来："你知道你在说什么吗？"

"除了科举论试，他会的我都会，他不会的我也会，"谢瑾淡淡道，挑了挑眉，"你知道的。"

沈荨瞪着他，他眉目锋锐，整个人带着一种危险而富有侵略性的气息，这种气息她并不陌生，在她与他多次的交锋中，他时常会显露出这种一触即发的攻击意图。

"你喝多了吗？"她冷冷道。

"没有。"

"那你是失心疯了吗？"她声音大了几分，"你怎么能说这种话？你不知道你我之间根本没可能——"

谢瑾没等她说完，上前一步，指腹撩开她颊畔的发丝，接着移到她的后颈箍住她的头，没有丝毫犹豫地吻下来。

沈荨身躯一僵，立刻去推他。他扣住她推拒的那只手，另一臂下移圈住她的腰，加重力道不由分说地堵着她的唇。

他紧绷的身体如拉满的弓，衣衫下的肌理一块块偾起，预备承受她的回击。

出乎意料的，沈荨并未挣扎，但双唇紧闭，身躯僵硬，被他扣住的那只手握成拳头抵在她和他之间。这使得他心头宛如冰火交替煎熬一般，更加不顾一切地攻占她的唇，企图撬开她不动声色的抵抗。

她的后背整个儿抵在了廊柱上，谢瑾的吻急躁而又蛮横，没有闭上的双眼在幽暗中燃着火，强健有力的手臂将她困在热与火的空间里。

她心里忽然就软了下来，没被钳住的那只手摸索着环上他的颈脖。

湖上轻雾迷离，月光移过廊角，廊灯轻晃着，深和浅的影子交投在一起。光影的角落里是既静谧又灼烫的缠绵，令人心悸而欲罢不能。

涌动的情思终破堤而出，再无法抑止。

谢瑾深深呼吸，离了她的唇与她额头相抵，仍是将她紧紧禁锢在怀里。

"你亲了我，别想这样就算了。"他眸光幽幽，唇角挑起淡而欣喜的笑，"你是喜欢我的，对吗？"

沈荨推开他一些，抬手轻抚他的脸颊："那又怎样呢？谢瑾——"她的语声带着一丝酸涩，"西境与北境是怎样划开的，你最清楚不过，我绝不可能放弃西境军，而你也不可能——"

谢瑾再次打断她："一切都交给我。"他握着她的一只手放在自己的胸口，重复道，"都交给我，阿荨，你等我三年，我会处理好一切。"

沈荨目色冷静下来，审视着他："你想怎么做？"

"你先别问，"他温和而坚定地说，冷峻的眉目舒展开来，眸光中漾着点点暖意和雀跃，"相信我，给我三年时间。"

她没再问，轻轻将头靠在那炽热而勃勃跳动的胸膛上。

晚间谢瑾回了府，直接去了爹娘的院落。

夫妇俩疑惑地看着跪在身前的长子。

"你说你要娶谁？"谢戟道。

"沈荨。"谢瑾沉声说，背脊挺得笔直。

"你疯了吗？"谢戟摔了茶盏。

"好啊！"谢夫人欢喜地说。

谢戟瞪了夫人一眼，转回头盯着儿子："你要娶沈大将军？你不是在说笑吧？"

"不是，"谢瑾唇边露出一抹笑意，"孩儿心中早有了她，今生非她不娶。"

"好好好！"谢夫人眉开眼笑道，"难怪你看不上其他姑娘，起来慢慢说。"

谢戟无可奈何，沉着脸道："人家要不要你还另说，你觉得朝中这个局势，沈家和谢家又是这样的情形，你娶得来吗？"

"孩儿心中已有了主意，"谢瑾道，躬身朝爹娘行了大礼，"还请爹娘成全！"

昭兴元年夏，如日中天的威远侯世子、安定将军谢瑾触犯了谢氏门规，被父亲谢戟赶出家门。稍晚，谢戟上报朝廷，取消了他的世子之位，朝廷亦因其不孝摘去了他安定将军的头衔，谢瑾从此在众人面前销声匿迹。

所有人都替他惋惜不已，八万北境军正式交与他指日可待，而他却在这个节骨眼上自毁前途。众说纷纭之下，谢家二姑娘谢宜默默担起了哥哥留下的重担，开始在父亲的指导下接手北境军的部分军务。

一个月之后，宣昭帝顶着沈太后的强大压力，在西北边境成立临时军队阴炽军，以弥补西境军和北境军编制的不足，补充边境兵力，确保在日益强盛的西凉和樊国面前，竖起更为坚固的防线。

阴炽军并没有正式的番号与编制，也不属于西境军或北境军，阴炽兵均来源于边境的流民、农人、胡人，甚至还有部分轻犯。这支军队鱼龙混杂，士兵桀骜难驯，然而宣昭帝一意孤行，并承诺说只要累积到一定的军功，阴炽军便可获得正式编制，所有阴炽兵也能得到与正式军队士兵同等的待遇，不论以往有何劣迹或罪名，均一笔勾销。

这支军队在边境独立作战，一切行动听从阴炽军首领指挥，这位首领拥有绝对的自主控制权，任何行动都不必事先向朝廷请示。

朝堂上下对此议论纷纷，沈太后更是当着皇帝的面摔碎了好几只花瓶。

而阴炽军不负皇帝厚望，很快便声名鹊起，不仅在短短的时间内协助西境军和北境军打退了敌军多次进攻，并且多次深入西凉和樊国的国土，似阴火过境一般剿毁了多个驻兵点，令敌国大为忌惮，极大地牵制了两国入侵大宣的野心和军事行动。

这支队伍驰骋在西北边境，犹如神助一般屡战屡捷无往不利，而他们的首领骁悍机敏，出现时脸上总会戴着一张刻着梼杌的兽纹青铜面具。

人们把他看作来自地狱的使者，只要他出现过的地方，黄沙染血万鬼悲泣，就连凶悍勇猛的西凉兵和樊兵，亦会闻风而逃，甚至不战而退。

没有人知道这位阴炽军首领从何而来，但有人认得他的枪法，啸如惊龙狠辣决绝，很像是谢家的伏云枪法。

随着这支军队的日益壮大，大宣的朝堂格局也在发生着明显的变化，年轻的皇帝手握这支雷霆之军，渐渐丰满了自己的羽翼，在与太后的交锋中逐渐占据了上风。

昭兴二年初冬，西凉与樊国结盟，西樊二十八万联军全线压往西北边境，集中攻打西境寄云关和北境望龙关。西境军统帅沈荨和北境军统帅谢宜率领将士们众志成城，在阴炽军的配合下，硬是守住了边境线，以血肉之躯筑成牢不可破的长堤，死死地把敌军拦在关墙下。

战事胶着三月有余。

久攻不下的西凉军率先从寄云关下撤退，决定集中兵力协助樊军攻打望龙关。樊军将领和西凉军将领协商之下，暂停攻城行动，以部分西凉军为诱饵，欲将阴炽军引到望龙山山脉深处，由埋伏在周围的数万樊军发动伏击而将之绞杀。

少了阴炽军这个心腹大患，攻打望龙关没有了掣肘，胜利指日可待。

然而阴炽军神出鬼没，利用熟悉地形的优势，狡猾地领着西凉军在望龙山山脉中绕来绕去，伏击行动迟迟未能成功。

望龙关外的十万樊军分走了一半兵力去围剿阴炽军，虽然还没有消息传来，但留守的樊军将领并不担心，以五万樊军和三万西凉军的强大兵力，剿灭阴炽军只是迟早的事。

而这时，一直被樊军压在关墙内谨慎防守的谢宜抓住了时机，主动出击。

久闭的城门突然开启，两万北境军骑兵冲到了樊军扎营的蟠龙岭外。收到消息的樊军将领胸有成竹地整队迎战，准备以压倒性的兵力解决掉这不自量力的两万北境军。

两军对峙的那一刻，樊军将领心有所感，侧头往左后方的山丘顶上看去。

暴雪后天寒地坼，空气极为凛冽，夜间月光尤其清亮孤寒，白雪皑皑的山丘上，赫然出现了一个身影。

那人骑在马上，迎着月光举起手中一杆长枪。

樊军将领心下一沉。军队左后方离得近的骑兵已经看见了他脸上那泛着光辉的面具以及他手中那杆死亡之枪。

队伍中骚乱渐起，有樊兵惊恐地叫了起来："是阴炽军！他们没被剿灭！"

樊军将领试图制止这种恐慌，但是连他自己也无法冷静。

随着一阵疾鼓，那人一马当先冲了下来。樊军将领盯着那道身影，心下惊疑不定，心道："这人看起来瘦小一些，或许不是他。"

然而他持枪杀入阵中，寒枪电闪蛇行横扫千军，枪法千真万确，樊军将领心头的一丝侥幸荡然无存。

难道说埋伏在望龙山山脉中的己方军队已被他击溃？否则，他如何能穿越重重围截，出现在这里？

跟在他身后冲过来的骑兵并不多，可那杆断魂夺命的血枪搅乱军心，比十万大军还难以对付。

心慌意乱之下，五万樊军军心溃散，败在只有己方一半兵力的北境军和阴炽军双面夹击之下。

战斗接近尾声，月光倾注的那片山头，再次出现了一人一马，他拎着长枪，沉默地看着下方那场不再需要他出手的战斗。

脸上那刻着梼杌凶兽的青铜面具静静地反射着冷冷银辉。

下方那名"阴炽军首领"朝这边仰起头，扬了扬手中长枪，纵马驰来。

他立刻迎了下去。

朝他奔来的人迎着风摘掉脸上的面具，含笑的如画眉眼很快在他眼前变得清晰。

两名身形有明显差距的"阴炽军首领"下了马，对视一瞬，他摘去面具："谁的主意？"

"谢宜的主意。"她眉角飞扬，"你这名头果然很好用。"

"你什么时候学会的伏云枪法？"拥她入怀的时候，他低笑着在她耳边问。

她大笑："谢瑾，咱们打了这么多年的架，我若还学不会，那这大将军也不用当了。你甩掉追踪了？"

"没有，"他笑道，"还吊在后面呢，那么沈将军，一会儿迎敌的时候，你是使枪，还是使刀呢？"

"自然是使枪，"她眨眨眼睛，重新将面具戴回脸上，"让我们再来迷惑一下他们好了。"

昭兴三年夏末，西北边境战事平定，朝廷为边关将士举办了盛大的欢庆盛典，论功行赏。

功勋卓著的阴炽军首领得封正三品冠军大将军，面具摘下的那一刻，所有人都没感到意外。

果然是威远侯长子谢家谢云隐。

皇帝朗声笑着，对他道："你答应朕的事已经做到，而朕当初给你的承诺，也该兑现了。"

谢瑾恭敬行礼，欣然道："多谢皇上！"

抚国大将军沈荨和冠军大将军谢瑾成婚那日，上京的桂花盛到极致，落花铺地成锦。

红绣彩幔的谢府松渊小筑内，沈荨困极，不由倚在喜被上打了个盹儿。

醒来时盖头已被揭去，身上盖着薄薄丝被。

她迷茫地注视着眼前人，问了一声："怎么，咱们又成婚了？"

"什么叫又成婚？"新郎拧起好看的眉头，问她，"好不容易才盼来今日，何来'又成婚'之说？"

沈荨打个呵欠，出神片刻方道："我做了个梦，梦到咱们成了两次亲。"

"是吗？那说明我们命中注定，怎么样都会在一起。"谢瑾笑了起来，扶她起身，坐到八仙桌旁。

桌子中央有一只缠枝莲花的红釉小酒坛，沈荨认得，不由一笑："你专门去飞月楼买了红曲酒吗？咦，这酒坛怎么看着有点不对？"

"自然是比不上如今的酒坛精美，它都是十年前的了。"谢瑾笑道，拆开封口，慢慢将深红色的红曲酒倒入酒杯之中。

"十年前？"沈荨睁大双眼。

"你及笄那一晚我在飞月楼买的，还记得吗？"他递了一只酒杯到她手里，"阿荨，这坛红曲我藏了十年，如今终于得以开封，你尝尝看，味道如何？"

她笑着饮下，细品良久，方道："唇齿留香，回味甘醇，陈年佳酿，果然……历久弥香。"

谢瑾眉眼漾着欢煦，起身过来将她揽进怀里，低声笑道："红曲意浓，可也不能多喝。阿荨，时候不早了，还喝吗？"

她笑着回身抱住他的腰："我若说要喝，你陪我吗？"

"自是陪你。"他在她唇上落下一吻，"……一辈子都陪。"

（番外完）

图书在版编目（CIP）数据

不终朝 / 闲雨著 . -- 北京：北京燕山出版社，2023.4
ISBN 978-7-5402-6827-5

Ⅰ．①不… Ⅱ．①闲… Ⅲ．①长篇小说 - 中国 - 当代 Ⅳ．① I247.5

中国版本图书馆 CIP 数据核字（2023）第 025523 号

不终朝

著　　者：闲　雨
出 品 人：赵丽娟　徐　琛
责任编辑：金贝伦　贾　玮
特约编辑：高　爽
装帧设计：唐小迪
封面绘图：RedMatcha　雪代薰
出版发行：北京燕山出版社有限公司
社　　址：北京市西城区椿树街道琉璃厂西街 20 号
发行电话：010-65240430
邮政编码：100052
印　　刷：北京君达艺彩科技发展有限公司
开　　本：710mm×1000mm 1/16
字　　数：354 千字
印　　张：21
版　　次：2023 年 4 月第 1 版
印　　次：2023 年 4 月第 1 次印刷
书　　号：ISBN 978-7-5402-6827-5
定　　价：55.00 元